2018年度
公安文学精选
（中篇小说卷）

验明正身

全国公安文联 ◎ 选编

代表本年度中国公安文学最高创作水平
一年一度的中国公安文学盛宴

群众出版社·北京

图书在版编目（CIP）数据

验明正身／全国公安文联编 .—北京：群众出版社，2019.12
（2018年度公安文学精选 . 中篇小说卷）
ISBN 978-7-5014-6055-7

Ⅰ.①验… Ⅱ.①全… Ⅲ.①中篇小说—小说集—中国—当代 Ⅳ.①I247.5

中国版本图书馆 CIP 数据核字（2020）第 007066 号

验明正身

全国公安文联　选编

出版发行：	群众出版社
地　　址：	北京市丰台区方庄芳星园三区15号楼
邮政编码：	100078
经　　销：	新华书店
印　　刷：	三河市荣展印务有限公司
版　　次：	2020年4月第1版
印　　次：	2020年4月第1次
印　　张：	10.75
开　　本：	880毫米×1230毫米　1/32
字　　数：	270千字
书　　号：	ISBN 978-7-5014-6055-7
定　　价：	38.00元
网　　址：	www.qzcbs.com
电子邮箱：	qzcbs@sohu.com

营销中心电话：010-83903254
读者服务部电话（门市）：010-83903257
警官读者俱乐部电话（网购、邮购）：010-83903253
文艺分社电话：010-83903973

本社图书出现印装质量问题，由本社负责退换
版权所有　侵权必究

出版说明

为深入贯彻党的十九大精神和习近平总书记在文艺工作座谈会上的讲话等系列重要讲话精神，积极落实公安部关于推动公安文化大发展大繁荣的实施方案中提出的"推出更多公安题材优秀文化作品，出版年度公安文学精选"的要求，进一步加强公安队伍思想文化建设，服务公安现实斗争，着力打造公安文化品牌，推出公安文学精品，发现和扶持公安文学创作人才，满足新时期公安民警对公安文化的新期待、新需求，同时更好地满足广大读者对优秀公安文学作品的阅读需求，全国公安文联和中国人民公安出版社决定继续选编、出版"2018年度公安文学精选"。

由全国公安文联选编的"年度公安文学精选"迄今为止已出版了二十七卷，即"2011年度公安文学精选"共三卷，含中篇小说卷《特殊任务》、短篇小说卷《结案风波》、纪实文学卷《追捕始于新婚之夜》;"2012年度公安文学精选"共四卷,含中篇小说卷《归案》、短篇小说卷《编外神探》、纪实文学卷《亮剑湄公河》、散文诗歌卷《我的贺年卡》;"2013年度公安文学精选"共三卷,含中篇小说卷《命运之魅》、短篇小说卷《沙堡》、纪实文学卷《追捕深海"掠食者"》;"2014年度公安文学精选"共四卷,含中篇小说卷《派出所长》、短篇小说卷《无处可逃》、纪实文学卷《"猎狐"行动》、散文诗歌卷《心中有座百草园》;"2015年度公安文学精选"共五卷,含中篇小说卷《风住尘香》、短篇小说卷《神算》、纪实文学卷《刑警"803"》、散文诗歌卷《秘密》、网络文学卷《背后有眼》;"2016年度公安文学精选"共四卷,含中篇小说卷《绑架》、短篇小说卷《罪案病理》、纪实文学卷《铁笼沉湖》、散文诗歌卷《我的警察兄弟》;"2017年度公安文学精选"共四卷,含中篇小说卷《隐姓埋名》、短篇小说卷《起死回生》、纪实文学卷《剿赌马尼拉》、散文诗歌卷《麻雀·尊严和自由》。以上作品出版后,受到了广大读者,特别是全国各级公安机关民警的欢迎和喜爱。

"2018年度公安文学精选"的入选作品,均为发表后受到读者广泛好评并产生较好社会效益的优秀公安文学作品,代表2018年度中国公安文学在中篇小说、短篇小说、纪实文学、散文、诗歌体裁中的最高创作水平,在思想性和艺术性方面具有突出特色,是奉献给广大关心和热爱公安文学的读者的精神大餐。

"2018年度公安文学精选"共出版四卷,即中篇小说卷、短篇小说卷、纪实文学卷、散文诗歌卷。

这是中国公安文坛第八次举办全国性"年度公安文学精选"的征集选编活动。该活动由中国公安文学精选网协办。

"年度公安文学精选"编委会办公室
2019年11月10日

目 录

元　凶 / 李师江 …………………………………… 1

验明正身 / 尤凤伟 ………………………………… 85

人间草木 / 张　军 ………………………………… 120

鬼卡点 / 张　弛 …………………………………… 176

代码的起义 / 洛　风 ……………………………… 211

生命线 / 王鸿达 …………………………………… 252

消息错不了 / 李治邦 ……………………………… 292

元 凶

李师江

恐惧是一条寂静的暗河，贯穿一生。

——题记

一　林森

　　林森深陷在一片泥泞之中，身子被淤泥包裹，不能动弹。眼前一片黑暗，但他心中明白这是家乡的那片树林，林中长满了各色蘑菇。但是林中何时变得这么黑暗，这么泥泞？自己又如何被困在此处动弹不得？他一无所知。

　　只剩下听觉了。他隐隐听见流水的声音，他的恐惧略略减轻。溪流在森林的边上，意味着他基本上远离野兽的虎视眈眈了。在流水声里，突然夹杂着一个女人的声音，似曾相识，对了，好温暖的声音，梦寐以求的声音，他觉得一阵激动把身体激活了。他似乎可以蠕动了，在黑暗中像蚕破茧一样，必须挣脱黑暗。不知努力了多久，他觉得眼前一亮。

正是午后，于丽川坐在病床边上打盹儿。乳白色的床头柜上放着一个黑色的小音响，柔软而清脆的女声正在娓娓讲述一个童话故事。丈夫林森已经昏迷了近两周，目前的状态，从严格来说，就是植物人状态，不知何时可以醒来。于丽川从未面对过如此严峻的考验。她实在太累了。

她伏在病床上的脸被碰了一下，就像毛毛虫撩拨过去，她被吓了一跳，瞬间惊醒。她发现林森已经醒了。她兴奋得差点儿叫起来，但发不出声——在这一刻，她忘记了自己是个哑巴。

市公安局负责此案的周幸福和李安全听闻，急忙赶到医院。受害人醒来，能够对破案提供最有益的帮助。

林森能睁开眼睛看，但是离下床行走却差得远。李安全带着满腔希望，想跟他语言交流，但林森只是眼巴巴地看着自己，不知道听懂自己的意思了没有，更别提进行回答交流了。李安全大失所望。

主治医生胡医师过来看后，解释道："病人能醒来已经是万幸了，恢复需要时间，恢复的进度和效果也没法预期，尽量地悉心照顾吧。"

胡医师突然注意到小音响里的声音，说："这个声音是给病人听的吗？"于丽川脸上有过一闪而逝的惊慌，但还是点了点头。胡医师道："嗯，声音刺激大脑是有效的方法，可以继续听下去。"

李安全也注意到这个声音好熟，字正腔圆但是充满亲昵的味道，貌似某个女主持人的声音。他愣了一下：一个妻子用一个别的女人的声音去唤醒丈夫，这里面有什么端倪吗？

他不由自主地把从案发到现在的情况再过滤了一遍。

看起来，这是一桩离奇的谋杀案。

李安全在市局左侧胡同的排档上坐下来，递给老板七块钱，说："一碗牛肉粉。"

戴着黑框眼镜、脸色白皙、一脸斯文的老板用手擦了擦围裙，不好意思地说："七块五了。"

李安全去钱包里找五毛的钢镚，笑道："涨价也该涨一块，五毛算啥。"

老板道："生意难做，先涨五毛，过阵子再涨五毛。"

中央八项规定之后，公款消费的势头得到有力的遏制，李安全的应酬也减了不少，下班后一个人吃一碗牛肉粉，一人吃饱，全家不饿，倒也简单。

他坐了下来，看到八一五中路对面几家店面关张，一家铁皮拉门上贴着招租的手机号码，另一家正改弦易辙，准备重新装修，门口堆满了废纸垃圾，一个收废品的汉子热火朝天地忙活，一脸丰收的喜悦。这里曾经是市里最热的商铺之一，如今频繁更换店主，有的甚至闲置。在李安全目光所及之处，有一种萧条的不祥预感。从警察的角度而言，城市的繁荣与否跟犯罪的频率有一定的内在关系。

老板刚把牛肉面端上来，李安全的手机就响了，队长周幸福让他迅速赶到现场。李安全把碗里的几块牛肉夹到嘴里，抽了一张纸走了。

老板问："还吃吗？"

李安全道："不吃了。"

老板不知所措，把这一大碗热腾腾的粉条倒掉，真是可惜。

案件发生在漳湾工业园区。十年前，政府以每亩两万元的地价征用这块耕地，后转手卖给企业，获利匪浅。电机、茶叶、生鲜、锂电池等五花八门的企业驻扎在此。具体地点是在环三都澳水产有限公司的楼下，一辆奥迪车大概从路边斜穿过十厘米高的马路牙子,撞到一棵槐树上,斑驳的树皮被刮破,露出浅黄光滑的树身,可见撞击力不小。

根据园区的摄像头录像回放,可以完整看到事发时的景象。当时环三公司的老总林森正在路边用手机通话。专职司机周亮把车从草坪停车位倒出来,非常潇洒地一个转弯,与马路直线成三十度角朝林森开去。按照常规,他会在林森身边稳稳刹车,等待林森上车。反常的是,在该刹车的时候,他却没有刹车,车身右角朝林森撞去。林森一边通话,一边侧对车身,眼角瞥到转瞬的危机,赶紧后退,被马路牙子一磕,往后摔倒。轮子上了马路牙子,把林森的头撞到槐树干后,头部滑了出去。否则,如果头卡在树干与车头之间,爆掉也有可能。

现场没有血迹,林森处于昏迷状态,生死未卜,已被送进医院。肇事人周亮已经被警方控制。

在现场拍照取证完成之后,李安全上了奥迪车,发动,倒车,刹车,前进,再刹车。车况良好,刹车没有失灵。

一切的证据显示,这次事故是有意为之。从谋杀的角度而言,司机显然想把林森撞到树干上,卡死。

周亮四十岁出头,中等身材,相貌英武。如果不是头发有点儿脱落而稀疏,脸上的肌肉稍显耷拉,他倒有点儿电视剧里的军人形象。即便是在审讯室里,他也不显得惊慌,跟在某人家的客厅里差不多。

"为什么要开车撞林森?"李安全开门见山,观察他的表情。

"不,我不是故意的。"周亮很笃定。

"你是说刹车失灵?"

"不是,是我的右脚突然麻木,踩刹车没踩住。"周亮的口气很坚决,没有一丝迟疑。

"你的脚有什么毛病?"

"不知道,偶尔会突然麻木无力。"

"没查过吗？"

"没有。"

"你是说，你没有谋杀林森的意图？"

"绝对没有。"

"你不觉得很荒诞吗？按照你这么说，所有的以车撞人的谋杀都可以是普通交通事故。"

"反正我的情况就是这样。"周亮一副爱谁谁的样子。

"即便你刹不住车，也可以猛打方向盘避开撞人的。"李安全根据车辆的路线和速度，得出过结论，猛打方向盘是有可能避免的。

周亮"哼"了一声，他似乎觉得李安全的问话乃是无理取闹，再也不言语。

检查显示，林森颅内出血。二院的专家会诊之后，决定进行开颅手术，清理颅内瘀血。

李安全把警车开到二院，却发现已没有停车位。医院在闹市区，车位非常紧张，探病的人一般把车停在旁边的巷子里，巷子里有一个专门贴条的辅警，大概是交警队里创收最多的人。李安全停在路边，便衣辅警正在其他车上贴条。

李安全探头叫道："这是警车，你就不用贴了！"

辅警斜了一眼，道："我若是不贴，群众会以为我欺软怕硬。"

李安全道："他妈的，这巷子也不让停，你让人停在哪儿？"

辅警指着巷子尽头，道："工业局里面有停车位，不敢收你钱。"

医院里人多得像蚂蚁搬家，电梯堪比北京地铁，李安全从楼梯一口气走到五楼重症监护室。林森连夜动了手术，昏睡到现在还没有醒来。在一旁守护的是他的妻子于丽川。

李安全在病房门口，介绍了自己的身份，并且表明想要了解一些情况。不论说什么，于丽川总是微微点头。他观察，于丽川脸上显得很平静，并没有忧心或者为丈夫的病情惶惶不安的感觉。

护士长过来，提醒不能在病房门口喧哗。两个人转到家属的休息过道，有两排蓝色的长椅子，但两个人并没有坐下。

"关于周亮这个人，你了解多少，特别是林森与周亮的关系。"李安全直接问道。

于丽川没有回答，从包里取出一个小本子和一支水笔，蹲在地上，将本子放在蓝椅子上写字。写完了，她撕下来，递给李安全。

李安全这才发觉，于丽川可能是个哑巴。

纸上写着：周亮和林森是小学和中学同学，也是扶摇村老乡。周亮去年欠过林森一大笔钱。周亮一个月前当了林森的司机。

这几句话，信息量很大。李安全觉得眼前一亮。

"这笔金额是多大？周亮还了吗？另外他为什么会去当林森的司机？"

于丽川快速地写了几句：我不太关心林森公司的事，具体情况你去问公司人员，对不起。

于丽川似乎关心病房的情况，李安全便结束了讯问。于丽川身材修长，典型的鹅蛋脸，稍显苍白，气质是绝佳的，特别是两只眼睛，乌黑而深邃。如果不是哑巴的话，绝对是百里挑一的。李安全有一瞬间心里一动，自己找对象的话，现在总算有这么个高标准了。不过，在这个三线小城市，要找到这样的女人，绝对是狗屎运。上次领导给他介绍了一个对象，他拗不过，去见了，结果跟女孩聊了半小时，女孩居然趴在桌上睡着了，嘴角还隐隐地渗出哈喇子。

从工业局把车发动，保安恭敬目送而出，李安全径直开到环三公司。这是一家做海鲜加工、包装的企业，这几年发展势头不错，得到几个行业内颁发的奖。

"周亮到公司多久了？"李安全问。

接受问讯的是吴秘书，一个着装干练的高个子男孩，估计大学毕业没几年。

"我查一下。"他随即打了个电话到办公室，很快就给出答案，"到今天为止，四十四天。"

"他以前欠过林总的钱，这事你知道吗？"李安全问。

"知道，那是货款。"

"多少？"

"有五十万元左右，如果需要精确数字，我可以查出来。"

"倒不需要那么精确，你把所知的欠款情况说一遍。"

"当时周亮应该是在福州做海鲜生意，我们这儿提供货源，可能是因为他和林总的关系，我们这边追货款也比较松，他一直拖，到了五十万元左右的时候，我们要款，结果他手机关机，人也找不到。找那边的朋友问询，说他不做海鲜生意了。"

"后来呢？"

"后来不知道什么情况，一个多月前，他突然来公司上班，帮林总开车。"

"货款还了吗？"

吴秘书找财务确认了一下，肯定地说："没有还。"

"既然没有还款，林总何以又不质问，还让他过来上班？"

"他们私人关系比较特殊，我们也不便过问，对我们而言，这也是个谜。"吴秘书诚恳地说。

"他们之间什么关系，你了解多少？"

"好像是发小儿。周亮进来后，经常在同事们之间说他和林总是生死之交，我觉得有夸张成分，大概是怕公司的人问起五十万元货款的事。"

谈话结束之后，李安全在公司的办公楼里巡视一周。虽然林森昏迷不醒，但各个部门还是有条不紊，可见平时的管理相当到位。林森的办公室里摆着数张公司的获奖证书，其中有一张是林森任渔业协会会长的委任书。海鲜是本地的传统特色产业，这一切都依托东面海域三都澳。

三都澳是一个腹大口小的奇特海湾,水域面积达到七百多平方公里,却只有一个东冲口与外海接壤,宽度仅为2.6公里。形成的港湾水深浪静、避风性良好、不冻不淤。之前,三都澳是大黄鱼的洄游产卵地,20世纪八十年代采取灭绝性捕捞之后,野生大黄鱼几乎绝迹。九十年代开始,三都澳地区开始网箱养殖大黄鱼,成为一个巨大的海上浮城,大黄鱼养殖、销售成为本地的重要产业。林森的公司主要经营的是大黄鱼的深加工,产品远销韩国、日本以及南美洲的一些国家。李安全盯了片刻会长的委任书,心中一凛:林森代表的可不仅是个人哟。

回到局里,与周幸福碰了一下头,决定再审周亮。

"你有欠林森货款?"李安全问道。

周亮乜斜了他一眼,嫌李安全多管闲事,不吭声。

李安全火了,拍了下桌子,喝道:"问你话呢,你以为不吭声就能混过去!"

"是呀,我欠他钱,这是我们私人的事,有什么好问的。"

"不管私人不私人,我问你就要回答,现在你要配合调查。你欠多少?"

"五十万元左右,对我来说是笔大钱,对林总而言是一笔小钱而已,何必大惊小怪。"

"为什么你欠债不还,还玩失踪?"

"我觉得你问得很好笑。你们都是吃公家饭的,不知道我们做点儿生意多难。酒楼生意不好,老板跑路了,我的款也收不回来,这怎么能怪我!"

公款吃喝被遏制之后,客观导致了饮食行业的衰落,这倒是实情。

"那也不能不讲诚信呀?"

"我告诉你,有钱,我他妈的比谁都诚信,哪次吃饭不是我埋单；没钱，我他妈就是一个流氓。"

"既然你欠林总的钱，你又怎么来到林总公司上班？"

"我跟林总的关系，是生死之交，钱的事是很小的事啦。"周亮说到此处，似乎来了兴致。

李安全见他有打开话匣子的意思，便道："我们都知道你跟林总关系非同一般，你就从头说起吧。"

旁边审问的周幸福赞许地点了点头。

宁德是个依山傍海的小城市，靠海的村庄吃海，靠山的村庄吃山。扶摇村是一个地势很高的小山村，林森和周亮就生长在那个村里。他们一起上小学，一起上初中。林森十岁时，父亲在山间采草药被毒蛇咬死，本来就艰难的家境更加捉襟见肘。周亮的父亲是早期的种菇专业户，日子还比较好过。初中期间，他们寄宿在学校，林森伙食费不够用，常常是饥一顿，饱一顿。周亮在生活上常常接济他，虽然只是一块馒头，一张饭票，但已经是相当高贵的赠予了。周亮称，要不是自己的接济，林森早就饿死了。

"你接济过林森，所以就不想还钱了？"李安全问。

"我说过了，这点钱对林总来说，是毛毛雨。"周亮一再强调。

只要一提起钱，周亮就着急，就强调，显然这笔钱是他的软肋。

"我想知道林森对这件事的想法。"

"最早呢，他也跟我急，催债，后来我找到他，我说生意不好做，我自己的一点儿钱也被我糟践了，要钱没有，要人呢，你就拿走，反正今后我这条命就是你的了。林总是念旧的人，他看我走投无路，身体状况也不好，就收留了我。"周亮一副轻描淡写的模样。

"他也没有要求你写个欠条什么的？"

"没有，林总不是这样的人。"

"也就是说，他答应你不用还了？"李安全直视他的眼睛。

周亮从李安全的凝视里突然明白了疑问，微微怒道："你怀疑我为了钱把林总撞死?"

李安全道:"我可没说,是你自己说的。上次的问题你还没回答我,你本来可以猛打方向盘避开林总的。"

"我当时右脚吃不上劲儿,脑子一蒙,注意力都集中在脚上,没有想到打方向盘,也许打过,可是反应迟了。"

"可是,作为开车的人,急打方向盘应该是个条件反射的动作。"

"我不管条件反射不反射,我想见一下林总。"

"想见他做什么?"

"我想知道他是死是活。"

"如果死了呢?"

"我不知道,总之,我想见到他。"

"不行,现在你有谋杀的嫌疑。"

"我已经说过了,我是右脚突然麻木。"

"可是我们叫来医生检测过你的脚部神经反射,并没有问题。"

"我的脚平常是没有问题,只不过关键时刻它就出问题。"

"所以你有谋杀嫌疑。"

审讯的结果并无进展。李安全从审讯室里出来,眉头紧锁,闷闷不乐。周幸福拍了拍他的肩膀,道:"走,到隔壁泡泡脚,我请客。"

"哪有这心思。"李安全惊讶地看着周幸福。

"你不知道吧,泡泡脚,脑子特别灵光。"周幸福道,"你太专注了,思维反而太紧。"

舒婷足浴就在隔壁,提供午餐。两人先吃了自助餐,叫了两个技师。那两个技师都是二十来岁的女孩,一边按脚一边聊昨天看的奇幻连续剧,像两只麻雀。

"对了,你相亲的事咋样了,有结果吗?"周幸福问道。

"一点儿感觉也没有。"

"你可别眼光太高了,对了,你到底喜欢什么样的?"

"实不相瞒,昨天调查了林森的妻子于丽川,我突然感觉,找女朋友就该找那样的,只可惜……"李安全支吾着,觉得说人家哑巴不太礼貌。

"只可惜光好看却不会说话,是吧?"周幸福微笑道。

"哦,原来你知道她。"

"当年呀,她差点儿就跟我结婚了。"周幸福得意道。

李安全"哦"地叫了出来,感觉周幸福不像在开玩笑。

"也不是什么秘密,只不过是你刚到警队不久,所以不了解情况,林森呀,下海之前,也是个警察。"

周幸福的大脚被药水泡开后,好像全身的细胞都苏醒了,腿毛熠熠生辉,话题也扯开了。

在十八年前,周幸福和林森从学校毕业,同一批进入警队,血气方刚的,比现在的李安全还要小。那时候的局长是老于,于国荣,也就是于丽川的父亲。老于想在民警中找个人当女婿,女儿什么都好,就是不能说话。老于愧疚呀,一直觉得欠女儿的。事情发生的时候,老于在部队,儿子和女儿被寄养在镇上姥姥家。那一年女儿于丽川才五岁,有一次发高烧,诊所医生没有测试过敏,直接上链霉素,导致神经受伤,居然就哑了。老于呀,真的是后悔莫及。老于想找一个信得过的年轻人,把女儿一生的幸福托付给他。经过几年的观察,他觉得周幸福和林森是自己满意的人选。两个人都来自农村,踏实、肯干、聪明、有想法,周幸福比较开朗,喜欢说笑;林森比较内敛,做事滴水不漏。老于是军人出身,喜欢直来直去,直接开出条件,他说,女儿是有缺陷,但其他方面一点儿都不比别人差,即便女儿不工作,也能够让女儿终生不愁吃喝的,因为准备了一笔嫁妆。更何况,于丽川并不依赖别人,她大学毕业,找了一份适合自己的工作,在报社当校对。当然,潜在的利益是不言自明的,有一个当局长的岳父,对一个警察来说,前途自然非同一般。对男方的要求是：入赘，生下的孩子必须得姓于。

这是一个两难的选择。周幸福最终没有答应；出身更加艰难，在城市里无所依赖的林森权衡之后，做了老于的乘龙快婿。

"为什么你选择退出？"李安全问道。

"我还是一个有传统观念的人，入赘这种事，情感上不能接受。"周幸福道，"另外，于丽川不能说话，我也不知道婚后的生活会怎样，是个疑问。"

"那你有没有动过心？"李安全的提问特别喜欢挖人心思。

"相当有，于丽川当年更漂亮，给人感觉是眼前一亮，整个世界都变了。"

"遗憾吧？"李安全问道。他见过周幸福的妻子，从审美或者是气质的角度而言，一个在天上，另一个在人间。

"是个两难的选择。"周幸福叹道，"毕竟，我是个男人。"

"看来对于林森的情况，你应该了解更多。"

"是呀，因为我了解更多，怕在办案上有主观思维影响客观判断，所以这个案子我让你来主导。"周幸福谨慎道，"事关案件，一会儿我再跟你讲。"

两个人闭目养神了一会儿，在两个技师端着脚盆出去后，两个人自行休息。周幸福睁开眼睛，继续介绍道："林森在警队干了十来年，因为有那层关系，所以走得也比较顺，还到下面去当了几年所长，正准备升任县局副局长，却突然想辞职下海。下海的阻力也比较大，折腾了两年，才被放行。下海到现在，应该有六年了，听说公司发展得不错，成为本地的领头羊，大概就是这么个过程。"

"既然仕途这么顺利，干吗又要下海呢？"李安全问。

"具体情况不太清楚，但我们只能从面上感知，他在警队虽然顺利，但心情并不愉悦，人家表面上夸你，背地里肯定说你吃软饭，靠岳父的关系，作为一个男人，长年累月的这种气氛，感受可想而知。另外，我感觉他在老于的羽翼下还是比较压抑的，去经商,到另一个行业,他觉得会有另一片天空。"

两个人沉默片刻,大概是感同身受地去体会林森的想法。近年来,在中国的乡村,有些案件可归类为"女婿灭门案",不是一桩,而是一类,都是由于上门女婿在长期忍辱的环境中,引发了心理变态,最终导致灭门的复仇行为。这类案件有很强的中国基因,曾经被人从社会学的角度来专门分析过,可称为"入赘症候群"。

"我倒是想知道,跟一个不会说话的女人长期生活,是一种怎样的感受?"李安全道。

"看来你对于丽川是念念不忘。"周幸福道,"不过你这个年龄可以理解。"

李安全有点儿不好意思,喝了一口菊花茶,说:"咱们倒是说说跟案件有关系的。"

"这正是我要跟你说的重点。你去查访于丽川的时候,我去看望了老于,他虽然退休了,但是经验不容小觑。"

于国荣退休后身体不好,这段时间心脑血管出现问题,在二院高干病房疗养。周幸福去看过两次,这次就不带补品,带着一盒白茶去探访。按照惯例,一进门就问其身体状况。于国荣拍拍胸脯道:"我没事,我住进来是让孩子们放心。你还是给我汇报下工作。"

周幸福汇报了最近局里的状况后,才把话题顺便转到林森的案件上。

周幸福告知老于,林森的案情并无进展,周亮一口咬定是右脚麻木导致的误撞。如果找不到有力证据的话,很有可能停滞不前。

老于从床上挪了下来,拍了拍周幸福的肩膀,说:"这个案件,能不能从政治角度来看?"

"政治?"

"对,林森现在不是一个人,他代表的是一个团体,他可是渔业协会的会长,近一年,渔业协会跟化工行业的斗争可是如火如荼。"

"对呀。"周幸福一拍脑袋,似乎有豁然开朗之灵光。

由于只有东冲口一个出水口,三都澳的海水与外海海水置换能力很差,根据测算,三十天一个周期海水的置换率还不到百分之五十。近年来,政府却加强了沿岸的工业建设,诸如核电厂、台资镍合金企业、铝业,这些企业排污以海湾内扩散为主,海湾内的海水置换不能明显改善海水质量。不仅是渔业养殖,就连周围城镇的生活环境,都遭到严重的破坏。前车之鉴是,南边一水之隔的罗源湾,由于镍合金等企业的污染,湾内渔业养殖遭到灭顶之灾,鲍鱼养殖血本无归,渔民不得不背井离乡。渔业协会根据《官井洋大黄鱼繁殖保护区管理规定》中"禁止向保护区排放有害、有毒的污水、油类、油性混合物、热污染物,以及其他污染物和废弃物"等条例,向政府、环境部门提出抗议。林森首当其冲,与化工产业,乃至政府发生冲突,并与环保志愿者、海水养殖企业合作,准备向中央有关部门申诉。

"一方面,政府要发展工业、振兴经济,情有可原;另一方面呢,发展了工业,那么渔业肯定要受到影响。这也是政府都不能解决的难题,我曾劝林森不要扛这个旗,不好扛,他要强,说不争的话,渔业以后就没得做了。所以呢,现在的斗争是两条路线的斗争,两个派别的斗争,如果从这个角度去考虑,会不会对案件有所启发呢。"

按照老于的观点,林森的被撞应该有幕后的主使。也就是说,周亮只是一个棋子。

如果能找出幕后的指使者,或者他与周亮的联系,那么即便周亮不松口,案件也就豁然开朗了。老于的构思给周幸福一个新的思路。这仅仅是一个新的思路,一切还需要证据,不过这确实为案件提供了一个可行的方法:从渔业协会调查。

"行,你现在身体还没恢复,就别太操心了,案子的事有我们呢。"周幸福准备离开。

老于一把抓住他的手，好像怕他跑走似的，说："我怎么能不操心呢，林森现在还没有醒来，要是有个三长两短，我不是坑了丽川嘛！"

老于的逻辑很简单，林森是他挑选的女婿，出了事，命不好，就说明他挑错了。

"你也不要怪自己，林森不会有事的。"周幸福拿开老于的手，劝慰道。

"幸福呀，其实当年我是对你更满意的，不知道丽川怎么就看不上你。"老于继续抓住周幸福的肩膀，解释道，"林森虽然不错，但是轴，我让他别下海，非得下，现在弄得都成政府的死对头了。"

周幸福瞬间脸红了一下，更加坚决地挣脱开老于，说："我也忙，先走了，您老多保重。"

"有情况一定要跟我汇报。"老于在门口千叮万嘱道。

案情并无实质性进展。林森醒来，给了警局一针兴奋剂，但仅仅是兴奋剂而已。不知道何时，他才能说话，才能沟通，才能把心底的秘密和盘托出，最好的结果是把凶手直接说出来。

但是好的情况还是在继续，林森已经能说简单的几个字，就像牙牙学语的两岁儿童一样——受损的脑神经毕竟是在恢复中。他的大脑现在是什么状况呢？这是个谜。最好不要像电视剧一样来个失忆症什么的。

李安全不能再守株待兔了，他再次来到了环三公司。

根据吴秘书介绍，去年出口韩国的大黄鱼，有过一次重金属超标，公司不得不进行出关检测，并且花费力量加强通关能力。但这都不能解决根本的问题，根本的问题就是水质的问题，也是渔业协会诸多公司面临的问题。以往的出口，只存在药残超标问题，比如说孔雀绿石，但是药物的应用也是跟水质的退化成比例的。林森带领渔业协会对水质保护的斗争，也进行了三年多了，与环保部门沟通，向政府反映，对污染企业进行排污取样，但是在发展沿海工业、做大GDP的大旗下，这一切如棉花打在石头上一样，没有实际效果。

"林总与污染企业有过冲突吗？"李安全问道。

"有过。去年林总带一个北京记者去现场拍照的时候，遭到企业雇用人员的驱逐。"吴秘书道。

"有没有一些针对林总的行动？"

"这个我就不知晓了。因为林总是会长，所以感觉他们对林总还是很重视的。但是林总一般不会把这方面的矛盾在公司里讲，他不想有负能量影响企业的生产。"

这么说来，林森是一个心思缜密的人。这也难怪，当过几年的刑警，比起常人一定会处事冷静得多。

在案件没有突破之际，李安全倒是对林森这个人感兴趣了。他经历丰富、性格冷静，每一个行动，只怕都有非比寻常的意义。

"林总最近有没有什么异常的举动？"李安全问道。

"林总做事比较有条理，三思而后行，一般来说，总是很清晰的，要说异常，我觉得把周亮调进来当司机，我们都有点儿不太理解。"

确实，两个人之间债务就不追究了，周亮竟然被聘为司机，这中间总是要有故事的，而非一个"发小儿"就能抹平的。

"林总夫人有参与公司活动吗？"

"从没在公司见过，连年会也不会来。"

这一方面，确实印证了于丽川所言，她对公司的事几乎不管。另一方面，是不是也说明他们夫妻关系相当疏远呢？李安全不知道为什么，对他们的关系有了极大的兴趣。有一瞬间，他感到有一丝惭愧，似乎觉得自己感兴趣的方向偏离了主题。

周幸福从渔业协会带来的消息也是如此，他们跟企业的明争暗斗倒是不少，但是找出具体证据，却也很难。与污染企业的对抗，对方从来没有一个真正的老总出面，总是一些雇用人员在搅和。

想从外围突破的线索也没有进展，李安全决定还是从周亮入手。这一次请来侧写师金桐旁听。

周亮相当着急，一见到李安全，还没等问话，就嚷着要出去："你们没有权力关我这么久。"

李安全道："你换位想一想，如果一个人开车把你撞了，撞成植物人，然后他说他由于身体不适而导致刹车失灵，我们会无罪释放吗？"

"我不管别人怎么样，反正我就是脚不听使唤，你们就是打死我，我也是这个原因。"

"你已经做过神经反射试验了，没有医学证据支持你的观点——我们必须对法律负责，对受害者负责。"

"好吧，我承认。"周亮软了口气，说，"我吸过毒，它会对身体的某些反应造成影响，这一点我有亲身体会。"

李安全看了一眼金桐，金桐微微点头，扑闪了一下睫毛，示意继续。金桐是一个三十来岁的女警察，犯罪心理学博士，有一张姣好的鹅蛋脸。

"说具体点。"

"我呢，吸过毒，当然是被别人引诱的，后来生意不顺，那些欠债，也不完全是赔本，其中一部分是用来吸毒了。我这个人呢，你看我这身材，跟二十来岁没什么两样，敏捷，什么事反应都快，小时候在山里长大，漫山遍野跑，腿脚灵活，中学在校运动会上年年拿长跑奖。平时在娱乐场所，跟人闹事打架，都是家常便饭，打不过我就跑呗，谁也追不上我的。但有一次被人追，突然间脚就不听使唤了，被人揪住差点儿命都没了，就是那一次，我知道是因为吸毒，身体不一样了。不过我现在全戒了，你看，你们关我几天，我一点儿反应都没有。"

周亮一副诚恳的样子，显然，他把吸毒的老底儿兜给警察，是经过深思熟虑的。两害相权取其轻，跟谋杀相比，吸毒就不算什么了。

并没有先例证明吸毒的后遗症能够让脚麻木。李安全当然不会轻易相信他这一套，而且，今天的话题不应该被引到吸毒上来。

"咱们先不谈吸毒。"李安全道，"我只问你，是不是有人要你把住口风？"

周亮愣了一下，眼珠一转，说："什么口风？"

"撞人的真相。"

"真相就是吸毒，吸毒后遗症。"

周亮这回死死咬住吸毒，也令李安全毫无办法。审讯还是没有什么实质性的进展，李安全只好求教金桐。

金桐做事严谨，独身，带着一个女儿。她坐在李安全面前，翻开速记本，面无表情。

"从周亮的人生轨迹来说，他高中没毕业就到社会上混，混黑社会，打架斗殴，做生意，吸毒，这样的人物，背景复杂，没有底线，谋杀或者误杀的可能性都有。由于见惯了世面，所以在表情隐藏上经验相当丰富。但是你刚才问'是不是有人要你把住口风'的时候，我发觉他停顿了一下，眼珠子往左上一转，这个表情说明是个回忆的表情，他正在回忆以前见过的场景，也就是说，关于把住口风这个事，以前有人跟他交代过。"

在此之前，金桐通过微表情的观察，为诸多案件提供过有益线索，深得大家信任。

"那么能否证明撞人事件是有预谋的？"李安全问道。

"这个结论过于武断。只能说，在交代问题上，他肯定有过承诺，要把住某个口风，但是是否能推断这个口风就是谋杀，则需要进一步的证据。"金桐严肃地说。

"那么他需要隐藏的是什么？"

"他身上应该有很多秘密，比如吸毒，他不能和盘托出，必须考虑利弊。那么，假如说这是谋杀，他就必须隐藏幕后人的指令；假如说不是谋杀，他也要隐藏一些秘密，自己难以启齿的秘密，或者跟林森之间的秘密。总之，他的态度是躲闪的，尽量不说更多的东西。"

"那下一步应该怎么打开这个突破口？"

"看他的表现，我是一点儿办法也没有。"金桐面无表情道。

李安全想，金桐要是能够露出一点儿微笑，一点儿柔媚，肯定是一个完美的女人，婚姻肯定也不是如今这般破碎。长得这么姣好的女人却跟一块石头一样，冰冷严肃，没有情绪，造物主造人的时候也是蛮荒唐的。

二　米鹿鹿

林森醒着的时候，就听着音响里的声音，有时候咧开嘴笑了。他已经能够下床了。但是脚步趔趄，重心不稳，需要搀扶。于丽川只能看着他，偶尔能支吾着打个手势与之交流，但林森一脸茫然地看着她，似乎原来与妻子的交流信息全然忘掉。

"你叫什么？"李安全问道。

林森愣了一会儿，属于反应迟钝吧，但还是嗫嚅地说出含混的答案："林——森。"

"她是谁？"李安全指了指于丽川。

林森迟疑着，眼里似乎有一丝犹疑和惊慌，一个字一个字地说道："于——丽——川。"

"你知道谁要杀你吗？"李安全单刀直入。虽然林森的回忆与表达都尚在恢复期，李安全还是希望能有灵犀一点通的运气。

林森眼里流露着恐惧，慢慢道："别——杀——我。"说罢脸上肌肉扭曲到一块儿，一副想哭的样子。

于丽川心疼地将他扶坐在床边，用手轻轻地拍着他的背，安抚他的情绪。

"我妈妈会来看我吗?"林森突然怯生生地问道,完全是一副儿童的口气。

于丽川无言以对。林森的母亲独自一人生活在山村,精气神儿还好,怕老人家受到惊吓,林森的事一直没有通知她。

李安全看到此景,也只好悻悻而去。要林森协助破案,且得等着。

周幸福最着急。因为他要应付老于的手机追问。老上司,虽然退休了,但也不能得罪,也要有礼貌。老于呢,好不容易碰上一个案子,似乎回到了当年的状态,各种督促、指令、粗口,完全是当年虎威。

"故意伤害罪也是可以成立的。"李安全建议道。

"但是其他人不答应呀,嫌疑人口供不答应,老局长不答应。"周幸福摊开手,"这个案子是我见过最简单的案子,现场简单得不得了,一目了然;但又是最复杂的,案子的背后就像一片森林,你无法知道隐藏着什么,是哪一股力量在作祟。"

"林森还没恢复记忆?"

"就是呀,问题就在这里,他想不起来什么,我们就得摸黑走呀。"

两个人陷入黑暗的僵局。

一丝曙光从吴秘书那边亮起来。吴秘书一直在帮助李安全查询林总不寻常的举动,从财务那里得知,大概两个多月前,有一笔款项使用比较异常,不是客户,也不是跟公司有来往的人,而且林总好像故意掩盖这笔款项。

"总共是二十八万元,打给一个用户名是林斌的人,也不说理由,我问怎么报账,他说按照私人的款走,不要走在公司账上。"财务汇报道。

"以前林总有这样过吗?"

"没有,在财务方面,他从来一丝不苟,都是以公对公。即便是给客户和领导的礼品账目,也是清清楚楚的。"

李安全的第六感马上意识到,林总是否要靠这笔钱摆平某种困境,这个困境与他的被撞有没有关系?而且,他不想让这笔钱被更多人知道。

林姓是福建的大姓,叫林斌的人不计其数,光是在宁德,就有十来个。他很快锁定,接收汇款的这个林斌,没有正式工作单位,家住南大路,是一栋老宅翻建的五层小楼,李安全决定在他家守候。

大概晚上八点,林斌一进家门,李安全便亮出身份,林斌皱了皱眉,面露惊慌,脚步迟疑在门口。李安全单刀直入,说:"环三公司的林总给你打过一笔钱,我是来调查这笔钱的来龙去脉的。"

林斌一听,一下放松下来,这才像个主人一样打招呼说:"进来进来,这笔钱确实蛮有故事的。"

林斌做的是地下钱庄,也就是俗称的放高利贷。周亮贷了他们十五万元,周转用的,借了以后也没还上,但到时月月还息。不料去年某月起,利息也不还了,人也消失了。

到了今年六月,有眼线在宁德发现周亮的行踪。林斌布控人手,很快抓到周亮,逼他还钱,利滚利已经滚到二十八万元了。周亮根本无钱可还,情急之下,他找来林森,请求林森为他还债。林森念小时候的感情,居然把他的债连本带利给还了。

"如果他找不到钱还债,你们会怎么对付他?"李安全问道。

林斌眼光犀利地看了一眼李安全,迟疑那么一秒钟,道:"每个行业有每个行业的规矩,这个你最清楚。你们如果遇到疑犯死不承认,你们也有一套见不得人的手段,这个我都清楚。我们这个行业,碰到的多是死皮赖脸的人,自然有一套,既然你问了,我也不隐瞒你。前几年有一个我们的客户,大概卷了一百万元失踪了,得知是躲到泰国去了,反正后来呢,他的下半生是不能走路了。"

"我只问周亮的事,假如林森不给他出钱呢?"

"反正下半辈子至少要当个残疾人。我们不这样做的话,在这个行业根本镇不住。"

"其实他还欠林森一屁股债,林森当时有那么爽快?"

"当然没有,林森当时过来了,他就哀求嘛,说些当年的事,好像说是周亮小时候帮过林森之类的。林森被他哀求不过,就跟我们说,他会出钱,要我们留住他的腿。我们也是不敢相信,一些人会采用这种权宜之计,争取时间找其他的法子,而不是找钱。直到钱到账上,我们才放心。"

"你感觉林森为什么会出手?"

"还是念旧吧,这个人表面很冷漠,实际上很讲感情,我对他印象不错。如果不是道不同,我会跟他做朋友。"

林斌送李安全出来时,与其客气地握手,极其友好。如果下次见面,看来李安全必须给他一个面子了。

林斌的证言倒是确证了一个事实:周亮所言不虚,林森确实是因为交情,不但免了周亮的旧债,而且替他还了高利贷,让他重新做人。

这无形中粉碎了周亮不想还钱而撞死林森的假设。

那么,剩下只有两种可能,一种是如口供所言,无意中撞人;另一种是有幕后的力量在指使谋杀。

"金桐姐,我觉得你从来没有笑过。"李安全进了金桐的办公室。因为金桐的到来,局里专门设了一间办公室,一个部门,叫犯罪心理研究中心,其实就她一个光杆司令。一般情况下,她是重案刑侦专案组的一员,但可以比较游离,以便她可以打开不同寻常的思路。

"我有笑过吧。"金桐不苟言笑地说,"一个人怎么可能没有笑过。"

"但我确实没见你笑过,特别是你在我们这些男警员面前,总是特别严肃。"

"我不习惯在男同志面前嬉皮笑脸的。"

"不，按我的分析，你是对男人过于警惕。"

"嗨，别扯淡了。"金桐虽然眼神温柔，但表情突然严肃，显然不想继续之前的话题，问，"你找我什么事？"

"还能有什么事，就是周亮呀，他那眼神背后，到底隐藏着什么，你给深入分析一下。"李安全无奈道。

"具体内容，我可看不出来。"

"我怕我们整个专案组，都在做无用功。"

"何以见得？"

"倘若周亮只是想隐藏他欠林森的人情，而事件的真相恰恰就如他的口供，只是身体不适引起的车祸，那我们岂不是在沙滩上建高楼。"

"不太可能呀，医学上说不通呀。"

"那也不见得，人体的生理异常，未必是仪器都能检测出来的。你看我这右胳膊，这阵子突然疼得要命，吃不上劲儿，觉得好奇怪，想了好久，可能是前阵子打台球打伤了。"

"你这是怀疑主义，你要相信科学。"

"你就说有没有这种可能？"

"没有，如果有这种可能，那么各种谋杀都可以以身体突发性动作来掩盖。"

"我感觉你在生活中肯定很绝对。"

"是的，我是非黑即白，没有过渡色彩。"金桐坚定道。

"那你判断一下，周亮躲避的是高利贷这一块的问题，还是有其他的问题。"

"应该是其他问题，高利贷的问题，他没有什么压力，而他的眼神，具体而言，他应该跟某人承诺过，在某件事上一定要把住口风。"

"倘若周亮是受人指使加害林森，那就是典型的恩将仇报，农夫与蛇，从周亮的人格上分析，有这种可能吗？"

"绝对有可能。"金桐分析道，"林森替他还债，他心安理得，根本没有日后归还的意思，所以他是蔑视规则，没有羞耻感，在利益驱使下没有底线。他经历复杂，算是经过大风大浪了，现在给林森开车，一个月赚个三千来块，只是他陷入低谷后的权宜之计，肯定在虎视眈眈寻找东山再起的时机，总而言之，没有底线，不安分，恩将仇报的事只是小菜一碟。"

李安全是相信金桐的，在以往的案件中，她的分析在常人看来有点儿过于自信，甚至有点儿匪夷所思，事后证明却相当科学。

问题是，从哪里能找出幕后指使呢？

手机一出现老于的号码，周幸福就头疼，但是不能不接，一边接一边在想如何汇报。

"幸福，你过来下。"

老于这回没有发问，口气却有点儿兴奋，周幸福觉得有戏。老于的破案经历，那也是声名赫赫的。老将出马，一个顶俩，有时候是成立的。

老于提供的情报，确实让周幸福觉得案情打开了一个巨大的缺口。那是一条林森手机上的短信。林森出事后，手机在于丽川手上，于丽川关注林森的身体，对于破案这种事，似乎没有那么上心。老于后来想到这一茬儿，赶紧让于丽川仔细查看手机信息。那条信息是在两个月前发的："林总，关于无证据举报海水污染的行动，希望你能停止，否则你的人身安全将无法保障。"很显然，这是一条恐吓短信。

老于兴奋道："幸福，你看我的直觉还可以吧！"

周幸福竖起大拇指。老于说："他们还担心我老年痴呆，我觉得我可以再干二十年。"

周幸福和李安全坐在车里,车停在路边。左边是一溜儿别墅区,右边是一条从山涧下来穿城而过的溪流。水很浅,两岸房子不时有排水口通到河里,水泥改造过的溪床荡漾着黄色的菌藻,不免有一股淡淡的腐臭味儿。这片别墅是早期自建的小别墅,造价不贵,但基本属于最早的一批富人所有,环境倒是蛮优雅的。

一个脸上棱角分明、戴着墨镜的中年男子从小花园铁门出来,似乎要走到一辆黑色的别克汽车面前。

李安全道:"应该就是他吧?"

周幸福看了看手机里的照片,说:"走。"

两个人走到中年男子面前,亮明了身份,李安全问道:"你是张宇吧?"

男子倒不慌张,点了点头问道:"有何指教?"一看就知道是江湖老手。

"我们到车上问一些情况吧。"周幸福道。

张宇处乱事不慌不忙,沉着冷静。他给自己点了一根烟,跟着两个人上了车。周幸福坐在驾驶座,后座是张宇和李安全。因为抽烟的关系,李安全把车窗开了一小半。

"林森被车撞了,你知道吗?"周幸福转身问道。

张宇闭上眼睛,吐出一口烟,似乎在想如何作答。只不到一秒工夫,就做好了决定,点了点头。

"林森的手机里有一条短信,是你发的吧?"

周幸福把短信的内容给张宇确认。张宇再次吐一口烟,点了点头。

"下面,你自己说吧!"周幸福道。

"然后你们就认为林森被车撞了跟我有关?"张宇做无辜状反问。

"你说呢?"

"我没啥可说的,如果你们认为是我让人撞的他,那就拿出证据。"

李安全觉得此人相当难对付，正色道："证据我们当然是要取的。现在只说短信的事，你为什么对林森进行恐吓？"

"别说那么难听，我只是提醒他而已。他不顾宁德地区发展工业的大局，到处打报告，以环保的名义，阻碍地方经济发展，我告诉你，我是代表地方政府警告他的。"张宇振振有词。

"不用说大道理，我们只管你对他做了什么。"

"我可是什么也没做。"张宇很夸张地摊开双手，像港片里的演员。

"可我知道，林森出事的时候，正在接一个电话，那个电话就是你打过来的。"周幸福冷静地说。

张宇一愣，瞬间夸张的动作僵住了，转而装成无奈的表情，说："是呀，是我打的，可是打个电话就犯罪了吗？"

"他在接你手机时被撞，如果不接你的手机，完全可以避开，你认为这没有关系吗？"

"哦，那我如果在吃一个苹果被车撞了，那要怪罪那个苹果吗？"

"你当时跟林森说了什么？"李安全换个角度问道。

"我还是那个立场，苦口婆心劝他别跟那些所谓的环保分子混在一起搞事，那些人的背景都很不清楚，靠这个来讹钱——这个没问题吧？"张宇胸有成竹道。

"周亮你认识吧？"李安全盯着他问道。

"什么周亮李亮？"

"就是林森的司机。"

"不认识，我打交道的都是有身份的人。"张宇表现出一副上流人物的样子。

很显然，张宇属于文化不高，但是有一个机会加入了暴富的行列，从此之后以上等人自居。他活着的资本，就是他的气场。

张宇的号码，一次给林森发过恐吓短信，还有一次就是事发时的通话。但是，周亮的手机通话记录里，却没有张宇的号码。也就是说，如果他们两个串通合谋，有可能采用的是别的联系方式，或者用别的手机来联系。

张宇否认与周亮认识，有可能是事先制订计划的一部分。

"你针对林森所做的工作，是你本人的意愿？"周幸福知道碰上对手了，冷静地问。

"当然是公司了，我只不过是公司的一个小马仔而已，你们也没必要把精力花在我身上。"张宇又表现出一副事不关己的样子。

"新时代服务公司？"

"对呀，既然你们找到我了，指定了解了我公司，我告诉你，我们公司是为官方排忧解难的。"

之前确实查过，新时代服务公司的法人代表叫林立。但张宇绝不是什么小马仔，而是公司的重要人物。相反，法人代表其实只是一个傀儡人物。李安全盯着张宇看似凛然的脸，泛起一种莫名的酸楚。

两年前，李安全入职不久，有一天突然被紧急调到市政府门前维持治安。一个城中村的拆迁补偿问题引起村民不满，他们也精得很，把老人放在队伍前面示威，冲击警戒线。一个老人冲着李安全叫道："你是狗，纳税人的钱就用来养你这样的狗嘛。"李安全低着头，心里特别憋屈。毕业的时候，豪情满天，没想到现实中还要做这样忍气吞声的工作。而且，那个老人用本地话来骂，很像他小时候的一个街坊，但不能确定是不是，总之，情感受到很大的伤害。

还有一次，金溪村拒绝拆除违建民宅，村民堵在村口，老人和妇女在前头，挡住挖掘机。李安全奉命前来维持秩序，看到村民们破口大骂，不敢上前，在外面站着静观事态变化。局长上前勒令村民退后，被一名村妇兜头泼来一勺粪便，满身臭味熏人，接着发生了激烈冲突。李安全左右为难，是否参与其中，都很难决定。

这两件事后来都是靠新时代服务公司来解决的。新时代服务公司能从外地雇用一批人，穿上保安的制服，称为防暴队员，可以直接处理群体纠纷跟社会病症。那些防暴队员，民众乍一看以为是官方人员，被强制执行时才知是社会人员，哪个部门也不用担责。

对于这个公司，李安全有一种难以言说的感觉。

大概询问了半小时后，他们放走了张宇。张宇虽然承认有要挟，但并无证据直接证明其跟撞车有关联。

由于事关新时代服务公司，周幸福不敢擅自再有什么行动，便及时跟老于汇报。客观上，这个案子现在变成老于督办了。

老于紧皱眉头，就像当年处理棘手问题一样，背着手，走来走去，像一只不安定的企鹅。周幸福心有灵犀：新时代插手的事，一般都是有行政指令在，这么多年来，他们办案最怕的就是行政干预。行政有一股扭曲法律的力量。

"要不，我再想辙吧。"周幸福真害怕把老于的心血管毛病再引出来，劝解道。

老于一巴掌拍在周幸福肩上，若有所悟道："哎，我怎么没想到呢！"

于龙川坐在帝豪大厦的十二层办公室，庞大的身躯使真皮沙发陷得很深。他用土豪金苹果手机拨了一个号码，自己还没开口，对方的声音已经过来了。

"龙哥，你找我？"

"是呀，你过来一下。"于龙川的声音很有磁性不怒自威。

"龙哥在哪儿？"

"帝豪。"

"我马上到。"对方似乎在等待的就是这一刻。

来的人绰号叫泥鳅。大概不到十五分钟，泥鳅就毕恭毕敬地进来了。于龙川感到满意，他喜欢从别人的行动上判断对自己顺从的程度。他嘴努了一下，示意泥鳅坐在客座的沙发上。泥鳅受宠若惊，道："龙哥叫我，肯定是有大生意了。"

"大生意是做也做不完，关键看你有没有本事。"于龙川漫不经心道。

"那是，龙哥做一桩就能吃一辈子了。"泥鳅一边东张西望，一边机灵地附和道，"有跑腿的活让小弟干，龙哥信得过的话，就带小弟一把。"

帝豪大厦所在的十二层，都是于龙川所在的中天公司。中天公司相当神秘，虽然布置得很高档，但没有多少员工，是泥鳅特别神往的地方。据说有北京官二代的背景，在当地是一个传说。于龙川只是其中一个高管。这几年，中天公司在当地只做了一个项目，就是联合当地政府对谈瀛乡移民，兴建了谈瀛水电站。发电之后，水电站转手给一家上市央企，坊间传闻中天公司赚了五个亿。在移民拆迁的过程中，中天与新时代服务公司有过合作，很多棘手的钉子户问题都是新时代服务公司解决的。泥鳅只是新时代服务公司的一个小头目，知道于龙川能耐特别大，鞍前马后走动得很殷勤。

"钱就堆在银行里，看你有没有能耐取出来。"于龙川话锋一转，道，"环三公司的老总，叫林森，被车撞了，是不是你们公司整的？"

"哦，这个倒不是，说实话我们公司有点儿背黑锅了。"泥鳅疑惑道，"龙哥对这个感兴趣？"

泥鳅知道龙哥是前公安局长于国龙的儿子，官二代，在当地黑白两道都是叫得响的人物，但并不知道林森是他的妹夫。

"我就好奇那么一问，也了解一下你们公司的能耐。"于龙川沉吟道，"不过听说你们公司张宇要挟过他。"

"你肯定是听到公安方面的消息。"泥鳅一副深谙其道的样子，说，"林森是公司的目标，这没有错，但撞车这个事件肯定跟公司没关系。"

于龙川从盒子里抽出软中华,递给泥鳅一支,泥鳅毕恭毕敬接过,转而拿出打火机给龙哥点烟。龙哥狠狠吸了一口,闭上眼睛。

昨天父亲于国龙叫他去医院,他火速去了,周幸福也在。他们知道于龙川的能耐大,叫他打探打探实情。于龙川想,从泥鳅这里旁敲侧击,问到实情的可能性更大。

"你不会忽悠我吧?"于龙川突然严肃问道。

泥鳅赶紧正色道:"我怎么敢,我还指着将来跟龙哥混呢。"

"那新时代对林森做了什么?"

"一直在跟踪,想抓他把柄,但是这个人藏得太深,嫖娟、赌博、打架斗殴,啥都不沾,曾经还派人跟他面谈,要是他不插手三都澳环保的问题,可以直接开价,但是这个人好像有反侦查能力,口风无懈可击,怎么也不上套。"

于龙川哼了一声,心想,林森原来是干过公安的,对付你们这些地痞出身的,当然不在话下。

"什么把柄也没抓住?"于龙川问道。

"也不是完全没有,好像有一个情妇,在省城,但是公司也不确定这个是不是把柄,没有特别扎实的证据。"

于龙川把烟摁在烟灰缸里,站了起来,厉声道:"我×!"

从小,在宿舍大院里,于龙川就爱当孩子头儿,顽皮起来不要命,小孩大人常来家投诉。学也不好好上,老师最喜欢他逃课。妹妹于丽川相反,性格文静,加上不能说话,简直就是一朵静静的水仙花。于龙川可怜妹妹不能说话,倘若谁敢嘲讽妹妹一句,他就二话不说打上门去。于龙川磕磕绊绊,混到高中毕业,就参军了。每次探亲,回到家就问妹妹:"有谁欺负你吗?"

老于看不过去,说:"嘿,你老爸还在呢,你逞什么能。"

这个时候,于丽川就静静地看着他们,好像身处另外一个世界。

林森伸出手，看准位置，颤巍巍地把循环播放的录音关掉。于丽川瞪了他一眼，重新打开了。林森再一次费劲地关掉。于丽川做了个不耐烦的手势，意思是医生吩咐过，听听声音有利于恢复。

李安全站在门口看着这一幕，而他们两个浑然不觉，直到李安全一声咳嗽。

"你是怎么受伤的，想起来了吗？"李安全问道。

林森恢复还算乐观，这得益于医生给予的康复疗法。林森坐在椅子上，努力地回想，忽然举起双手，往身上收缩，说："车子，撞过来。"

"谁开的车？"李安全盯着他的眼睛。

"周——亮。"林森的表达还是比常人要缓慢。

"周亮为什么要害你？"

"周——亮？"林森努力地思索着，突然摆了摆手，笨拙地叫道："不，周亮是好人，周亮不害我。"

"对，我们调查过了，周亮没有害你的动机，那么谁会害你呢，谁会利用周亮来杀你呢？"

"害我，很多人害我。"林森似乎想起了很可怕的事，突然像个少年一样哭了起来，"害我，我不知道是谁……救救我。"

他哭得很伤心，像是受了很多年的委屈，趴在李安全身上，鼻涕沾在警服上。李安全的右侧胳膊以下全湿透以后，林森的情绪才缓和过来。但是想再让他想出有用的线索，已然不能，他沉浸在恐惧之中。

医生说，不能急。这是一句实在的话。

李安全临走的时候，问了一句："你听的录音，是米鹿鹿的声音吧？"

于丽川和林森寂然无声，显然李安全的问题让他们震惊了，又似乎一个潜伏着的定时炸弹被引爆了。李安全不想再刺激林森的情绪，只是盯着于丽川。良久，于丽川点了点头。

北山隧道通了以后，宁德到省城的车程只需一小时。车过隧道的时候，坐在驾驶座的李安全顿时觉得周围安静而压抑，似乎穿过一个禁区。

"金姐，这次出来调查你怎么会主动请缨？以前少有呀。"李安全笑着问道。

坐在副驾驶座位的金桐微微一笑，撇嘴道："我就不能调查嘛，整天搞理论，也需要实践呀。"

"实践的机会在宁德多了去了，就没见你主动过，我觉得你是对这个女人感兴趣。"李安全打趣道。

"怎么可能呢，你们男人才对女人感兴趣。"

"我说的这个兴趣不是那个兴趣，我是说，因为她是个主持人，所以你感兴趣吧？"

"少儿节目的主持人，我有啥感兴趣的，我又不是小孩子。"

"要么是你的孩子感兴趣？"

"我孩子倒是看过她的节目，叫'快乐森林'，但谈不上对她有多迷恋。"

"不是班门弄斧，我总觉得，你对她的某种身份感兴趣，才会主动来调查，是不是对她小三的身份感兴趣？"李安全刨根问底。

"混账。"金桐突然暴怒起来，随即用手掩住自己的口，但眼神里依然可看出被激怒。

车正好驶出隧道口，一阵暴雨哗啦啦砸了下来。刚才入东隧道口时，还是晴空万里呢。

李安全吐了吐舌头，看着金桐灰色的表情，更觉得这个近在咫尺的女同事是个冷冷的谜。

这个女人叫米鹿鹿。最早是于龙川查出来的，于龙川径直找到周幸福，要他查出林森与她的真正关系。周幸福觉得这个未必跟案件有关，左右为难。但于龙川告知，不管有没有关系，这个线索都要查个水落石出，他绝不让于丽川吃哑巴亏。周幸福随后在林森的通话记录里查出米鹿鹿的号码。无独有偶，这个号码周亮的通话记录里也有。

提审周亮时，周亮吐露："跟米鹿鹿联系，是因为林总委托送一箱野生黄花鱼给她。"至于她与林总的关系，周亮咬定一无所知。

提审旁听的金桐看到周亮回答时眨了几次眼睛，断定他有所隐瞒。他为什么要隐瞒米鹿鹿跟林总的关系，专案组推翻几个设想之后，做出一个大胆的猜测：米鹿鹿与周亮合谋？

这个想象大胆到可怕，不过很符合周亮的隐瞒心态。

专案组有人提出对周亮进行严审，说白了，就是近似摧残逼供。实际上，对于一些串案，如果不采用严厉手段，犯罪分子是很难主动吐露出来的。

这个提议被周幸福否了。对于周亮这种见过大风大浪的人，应该从证据上入手，使其心理一步步被击溃。

"金姐，晚上你想吃什么？我跟我同学招呼一下。"李安全为了缓和情绪，开始聊吃的。

因为跨市调查，李安全跟鼓楼区当民警的一个同学小兀打了招呼，一边是调查协助，一边当然要做个饭局小聚了。

"你吃吧，我直接去酒店。"金桐显然对饭局极为不感兴趣。

"如果我话说错了，你直接骂我就行，但你别这样。"李安全推心置腹道，"饭一定要吃，而且，不仅仅是吃饭，还要对调查人先摸个底呢。"

"以后不要在我面前说什么小三之类这种肮脏的字眼。"金桐口气有点儿缓和。

"好，我明白了，你有语言洁癖。"李安全自我解嘲道，"不过这个米鹿鹿如果跟林森的关系确凿的话，就是小三呀，难免被提起。"

"谁知道呢。"金桐略显疲惫地靠在副驾驶枕头上，眼角露出微微的鱼尾纹。

晚饭要了一个小包间,除了三人外,还叫了一个电视台的朋友记者小齐。小兀本来想要大醉一场的,被李安全制止了。

"米鹿鹿是个什么样的人?"金桐问小齐。

"你指的是哪个方面?"小齐是个出道不久的记者。

"感情方面?"

"好像还没结婚吧,不过她确实长得也像未婚的样子,嗓音嫩得跟小女孩似的。"

"绯闻方面?"

"这个不好说,因为都是道听途说,没啥根据的。"

"没有关系,我们不是来取证的,只是想了解其社会关系。"

"与其他主持人比,算是比较有话题的吧。有时候都听说要跟某某在一起了,后来发觉都不是那么回事。"

"与之传出绯闻的,都是些什么样的男人,可以举几个例子吗?"

"主要是商界精英吧,还与一个广电领导传出过,后来证明子虚乌有。"

金桐默默地听着,若有所思。

吃完饭把金桐送到酒店。小兀要拉李安全去酒吧喝酒,李安全极力拒绝,说:"这次是来办案的,下次吧。"小兀说:"什么这次那次的,你警服一脱就不是警察了,别老想着工作,跟老干部似的。"李安全说:"要是我们领导也这么认为就好了。明儿我要是一身酒气,金桐姐非说我不可。"小兀说:"你这个同事,简直像有抑郁症,一个笑脸也没有。"李安全说:"实话告诉你,我对金桐姐的好奇,比对米鹿鹿的好奇强多了。"小兀说:"所以呀,我们要经常到酒吧了解一下女人,要不然以后娶个这种女人回家,不是找罪受嘛。"李安全拒绝道:"今天脑子很乱,我得回去看会儿书,梳理一下。"小齐帮腔道:"女人也是一本书嘛。"

次日,两个人在广电大厦门口进行登记后,开车到停车场,直接到办公室找米鹿鹿。办公室的人打了电话,告知米鹿鹿二十分钟后会到。电视台楼道里,每个人行色匆匆,煞有介事,似乎时代的车轮在他们脸上快速碾过。

米鹿鹿出现的时候,李安全先是听到银铃般的声音,接着似乎一阵春风扑了过来,四周顿时就鸟语花香了,全忘了自己来的初衷。她有一种天生的气场,让你觉得世界应该是无忧无虑、阳光灿烂的,就连她眉梢一翘,都恍然觉得是一只画眉鸟飞起。

李安全不由自主地想起了于丽川。他觉得于丽川也有一种震慑人心的气场,恍如一座幽静无边的森林。与米鹿鹿是两极。

两人表明身份后,米鹿鹿竟然毫不诧异,依然满面春风,好像面对的是老友或者客户,并建议到会客室。金桐早看出会客室有人进进出出,气氛不太合适,建议到楼下车里去谈。米鹿鹿跟化妆师沟通了一下,告知只有半个小时的谈话时间。

今天开的车并非警车,而是一辆新款捷达,在停车场里很不起眼。米鹿鹿和金桐坐在后排,李安全坐在驾驶座。

"林森你认识吧?"李安全问道。

"认识,高中同学呢。"米鹿鹿坦荡荡道。她姓米,她爸爸是当年中学的校长,似乎很早就知道她要干哪一行一样,给她取了个这么可爱的名字,工作后直接做了艺名。

"最近他发生的事你知道吗?"

"大概知道,我也想知道具体情况呢。现在如何?"

"还在医院,已经苏醒,应该有个漫长的恢复期。"李安全觉得不能跟她绕了,"据我们所知,你跟林森的关系比较密切?"

"怎么说呢,他来看过我几次。"米鹿鹿道,"这跟他的撞车有什么关系吗?"

"他是被人有预谋撞车的。"

李安全说这句话的时候,金桐狠狠地盯着米鹿鹿。

米鹿鹿睁大眼睛,吃惊道:"啊,这么严重!"

"根据我们掌握的信息,你跟林森并非一般的关系。"

"没什么不一般,他送我点儿礼物而已,难道有问题吗?"米鹿鹿嘟着嘴,似乎有点儿不满。

李安全盯着米鹿鹿无辜的眼神,蓦然觉得自己这样强行问下去,十分残忍。

"林森很喜欢你,这一点毋庸置疑吧?"李安全逼问道。

"从小到大,很多人都喜欢我。"米鹿鹿马上露出一副骄傲的样子,又笑了一下,让李安全哭笑不得。

金桐眼睛一眨不眨地盯着,似乎想从米鹿鹿的表情里揪出一个阴谋。

"你们有婚外情关系吗?"李安全觉得只有严厉的问题,才能捅破米鹿鹿一副天真的样子。

"你们怎么能这样?"米鹿鹿随即转为不悦,说,"我不是那种人。"

"我们只想知道事实,无关道德。"李安全沉声道,"我们有证据证明你们的举动相当亲昵。"

"那又怎样,亲昵的举动也很正常吧,他那么有男人味。"

"那么,请你具体说说,他喜欢你什么?"这个问题一出口,李安全突然有点儿感觉不是为案情而问,而是为自己的好奇而问。

"他说跟我在一起很开心,很放松,感觉来到一个新的世界。"米鹿鹿有点儿顽皮地说道,"我都没感觉自己有这么大的魅力,你说他说的是真的吗?"

李安全很想脱口而出,肯定她的复述。米鹿鹿天真的表情,对赞赏的喜爱,黄鹂一样的嗓音,以及全身散发出来的阳光、活泼的气息,无时无刻的开心状态,确实让人置身于一个无忧无虑的童话世界。和这样的女人在一起,如沐春风,如浴温泉,成人世界的烦恼、无情、困境,了无踪影。

"请原谅我不谈你的魅力问题。"李安全故作冷冰冰地问道,

"他有想过跟你结婚吗?"

这个问题是关键问题,也是大家最想知道的答案。当然,这个问题,也是案件的核心。

"当然有,不止一次说过。"米鹿鹿坦然道,"但只是假设而已,他已经有妻子了。"

"他有想过离婚再跟你结婚吗?"李安全感觉自己已经是一个八卦记者了。但是在目前的情境下,只能如此突进。

"这倒是没有。"

"如果有朝一日他离婚了,跟你求婚,你会答应他吗?"

在这个问题上,米鹿鹿稍一迟疑,摇摇头道:"不知道,我们只是很好的朋友,还没到那一步。"

"他是有妇之夫,你跟他这么亲昵,你不觉得这关系不正常吗?"一直不说话的金桐突然抛出这个问题。

"我不理解你的问题。"米鹿鹿无辜道,"一个朋友喜欢我,拉拉我的手,呵护一下我,我觉得我不能拒绝,否则就是不礼貌,但是我们的交往没有超越底线。"

"那你说说他送你的礼物。"

"我记得的,一条项链,一个翡翠手镯。"

"价格如何?"

"项链应该是两万多元,手镯是十几万元吧,送给我的生日礼物。"

金桐睁大眼睛,道:"这么贵重的礼物,还能说你们只是普通关系?"

"男人给女人买礼物,不是很正常嘛。"米鹿鹿淡然道,"难道你不收礼物?"

金桐胸部起伏,没有回答。

"林森在婚姻上没有给过你承诺,这一点你确定?"李安全接过话题。

"没有。"米鹿鹿坦然回道。

"据了解,你现在是未婚状态,我冒昧问一个私人问题,为什么你现在还没结婚?"李安全感觉,有些问题纯粹是满足私欲。

"没有结婚吧,全世界男人都爱我;结了婚吧,我怕只有一个男人爱我。"

李安全心里笑了起来,觉得米鹿鹿实在是可爱不过。所有的想法都是小孩的贪婪想法,这样的女人自己还真未见过。小齐说女人也是一本书,说得没错,只不过自己刚刚翻开第一页。

金桐则露出不经意的鄙夷。

"在跟林森的相处中,你生过林森的气吗?"李安全盯着米鹿鹿的眼睛。

"当然了,不生气还是女人吗?"在米鹿鹿眼里,李安全似乎是另外一个世界的人。

"最生气的一次是……"

"他一直跟我说,要在福州买一套房子给我,我说不用,我又不是那种女人。但是他一直强调,即便我跟他只是普通的朋友关系,他也要送,他非常想在一个私密的环境里听我说话、聊天,酒店或者咖啡馆的气氛,终究听不出那种感觉。说着说着我就信了,我一上心呢,就非得到不可。结果他又说公司现在资金周转困难。我最讨厌牛皮吹了言而无信的男人,有几次生气,不回他的消息,仅此而已。"

李安全与金桐听了,面面相觑。对于米鹿鹿的性格,更是云里雾里了。米鹿鹿会因为林森的食言怀恨在心吗?女人心,海底针,这件事在米鹿鹿心里,到底有多严重呢?

"林森的司机周亮,你跟他有过接触吗?"李安全问道。

"哦,记得,给我送过一次鱼。"米鹿鹿道。

这个口供跟周亮的口供一致。要么是事实,要么就是串供。

"林森被车撞了,有被谋杀的嫌疑。根据你跟林森的接触,他有过这方面的预警吗?"

"有呀,有一次他来看我,说是很珍惜现在跟我相处的时光,说不准哪一天就没了。我问怎么回事,他说,好像是他为了家乡海洋环保的事,上了有官方背景的化工企业的黑名单,收到死亡威胁的短信。我也是宁德人,知道沿海工业的布局蓝图,劝他可以忍让一下,工业污染是大势所趋,个人力量阻挡不了。他说他这辈子最后悔的事就是对权势的附庸,现在有一个机会对抗权势,一定要干下去,要不然活得跟咸鱼似的。"米鹿鹿这时候一脸严肃,睁着一双无辜的大眼睛,边回忆边述说。即便如此,她的神情也还是孩子气的。

"有说如何对抗吗?"

"我也想问,他打断了我的话题,说过来看我就是为了忘记这些乱七八糟的事,忘记恐惧,不要再提了。"

"关于这件事,我们已经调查清楚了,虽然林森是其黑名单上的人,但他们还没有下手。看来你是林森敢于敞开心扉的人,你再想想,还有对林森下手的人吗?"

"倒是有一件事,不知道跟这有没有关系。"米鹿鹿似乎在竭力回想当时的状况。

"你说就是,我们需要各种线索。"李安全鼓励道。

这时米鹿鹿的手机响了,是化妆室打来的。米鹿鹿说:"我去录节目了,你们要继续的话,必须等我录完。"

米鹿鹿离开后,李安全发觉车上的香气还是很浓重,便把车窗开了一半。

"你觉得她说的话可信吗?"金桐反问李安全,本来这是金桐的任务。

"我感觉她不是个藏事的人,应该说,可信度很高。"李安全觉得米鹿鹿胸无城府,活得不累。

金桐不语。李安全觉得金桐自有答案,只不过是试探自己的想法来印证而已。

"她没你想象得那么天真。"金桐良久撇嘴道。

"为什么?"

"她想要全世界男人的爱,你想想,多大的野心。"

"那只不过是一个夸张的说法。"

"那是一种心理疾病,在我研究的许多命案中,最初的根源,就是一种心理疾病。"

这种说法倒是可信。许多案件,归根结底是由于自私、妒忌、贪婪的人性。但是若说米鹿鹿的人格有巨大的缺陷,李安全倒是不相信。根据金桐的推测,难道米鹿鹿会由于爱的贪婪而与林森矛盾激化?但是,在这一方面,金桐是权威,李安全不能与其争辩。

"你从她的表情中看出什么了?"李安全问道。

"我从来没有碰到过这种情况。"金桐道,"她的微表情居然被格式化,说话都是一个口气,一个表情,就是她主持节目的味道。"

李安全这才意识到,米鹿鹿说话中的那份天真,是从主持节目里带出来的。也就是说,多年如一日的主持表情,可以掩盖其真正的表情。

等待期间,李安全想让金桐出去走走,金桐不去,愿意在车上休息。李安全独自出来,在东街口周边逛了逛。突然想起来,如果林森过来约会,估计会住在此处的酒店,在此处就餐。如此繁华的街市,隐藏着一些隐秘的感情,这是生活的真实面目。林森与米鹿鹿,到底发展到什么阶段呢?这是李安全非常好奇的,但是警察没有打探跟案件无关的隐私的权力。

大约两小时后,米鹿鹿下来,重新把前面的话题续上。

有一次,林森跟米鹿鹿会面吃饭,约了一间很隐秘的私家餐厅。米鹿鹿看他有点儿躲躲藏藏,不对劲,便问怎么回事。

林森忧心忡忡地说:"我们的事被人发现了,我本来不想告诉你的,怕你多心,但是还是说给你听,你也长个心。"

米鹿鹿倒不在意，说："我们又没做什么，有啥可怕的。"

林森叹了口气道："你不知道，有些事不是什么事，但是闹出来就是大事；有些事是天大的事，但说出来却没人相信。"

米鹿鹿道："那怎么办，以后你别来找我了？"

林森忙道："就怕你误会，我不是这个意思。我的意思是，假设有人来打扰，你尽可不必理会，我自会处理。"

米鹿鹿并没把这些太当回事，嘟囔道："谁呀，这么八卦。"

林森笑道："唉，还是一个很亲的人呢——我就喜欢你这一点，把什么坏事都看得风轻云淡的。"

李安全和金桐听了，对看一眼。看来，这应该是一个新的突破口，倒不像是米鹿鹿编的。

"关于这个人的特征，他还有透露吗？"李安全问道。

"没有具体再说了，听他的口气，好像这个人是他很熟悉的。"米鹿鹿回道。

"后来这事怎样了，有提过吗？"

"没有，我懒得提这些不愉快的事。"

米鹿鹿确实是这样一个人，不八卦，对与自己无关的事不关心，更不走心。

"你知道唤醒林森的，其实是你的声音吗？"这是李安全最后的一个问题。

米鹿鹿迟疑地看了一眼，点了点头。

"是谁给你录的音？"

"他妻子于丽川。"

虽然李安全有所预料，但还是吃了一惊。对于他们的关系，于丽川了解多少？于丽川有什么样的反应？显然，这些需要从于丽川身上才能找到答案。

调查结束后，两人婉拒了米鹿鹿一起就餐的邀请，即刻返回。

车开出市区，上了高速，李安全道："这个米鹿鹿心真大，被人抓住把柄了,也不多问几句。"

金桐冷冷地说:"不是心大,是接触的男人太多了。"

"不过还是给我们提供了很价值的线索,很亲的人,这个范围应该不大吧?"

"从最亲的调查开始。"

三 于丽川

护士站的墙上,挂着一个"忍"字。

林森已经不用喂食了。可以自己吃饭,动作虽然慢一点儿,但是控制能力已经很强了。从昏迷不醒、喂流食,到现在能自主吃饭,一个多月的时间,鬼门关上走了一遭,目前情况已算是幸运的了。

最早那晚颅内瘀血手术后,昏迷不醒,医生断定是大脑皮层功能受损,这个需要时间恢复。胡医生制定了高压氧治疗的方案,增加血氧浓度,改善脑部血液循环,促进网状结构的激活和大脑功能的重建。

后来医生建议家属增加亲情治疗手段,促进病人复苏。胡医生手上有一例,他说:"有个男子昏迷了半年,他母亲天天唤他,那个声音我还记得,叫'路仔呀,去外婆家摘荔枝呀'。她儿子小时候,暑假最喜欢去外婆家摘荔枝,一听就兴奋得不得了,她叫了半年,儿子苏醒过来了。"这证明听觉刺激是相当有作用的。

李安全每次到病房,总是不声不响,希望能观察到一点儿蛛丝马迹。于丽川看着林森自个儿吃饭,专注但是看不出表情,可以认为她极为关切,也可以认为只是在客观观察。吃完饭后,于丽川洗了碗筷,放入保洁抽屉里,接着给林森做了关节运动和肌肉按摩。大概这是她每日的流程。

李安全表示要跟于丽川有一个交流。于丽川看了看林森,迟疑片刻，在纸条上写了答案：马上要去上班，可以去报社谈话。

李安全心中一动，出了这么大的事，于丽川居然还没有跟报社请假，坚持上班，是过于敬业，还是林森的受伤并没被她放在心上？他感觉这个谜一样的女人难以揣测。

这样也好，可以单独与林森进行一个交流。在于丽川告别的时候，他也把护工支了出去。

林森的思维大抵是正常了。对于案情，他现在也在迷雾当中。李安全把之前的调查与疑问复述一遍，林森并无异议。出事之前，林森确实收到过化工企业的威胁，也预知危险，但在证据上确实可以排除。

"我们走访了米鹿鹿，她生过你的气，你们的矛盾到什么地步了？"这种环境很适合问隐私。

林森皱了皱眉头，一脸反感，道："她和此案没有关系，你不必把她卷进来。"

"她说过有一个很亲近的人发现了你们的行踪，这个人是谁？"李安全并不理会林森的反感，继续问道。

林森的眉头皱得更深了，脸上的表情不仅是反感，更是厌恶，似乎在他眼里，李安全不是来查案的，而是来跟他过不去的。

"你不用再查了，再查只会走更多弯路。"林森因严肃而退去一脸病容，道，"你容我再休息几天，我行动自如了自己来查。"

很显然，林森是怕李安全查不出来，却把自己的一些秘密给倒腾个透，对于他，对于于丽川，对于整个家庭，乃至对于未来的生活，都会造成不可弥补的伤害。

"那怎么行，我是警察，我有破案的职责。"李安全笑着正色道。

"难道我不是警察？我干的年头儿不比你少！"林森有点儿恼怒，道，"我自己的案子，我不比别人更清楚吗？"

"但是你现在不是警察了。"

"不管我是不是警察,我都可以当你师父。"林森冷笑道,"要不你去问问周幸福。"

李安全嘴上没有反驳,心中的自尊却被他激发了,一股热血就往脑子里蹿。

"如果你不愿意配合,那我只好自己来喽。"李安全看林森全然不把他放在眼里的样子,知道此人一意孤行,心中冷笑一下,告辞出来。

李安全觉得现在自己要较量的,不仅仅是元凶。

报社的校对室在一楼。晚班的校对在校对室里等着编辑做完版面,编辑的稿子不太确定,因为头版的时政新闻必须反馈到市委办由书记亲自过目,时间更是难以捉摸,校对们大多时间是在等待。

"林森和米鹿鹿的交往,你是什么时候知道的?"李安全问道。

现在是于丽川的候班时间,他们在校对室进行对话,于丽川面前放着一个笔记本。

于丽川写了四个字:案发之后。

"你是说,你原来不知道他们有来往?"李安全继续问道。

于丽川点了点头,一脸镇定。作为妻子,对于丈夫与其他女人的关系,一般情况下是不会这么冷静的。

"你知道林森和米鹿鹿具体是什么关系吗?"

于丽川摇了摇头。

"你想知道林森和米鹿鹿的关系吗?"

于丽川犹豫了一下,在纸上写了两个字:随便。

好像对林森的世界,于丽川并无多大兴趣,而且想隔绝。想来他们的夫妻关系,也是非比寻常的。

要不要把林森跟米鹿鹿的情况告知呢,李安全突然犹豫了。李安全不知道林、米的私密关系发展到何种地步,但是从买礼物的分量来看,怎么看也是不一般的关系,是于丽川不能接受的关系。而且,这个跟案子有没有关系,现在还不确定呢。

"你似乎不关心林森的私事？"李安全转移了话题。

她不回应。李安全感觉到她沉默的美中有一种很坚硬的东西，那东西构成她自己的世界。她也不想去接触别人的世界。不知在她的婚姻中，林森是否进入了她的世界。既然如一块冰，李安全倒是很想用一把火挑衅她一下。

"林森与米鹿鹿呢，根据我们目前的调查，仅仅是朋友关系，但是比一般朋友可能要走得近一些，毕竟是高中同学嘛。但是，有一个人，抓住了林森的这个把柄，威胁他。目前，我们怀疑此人与幕后凶手有关。这个人，你知道是谁吗？"

于丽川茫然地摇头。

"你怎么知道林森喜欢米鹿鹿的？"

于丽川指了指手机。这一点李安全也可以猜得出来，必定是从手机的讯息中得到的。

"然后你就去找米鹿鹿了？"

于丽川在瞬间表情更加静默，似乎回到了不该回的沉寂中。片刻，她的眼眶就湿了。一个不说话的人的伤心更加令人震撼，就连李安全，在瞬间也感受到难言的酸楚。

那个下午，对于丽川而言，是一场惊心动魄的行动。她坐了半个小时动车，到福州北站下车。自从国家制定以基础建设拉动内需的政策之后，沿海交通受益匪浅，高速公路、高铁、高速公路复线，这十来年在不停地修建，滩涂上涌现出密密麻麻的跨海大桥，如巨大的蜈蚣在奔跑。

下了车，于丽川悄无声息地打了一辆出租车，到三坊七巷下车。游人来来往往，她走进安民巷，熟门熟路地进入一家老宅会所。坐在会客室茶几前面的一个着旗袍小姐朝她点了点头，于丽川微笑颔首，径直进入一间茶室。

于丽川每个月都要来福州购物一两次，会到朋友的会所里休息喝茶停留，倒成为不用招呼的熟客。

三坊七巷依照修旧如旧的方式,保留了明清建筑的韵味,虽然游人颇多,但院落里依然能闹中取静。于丽川泡了一壶普洱茶,自斟自饮,目光落在天井的一丛竹子上,竹子长在这种院落,分外洁净。约定的时间已到,对方并没有现身,她不确定对方能否前来。但于丽川并不着急,她从来不为任何事着急,她在一张纸上写着什么。

比约定时间迟到十三分钟,石板地上传来清晰的高跟鞋的声音,米鹿鹿终于出现了。

"对不起,福州现在走一步路都会堵车。"米鹿鹿解释道。

于丽川点了点头,示意理解,给米鹿鹿倒了一杯尚烫的褐色的茶。倒茶的时候,她不由自主地低下头,似乎有点儿羞涩:米鹿鹿的声音实在太动听了。

她把写好的纸条递过去。纸条上写着:我跟林森结婚十来年了,他现在昏迷不醒,我才感觉到我似乎从来不了解他。我来跟你交流的目的,只是想了解他,希望你能够理解,坦诚交谈。

米鹿鹿笑了,朝于丽川点了点头,她的表情天真无邪,是一个没有秘密的女人。与于丽川的冷静、喜怒不形于色形成鲜明的对比。

于丽川撕了一张便笺:"林森很喜欢你?"

米鹿鹿点了点头,有一点儿羞涩,又有一点儿满足,道:"应该是的。"

于丽川再撕一张便笺:"你喜欢他吗?"

米鹿鹿咬着嘴唇,眨了眨眼睛,说:"谈不上,但作为朋友是蛮不错的呀。"

于丽川接着写道:"他最喜欢你什么,可以说得具体一点儿吗?"

米鹿鹿边回忆边道:"他最喜欢跟我聊天。他说跟我说话,就忘了恐惧,忘了烦恼,最近见的几次,每一次都要听我说童话故事,我自己也觉得很可笑,觉得他是个怪人。有一次他听着听着,就睡着了，醒来的时候，说好久没睡得这么踏实了。"

于丽川听着，闭上眼睛，面无表情。当她睁开眼睛时，被米鹿鹿手上的翡翠手镯吸引住，她写了便笺："这个手镯好漂亮。"

"是呀，冰种翡翠，戴着可舒服了。"

"我也有一个。"

"也是林森买的吗？"

"不，是去年我哥买的。"

谈完之后，两个人沉默了片刻。米鹿鹿道："要是没有别的问题，我想走了。"

于丽川迅速在便笺上写道："既然你不喜欢他，为什么还要交往下去？"

"可是我喜欢被人喜欢的感觉，难道你不喜欢！女人嘛，总是喜欢被宠爱，当男人为我神魂颠倒的时候，我就觉得自己的生命在闪闪发光。"米鹿鹿推心置腹道。

她相信像于丽川这么优雅靓丽的女人，即便不会说话，也是有很多男人喜欢的，亦有同感。

于丽川的反应似乎不那么认同，她脸色凝重得像一块铁，内心定然有万马奔腾而过。作为女人，米鹿鹿发觉情况不妙，她站起身来。于丽川快步过来一把揪住，抓住她的肩膀，让她站住。米鹿鹿下意识地用手护住自己，盯着于丽川。

窗外，一阵微风吹过，竹子瑟瑟抖动。天井的鱼池荡起涟漪。一只野猫伏在墙上，一动不动。

于丽川迅速写下最后一张便笺："有一件事，你一定要帮我做到，我想让林森每天都能听到你的声音。"

那一刻，米鹿鹿愣住了，两个女人之间的敌意，在瞬间烟消云散……

陆续有编辑把版面送进来。于丽川朝他们点头，下意识浏览版面，似乎工作比破案要重要一万倍。李安全起身告辞，到了门口，又回头叮嘱道:"那个要挟林森的人,是跟林森很亲的人,如果你有线索,一定要告诉我。"

于丽川认真听着,郑重地点头。

李安全原来还怀疑此人会是于丽川。但现在,一种巨大的情感,使他在脑海中排除了这个嫌疑。他觉得自己考虑问题过于理智,甚至有些呆板。

于丽川的生活节奏有条不紊。每天按时上班、下班,林森有很多应酬,她一周有三四天到妈妈家吃饭。读小学的女儿也喜欢住在外婆家,大概是家里太安静,外婆家里热闹。于丽川最爱的事是看书和看电影,书架全被图书与碟片占据。家里客厅有一个投影仪,是看电影用的。只有在看电影的时候,于丽川的眼里才会有着熠熠的光。除此之外,不论在生理上还是心理上,她都是一个沉默的人。

林森刚出事的时候,她请过几天假。后来她觉得加上护工的帮忙,自己的班也可以上了。上班对她来说很重要,似乎不仅仅是一份工作。

于丽川下班的时候,于龙川的捷豹车就在停车场等她。她钻进车里,于龙川开着半扇窗在抽烟,轿车里有一股烟味,于丽川皱了皱眉,于龙川连忙把烟丢了,把两边窗子开起来对流。

"还坚持上夜班,你这又是何苦呢。"于龙川的口气又是关心又是不满。确实,于丽川完全可以舒舒服服地在家当全职太太。

于丽川叹了口气。她和哥哥之间对生活的理解,永远隔着一江水。

"林森这次呢,算是罪有应得。"于龙川胸有成竹地说,"你还记得我之前给你的提醒吗?"

于丽川愕然,表情陌生,似乎瞬间不认识这个人。

还在上半年,本市反对沿海镍合金污染的运动如火如荼,微信自媒体声讨文章,还有环保组织者横幅示威,北京的记者调查,政府也相当紧张。林森作为组织者之一,已处在风口浪尖。好几个政府宣传口的朋友打电话给于龙川,让他劝劝林森,别当出头鸟。于龙川给林森打了电话,林森说自己在福州出差,回来了立马联系他。

次日林森一回来,于龙川开车过去,把他叫到车上,道:"现在环保维稳这一块,官方的风声很紧,会有大动作,你不要参与了,把那些网络上的言论赶紧撤掉。"林森不言语,但从表情可以看出不太同意于龙川的观点。于龙川作风霸道,行动凌厉,翻脸无情,林森是不敢在面儿上跟他硬碰的。

"你听见我的话了吗?"于龙川强调。

"总书记都强调要保护青山绿水,可是这帮王八蛋现在引进这么多污染企业,这是断子绝孙的事,我呼吁一下,这是顺应历史潮流呀。"林森争辩道。

"你别跟我讲那么多大道理,我不懂。"于龙川不爱读书,最讨厌文绉绉的说辞,道,"我们在商言商,只要记住不要跟政府作对就行了,否则吃不了兜着走,连这点儿道理不懂还做什么生意。"

"在商言商的话,他们这么搞下去,三都澳肯定变成一片死海,我这水产也没活路呀。不是我危言耸听,罗源湾就是个前车之鉴。"

罗源湾是宁德往南的一个海湾,也是因为镍合金企业的污染,养殖鲍鱼的渔民不得不背井离乡,进城去讨活路,网上有过很详尽的报道。

"哼,你们水产那点儿产业算什么,别说其他的,光是镍合金,投产以后,每年就给政府增加税收四五个亿,你们整个水产养殖业的税收有这个零头吗?这年头儿,脑子好的人都是倒卖土地、倒卖大型资产,你卖鱼能挣几个钱。这海要是死了,我看这是坏事,但也是好事,趁着这当口儿,赶紧转行。"

林森黑着脸,不再言语。第一,他觉得于龙川素质太低,无法沟通本质问题;第二,他的生意确实做得比自己大,说话啥的都压自己一头。自己的反对只会招来他更大的施压。

"反正我话给你带到了，道理也跟你说了，到时候你要是跟政府作对，捅了娄子，我也罩不住你。"于龙川强调道，他一直觉得自己是家族的顶梁柱，特别是在老父亲退休之后。

"我知道了。"林森的手因紧张插在裤袋里，微微出汗，道，"这件事我自己撑得住，有什么后果也不会麻烦你。"

"你做事也得想想丽川呀，如果不是丽川，我才懒得管你那么多。"于龙川冷冷道。

林森从车里出来，把门关上。一个安全套从他的口袋里滑出来，蓝色的，掉在副驾驶的皮座上。于龙川拿起来仔细看了看，杜蕾斯，塑胶表面做得很滑，放在口袋里确实不安全。

于龙川特意把于丽川叫到妈妈家里，他仔仔细细地看着妹妹，好像看一件瓷器有没有哪里磕破。于龙川问道："林森有没有欺负你？"

于丽川愣了半天，莫名其妙，摇头否认。于龙川嘱咐道："如果林森做了对不起你的事，你一定要告诉我，我来收拾他。"于丽川还是没有反应。

于龙川其实做事非常严谨。他知道一个安全套不是个很确凿的证据，林森可以说家里用，也可以有其他借口，总而言之，一个男人口袋里有个安全套，并不是什么大的罪证。于龙川若是发问，倒是打草惊蛇。于龙川的行事风格是准、稳、狠。

他知道于丽川对林森是宽容的，不只是宽容，甚至是放任。即便她发现什么蛛丝马迹，按照她的脾气，也会视若无睹。于龙川最可气她的一点，就是她不愿意求助他，她不愿意被当成需要哥哥呵护乃至帮助的人。也许她一辈子都在证明一件事：我可以独立活在世界上，不需要任何人的怜悯和援手，照样能够活得好好的。

于龙川气就气在这一点。小时候在单位大院里，于龙川以为自己罩着，没人敢欺负妹妹。事实上后来得知，妹妹还是被别人弄哭了,就是不告诉自己。他屡次告诫妹妹也无效,他越是想保护妹妹,妹妹越是表现得像没有这个哥哥一样。后来他只好通过其他渠道了解到欺负妹妹的人,然后狠狠地教训一顿。

于龙川敏锐地感觉到,这个安全套是有问题的,妹妹的婚姻肯定出现问题了,这用屁股都可以想得出来。以妹妹一贯的脾气,是不会透露半点儿信息给自己的,即便已经过着忍辱负重的生活。问题是,他不知道妹妹受了什么委屈。倘若于丽川透露一点儿信息,他马上就能搞定。现在的情况是,他必须靠自己的手段去了解他们的婚姻问题,然后出手教训林森。

于龙川是个完美主义者。有时候他想,自己虽然顽皮,不爱学习,但可以用能力和霸气来征服社会,进入上流阶层;而妹妹聪明、漂亮、上进,为什么偏偏不能说话,造物主的选择到底是什么意思?他想起来就有一股郁闷之气。

对哥哥的提醒,也许于丽川左耳朵进右耳朵出了,根本没记在心上。现在哥哥在车里提起,她才想起来,呆呆地看着哥哥。

报社的停车场里,这一辆捷豹车很醒目。有同事去开旁边的车,见到车内的于丽川,隔着车窗本来想打招呼的,但看到兄妹俩肃然的气氛,又停住了。

"上半年我就抓住林森的把柄,怕你难受没告诉你,但现在可以基本确认,林森在外面包二奶,是一个电视台的主持人。我没想到这小子一脸正气,说的道理一套一套的,却不能免俗干这种勾当。如果他永远醒不过来,你也不要为他掉一滴眼泪;如果他醒过来,我也饶不了他。"

一辆车启动开走,轰鸣声远去,夜晚的停车场静悄悄的。星光下可以看见于丽川的双眼里,有一种幽幽的恐惧乃至惊慌。她捂住自己的耳朵,摇着头,意思是我不听你这些话。她准备拉开车门,让自己下车。

于龙川一手摁住她,一手伸到后座拿了一个包,道:"我不是让你生气的，我是给你送包，这是爱马仕最新款。"他把包塞到于丽川怀里。于丽川用手比画，意思是家里已经有很多包了，我不要。

于龙川着急道："你连包都不爱，你让男人怎么爱你。"

于龙川把包塞进于丽川怀里，于丽川因生气而大口呼吸，胸前起伏。于龙川叹了口气，他可以征服整个江湖，却赢得不了妹妹的尊崇。

想到这里，于龙川突然眼眶湿润了，他动情地抓住妹妹的手，质问道："你就不肯给我一个机会，让我为你做一件事来弥补吗？"

那年他八岁，妹妹五岁。他带着妹妹偷偷地躲过姥姥的监视，一起到镇东边的池塘里捉鱼。池塘的主人已经清塘了，剩下泥沼和一汪汪很浅的水，水里有一些苟且偷生的小鱼。他自己脱了鞋袜，也帮妹妹脱了鞋袜，两个人在泥沼里折腾了一个下午，沾了一身泥巴。那天夜里，妹妹就发高烧了，乡医给注射了链霉素，造成了过敏。她由一个口齿伶俐的女孩变成了一个沉默的冷美人。他觉得，妹妹失去语言能力，都是自己惹下的祸。

公安局宿舍背面离停车场太近。大半夜经常还有车进进出出，马达声就不说了，有的车警报器被惊醒，能够嘶叫好几分钟。周幸福被一阵警报声惊醒后，就再也睡不着了，睁着眼睛看了一会儿天花板后，索性站了起来，打开窗帘眺望外面的夜色。

好在他是独自一人睡，半夜起来打拳都没关系。和妻子分床已经有六年了吧。三观不同、感情不融洽，你说鸡她听成鸭，如果还要睡在一起，就是水土不服。他有时候会想，如果我不是跟这个女人结婚，而是跟另外一个女人结婚，生活会怎样，是会更糟糕还是会真如传说中的一样幸福？他感觉世界上绝对没有真正幸福和谐的家庭，除非那一对男女都是白痴。当然，还有一种大智若愚者，并不把婚姻看得多重，举重若轻，倒能成为典范。

现在是半夜两点，城市中还残留着一半的灯火，幽静而神秘，但谁也不知道在幽静中潜伏着什么。

下午，他跟李安全交流案件情况，李安全道："现在我感觉自己不是警察，而是狗仔队。"他的意思是案件进展不大，林森的一大堆隐私却被挖了出来。

"这不是很正常吗？"林森的隐私被挖出来，周幸福居然有一种潜在的快感。

"这是一种侵犯。"李安全强调道，"诗人说，一个人必须隐藏多少秘密，才能巧妙地度过一生。所以，我认为，秘密是人生的一种权利。如果与案件无关的话，我们无权去戳破。"

当初周幸福不以为意，现在在深夜里想想，是有道理的。倘若人生没有秘密，岂不是如一张纸一样苍白。具体而言，林森和米鹿鹿的关系如何，非当事人无从得知。但是被传出来，却是一个人生污点事件，这对林森是不公平的。周幸福叹了口气，对于林森，他是五味杂陈呀。他努力地把对林森的意识从脑子里抹去，专注于梳理案件的头绪。

次日，他单独去找于丽川。寒暄之后，周幸福单刀直入，道："关于林森和米鹿鹿的关系，可能不是你想象的那样。根据李安全和金桐的调查，我们客观了解到的是：林森去看望过米鹿鹿，并且送过礼物，除此之外，并无任何证据表明什么婚外情之类的。对于你哥哥于龙川轻易得出包二奶的结论，我们是不支持的。"

于丽川听罢，表情没有丝毫涟漪，只不过依旧笑了一下，点点头，似乎同意周幸福的意见。她的笑，也像一杯绿茶。周幸福尽量不去看她精致而沉静的面容，他怕自己陷入一种语无伦次的境地。

"跟林森很亲的人，也应该跟你很亲，所以你要多想想。"周幸福道，"如果想起什么线索，记得告诉我。"

周幸福站了起来，在决定要走的时候，他深深地看了一眼于丽川——就好像一个烟鬼深深地吸了一口烟。于丽川深邃而沉静的眼里,有一个周幸福迷恋的世界。而显然,他又害怕陷入这种世界。

于丽川没有挥手道别,却示意周幸福停住。她从包里掏出记事本,写了几个字,撕了下来,递给周幸福。

纸上写:于龙川。

周亮刚进看守所的时候,着急得很,每天喊冤,叫嚣着快点儿出去。几次审讯之后,现在倒也不叫了,老老实实待着,一副安心住下来的样子。

看到李安全又来提审,周亮一副熟络的样子,一边穿过铁门主动往外走,一边问道:"怎么,又有什么新花样了?"

李安全知道,周亮现在有老油条的素质了。

"现在怎么不叫冤了,怎么不嚷出去啦?"李安全问道。

"住在这儿挺好的,有吃有喝,还有朋友谈天说地,多新鲜。"

审讯室里,周幸福一脸阴沉。李安全叫道:"严肃点儿,坐下。"

周亮乖乖地坐下来。这个破旧的审讯室,墙皮都已经脱落,如果是人住的地方,早就该重新装修了。

新的线索,对周幸福来说,是个挑战。从医院回来之后,周幸福把那张纸条给李安全看,李安全一脸讶异,道:"不会吧,怎么跟小说似的。"

尽管是个有前途的警察,但李安全毕竟是初涉人世,这种答案会导致他对亲情的失望。

"没有什么是不可能的,仇恨都是在相亲相爱的人之间产生的。"周幸福沉重道。

"我还是不相信,无稽之谈。"李安全固执道。

周幸福叹了一口气,悠悠道:"你不知道,当年林森刚刚结完婚,我恭喜他,他居然回答'其实这是一场赌博,不知道会不会连命都赌上',我听完都蒙了。"

"这句话是什么意思?"

"我也不知道是什么意思,只能说每个家庭都潜伏着危机与矛盾。"周幸福举起这张纸条,道,"况且,这是于丽川提出的嫌疑对象,他的亲妹妹。"

但是,要调查于龙川,这是一桩头疼的事。一番分析之后,决定再次从周亮这儿突破。如果周亮背后是于龙川撑腰,那胆子就大了。

"周亮,你知道现在自己的处境是什么吗?如果你什么都不承认,林森家里人会以谋杀的罪名起诉你,什么理由?你欠林森那么多钱,随便一个理由都可以把你坐实,到时候你死罪难逃。如果你说出幕后主使,坦白从宽,可以减刑,还有下半辈子可言。你自己想一想,现在给你一个机会,如果我们找到幕后主谋,你可就失去最好的时机了。"周幸福对其循循善诱。

周亮翻着白眼,捋了捋头发,头发便一根根往下掉。在看守所这段时间,他的头发掉了好多,脑门越来越亮了。突然间,他开始抹眼睛,眼泪哗啦啦地流出来,哭道:"他妈的,真的是报应呀,我真的是遭到报应了呀。"

周幸福盯了他一会儿,问道:"你准备说吗?"

"你想让我杜撰出一个主谋吗,那也很难呀,我杜撰出来,人家不承认怎么办?"周亮眼泪汪汪地道。

"那我帮你捋一捋。有个林森的亲人,他发现林森的生活不检点,非常生气,决定狠狠报复林森。他就雇一个人,离林森身边最近的人,也就是你,熟人好下手嘛。你呢,因为欠着林森一屁股债,虽然说林森暂时饶了你,但是这笔债你还是要还的。把林森撞了,你不但不用还这笔债,还能得到一大笔钱。甚至,他把你的风险也考虑好了,只要你能够咬牙挺住,他绝对可以把你捞出去。是吗?"

周亮愣愣地听着,似乎很费劲,懒洋洋道:"我越听越糊涂了。"

周幸福严厉道："我告诉你,这是给你一个机会,倘若我们把他揪出来,到时候你就死定了。"

周亮呵呵一笑,挑衅道："好呀,你们把他揪出来,我倒是也想见识呀。"

周幸福咬着牙,忍住了甩周亮一巴掌的欲望。

李安全再次把周亮押回监房,两个人一前一后在走廊里走着,步伐清晰,似乎在用脚步声谈话。周亮突然一个趔趄,蹲了下来,几欲摔倒。李安全赶紧扶住,周亮像个小孩一样靠他在怀里。

李安全将他拉起来,问道："没事吧?"

周亮把脚步稳住,点了点头。

李安全道："吸毒对身体不好,你都戒了吗?"

周亮道："全戒了,不戒现在也吸不起。"

"你跟林森是发小儿,也是知根知底的,你知道,在林森的亲属里,他最惧怕的是谁吗?"李安全聊天一样问道。

周亮叹了一口气,答道："于龙川吧。"

对于如何调查于龙川,周幸福和李安全意见出现分歧。周幸福倾向于向老于汇报情况,请老于拿主意。李安全认为老于如果知道儿子是嫌疑犯,肯定会有私情介入,以后的调查将更难。而周幸福认为,老于不是那种人,他一定会尽心尽职,以更巧妙的方法取得证据,至少能获得线索。

周幸福还是坚持己见,再一次来到老于的病房。老于不在,打他手机,原来在医院花园散步。老于的身体已经无恙,但是医院的环境比较好,也有一些老干部可以聊天沟通,老于乐得多住几天。

"龙川和丽川关系怎样?"周幸福陪着老于在石径上散步,初冬的阳光照在身上,相当温暖。

"他们兄妹最好不过了。"老于道,"龙川脾气不好,但在妹妹跟前脾气最好,这也是我最满意的地方。"

"丽川似乎对龙川不怎么样？"

"她呢，不喜欢哥哥老是罩着她，有时候表现出反感的样子，其实他们兄妹的感情是最好的。"

一个穿着病号服的病友擦肩而过，轻声招呼："局长好！"老于微微颔首，并不正眼瞧他。

"到福州调查显示，有一个人拿林森的私生活问题来要挟林森，有重大的幕后作案嫌疑。然后根据提供的线索，这个人居然是于龙川。"周幸福说着，观察老于的表情。

"咦！"老于停了下来，皱了皱眉头，"龙川有什么作案动机？"

"龙川是极爱护丽川的，这个众所周知，当他怀疑林森私生活不检点时，觉得他对不起妹妹，肯定是很生气的。当然，这是假设。"

"不可能。"老于摇头道，"以我对龙川的了解，他不可能对亲属下手。他对妹妹那么好，妹妹的幸福与林森息息相关，他怎么能下得了手。"

"正是因为对妹妹太好，所以对于冒犯妹妹的人，他才下得了狠心，这个逻辑也是成立的。"周幸福道，"而且，根据我们得到的信息，那个要挟林森的人，是林森很亲的人。"

"无论如何，这种逻辑我不能接受。"老于坚决道，"而且，谁提出于龙川是嫌疑人，他就应该拿出充足的证据。"

"那个人是于丽川。"周幸福拿出那张纸条。

老于大吃一惊，以掌抚胸，周幸福这才发觉，忽略了老于的病情，急忙扶老于到长椅上坐下。老于呼吸急促，喘了几口气后才平复下来。

"我扶你上去，让护士量一下血压。"周幸福说道。

老于摇了摇头，喘气道："龙川不会对亲人下手的，这一点你相信我，这是他的原则。"

"不瞒你说，他在丽川跟前说过要教训林森的。"

"说归说,他是做不出来的。唉,他们兄妹那么好,丽川怎么会这样呢,丽川有证据吗?"

"暂时还没有,所以我也是来问问。"

"我就说嘛。"老于兴奋起来,道,"丽川有时候对她哥哥,有逆反心理。"

送老于上去,护士给他量了血压,没有什么问题。

周幸福回到局里,与李安全碰面,说明了情况。

李安全道:"中国人表面上接受的是儒家思想,仁义道德,本质上却遵循的是人不为己,天诛地灭。"

周幸福道:"怎么扯到思想上了,好有文化的样子。"

李安全道:"有感而发而已。"

"你觉得于龙川要继续查下去吗?"周幸福问道。

"那当然,哎,我倒是侧面查到一些他的资料,挺吓人的。"李安全叹道。

于龙川的公司在西南做了一个地产项目,在征地时遇到当地的一个国土局官员的阻拦。公司花了两百万元,雇了一个货车司机,制造车祸,把该官员的车撞到立交桥下,那人当场死亡。货车司机关了几个月后就被捞了出来。于龙川为了杀鸡儆猴,暗暗把这件事透露出来,以便让跟他打交道的人都不寒而栗,放手通行。

当然,因为没有证据,也不知此事有几分真假。

"那怎么办?"周幸福看来认可李安全的看法。但是像于龙川这种人,能力强,见过世面,心狠手辣,没有确实的证据,一旦正面交手,也不知道鹿死谁手。

"解铃还须系铃人吧。"李安全道。

中午,李安全又下去吃了一碗牛肉粉,给了老板八块,转身就走。

老板说:"找你五毛。"

李安全不耐烦道:"怎么还不涨到八块?"

老板道："哎，你别小看这五毛，大伙对价格太敏感的，不敢涨。"

李安全躺在办公室沙发上，玩了一会儿德州扑克。玩游戏有助于思维打开，浮想联翩。第一，周亮那天脱口而出，林森最惧怕的亲人是于龙川，但一直不肯说出幕后指使人，那么他为什么知道呢？第二，于龙川知道林森的私生活后，会采取什么手段？每个人都有每个人的手法，从以往的作为来看，在于龙川这种做大生意的人看来，人命根本算不得什么。想到此处，李安全涌起一腔激情热血。

周幸福到了之后，两个人便上医院，这次要对于丽川做一番彻底的问询调查。周幸福对李安全道："还是你来主问吧，我总是不忍心把太残酷的问题抛给她。你把于龙川告知她的细节，以及她的反应一一问清楚，从细节中推断于龙川的可能动作。"

正如他们所料，于丽川此刻就在病房里。于丽川见两个人进来，只点头示意，并不怎么理会。周幸福正要说话，于丽川摆了摆手，意思是不要打扰。于丽川正在拨弄小音响，把插头插在插座上，另一头连在一只录音笔上。摁动开关，但音响里并没有声响。于丽川便在插座上摆弄，大致认为是接触不良。李安全看出端倪所在，摁了一下音响的开关，音响发出连通的声音。

"林森，是不是很想听我说话呢？我来讲一个你最爱听的森林童话，你仔细听哟。从前，在森林里，住着小鹿、小虎和小狐狸，它们本来是很要好的朋友……"

音响里是米鹿鹿的声音，字句圆润，像水珠滴落池塘。于丽川面露欣喜，似乎看见林森正在睡梦中听米鹿鹿的声音，或者说，似乎那声音是自己发出来的。

周幸福目睹这一切，不忍打扰，跟李安全先出来，到吸烟区点了一根烟，擦了擦眼角，叹道："唉，于丽川这样的女人，心地好，气量大，不聒噪，谁娶了她是谁的福气呀。"

李安全道:"谁让你当初看不上她。"

周幸福沉默许久,道:"其实是她没看上我,大概是嫌我糙了些,后来我也就是赌一口气闪电结婚,唉,太当儿戏了,对不起自己也对不起她。"

谈起婚姻、女人,李安全便沉默了。他没有任何经验可以交流,但总是认真倾听。他现在觉得女人是世界上很难懂的一本书。

四　凶手

"当你告知于丽川林森有问题时,是发现了什么证据?"李安全问道。

于龙川重重地吸了一口雪茄,很像在嚼一根香肠。办公室里弥漫着浓郁的烟草香气,在光线中幻化成动物。

"当然,没有证据我能乱说吗?"于龙川颐指气使道。

"请具体说说吧。"

"是一点儿生活小细节,涉及我妹妹的声誉,我就不说了。"于龙川自信道,"我是军人出身,在推理侦查这方面并不比你们警察弱。"

"于丽川听了之后,有没有什么反应?"

"我妹妹在这方面,比较愚钝。或者说,她是鸵鸟,根本就想充耳不闻。"

"对你而言,这口气不能容忍吧?"

"那倒是,我倒是想教训他一顿。"于龙川咬着牙道。

"你对他做了什么?"李安全冷静道。

于龙川突然意识到气氛不对。他在瞬间恼怒起来,道:"你在怀疑我?"

"没有,我只是正常地调查线索。"李安全虽然被震慑,但还是冷静道,"我们在周亮的通信记录里并没有查到你们的通话记录,但是,根据环三公司员工的消息,曾目睹你和周亮在公司的车上有过密谋,你能说说是什么内容吗?"

于龙川发作了,道:"密谋,你他妈用什么词!告诉你,这么不专业,分分钟我把你开除了你信吗?你来之前有没有问问我是谁?"

于龙川差点儿把茶几掀起来,暴怒得像一头豹子。

李安全不得不站起来,以防止他随时出手,一个茶杯或者一个烟灰缸,足以让自己头破血流。

"我了解你,你能耐非常大。正因为其他人不敢来,所以就派我来了。我知道你说到就能做到,我无所谓呀,如果一个警察因为正常办案而被解职,我也就认了,形势比人强嘛,我只是有点儿不怕死而已。"李安全一副无力的样子,其实内心的倔强已经被激发了。

于龙川被李安全冷静的态度感染,也发觉自己太过冲动,他摆了摆手,道:"好,你也算有种,我只是跟你说一句,你这种脾气,如果被开除了,你来投奔我,知道吗,我的大门永远向你敞开。"

"多谢了。可是,我还是想问,你跟周亮说的是什么?"

"你问周亮去。"于龙川斩钉截铁道。

于龙川如此笃信周亮,难道已经做好了万无一失的预案?

周幸福把于丽川支出去,表示想和林森单独聊聊。于丽川也乐得出去买东西。

"林森,还记得刚入警队那阵子,咱们一块儿比俯卧撑吗?"周幸福唠叨家常。

"是呀,你都破警队纪录了。"林森露出微笑,脑力方面恢复得不错。

"你也跟我不相上下。"周幸福道,"那时候呀,全身上下充满活力,所以呀,以后不管多忙,也要抽出时间锻炼一下,恢复活力。"

林森眨了眨眼睛，表示认同。

"自从你下海经商后，树敌可真的不少，我们这一圈查下来，发现要对你下手的人可以排一个队呢。"

"作为一名生意人，威胁倒是时时刻刻都有，但是借周亮这儿下手，我是从来没想到。你们不知道，我跟他是什么关系，从穿开裆裤就在一块儿玩呀。"林森的表达能力恢复得不错。

"我们已经调查了一圈，大概是把你那些潜在的威胁呀，一一查了一遍，只是周亮的口不开，实在无法找到证据。而且，在这个过程中，很有可能把你的一些隐私也暴露出来，这一点你可要谅解。现在有一个关键疑问，当初你跟米鹿鹿谈到，有一个人发现你的私生活，威胁到你，而且是你很亲的人，我们正在这个问题上找突破口。你能说这个人是谁吗？"

林森闭上眼睛，略略沉思，似乎不愿开口。

"是于龙川吗？"李安全直接问道。

"一定要说吗？"林森问。

"当然，这是最大的嫌疑人。"

"不是于龙川，是周亮。"林森叹了一口气，淡淡地说。

周幸福目瞪口呆。

大概下午四点，林森把挂在衣架上的西装穿上，走出办公室。往常的话，六点准点下班，如果没有应酬的话，就会吃个简餐，在办公室待到夜里。他直接把车开到万达商场，逛了一圈，买了一个鸡心项链，用礼物盒包上。在走出商场的时候，他突然灵机一动，买了一盒安全套，并把盒子拆了，三个套子放在兜里，以备急用。

他回到车里，松了一口气。买这些东西的时候，就像做贼一样，东张西望，车里倒是安全的所在。这时手机响了，是于丽川的号码，林森心里咯噔一下。

他吸了一口气，手机里传来的是女儿可可的声音："爸爸，妈妈今天过生日，你什么时候回来？"

林森这才想起，今天是于丽川的生日，家人可能会在一起吃饭。但是自己脑子里根本没有这根弦。

"你把手机给妈妈。"林森顿了顿，确定手机在于丽川手上，道，"丽川，今天有人告知周亮在福州的行踪，我要赶过去讨债，就不能给你庆祝生日了。你需要什么礼物回头微信里告诉我，我到福州给你买。"

于丽川不能说话，但是嘴里能发出一些支吾声，长久的生活，这种支吾声基本能够判断对方的态度。林森放下电话，松了一口气，他发动车子，驶出地下车库。天气阴沉，有霾，几分钟后他上了高速，在车载爵士乐中，他看到左边的青山，右边的海水，心情这才开朗起来。

由于东面的工业偷排和垃圾厂的烟尘，在潮湿无风的日子里，雾霾被城市西边的山脉挡住，这座海边小城的霾也很重，整日里看不到天。林森在小城的心情跟天气可谓"相得益彰"。福建多山，十里不同天，开了二十来分钟后，天色一下亮了，山川树林如映画展现，林森一下想起米鹿鹿的笑脸。

五一的时候，高中同学聚会，吃完饭，去歌厅，一个个喝得醉眼迷离。米鹿鹿难得回来一次，被敬酒敬得娇艳得不得了。在沙发的一角，她像一只猫一样伏在林森边上，细细聊天，吐气如兰。音乐声音太响，他们不得不互相凑近对方的耳朵，倾诉对对方的印象。

高中时代，米鹿鹿是校长的女儿，广播室的播音员，每到运动会的时候，校园里每日回荡着米鹿鹿甜美的嗓音，虽然音响的质量很差，但不妨碍她普通话的标准、亮丽、时尚感。米鹿鹿是明星，走在路上是冷冷的，绝不让心怀不轨的男生有机会套近乎。而那时候的林森，是一个自卑的孩子，穿着解放鞋，不论是说话还是装扮，要多土就有多土。整个高中时代，林森记得自己没有跟米鹿鹿说过一句话,哪怕是一个招呼也没有打过。现在,是高中毕业后的第一次见面,也是第一次聊天。米鹿鹿成为一个声音依然充满魅力的、浑身充满时尚感的主持人,而林森,也成为一个打扮得体、看不出当年气息的老总。

"一定来福州看我,好吗?"米鹿鹿依偎在林森肩膀上,嗲声嗲气,吐气如兰,声音让林森的心都化了。

那晚他们似乎相见恨晚。米鹿鹿娇滴滴的声音一直在林森耳边回荡,像神曲,像魔咒。

到了福州,他先在乌山宾馆订了一个房间。乌山宾馆改造后,档次很不错,四星酒店的标准,主要是建在乌山上,山石林木环抱,环境十分优雅。他给米鹿鹿打了个电话,米鹿鹿告知正在开会,要等一小时后才能出来。

想起米鹿鹿,他有点儿激动。这么多年来似乎从来没有这样的感觉,像初恋一样。聚会结束后,他们保持着联系,虽然很忙,但是偶尔也要通个电话,或者发个微信。林森也知道,自己不可避免地滑入了中年人的常规轨道。

无聊当中,他给周亮打了个电话,还是关机。

周亮欠了几十万元货款,突然间手机就关机了,明摆着是想跑路。这让林森相当恼火。林森认为,这不仅是钱的问题,还是感情的问题。自己一直支持他,希望他能走上正路,没想到他不但动歪心思,而且还不能体会他的苦心,他真的很想狠狠教训他一顿。他委托福州的朋友关注周亮的动向。得到的消息是,周亮没有跑远,还在福州出没。

他给周亮发了一条短信:我到福州了,住乌山宾馆,你最好主动来找我。

他刚打了个盹儿,米鹿鹿就来电话了。他到电视台门口接她,见到她的一瞬间,林森觉得眼前一亮,整个世界都鲜活起来。他们到附近一家西餐厅吃了晚餐,席间林森送了见面礼物——项链,米鹿鹿开心不已。林森按捺不住，说到酒店去喝喝茶。米鹿鹿秋波一转，装作不情愿地答应了。林森觉得这次约会成了。到了宾馆，穿过大堂，他揽着米鹿鹿的腰，米鹿鹿贴心地靠着他，他觉得浑身激情都被点燃了。在进入电梯的一瞬间，他忍不住亲了米鹿鹿的脸颊，米鹿鹿娇笑道："讨厌。"

关上房门，林森的身体简直要爆炸，迅速地亲吻米鹿鹿。米鹿鹿相当配合，两人的舌头像搅拌机一样，把一成不变的人生搅个稀巴烂。

"喜欢我什么？"米鹿鹿把舌头抽出来，喘着气儿，深情凝望。

"最喜欢你的声音，似乎能驱散恐惧，带来阳光、快乐。"

"你恐惧吗？"

"从小就恐惧，一直到现在。"

"说来听听。"

"在我小学的时候，我爸爸就去世了，被蛇咬死的。那时候我唯一能做的事情，就是在森林里采蘑菇，补贴家用。森林里既阴暗，又寂静，我非常害怕，总感觉有野兽、毒蛇潜伏在哪里。野兽倒是真的有，因为村子里就有人被小豹子抓花了脸。从森林的这一头到那一头，我的心一直提着，稍微风吹叶落，树枝掉落，松鼠跳跃，发出一点儿声响，都让我心里扑通一声，恐惧形影不离。这样的经历持续到我上大学。快到森林东头，我就能听见水流的声音，这时我的心情就愉悦起来，因为我将到达一个有阳光、有溪流、有小鸟的地方，就像一个花园，让我觉得安全，并且结束我的采蘑菇之旅。你的声音就像那股溪流的声音，让我整个人活了过来。"

"可怜的孩子。"米鹿鹿痴痴地听着，再次吻着林森。

当林森想进一步动作的时候，米鹿鹿却突然拒绝了，道："我们是同学，不能这样。"林森在这方面并无过多经验，但也明白女人的拒绝其实是肯定，便不管不顾，意欲强行扑倒。米鹿鹿突然变脸，叫道："你要是这样，我就回去了。"

林森之前在女色上并没有软肋,这次绝对是一个圆少年梦的欲望作祟,加上米鹿鹿的诱惑。现在米鹿鹿的态度不像是矫情,林森几乎算是动粗,米鹿鹿还是没有从了的意思。

林森的手机响了,是于龙川打来的。林森只觉得一股凉气袭来。于龙川问林森在哪里?林森说在福州出差,明天回去。于龙川让林森明天找他。放下手机,林森有种惊魂未定之感。而原来的激情,已然消散。

"真的不行?"林森最后问道。

"难道你喜欢我就是想跟我上床?"米鹿鹿一脸正气。

林森舒了口气,道:"其实还是喜欢你的声音、你的样子,一见到你,就觉得整个世界变得阳光明媚、无忧无虑。"

"就是嘛,你别动手动脚,我就跟你喝茶聊天,你要再这样,我就走了。"米鹿鹿警告道。

林森无奈道:"我洗个澡,你先泡茶。"

林森进去,用凉水把自己劈头冲了一遍,穿着睡衣睡裤出来。退而求其次,不求巫山云雨,和她一起私语,也不失为人生快事。

"是婚姻不太幸福吗?"米鹿鹿问道。

林森不知从何讲起。每个搞外遇的男人,基本上都会把家庭的枯燥说一顿,以此为借口,林森可不想这么干。

"说来话长,如果想听的话,你得有耐心。"林森道。

现在两个人坐在椅子上,中间隔着茶几,喝着林森自带的大红袍,那些暧昧的气氛已然消失。

"洗耳恭听。"米鹿鹿调皮地眨着眼睛,"我最喜欢听别人的故事。"

"你知道我妻子的情况吧?"林森问。

"听同学说过,是个沉默的妻子。"

"我刚毕业,进入社会,一穷二白,心里还是忐忑的,不知道这个世界怎么闯。那时候的局长,也就是我后来的岳父,他是军人出身，特别耿直，直接跟我摊牌，要不要跟丽川结婚，做上门女婿。条件也相当清楚，我的前途肯定就有保障了，也不用住单身宿舍了。我考虑再三，最后就是一种感觉，有这个老丈人，我就有安全感了。后来的生活，全是缘起这一念之差。"

"听说你妻子也十分漂亮，难道过得不好？"

"结婚那天，她哥哥于龙川给我敬酒，悄悄在我耳边说：'如果我妹妹受了委屈，我可不答应哟。'你说，我能过得好吗？原来所谓的安全感，其实在后来变成一种笼罩的阴云，挥之不去，我贪恋的那一点儿权势，其实是寄人篱下的苟且，成了紧箍咒。"

"你妻子也这样吗？"

"不，她很好，自立，什么也不麻烦我。但毕竟是个沉默的人，她从小家教好，生活习惯、兴趣也跟我不一样，我跟她除了生一个孩子之外，其他似乎没有交集。包括我说要辞职下海，她也是淡淡地'哦'了一声，既不担心，也不鼓励。孩子长大后，喜欢去住外婆家，我回到家里，就像到了一个寂静的世界，没有一点儿声音，而我总是怕寂静中潜伏着什么。"

"所以你最喜欢我的声音？"

"是呀，你的声音，能让我想起中学的岁月；而且，你的声音没有杂质，似乎把恐惧、烦恼全都过滤了，只剩下喜悦。"

两个人一直聊到深夜，从个人话题聊到企业、环保问题、自身的安危，这么多年来，林森从未如此推心置腹地与别人交流过，几乎聊出高潮。

米鹿鹿出门的时候，林森再一次挽留："真的不留下？"

"不了。"米鹿鹿握了握林森的手，并用手指在林森的手背上抚摸了一下，"我们做最好的朋友。"

整个晚上，林森也没有等到周亮的回复。

次日上午一回到宁德，林森便直接找于龙川。于龙川把他叫到车里,告知官方各方面正在施压,不要参与环保方面的活动。林森嘴上不置可否,心里暗暗不服:这么多年来,家事都是唯于家马首是瞻,现在连自己的社会活动也要管着,简直把自己当小孩使唤。走下于龙川的捷豹车,林森在街上走了一会儿,并无目的,他只是想捋一下脑子。偷情未遂、环保恐吓,这些不正常的事情,使他的生活节奏出现了一些问题,现在他要回到正常的节奏中去。他的手不由自主地放在裤袋里,突然摸到滑滑的安全套,想到自己自作多情,以为手到擒来,不由暗笑。不过,他很快摸到的只是两个套子,昨天放到口袋里的时候是三个套子的,难道在哪里掉了一个?掉了倒是好,千万不要掉在于龙川的车里。他想,应该不会这么巧的。他把两个套子迅速扔到垃圾桶里,脑海中回荡起米鹿鹿的声音,心中有种莫名的滋味。

天色已黑,林森把车停在小区的草坪停车位,把车窗打开,准备抽根烟再上去。一个幽灵般的人影悄悄靠近,脸上还戴着口罩,他瓮声瓮气地叫了一声:"林森。"

林森吓了一跳,但很快听出来,是周亮。林森冒起一肚子怒火,但是也有一肚子疑问,并不马上发作。周亮熟练地绕过车头,自己打开车门,在副驾驶座位上坐了下来,把口罩去掉。

一阵风吹过,小区的榕树笨拙地摇动,影子宛如很丑的怪物。

"怎么啦,是有钱还给我了?"林森冷冷地问。

"你别开玩笑,我现在饭都没得吃,哪有钱还呀。"周亮可怜兮兮地说。

"我给你多少次机会了,想牵带一把,让你重新做人,真是扶不上墙呀。现在四十岁了,还跟无赖似的,你是不是指望将来我给你养老。生意做得好好的,说跑路就跑路了,赚的钱哪里去了?"林森终于发作了。

"生意不好,酒楼老板跑了,我有什么办法。"周亮委屈道。他手脚微微发抖,抽了一张纸,擦掉鼻涕。

"那你就不准备还钱了？"

"等我有钱的时候嘛，英雄也有落难时，谁还没有个低谷。"周亮理直气壮地说。

"没钱，那你找我干什么？"

"没钱吃饭了，想跟你借点儿钱。"

林森的火再次冒了出来，教训道："你还真不把我当外人了。你有手有脚，就是到店里给人洗碗，也能赚口饭吃，张口闭口就是借钱，你有什么资格借钱呀。"

周亮掏出一张照片，道："要不，就用这张照片换点儿钱算了。"

林森打开车内照明灯，仔细看那张照片，差点儿一口老血喷了出来：照片正是自己在电梯里亲吻米鹿鹿的画面。

林森一把揪住周亮，此刻如果他是一只老虎的话，一定会一口把周亮吞下去。

周亮也被林森的怒火震慑住了，闭上眼睛道："我知道你恨不得打死我。你如果打死我，我就认了，反正贱命不值钱；如果你没打死我，你就可怜我，给我一条活路。"

林森把照片撕得粉碎，同时也在脑子里高速运转。他现在必须让自己冷静下来，理智对待。这件事捅出去，就是天大的事。

"明天你来办公室找我，现在给我滚。"林森低声怒喝道。

不论是在公安系统，还是在商场，林森都属于行事周密之人。但是百密一疏，他真后悔为什么那天晚上要给周亮发短信呢！

次日，周亮怯生生地来到林森办公室。林森给了他一万块钱，周亮当场删除了手机里的相片。林森对周亮道："你给我滚蛋，以后别让我再看到你。"周亮拿了钱，屁滚尿流而去。

大概过了两周，林森再次接到周亮的电话，心里咯噔一下，隐隐的预感如滚雷顷刻到达耳边。

"又想怎么样？"林森冷冷问道。

"林总，我又没钱了，你再给我一万元吧。"周亮可怜巴巴道。

"如果我不给呢？"

"上次的照片并没有删干净，还在我手机上。"

"如果我不给你呢？"

"不给你，我就拿去卖给别人，比如于龙川于总，卖个几十万元不成问题吧。"周亮露出无赖嘴脸，声音也变得相当陌生。

"你决定就这样走下去？"

"我没有活路了，走一步算一步呗。"

林森许久没有回音，他在平静自己的情绪。这么多年的经验告诉他，盛怒之下做出的决定，往往令自己满盘皆输。现在的他，正是盛怒的状态。一个发小儿，正在决定无止境地敲诈他，如果他不从的话，将带给自己灭顶之灾。说这话一点儿也不过分，林森和周亮都了解于龙川。当然，不需要于龙川出手，就是于丽川或者老于那一关，都过不了。

林森吸了一口气，道："我准备下现金，回头给你电话，你等一两天。"

放下手机，他沉默了一小时。

他去了一趟福州，跟米鹿鹿又约会了一次，并委婉告知，他们的事已经被人发现——他怕周亮也会同时来勒索米鹿鹿，让她有所警觉。但是米鹿鹿的态度远比他乐观，她的声音与气质，一扫他阴霾的情绪。他们依旧在酒店里喝茶，开心地聊着，琐事聊完之后，无话可讲，林森道："要不，你给我讲个森林童话吧，就跟节目里一样，我可爱听了。"米鹿鹿开始用娇滴滴的口气说故事，说着自己都笑了起来。林森斜躺在床上，因疲倦而闭着眼睛道："继续讲，如果我睡着了不要叫醒我，让我做一个美美的梦。"米鹿鹿说着说着，林森真的睡着了，呼吸均匀，似乎很久没有进入这样的梦境了。

等他醒来的时候，米鹿鹿已经走了。

后来，林森去约会米鹿鹿的时候，都要她讲一个童话故事，同时美美地睡上一觉。

两天后，林森把一沓崭新的钞票递给周亮，道："我没数，你数数看。"钞票很新，并且粘在一起，周亮抹了口水，迅速数了一遍，数钱他可是个高手。

林森道："周亮我告诉你，你这干的是伤天害理的事，老天爷会找你算账。你多跟我要一次钱，你就离死亡越近一步，你一定要相信这句话。"

"我知道，我不怕死，也不要脸，能舒服一天是一天。"周亮道，"我只知道，你赚那么多钱，给我一点儿零头，我就能活得很好。"

林森微笑着看着周亮，摇了摇头。他现在已经恨不起来了。他只知道，在江湖上行走，自己的每个失误，都是要付出代价的。

其后，周亮又敲诈了两次，过程一模一样。林森似乎除了接受他无尽的敲诈外，再也想不出其他的辙了。林森在长久的生活中，也明白，许多事，也许你要忍耐一辈子。

再一次，接到周亮的电话，周亮在手机里传来痛苦的哀求声："林森，只有你能救我……"

周亮其实在宁德过着东躲西藏的日子。只是常在河边走，哪有不湿鞋呢？放高利贷的林斌很快发现了他的踪迹。原来周亮借的十五万元，最初每个月都在还息，后来人就不见了，钱也不见了，便知道此人要跑路了。周亮寄居在一间一楼出租屋里，夜里林斌带人瓮中捉鳖，在门外连喊带踹。哪知道周亮早已防备了这一手，早已把自己的窗户改造成后门，裤子都没穿好，越窗跳下，在巷子里奔逃。林斌等人踹门而入，看见周亮跳窗而逃，大怒，穷追不舍。周亮也背运，突然脚下一软，瞬间跑不动，瘫倒在地，被生生活捉。

一间老旧的房里，屋里散发着霉味，窗棂上尽是铁锈。周亮被铐在一根水管上，从脸上的颜色和变形程度来看，没少挨拳脚，见了林森,一把抱住林森的大腿,像孩子一样涕泪交流:"救救我,要不然我就要废了!"

林森像看一只狗一样看着他。

"你还好意思跟我求救?"

"林森,你有钱,只有你能救我,看在小时候咱们吃同一碗饭的分上。"周亮的鼻涕流在林森的皮鞋上,他哭道,"我知道我不是人,对不住你,只要你这次救了我,我这条命就是你的,你叫我干吗就干吗!"

林森默默地听了一会儿,走出房间,道:"你去死吧。"身后传来了周亮鬼哭狼嚎地嘶叫:"林森,你不能这样无情,你不是这样的人……"

林斌的办公室也颇为文气,放着一张古香古色的实木大茶几。而他的皮椅背后,则是一幅赵公明元帅的十字绣,彰显其不凡的品位。林斌盯着林森,问道:"怎么样?"

"我明天就给你汇款。"林森道,"但是有一个要求。"

"请讲。"林斌额头上的皱纹如菊花绽放。

"就这样把他关上七天,等七天之后再交给我。"

"成交。"林斌眉开眼笑,道,"你这人,够朋友!"

林斌递给林森一根中华。林森接过,点火,吐出一口烟雾,道:"在江湖上混,有些感情是不能不还的。"

"我看你的面相,就知道是成大事的人。"林斌伸出手去,道,"有机会的话,交个朋友。"

林森没有搭理,道:"'朋友'这两个字,很重,不敢轻易认领。"

林斌哈哈一笑,自我解嘲道:"嗨,你是看不上我们这种人呗,理解理解。不过我很好奇,你为何要关他几天?"

林森叹道:"说给你听倒也无妨,只不过别让他知道了。只有在生死边缘,他才能忘掉毒瘾。"

"高！"林斌竖起大拇指，递给林森一张纸条，"这是我的银行卡号。"

林森出来之后，心情顿时平静了，并且充溢着一种温暖。想起周亮的人生轨迹，林森无限感慨。初中的时候，两个人都是寄宿生。每周，林森的饭票总是不够，后三天几乎饿肚子，周亮毫不犹豫跟林森拼菜吃。那时候的周亮，家里条件相对好一点儿，豪爽，义气。有一次他们一起吃饭，周亮在菜里咬到一粒沙子，他犹豫了一下，没有吐出，继续把沙子咬碎，连着菜吞下去。他对林森说："你成绩比我好，将来指定比我有出息，饭票花在你身上比花在我身上值。"寒假时，林森的被子被人偷走了，只好跑到周亮的床上搭伙。林森非常庆幸自己有周亮这样的伙伴，要不然中学都没法撑下去。后来周亮被学校开除了，到社会上混，偶尔还回到学校问林森有没有被人欺负，有的话尽管跟他说，并且还给林森接济。林森不知道这算好事还是坏事。

七天后，周亮被放出来，像一只狗一样跟在林森身后。林森说："我的人情是还你了，但是钱你是欠着我的。"周亮点了点头，默默无语。

"我想跟着你混。"周亮说。

林森叹气道："你怎么让我相信你呢？"

周亮把手机调出云储存，当着林森的面删除那些照片。

"你先给我开车吧。"林森道，"但有一个条件，将来不管在任何场合，你都不能对任何人提米鹿鹿的名字。"

"绝对保证。"

周亮在公司上班，有一个软肋，大家都知道他欠着公司的钱呢。所以他到处宣称，因为跟林森的关系，林森免除他的债务——他知道自己现在两手空空，林森绝不会拿自己怎样。

对于周亮而言，这是一个复活的机会；对林森，也是。

有一次，米鹿鹿打来电话，说一个广电厅的领导的妈妈想吃野生大黄鱼。野生大黄鱼相当难找，普通的一斤上千，关键是有钱也买不到。林森想尽办法，收了几只，放在冰冻保温箱里，让周亮开车送去。后来林森问米鹿鹿，周亮有没有对她说什么。米鹿鹿说没有，一个字都没提，送到即走人。林森对周亮的信任终于有了一个基础。

"于龙川……周亮……"周幸福喃喃地念着这两个名字，问道，"你更愿意相信哪个人更有嫌疑？"

"周亮没有理由呀，我容忍他一切，帮助他重生，并不求回报，完全是承我们的旧情，这一点他心知肚明。"林森道。

林森皱眉思考的样子，像极了当年在警队的模样。

"你果然完全恢复了，让我想起当年并肩作战的情形。"周幸福欣慰地拍着林森的肩膀，分析道，"你说得对，周亮没有杀你的动机，但是如果他被收买或者被要挟，也是有可能对你下手的，因为他本来就是个无底线的人。"

"那你认为于龙川……"

"据我了解，于龙川对于丽川有一种近乎变态的呵护，谁若欺负了于丽川，他必是不择手段地下狠手，况且，于龙川抓住了你的把柄，又跟周亮有接触、密谋，所以……"

林森一抬手，止住了周幸福的推理，道："这件事，你们先打住，我自己跟他周旋，必定要弄个水落石出。"

"可是于龙川不好对付，连我们都得谨慎。"

"你知道，我最怵的是什么人吗？"

"于龙川？"

"对。在我脑子恢复思考之后，我一直在想，我为什么会变成这样，一步步地走来，变成原来我自己最反感的那种人——发了点儿小财，对家庭冷漠，跟外面女人搞暧昧，像所有暴发户一样，整天惶惶不安，这不是我想要的生活。你知道根源是什么吗？"

"愿闻其详。"

"恐惧，一种从童年就带着的恐惧。我的父亲在森林里死于蛇毒，但我为了维持生计，还必须在森林里采蘑菇，每走一趟，就如同一场噩梦，走到森林边上，听到溪流的声音，这个噩梦才醒来。这种挥之不去的不安全感，已经渗透在我的血液中。每到一个新的环境，我都有一种惊惶，就如大学毕业，我刚到这个城市，适应社会生活，即便身为警察，内心也是恐慌的，不知道黑暗之中埋藏着怎样的风险。和于丽川结婚，我当初认为自己是趋炎附势，岳父能给我更好的上升通道，后来我明白，实际上我是想找到安全感，岳父能给我安全感，我对升官其实兴致不高。这是个错误的选择，对我和于丽川都是，于丽川的沉默，让我陷入更大的恐惧之中，而我，也不能给她带来丝毫慰藉。我们生活在一起，却像在两个世界。后来，我与米鹿鹿重逢，那种感觉就像我在无边无际的黑暗森林中迷路了，然后听见了一个熟悉的声音，她的声音让我回到另一个世界，那个世界有年少时的渴望，无忧无虑的安全感，总之，像一针吗啡，会上瘾。"

"一切的根源是恐惧？"

"对，我时时装作强大，但恐惧挥之不去。环保人士称我是斗士，其实我是带着恐惧去做这些事的，我也时时感到受报复的威胁，据说我睡觉的时候，眼皮一直是跳动的。但是我想一个男人，即便是装勇敢，也必须装下去。"

"既然这样，为什么你还要亲自去面对于龙川呢？"

"他是离我最近的一个噩梦，从我结婚起，他就对我充满挑剔和威胁，可能一方面是看不上我，另一方面有情感因素吧。我想我们应该来个正面对决了，否则我又怎么重生呢？"

周幸福了解其意，道："唉，我是担心你身体。"

"你不是说我已经完全康复了吗？"

林森说罢，便俯身到地上做俯卧撑，周幸福连忙将他拉起，道:"不着急,来日方长,我还是习惯你当警察的样子!"

回到局里,周幸福跟李安全探讨了一下案情。

"他也跟我嚷嚷要自己破案,简直没把我们警察放在眼里。"李安全不满道。

"他毕竟当过警察嘛,可以理解。不过这么多年脱离刑侦一线了,是骡子是马,也得让他遛遛。"周幸福笑道,脸上带着中年人的宽厚。

"万一他破了,我们脸往哪儿搁呀。"李安全愤愤道。

"我们破案不是为了脸面,是为了工作,只要能破,都是好事,懂吗?"

"嗨,你没看他一脸鄙夷我的样子,简直就把我当成啥事都不懂的新兵蛋子,他要是破了,我这口气咽不下。"

"那行呀,有心气也是好事呀,你得想法子赶在他前面呀。"

李安全附在周幸福的耳朵边道:"其实呢,调查于龙川,现在还有另一个渠道……"

金桐正走进办公室,看见两个人咬耳朵的样子,问:"你们俩嘀咕什么呀?"

李安全叫道:"金桐姐,我告诉你,这个案件跟米鹿鹿还真没什么关系,她其实是一个很单纯的人。"

上次跟金桐去调查之后,李安全认为米鹿鹿应该跟案件没关系,但金桐却认为米鹿鹿故作幼稚,藏得很深,两人争论许久。

金桐本来一脸悦色,但听到米鹿鹿三个字,突然一脸不悦,叫道:"即使没关系,也是个烂货!"说罢匆匆地走向洗手间。

李安全一脸无趣,悄声道:"怎么跟吃了枪药似的。"

"唉,她有心病,谈不得这种事。"周幸福叹道。

"哦,心病,我咋不知道?"

"你真不知道呀,哎哟,难怪你老惹她不高兴。"周幸福凑近李安全的耳朵,道,"她当初怀孕的时候,她老公在外偷食,被她发现了,生了孩子后,她就离婚了。现在一谈到小三呀二奶呀这样的女人,她就一肚子火。"

"这都过去多少年了,还没消化。"

"女人呀,要是钻牛角尖,九头牛都拉不回来。"

"这么可怕,那我以后可不敢结婚了。"

"结婚可以,但是要先试婚。"

"一辈子的事,恐怕几天也试不出来吧!"

两个人像碎嘴老太太一样嘀咕着进了男洗手间。

这是林森第一次走出医院。他还没有办出院手续,是借着遛弯儿的机会走出来的。在路过医院门口的时候,发现一排剪成球状的迎春花开得特别艳,沁黄的色彩,让他心中一动。小时候自己家的破墙边,也有一株野生的迎春花,当迎春花开放的时候,他就知道自己可以不用穿破棉袄了。

在医院门口打了一辆车,十五分钟之后就到了于龙川的办公室。于龙川打着电话,看都不看他一眼,努了一下嘴,示意他坐到茶几的右侧。林森已经习惯了于龙川对自己的态度,默默坐下。于龙川狂躁地走来走去,大概接了十分钟电话,最后在闷闷不乐中结束谈话,坐了下来。办公室的灯没有开,幽暗,逆光的剪影看起来十分沉重。

于龙川给自己点上一根雪茄,调侃道:"死里逃生啦,以后还是悠着点儿吧。"

林森看着于龙川幸灾乐祸的眼神,似乎自己的此劫在他预料之中。而且,自己这条命在他看来,只是儿戏而已。

"你……"林森正要说话,马上被于龙川打断。

"先别说,等我拉泡屎。"

于龙川进了卫生间,过了许久,听见马桶的冲水声。他出来时,手里的雪茄已经烟消云散。

"你是来求我谅解的,是吧。可以呀,我可以给你机会,但是你必须一五一十地全说出来,像个男人一样,把自己做过的龌龊事全倒出来,我代表丽川,看看有没有可原谅之处。"于龙川边说边扣上皮带。

林森闭上眼睛,仿佛在听天书,等于龙川安静下来,才缓缓开口道:"从我跟于丽川结婚开始,你就对我颇有敌意,我也确实对你犯怵。我不清楚为什么,后来我才知道,是我心里有鬼。这个鬼就是,我没有安全感,我希望得到庇护,越希望得到,就越恐惧。而你,就像潜伏在现实中的一只野兽,我也不知道你什么时候会冲出来咬我一口。现在,我死里逃生一次,我的想法变了,我可以向死而生,不再恐惧任何东西。就像人生可以再来一次,如果我的父亲没有那么早早地走,我的童年也不必在森林中一次次地穿越,我会无所畏惧地长大,也不必莫名其妙地怕着你。我想,我们现在可以进行一次平等的对话……"

于龙川蹙眉看着,终于忍不住打断他的话,喊道:"是不是在演戏呀,疯了吧,跟我平等,你怎么跟我平等。我弄死一个人是分分钟的事,你跟我平等得起来吗?你还真不知道自己是谁了!"

"所以,你就想弄死我?"

"是呀,我一直这么想呀。"

"为什么?"

"没有原因呀,就是太讨厌啦。像一只狗一样,躲在我们家里。"

林森站了起来,道:"那你现在就弄死我看看。"

于龙川走到林森跟前,两人目光对峙。林森身材瘦长,但于龙川要比林森高半个头,比林森还要魁梧许多,气场自然要强。在于龙川阴沉凶狠的目光中,林森浑身一颤,恐惧从丹田升起,似乎是积累多年的能量,像闪电一样穿过身体,最后从天灵盖溢出。

那一瞬间,林森放松了下来,他想起自己曾经是个警察,曾经是一个练过格斗的人,他决定,在于龙川下手之后,他开始一生中的第一次反击。是的，恐惧散尽，自己从未如此轻松过。

于龙川咬着牙，压低声音道："我要搞死谁，是不用自己动手的。"

林森挑衅道："你那么讨厌我，为什么不敢自己打我一顿呢？懦夫！"

于龙川微笑着看着他，这是他要动手的先兆。他毕竟在部队里待过，懂得什么叫血性。

门口传来一阵脚步声，两个人都吓了一跳，转头一看，是周幸福、李安全带着两个陌生人进来。于龙川把攥着的拳头松开。

周幸福嘴巴努了努，两个人走向于龙川，亮出证件，道："你是于龙川？我们是贵阳公安局的，有个案件，需要你协助调查，请跟我们走一趟。"

于龙川脸色一变，表情严肃，道："你们是不是找错人了？"

"不会的，于龙川，在贵州有房地产项目，有证据显示你跟一起交通肇事杀人案有直接关系，我们查得很清楚了。"

于龙川的气焰完全被打压了。两个便衣警察熟练地架着他往外走。林森一把拦住，盯着于龙川问道："指使周亮撞我的，是不是你？"

于龙川停顿片刻，道："如果要搞你，我会亲自动手的。"

周幸福和李安全跟在后面走出去。林森突然紧跟几步，跟上周幸福，道："我要见周亮。"

陪林森到看守所的是李安全。进了看守所，林森道："你不必跟着我，我跟周亮单独谈谈。"

李安全道："可是……"

"别可是了，如果你想破案，就自己去审问他。"

周亮戴着铐子进了会客室，见到林森，"哇"一声哭了起来，跟被拐卖多年的孩子见了爹一样。

林森静静地看着他哭的样子，哭声里真的有一股真诚的悲伤。

"你终于醒了,你怎么不早告诉我。"周亮抓着林森的手,现在他觉得自己有救了。

"哭好了吗?"

林森把纸巾递过去。周亮点点头,擦着自己的整个面部,受灾面积实在太大了。

"于龙川和你接触过?"

"我已经告诉警察了,于龙川让我找到你出轨的证据,我没理他,也没告诉你,只是想省事而已。我是不可能再背叛你的。"

"也就是说,你没有受任何人指使?"

"我已经说过一百遍了,完全是意外。"

"你看着我的眼睛说。"

林森盯着周亮的眼睛。他相信,眼睛是通往心灵的窗户,这句话不是随便说说的,特别是对于一起长大的人。

周亮抬起头,郑重其事道:"撞车这个事,真的是个意外,不知怎么搞的,脚不听使唤。"

林森一字一字地听着,似乎想听出哪个字是假的。他的视线从周亮的眼睛,移到头部。

"头发掉了这么多?"林森指着周亮愈加稀疏的头发。

"关于米鹿鹿,我一个字也没提。"周亮点了点头,可顾不上说啥头发,压低声音道,"他们是自己查出来的,真的跟我无关。"

"我问你头发怎么掉了这么多?"

"我也不知道,可能是焦急吧。"

林森摸了摸他的头,像秋风扫落叶一样,头发又掉了几根。那头发的质量,就像庄稼地里被污染而枯干的菜。

"撞车之后,脚部还有出现麻木的感觉吗?"林森道。

"有,偶尔有,可是医生检查不出来。"周亮道,"我想,可能是吸毒的原因,可是我现在全戒了。"

林森闭上眼睛,深思片刻,深深地吸了一口气。

"你去告诉他们,我不是凶手,我没有谋杀,好吗?只有你不起诉,才能救我。"周亮像个心急的孩子,急于得到大人的承诺。

林森站起来,道:"那我先走了。"

"你会把我弄出去吗?"

"真正的凶手进来了,警察自然会让你出去了。"林森淡淡道。

周亮没怎么听懂,但听说能出去,还是欢呼雀跃,低声道:"你一定要相信我,我是不可能站在于龙川那一边的。"

林森听了,一怔,点了点头,抓住周亮的手道:"不管我们之间发生过什么,一些残忍的事,你尽量去忘记;你只要记住,当初我们一块儿吃一个碗里的菜,你把你的菜票让我买文具,你只要记住这些,以后你的脑筋就不会歪,我希望你的人生能重新开始。"

周亮是个粗人,似懂非懂,他还是点了点头。林森拥抱了他一下,就像当初两个进城的少年。

林森回到医院,最后听了一遍米鹿鹿的录音,然后把手机里的录音删除。这个循环的录音,从他昏迷到康复,他感觉有一辈子那么漫长。

于丽川刚好进来,她看见林森的操作,并无反应。

于丽川从爱马仕包里取出一张纸,递给林森。林森定睛一看,一阵心跳。

那张纸是一份离婚协议书。

"为什么?"林森把双脚放到床下,站了起来。

于丽川摁住他的肩膀,让他坐在床沿。她在便笺上写了几个字:我的世界太安静,不适合你,也不需要你。

林森双手掩住面庞,渐渐地,眼泪从指缝间流了出来,他像个女人一样,耸动着双肩,哭了。

他抱住于丽川,两个人紧紧抱在一起。自结婚以来,两个人从未这般心意相通过,他们互相凝视着。林森第一次感觉,妻子是一个心智世界如此灵动丰满的人。十几年来,在自己心中,只把她当成一个残缺的、需要被可怜的人来看待,他觉得自己太无知了。

他在于丽川耳边道:"我真舍不得你,但这是一件我一直想做不敢做的事,谢谢你。以后,我可以无牵无挂地去自己该去的地方了。"

他在协议书上签上了自己的名字。

即便林森不在,公司里也有条不紊,一切按部就班。塞翁失马,焉知非福,这次的事件,简直是对公司管理的一个考验。事实证明,这次考验取得圆满的成果。

林森开了一次会,对团队表示赞赏,并且表示自己要离开一阵,希望大家精诚合作,让公司不受影响。

秘书小吴道:"林董,据我们所知,你目前的处境还是相当危险的,去哪里都要非常小心呀。"

"谢谢,我会去一个很安全的地方。"林森道,"小吴,你等我电话,有些私事还要你忙一下。"

他把公司的事情一一处理完毕,跟于丽川去了民政局,出来后,他陪着女儿玩了一天。女儿姓于,但是不妨碍他是如此爱她,甚至成为家庭中唯一的笑声与温暖。

次日,他在办公室拨通了周幸福的手机。

"幸福呀,你不是还要了解案情吗?有空到我公司来一趟。"林森道。

"嗨,你一出马,肯定有新的进展,我们一直在等你的电话呢,这就来。"

"是呀,我出院后,处理了一些紧要事情,现在才通知你,真是抱歉。"林森礼貌道,"对了,方便的话,请带一副手铐过来。"

"哦,为什么?"

"你们不是一直要抓凶手吗,抓凶手呀。"

周幸福愣了片刻,放下电话,叫上李安全、金桐直奔环三公司。

进了林森的办公室，林森早已泡好功夫茶。本来一脸严肃的三个人，也只好入座喝茶，似乎变成了访友。

"林森，你葫芦里到底卖的什么药呀，当初在警队的时候，你就比我聪明，你可别再耍我。"周幸福道。

"就是给我豹子胆，我也不敢耍警察。"林森笑道，"再说了，我虽然做了逃兵，但心里对这份工作一直是敬畏的。"

"你的意思是，凶手就在你们公司？"周幸福道，"你们公司的嫌疑人，倒是查过几个，没有什么有力证据。"

"不急，喝口茶，听我讲一段往事。"林森道。

林森取了一沓钞票，戴上薄膜手套，把办公室房门关上，用细刷子把盐涂在钞票的边缘。他的手在颤抖。为了让动作持续下去，他脑海中浮现周亮敲诈他的嘴脸。是的，无止无休的纠缠，这个年少时的过命之交，现在已经蜕变成一个毫无人格的家伙。自己屡次帮助他，想让他重新回到正常的人生轨道，像从前那样，一起互相取暖。从前已经不再了，相爱进入了相杀，人生就像宿命。

这是周亮第二次的敲诈。林森知道，以周亮的无赖劲儿，以后是吃定自己了。周亮过来的时候，他把信封里的钱递给周亮。

"我没数，你数数看。"林森道："答应给你的，当面可要点清。"

钞票有点儿粘连，周亮数了几张，手指蘸一下口水。这个习惯他从中学开始就有。林森闭上了眼睛。周亮继续数，继续蘸口水。

"周亮我告诉你，你这干的是伤天害理的事，老天爷会找你算账。你多跟我要一次钱，你就离死亡越近一步，你一定要相信这句话。"林森表面冷静，内心却颤抖着说。

周亮没有理会他的话，他数完钱，害羞地一笑，自顾而去。

林森走到卫生间，突然呕吐起来，无比的恶心。

周亮一共敲诈过四次，三次的钞票里都有砣盐。

"铊的中毒症状是肠胃炎、脚跟疼、下肢麻木无力、视神经损伤、脱发。当初他活蹦乱跳,我以为铊盐没有进入他的体内,现在想来,他逃跑中突然腿软被放高利贷的人抓住,踩刹车突然无力,包括现在的脱发,都是铊中毒的症状,当然,现在可能还不重。"林森像个法医一样分析道,"所以他的供词是真实的,请你们把他送到医院去。当然,当地的医院可能不行,一定送到省公立医院检查,找神经损伤科的李师江博士,他是这方面的国际级治疗专家。"

林森说罢,喝了最后一口大红袍,向周幸福和李安全平平举起双手。

(原载《十月》2018 年第 2 期)

验明正身

尤凤伟

一

汪一明从市局宣传处副处长位置上调刑侦支队任副支队长,职务的变动一方面出于他一直想深入第一线的愿望,另一方面是刑侦缺少人手,这不,刚报到便立刻投入对一桩贩毒案的讯问。

几乎没有例外:将嫌疑人抓捕归案后便立即进行讯问,通称突审。突审是关键一环,趁嫌疑人惊魂未定时单刀直入,十有八九就招供了,事半功倍。如果过了这个时间节点,待嫌疑人缓过神来,认清了形势明确了利害,从而有了应对策略,讯问便难度倍增,甚至陷入泥沼,所以必须趁热打铁，一鼓作气将事情搞定。

摆在眼前的这个案件，看似简单却十分重大。简单是说单纯地贩运毒品且全部缴获，重大是数量甚巨。依照法律规定，如无特殊从宽情节，结伙诸嫌疑人均可判死刑。这是一方面，另一方面须令嫌疑人尽快交代出其上家和下家，以扩大战果将团伙一网打尽。

正因为案情重大时间紧迫，刑侦一二把手亲自上阵，寇彬支队长带一名警员讯问一个嫌疑人，汪一明副支队长带一名警员讯问另一个嫌疑人，天色已晚，顾不上吃饭，说挑灯夜战当恰如其分。

当汪一明走进讯问室时，助手小丁已坐在桌前等候，汪一明让小丁先讲讲大体情况。小丁说情况有些复杂，汪一明问怎么复杂？小丁说这个犯罪嫌疑人身份不明。汪一明问怎么不明？小丁说他的身份证是假的，所以这样上面的相关信息难以判断真伪。汪一明又哦了声，问那怎么办？小丁说只能让他如实交代。汪一明问若不交代怎么办？小丁说只有与其斗智斗勇。汪一明又哦了声。这时门开了，刑警将一名身材瘦小满脸稚气的嫌疑人带进屋。许是害怕，许是天寒衣单，只见他浑身瑟瑟发抖，坐下后汪一明又扫了他一眼，心想还是个孩子，怎么会犯此重罪？遂发问道，知道这是什么地方吗？

知道。少年嫌疑人埋着头回答，神色惊慌。

小丁开始记录。

知道为什么进来的吗？汪一明又问。

知道。

知道很好，那就如实回答问题。

是。

你叫什么名字？

潘光明。

这是身份证上的名字，问你真名。汪一明盯着这个自称潘光明的少年嫌疑人问。

你们知道潘光明是我的假名？嫌疑人抬了抬头又重新垂下。

知道，我们什么都知道，所以你必须说真话。

是。

你的真实姓名？

我……我没有名字。

什么？没有名字！汪一明首先想到的是嫌疑人想隐藏自己的真实姓名，对抗讯问。遂抬高声音，不许耍花招，坦白从宽，抗拒从严，说出你的真实姓名！

少年嫌疑人一脸愁苦，哆嗦着嘴唇说，真……真的没有名字，前年办……办假证的时候临时起了个潘……潘光明……

名字倒是起得很好，只是……汪一明暗自摇头，仍不相信。

对了，我有个小名，叫小龙。

小龙？光有小名？你上学没起大名？

没上过学。

没上过学，文盲？汪一明有些惊讶，仍然认为"小龙"的回答有诈。

我真没上过学。小龙又说一遍，一脸悲苦。

为什么不上学？

上不了。

为啥？

没户口，学校不收。小龙说。停了停又说，俺是超生的黑孩儿。

黑孩儿！汪一明的心咯噔了一下，他自然知道超生"黑孩儿"是怎么回事，父母不遵守计划生育政策，超生又交不上罚款，于是孩子便成了没户口的黑孩儿，黑孩儿一切得不到保障，许多流落到社会上无法生存。他心里生出一种异样的情愫。

他声调缓和了一下问，你家是哪个省的？

小龙答，大概是山东吧。

大概？

小丁插问，你身份证上不是写的云南省吗？

小龙说，云南是办证时胡说的。

为什么写云南？

在云南办的证。

你家里有什么人？汪一明又问。

不知道。

不知道？这怎么能不知道！汪一明拿不准对方是不是在耍花招，就算是没有户口的黑孩儿，终归是父母生下来的吧？汪一明不明白他为什么要全盘否认自己的真实存在，目的又是什么？

汪一明问，你是说你没有父母？

小龙说，父母哪能没有？可我不知道他们是谁，现在在哪儿。

面对小龙的一问三不知，汪一明意识到自己的预审遇到了障碍。公安预审就是把相关案情审清，然后移交检察院，由检察院向法院起诉。到此，他仍然不明确是不是该犯罪嫌疑人"小谋深算"的反侦查策略。

他有些不悦，抬高一些声调，盯着小龙说，你应该清楚，你已经犯下严重罪行，如不配合，下场很可悲，懂吗？

我懂，我配合，配合，一定配合。小龙连忙说道，抬头瞄了眼黑着脸的汪一明。从小龙瞬间移开的目光，汪一明体察到的是畏缩与无奈。

他再次缓和下来说，既然有这个态度，那就先把不知道的放一边，把知道的全部交代出来。

小龙交代自己所知的身世，爹妈先生了他姐姐，还想要个儿子，又生，就生出他和双胞胎哥哥。爹妈交不上两份罚款，就把他卖了，卖的钱给他哥哥上了户口。

竟有这等事？汪一明不由哦了声，不信任地望了小龙一眼，问，这情况是谁告诉你的？

养父母。

你养父母在哪里？

不知道。

又不知道？

嗯，后来他们生了儿子，就嫌弃我，老打我，我受不了就逃出来了。

汪一明拿不准这是不是他编出来的，便问，那时你多大？

五六岁，记不准了。

你养父母家在哪儿？

不记得了。

什么都不记得了？

只记得是一个小村子，村东有条河。河坝上有柳树和杨树，风一吹，树叶哗哗响。对了，村西头还有一个水湾，夏天小孩子在里面洗澡摸鱼……

汪一明眼前便出现如小龙所描绘的那样一个小村庄，恰恰是他对自己胶东家乡的记忆。

他便想，小龙是不是自己的胶东老乡呢？应该不是，口音不对，当然这不重要，与自己审理这个案件没有什么关联。有关联的是要把小龙的身世、来处等个人信息弄清楚。他再问，你离开养父母家后去了哪里？

小龙答道，说不准。

怎么说不准？

流浪，满世界跑，扒火车、大卡车，哪儿下来哪儿就是家。

家？

我是说桥洞底下、水泥管里，要是刮风下雨就到车站候车室的长椅上睡，在那儿很享受了，能要到吃的东西。

要是要不到呢？汪一明问。

偷。小龙不隐瞒自己有盗窃史。

孔乙己说窃书不算偷，那么流浪儿偷吃食算不算偷呢？他心想应该算不上，好像有人说过，儿童偷食品责任在国家。咳，小龙犯下的是贩毒大案，什么偷啊摸啊已算不上什么了。依寇支队长的说法，单这一条就会要了他的命。

汪一明的心揪了一下，叹了口气问，你流浪了多少年呢？

不记得了。

不记得，不记得，那你到底能记得什么呢？汪一明问。

就记得东跑西窜，一门心思找东西填肚子，填了肚子再寻睡觉的地方，一天一天就是这么过的呀。

分明是一头小兽啊，獾、野兔、狐狸什么的。汪一明心想，一头孤孤单单的小兽在天地间尚可奔走活命，而一个孩子在这种情况下生存长大真是不可思议啊。他轻轻叹了口气，不由联想起自己上中学的女儿，被全家人当成小公主，被呵护得无微不至，脾气大得说一不二。前天晚上女儿睡觉前喊着要吃哈密瓜，他只好开车上街寻找还没收摊儿的水果摊。

他陡然没来由地问，你吃过哈密瓜吗？

哈密瓜？

对，产于新疆的哈密瓜。

没，我没去过新疆。对了，我吃过甜瓜，比甜瓜好吃吗？

好吃。

我吃过西瓜，比西瓜还好吃？

好吃。

没想到还有比甜瓜、西瓜好吃的水果。

你都吃过什么水果？

杏、苹果、梨、葡萄……啊，我坦白，都是在人家园子里偷吃的。

不偷不得食，用胶东话说叫"吃打食"。他心想，"吃打食"的孩子能活下来真是不易啊。他觉得可以趁这个机会多问一些相关事宜，为今后写这类流浪儿题材的小说积累些资料。这些年他写过一些文艺作品，但没写过儿童文学，看报刊上发表的描写儿童的作品他觉得大部分是在胡扯，要么人为拔高，把孩子写成小英雄小大人，要么胡编乱造隔靴搔痒离儿童生活十万八千里，目的只为赚孩子的钱。

可没等他继续往下问，身旁的小丁就递给他一张纸条，上面写着：汪支队，下面是不是应该集中问一下与案件相关的问题？

他陡然意识到讯问跑偏了，源于自己的不专业及写作者的随性与感性。太不应该了！他立即纠偏，转入正题，说，详细交代你的犯罪过程！

是，我交代。

二

讯问后半程进展顺利，没经过啥"斗智斗勇"，犯罪嫌疑人小龙就全招了，专业的说法是供认不讳。他与同伙苗通在云南边境一带从贩毒头子手里接过毒品，一路坐火车、汽车来到本市。两个衣衫褴褛的流浪儿并没引起警方的注意，如果不是贼性不改在饭店吃饭开溜被捉败露，这一票还真能做成。讯问大功告成，小龙被带走后汪一明长长嘘了口气，心想交代了好啊，坦白从宽抗拒从严，这会减轻一些刑罚的。

刚要起身离开讯问室，寇彬支队长和他的讯问助手小吴推门进来了，应当是那边的讯问也已结束。

把苗通拿下了，乖乖投降。寇支队语气轻松地说。汪一明知道苗通就是小龙的同案犯。

老汪，你这边情况怎样呢？寇支队问。

很好，也全部交代了。汪一明边回答，边把小丁的记录递给寇支队。

寇支队边翻看边说，与苗通的交代能对起来，咱们今晚加加班，把情况汇总一下。这是个重大案件，须尽快把材料准备好移交给检察院，根据以往经验，法院年前会判决执行一批罪大恶极的案犯，不能耽误在咱们这里。

他自然明白寇支队说的意思，便问什么时候移交。

寇支队说，今天是周末，争取下周吧！给检方和法院省出点儿时间。

他问，上家下家都未归案，这案能结？

寇支队说，你也太乐观了，贩毒头子狡猾得像泥鳅，别指望抓两个小马仔就能拔出萝卜带出泥，也许苗通和小龙被捕时就在他们的眼皮子底下，被看得一清二楚。

他迟疑一下说，就算单独结案，这么快移交能行吗？

寇支队说，案情重大却不复杂，没问题的。

他问，你认为这个案子法院会怎么判？

寇支队掏出烟递给汪一明一支，汪一明摆摆手，寇支队便给自己点上，吸了一口说，应该都是死刑吧。

死刑？交代了也判死刑？不从轻？汪一明的心不由得一沉。

寇支队说，问题是数量太大。按法律五十克以上便可判死刑，他们携带的毒品是这个数的十几倍啊，你让法院怎么判？再说，同类案件最近有上升的趋势，必须遏制下去，当然最终还是看法院怎么权衡了。

他想想说，据小龙交代，苗通是主犯。

寇支队说，苗通讲小龙是主犯，不过是互相推诿，正常。

小丁说，小龙不可能是主犯。

寇支队问，怎么讲？

小丁说，苗通有前科，他比小龙大……

寇支队说，这不一定能说明问题。对了，小龙今年多大？

小丁说，身份证上注明他是 1998 年出生。

寇支队说，那就是十九岁了，苗通也是十九岁，两个人一般大。

汪一明说，可小龙的身份证是假的。

寇支队问，与公安网比对了？

汪一明说，比对过，是伪造的。

寇支队问，他自己交代是哪年出生的？

汪一明说，他记不住了。

寇支队问，自己出生年份记不住，这可信吗？

汪一明说，应该可信，他是个黑孩儿、流浪儿，稀里糊涂长大又稀里糊涂走上了犯罪歧途。

寇支队哦了声，把烟蒂掐灭，摇摇头说，稀里糊涂不是理由啊，他自己不否定……哎，他自己否定出生年份是假的吗？

小丁说，没有，可要真是记不准也无法否定呀。

寇支队问，那么他办假证时，怎么写上了1998年，而不是1999年、2000年？

小丁说，他说办假证的人当时问他年龄，他说不记得。办假证的人便说按十九岁吧，这样好找工作，他同意了。应该是真的。

汪一明说，看他的模样还很孩子气，应该不到十九岁。

寇支队摇摇头说，有人老相有人嫩相，从模样看不出三两岁的差别。再说我们也只能以身份证上的为准。

汪一明说，对小龙而言，年龄杠上杠下关乎生死，必须落实，不能马虎。

寇支队想想后说，能落实当然要落实。可以打电话给他的出生地公安局查询一下，也简单。

汪一明说，这行不通，假证上的出生地也是瞎编的，到哪儿查询？

寇支队一怔，这么说证上所有信息全假？

汪一明点点头说，可不是，连名字都是假的。按道理讲黑孩儿犯法应该先上户口，再立案，有个真名实姓，受审判刑才名正言顺，否则……

寇支队说，你讲得也有道理，但道理不等于法律。

汪一明问，那法律对这种情况是怎样规定的？

寇支队说，没先上户口这一说，只要查实是本人犯的罪，便可用其自报名起诉。

自报名？瞎起的也可以？小丁问。

可以，以前都是这么执行的。寇支队说。

汪一明不吭声了，他想不通。

寇支队笑着说，老汪你写小说，不是也随意给笔下人物起名字吗？起啥就是啥了嘛。

汪一明想，人命关天的事怎么能和写小说等同呢？可他没说出口。

三

回到家不久，寇支队打来电话，先打了几句哈哈，接着就今天的讯问关照说，如今咱俩搭班子，该说的我就要说了，你别介意。汪一明说我不介意，况且你是一把手，该指示的就指示。寇支队一笑，说指示说不上，只能说是交流。汪一明也笑笑说行，那就交流。寇支队说你是咱局里的文化人，大学中文系毕业，一直干文宣，还业余写作，素质很高，可话说回来咱们干的毕竟是公安，强力部门，真刀真枪地同坏人干，心慈手软不行，温情主义是我们这个行当的大忌啊。汪一明已很清楚寇支队的意思了，尽管有教导的意味，可他并不反感，也难得寇支队能把话直讲，便说你说的是，犯人犯了法，危害了社会，理应受到法律的制裁，这没问题。

寇支队笑说好啊，好啊，你已经转轨了，别的我就不多说了，这个案子，尽早不尽晚，下周就移交出去，这样检察院和法院都好，能从从容容在年底走完程序，皆大欢喜。

电话挂了。寇支队最后的话让他有一种很不舒服的感觉：所谓走完程序，就是法院最终判决。结了案子可以讲完成了任务，可讲皆大欢喜就有些冷血了，再怎么也是人头落地啊。

妻子李环从厨房出来，擦着手问，谁的电话？汪一明说是老寇。李环在沙发上坐下，说刚离开机关，又有什么事？汪一明说是案子的事。李环又问案子怎么了？汪一明本懒得说，刚要说别问，转而又改了主意，便把自己调到刑侦支队遇到的头一个案子及讯问过程详细讲了，之后发牢骚说，再急着结案，也不能草菅人命啊！犯罪嫌疑人的许多情况尚不清楚，就要没命了啊！

李环叹了口气说，小黑孩儿也真可怜，来到这世界上没得一天好，就……要送命，不去比富贵人家的孩子，就是比比咱们汪雯也亏大了。

汪一明也叹了口气说，当然了，可怜归可怜，亏归亏，毕竟犯了法，得接受刑责，问题在于我们不能剥夺他本应得到的宽宥。

李环说，我明白你的意思了，说到底是个实际年龄问题。公安本事大，难道就没办法搞清楚吗？

汪一明摇摇头说，情况也是太特殊了，就像从山里跑出来一条流浪狗，谁有办法弄清楚它是啥时候出生的？

李环陡然想起了什么，说那小黑孩儿不是叫小龙吗，小龙就是蛇，是不是他属蛇得名小龙呢？

汪一明怔了一下，拍一下手说，可不，俺们老家属蛇就叫属小龙，幸亏你提醒我，你算算，属蛇的是哪年出生。

李环说，不用算，咱雯雯属猴，2004年的，属蛇就是2001年的。

汪一明眼亮了一下，说2001年就是十七岁，行了，不满十八岁就不能判死刑了！

李环也跟着高兴，说这太好了。

汪一明想想后说，也别高兴太早，毕竟是我们的猜测，还得进一步落实。说罢便从沙发上摸起手机拨号，大声说，小丁，明天一早来接我，去看守所……

汪一明放下电话，雯雯从她房里出来，问，爸爸明天你去找小黑孩儿哥哥吗？

汪一明明白刚才他和妻子的谈话雯雯都听到了，遂点点头，说干吗问这个？

雯雯说，别忘了带一个哈密瓜去让小黑孩儿尝尝味道。

汪一明与李环相视无言。

四

一如预期，汪一明与小丁在第二天上午赶到位于市郊的看守所，再次提审了犯罪嫌疑人小龙，却没有得偿所愿：小龙说不出自己究竟是属什么的，甚至没意识到两个讯问过他的警察，再次赶来追问这个问过多次的事对他意味着什么，就像一个站在悬崖边上的人不知是该向前还是向后那般犯傻，"看不开死活眼"，而也正是这种"看不开死活眼"才牵引他走向了贩毒这条不归路，真是愚蠢害死人。汪一明心里又急又气，若不是职业纪律，他真会对小龙讲明这其中的生死攸关，引导小龙胡诌出一个对自己有利的口供，以救自己一条命。

但没有，事情自有其自身逻辑走向，不以任何人意志为转移。不过沮丧中尚有一获：小龙倒是记起了养父母那个小村子叫杏村。假如找到这个杏村，就能找到小龙的养父母，由此又有可能找到其生父母的下落，案子便可以峰回路转。

在回程的路上，小丁边开车边说，汪支队，小龙说的那个杏村是不是在海阳啊？

汪一明问，海阳有个杏村？

小丁说，海阳县城从前就叫杏村。

汪一明说，不大可能是县城呀，小龙说的是个小村子。再说小龙的口音不像海阳一带，倒像是鲁南那边的。

鲁南？沂蒙山区？

差不多。

可以在百度地图上查找。

好的，你回去就查，要是有个杏村，我们就去一趟。

好的。过会儿小丁又问，那时间能来得及吗？

汪一明反问，怎么来不及？

小丁说，寇支队的意思是下周移交，可要是去沂蒙山……再说，要是找到了小龙的养父母，兴许还能找到他的生身父母，那肯定还要找，再找时间就很难讲了，也许得十天半月。

汪一明说，只怕找不到，时间是人掌握的，不能为赶进度而赶进度。

小丁一笑，寇支队倒是有点儿赶进度的意思。

汪一明说，那就本末倒置了，要只是个判三年五年的小案子还不打紧，这大案子弄不好是要脑袋搬家的啊。

小丁说，可不。

回到家不久，小丁来电话说查到在蒙阴县有一个杏村，另外还查到沂南县也有一个杏庄。汪一明不由得大声喊，好，太好了！真是天无绝人之路，做好准备，周一出发！小丁问那么寇支队呢？汪一明说，既然有了线索，他应该会同意。

汪一明随即给寇支队打去电话，讲了情况及自己的意见。寇支队沉默片刻，还是同意进一步调查，只是说下周要开支部会，汪一明得留下，让小丁和小吴两个人去。汪一明觉得亦无不可。

汪一明分别给小丁和小吴打了电话，叮嘱了相关事项。

五

然而寇支队变卦了，周一小丁和小吴出发前被他拦住了，同时把汪一明也叫到了办公室，说昨晚饭局他见到了检察院分管刑事案件的赵副检，顺便将刚破获的贩毒案讲了，赵副检很兴奋，当即电话汇报给政法委郑书记，郑书记十分重视，指示这起案件与另一起抢劫杀人案必须在年前宣判执行，以遏制恶性案件频发的趋势。这样，赵副检就要求公安方面在本周移交，以保证他们在下周向法院起诉。

不用说，按照这个进度必须终结侦查，杏村就去不成了。

汪一明不说话，小丁和小吴看看他又看看寇支队，不知所措。

汪一明说，你们俩先回去吧。

待小丁和小吴出门，寇支队指指沙发，让汪一明坐下，问老汪有问题吗？

汪一明反问，老寇你觉得有没有问题呢？

应该没有。

应该？

应该说这是个特事特办的案件。

汪一明心里清楚，寇支队的特事特办是指大领导督办的案件，而该督办者正是统管公检法掌握生杀大权的政法委郑书记。他也晓得郑书记刚到任不久，急于出业绩也是情理之中。寇支队讲赵副检听到案件兴奋不已，"兴奋"二字倒真是传神，有言靠山吃山靠海吃海，有了战争才有人能发战争财，有了各种违章才有各种罚款收益，同理，有了案件才有了公检法强力部门的作为。经济案件都希望巨额标的，刑事案件比如贩毒，希望能缴获几十上百千克甚至成吨海洛因才好，如此才有干头，才能有政绩。显然这是一种不正常心态，然而却折射出其畸形的职业心理。于是就有了好大喜功，有了刑讯逼供，从而有了冤假错案，有了屈死鬼。

汪一明觉得应该表明自己的态度，便说，上级领导越是关注这个案件，我们越要把案子办扎实，办成铁案……

寇支队打断说，十几公斤毒品的铁证，难道不是铁案？

汪一明说，这是一方面，另一方面本案程序上还有瑕疵，达不到移交标准。

寇支队问，你说的瑕疵是指犯罪嫌疑人小龙的相关信息没完全落实吧，那是他的情况特殊，不是我们的责任。

汪一明说，以前是这样，没有线索，无从查起，现在有了线索，不去查实就是我们的失职。

寇支队有点儿光火，能肯定是有价值的线索吗？要是他胡说呢？

汪一明说，只有去查了，才知道是不是瞎说。

寇支队摇摇头。

汪一明说，犯罪嫌疑人小龙对自己的身世、名字、年龄一无所知，案情已定，前面两项缺失不会影响判决，而年龄很大程度上决定他的生死，人命关天。我们有前车之鉴啊！

寇支队不语。

汪一明又说，死刑执行前还要验明正身，严防杀错人，而本案尚在侦查阶段，是万万不可马虎从事的。一个闪失便是一条人命，作为老刑警的寇支队比我要清楚得多啊。

汪一明把话说得很重，却也只能这么说。

寇支队闷了一会儿，摇摇头，欲言又止。

汪一明继续道，退一步说即使本周移交，时间也是没问题的。开车去蒙阴和沂南找到两个杏村，三四天足够，无论结果怎样，周五前移交也没问题。

寇支队挑挑眉问，有把握吗？

汪一明说，没问题。

寇支队想了想说，就按你的意见办吧。说到底谁都想把案子办成铁案啊，要是咱也出了冤案，那可吃不了兜着走了。

汪一明松了口气，对寇支队笑笑说，那是那是。

寇支队也笑了笑，只是笑得有些勉强。

六

小丁和小吴出发后，汪一明并没有感到轻松，不断通过微信与他们联系获取信息，发出指令。可以说一切在他的掌控中。

现在到了哪里？路况好吗？

看到蒙阴县城了，汪支队，柏油路，车辆不多，放心。

好的，进了城就去蒙阴公安局，我已同宣传科的刘科长通过电话，请他协助。

明白汪支队。

我们已经离开县城向杏村出发，刘科长派他科里的小颜陪同。

吃过午饭了吗？

刘科长和小颜陪我们在局食堂吃过了，没问题的汪支队。

好的，提前和村里联系了吗？

小颜给村里打过电话，询问小龙的养父母，因不知名字，只能到后再核对。

汪支队，我们刚见过村支书，说了说情况，他说村里共有三户收养了孩子，一男两女，男孩儿刚上大学。当然不是小龙，看来不是这个杏村。现在我们已经在去沂南的路上，小颜和沂南公安局联系了，那边说那个杏庄离县城八十多公里，是山区，路不好走，当天赶不到，得住下。

好的，那就住下，休息休息。

知道了，汪支队，你也好好休息。

事实上，汪一明休息得并不好，几桩事在脑中缠绕，女儿数学又考低分，看来得请个家教一对一了，李环掌握的情况是两节课三百元。一周四次一千二百元，加上学琵琶每周四次每次三百元也是一千二元，两项两千四百元；老父突然觉得肝区疼，怀疑是肝癌，很紧张，得尽早上医院检查；再就是小丁他们，在沂南县那个杏庄能不能找到小龙的养父母尚不得而知，如找不到，线索就彻底断了，侦查只能到此结束，小龙的命运便掌握在检察院和法院手里，当然，法院会替他请个公益律师，一般说来也只是走走程序，难以出奇迹……

上班后，长山路派出所齐所长打电话汇报，说昨晚接群众举报，一私营小旅馆从事卖淫嫖娼勾当，突击出警，果然就从床上揪到一对裸身男女，正是捉奸拿双，没说的。带到派出所讯问，那老男人是从河北来出差的，住在本旅馆，小姐是旅店老板打电话召来的。老套路情况，自可按老套路办法处理：拘留罚款。问题是比照公安网，那小姐亮出的身份证是假的，问她是怎么回事，她承认是在街上办的，问她真证在哪里，她说没真证，她是超生，办不了身份证。齐所长请示怎么处理。

无独有偶！汪一明脑子里跳出这个词，这种情况怎么处理？他刚到刑侦支队还真不清楚，遂问，以前有这种情况吗？齐所长说不仅有，还很多。他问一般是怎么处理的？齐所长说按规定罚款加拘留，可有的身上没钱，哭得哇哇的，说不可怜是假的，也就放走了事。汪一明甚至想都没想便放出句话，也只能这样了。说完挂了电话。

中国黑人，不知咋的，他脑子里又跳出这几个字。这个特殊的群体，不可能有正当职业，也就没有正常生活，男盗女娼，更多是无奈选择，甚至是唯一选择。奈何？

不管怎么说，刚才顺水推舟放了一个黑小姐，让他心里多少有些宽慰。这时微信铃声响了，是小丁。

汪支队，我们正向山区进发，风景真好啊！不是有幅名画叫

《万山红遍》吗,真的是万山红遍啊,我们大约中午以前能赶到。

好的,向小颜道声辛苦。

小颜回蒙阴了,现在是沂南公安局的小孙给我们当向导。

那就向小孙道个谢。

好的。

杏庄在哪个镇?

在河西镇,去杏庄路过。

先在镇上找饭店把午饭吃了,再进村。

好的,谢谢汪支队关心。

小丁再来微信已经是下午了。

汪支队,我们正在村支部喝茶,村支书说按照咱讲的情况,有一个能对上号,这户人家多年前收养了一个男孩儿,乳名叫小龙。五六岁时跑了,养父母外出找过,没找到,就回来了。

这不重要,赶快见见他养父母……

这不可能了。

怎么不可能?

村支书说小龙的养父母一起进城打工了,留下一个空房子。

去了哪里?

不知道。

村里没别人知道?

好像没人知道。

好像,不行,去每家每户问。

明白了。

傍晚,小丁再来微信。

汪支队,问了个遍,也没问出个所以然来。

真奇怪了,出去一户人家,就像掉进了一个黑洞,杳无音信了?

不过倒有一个线索,小龙在村里有一个玩伴,小名叫二民,前几年有人在烟台看见小龙和二民在一起……对了，二民也是个没户口的黑孩儿。

能找到二民吗？

能，二民爹说他在山里的滑石粉厂干活儿。

找到二民，一定要找到他，他应该知道小龙的情况。

好，那我们进山了，不过今天来不及了。

是来不及了，到镇上住下吧。

好的，明天一早就去。

考虑到小丁他们进山去滑石粉厂时间很紧张，第二天汪一明便没再主动联系，他们也没来微信。刚来队不久，许多工作插不上手，只能在办公室枯坐。不知怎的，他想起那部反映"二战"盟军在诺曼底登陆的影片《最长的一天》，他觉得这也是他最长的一天，当然心里还是惦念着丁吴二人杏庄行会是种怎样的结果。不过，时而也反思：在这件事情上自己是不是有些走偏？无论怎么说小龙是重罪犯，对社会造成了极大危害，绳之以法是应该的，而自己过于关注小龙的生死，是不是如寇支队所说是温情主义，通常说法是感情用事呢？而细想想这也是很牵强的啊，自己与小龙素昧平生，非亲非故，又有何感情可言呢？那么是怜悯？不能说没有这个因素，但怜悯是有尺度的，自己并不赞成废除死刑，便是对"十恶不赦"这一原则的体现。那么，哦，对了，他突然意识到事情的症结：小龙的罪行是否已达十恶不赦、"不杀不足以平民愤"的地步？对此他是不认同的。况且本案中的小龙很可能尚未成年，只是由于他自身的特殊原因难以认定。于是便形成目前这种凶险局面，小龙本身已无能为力。即使自己相助，也只能靠冥冥中尚未可知的运气了。

下午才接到小丁的微信，说他们已离开沂南县往回赶了，问是现在汇报情况还是等回去？汪一明想想后说先回来吧，又说直接把车开到老地方，一起吃个饭。

七

老地方是市局附近的一家小饭店，警员每当赶不上食堂饭点便到这里用餐。汪一明下班后先赶过来，订下一个小单间，点了几样菜，然后坐等。这时才想起应该给李环打电话告知晚饭不用等，李环说正好，闺女早就想吃肯德基了，这样晚饭就不用做了。

小丁和小吴风尘仆仆地赶到饭店时，已经快晚上八点了。汪一明由衷地说辛苦辛苦。待两人坐下，便叫服务员上菜，这个点灶上已经清闲了，菜很快就上来了。

打开一瓶52度琅琊台，白酒中的战斗机，点这款酒是因为店里保证是从厂家进的真酒。这年头真酒难得，小丁和小吴一起敬了汪队，汪一明干了，急不可耐地说，说说情况。

情况是他们在滑石粉厂没有找到二民，二民刚走。

汪一明的心往下一沉，急问，走了？去哪儿了？

小丁说，听工友讲他去山旮旯一家鞭炮厂了。

汪一明问，鞭炮厂比滑石粉厂好？

小丁说，好不到哪儿去，唯一的好处是得不了尘肺病。

尘肺病？

滑石粉厂粉尘严重，白粉尘甚至超过煤尘，戴几层口罩都不管用，干上几年肺就得病了，堵了肺管和肺泡，喘不上气，最后憋死。这活儿没人愿意干，厂主专门招用那些没有户口的黑孩儿。

为什么？

没身份证就没法签劳动合同，病了，一脚踹出去。死了，也没人找，白死。

听说有黑矿主，没听说有白矿主。小吴说。

黑白一样，丧尽天良。小丁说。

汪一明感到惊奇，问，几年前全国搞人口普查，没户口的不是都解决了吗？

小吴说，哪里，超生户还得交罚款，交上才能上户口，可很多人家交不上，孩子继续黑，小龙和二民应该就是这种情况。

汪一明不吭声了，自己端杯一饮而尽。心里闷闷地想，这怎么可能呢？一个活生生的人没身份是完全没法儿生存的呀。他问，这种情况普遍吗？

小吴说，很普遍。

小丁说，听向导小孙讲，据不完全统计，沂南有几千个黑孩儿，到处流浪，或打工，或采用不正当手段谋生。

汪一明自然清楚所谓不正当手段谋生指的是什么。小龙不是在眼前摆着的吗？开始瞎转，然后小偷小摸，后来就……就犯了大罪。

他叹了口气，问，到鞭炮厂找到二民没有？

小丁说，找到了。这个厂和滑石粉厂的情况差不多，用的也全是黑工，一旦爆炸死人，没人追查，在山底下挖坑埋了，一了百了。问二民既然知道是这种情况为什么还在这儿干，他说活着也没劲，早死早解脱。

小吴说，他很悲观。

小丁摇摇头说，能不悲观吗？

汪一明问，言归正传，那二民知不知道小龙的下落？

小丁说，他说不知道。

汪一明问，那他知不知道小龙多少岁？

小丁说，也不知道。

汪一明问，那他知不知道自己的岁数？

小丁望望小吴说，他说他属大龙，十八岁。

汪一明问，十八岁是哪年出生？

小吴说，2000年。

汪一明问，问没问他比小龙大还是小？

小吴说，问过，他说小龙喊他哥，比他小。

汪一明问，小几岁？

小吴说，这个他不清楚。

汪一明知道这是个关键点，再问，没让他好好想想？

小吴说，问了好几遍，没用，还是不清楚。

汪一明在心里骂了句，寸、寸、寸，他妈都寸一块儿去了，本来一个不成问题的问题始终糊涂着，真邪门了。

喝酒喝酒！汪一明端起酒杯，并不看小丁和小吴，独自一口干下去。他已经很清楚，盼了一天，结果是竹篮打水一场空。说起来也真怪不了别人，只怪小龙倒霉。人最怕什么？最怕倒霉，小龙让倒霉鬼缠上了。

也许是清楚小龙没的救了，再说也白搭，话题便岔开了。小吴说，汪支队，这一趟沂蒙山你应该去的，采访采访，写一篇关于黑孩儿群体的作品，一定会引起反响，也有助于这一社会问题的解决。

汪一明苦笑着不置可否。

八

小龙的生死确实要听天由命了。所以周一上班在面对寇支队要求把案子移交的督促时，汪一明无话可讲。虽然也做了最后努力，比如建议在案件上注明"年龄不确切"这一条，提请检察院和法院留意，却让寇支队给否了，笑说自己承认工作有瑕疵吗？要是打回来重新侦查，还让小丁和小吴跑一趟沂蒙山，那又会有什么结果？

汪一明无言，因为他知道不会有什么结果，还是白跑。

案子移交走，如果检察院不提重新侦查，警方便万事大吉。后面便是在年前的某一天法院对案犯做出宣判，这便意味着警方办成一桩铁案。因是大案要案，刑侦支队与相关办案人将立功受奖，这自是不言而喻的了。

九

一天，小吴敲门来到汪一明办公室，神情有些异常，汪一明问，有什么事？

小吴吞吞吐吐地说，听中级法院一名办苗通与小龙贩毒案的法官朋友讲，该案正赶得上惯常年前执行一批死刑犯的节奏，而苗通和小龙也在其列。

汪一明倒不怎么吃惊，问，什么时候宣判？

小吴说，很快。

汪一明便不言语了，过会儿望望小吴又问，就这事？

小吴犹豫了一下，说想和汪支队谈一个情况，可能会改变小龙的命运。

汪一明的心跳了一下，盯着小吴说，快说是什么情况？

小吴说，其实测一下骨龄是可以知道小龙真实年龄的。

汪一明瞪圆了眼，测骨龄？有这么一说？

小吴说，有的，大家也都知道，只是汪支队从事文宣工作……

汪一明打断问，能测准吗？

小吴说，基本是准的，上下误差一般不超过半年。

汪一明又问，也可以做法律依据吗？

小吴说，可以。

汪一明的血涌上头顶，厉声问道，那为什么不早讲？现在讲不晚了三春！

小吴唯唯诺诺地说，汪队，我……我本想早说，又担心寇支队怪我多事……所以……

所以个啥？汪一明吼道，人命关天，怎么是多事！你现在才告诉我，什么意思啊！

小吴说,要是现在往回扳,也还来得及。

汪一明问,你刚才不是说,就要宣判了吗?

小吴说,毕竟还没宣判嘛,即使宣判了还可以上诉呀。

应该怎么操作?汪一明问。

小吴虽被冠以"小"字,但与汪一明比算老刑侦了,他再不爽也是要向小吴请教的。

小吴说,这事得通过小龙的辩护律师,让他向法庭提出测骨龄的申请。

汪一明问,法庭会接受吗?

小吴说,应该会接受,不过……

不过什么?

一旦法院退回让我们补充测骨龄报告,就算是我们的工作失误,寇支队……

明白了。汪一明说明白,可他却不明白,寇支队门儿清,为什么要忽略这么重要的一个环节呢?

替小龙做公益辩护的是大成律师事务所的张涛律师,一表人才,大背头,戴宽边眼镜。张涛也是个业余作者,写诗,在本市小有名气。汪一明认识他,他们常在作协一些活动中碰面,但没什么私交。汪一明开始查看手机,倒是查到了张涛的电话号码。

拨号的时候,汪一明还是犹豫了一下,轻轻咳了一声,随之按下拨出键。此时他意识到事情已不可逆转,自己将与寇支队甚至整个公安局面临一场龃龉。

电话通了,他听到了诗人律师或称律师诗人张涛洪亮的声音,哪位?

汪一明。

汪一明?哦,汪大处长,不对,现在应该称汪大支队长了吧?

准确的称呼是汪副支队长。汪一明说。

从副处长到副支队长,升了还是降了?张涛问。

不升不降。汪一明一本正经地回答。

还有时间写作吗？张涛关心地问。

忙得一塌糊涂，还写啥啊。汪一明笑着说。他不想再扯这些不沾边的事了，便接着说，今晚要是有空，请你吃饭怎样？

吃饭？张涛反问，请我吃饭？

对，请你吃饭。

哈！公检法人士请律师吃饭，这可是太阳从西边出来啊。

少阴阳怪气的。汪一明怼了句，心里却知道张涛说得不错，在八面威风的公检法面前律师永远是孙子辈。

他说，东边出西边出不就是吃顿饭吗？

遗憾遗憾，今晚还真不成，约好请区法院一法官，不能变。张涛很坦诚，咱们之间不用客气，不吃饭也能办事，有什么事你只管说。

那好，我问你，一个叫小龙的犯罪嫌疑人的案子是你辩护的吧？汪一明直接问。

是啊，法院指定，怎么了？张涛问。

汪一明意识到这将是一次漫长的通话，便先端杯喝口茶润润嗓子，然后问，阅过卷了吗？

阅过了。怎么？有什么问题吗？张涛略微有些惊讶。

一时汪一明不知该怎么说了，顿了顿后说，不是你有什么问题，而是我们……

对公检法而言，主动承认自己的工作失误是不易的。他又顿了顿说，那个小龙的实际年龄最后还是没有砸实，这是个问题，而这个问题对判决又至关重要……你发现这个问题了没有？

张涛没马上回应，可能也需要加以思考。

实话实说。汪一明说。

可以这么说吧，张涛似自语，又重复一句，可以这么说吧。

怎么说？

年龄问题，说有问题也可以，说没问题也可以。张涛说。

汪一明不接话，等他说下去。

张涛说，先说问题。小龙的身份证是伪造的，他本人也承认年龄是胡写上去的，是听从了制假证的劝告多写了几岁，这样便不能确定他的实际年龄到底是多少。

汪一明说，按说最具法律效力的是医院出具的出生证明，可找不到这个，甚至当初是不是在医院出生的都不知道，当然他生身父母会知道，可已经找不到他们了。退一步讲，就算找到了他们，一旦得知年龄影响判决也很可能说谎，少说几岁，因此这空口白话在法律上说也难以采信。

张涛说，是这个问题，但不管怎么讲，小龙的实际年龄并未最终确认，悬着，如果以身份证上的登记作为判决的依据，很可能出差错，这差错可能铸成大错，导致冤死，这就很严重了。法律在十八岁上画了一道杠杠，如果小龙真的不足十八岁而判了死刑，一是严重违法，二是侵犯了他的正当权利。因为未成年人享有免死的权利，这是任何人无权剥夺的。

汪一明说，这一点明确无疑，任何国家都不会对未成年人处以死刑。那么你说的没问题又怎么解释？

张涛说，什么事都是一体两面。比如一个人犯了法，隐瞒自己的真实姓名，小龙便是……

汪一明打断说，小龙不是隐瞒，而是根本不知道。

张涛说，这是一回事啊，这种情况法律规定以本人的自报名为准。

汪一明记得寇支队也说过这话，但问题的要害不在这里，本案要命的是年龄，便说，其实名字真伪不重要，反正犯了罪就要受到惩处，包括死刑，而年龄不同，它直接影响判决，对小龙来说决定生死。

张涛说，确实如此，但是对本案来讲，既然已无法弄清楚小龙有法律依据的确切年龄，也就只能以身份证上的登记年龄为准，哪怕并不真实。从这个角度上说，你们终结侦查也是没问题的。

是的，寇支队也说过类似的话，看来他也不是乱来。汪一明又说，对了，小龙的名字很可能来自他的属相，小龙就是蛇的别名，由此可见，小龙很可能是属蛇，今年虚岁十七。

有这个可能。张涛说，但于事无补，因为"可能"不能作为事实认定。

那么，要是小龙自己说已想起来是属蛇的呢？汪一明问。

那也不行。就算翻供，同样也不能作为法律上的依据，所以最终还得按照假身份证上的登记为准。

他妈的！汪一明忍不住爆了粗口，这一切并不是小龙的错呀，他愿意当黑孩儿吗？愿意被转卖吗？他的倒霉身世，已让他无法证明他自己，陷入万劫不复中。

可不是！张涛说，按咱这地方的说法是按倒霉处理。

按倒霉处理！汪一明重复了一遍，这混账说法让他心里极其别扭、反感。

稍等稍等，张涛说。

怎么？

等我喝口水。

汪一明的嗓子也干了，趁空端起茶杯喝了几口。他觉得应该与张涛说实际问题了。

好了，好了。张涛的声音。

汪一明问，张涛，你是法律工作者，精通法律，像小龙这种情况可不可以通过测骨龄来查明实际年龄呢？

张涛顿了一下，反问，测骨龄？

对。

可以，我阅卷后也想到了这个问题。张涛又问，汪副支队长怎么……

汪一明打断说，我刚到一线，对许多法律问题生疏，测骨龄的方法也是刚刚听说的。

明白了，别的你也不用说了，前面我说过，按照你们移交出来的案卷在程序上也是过得去的，假如你不给我打这个电话……

汪一明说，作为小龙的律师，你……

张涛笑笑，说，你既然能冲破"行规"行事，那么作为小龙的律师我当然会做自己分内的事。这么说吧，我会向法庭提出补测骨龄的申请。对了，我不会说你给我打过电话的，我懂这个，你放心。

汪一明勉强笑笑，问，法庭会采纳吗？

张涛说，有句话叫民不告官不究，既然律师代表犯罪嫌疑人正式提出申请，法庭便没道理拒绝，当然不敢说其中不会有周折。

汪一明说，是的是的，不是还有句话叫好事多磨嘛。这样吧，张涛，改日咱们还是见见，商量商量做一下必要的应对。

张涛说，行啊，就到我们律师楼吧。

汪一明说，找地儿吃个饭，我请，也应该我请。

张涛笑了，说，有些受宠若惊啊。

汪一明也笑了，说，少来，不过地方你找。

行，那就去诗和远方吧。

诗和远方？有这个酒店？

有啊。

在哪儿？

梦想城呀！

他清楚，张涛还是不想让他请吃饭，便摇摇头，挂了电话。

十

说不上是什么原因，年前总是各种案件的高发期。随之刑侦支队便忙得团团转，不但没休假日，还常常加班到深夜。汪一明负责一桩劫持人质案的侦破。一个刚从商场出来的中年妇女，被停在路边的一辆面包车里出来的几个壮汉架进车里，一溜烟儿开走了，不见踪影。从道路两旁的监控录像可见面包车出了城，驶入监控盲区消失了，人与车像一起掉进了黑洞。

然而，正当汪一明陷入破案僵局"山重水复疑无路"时，却意外地"柳暗花明又一村"了。那被劫持的女人平安回家了，同时向公安报了警。据女人说她被关押在不知何处的一间屋子里，几个绑匪轮流看管，当轮到一个年纪最轻的绑匪看管时，她突然动了心思，对小绑匪说你们犯下了大罪，破了案要么判死刑要么在监狱关一辈子，你这么年轻，值得吗？小绑匪瞪眼不说话，她又问你们打算要多少钱？小绑匪说二十万元。她问你能摊多少？小绑匪说头儿答应事成分两万元。她说你放了我，我回头给你四万元。小绑匪问真的？她说我的命在你们手里，怎么敢胡说。小绑匪问怎么给？她说放了我，你也跑，过几天给我打电话，我再告诉你到哪儿拿钱。小绑匪想了一会儿，同意了，便记下她的电话号码，然后给她开了门……

长话短说，案子破了，除了跑掉的小绑匪外，其余三名绑匪悉数归案。此案也算绑架勒索案中的奇葩，竟然让毫无刑侦经验的汪一明碰上，也算是有福之人不用忙了。只是在是否追捕小绑匪这一问题上汪一明有些犹豫不决。他询问"老刑警"小丁该如何处置？小丁不假思索地说当然要追捕了，功是功，过是过，最终由法院决断。他也认为只能这样。然而小绑匪却逃之夭夭，不知去向。他心里嘀咕，莫非又是个没名没姓的黑孩儿？不然怎么像逃回山里隐于林间的一只小兽不见踪迹呢？另外他还有个疑问：那女人是否已与小绑匪完成了约定交易？也许应该询问一下，然而随之放弃，他断定女人什么也不会说。

也许正是这个失踪的小绑匪最终让他打定主意，即小吴所建议的写一篇关于中国黑孩儿的纪实文学，将这一人们讳莫如深的社会问题亮在天地间,当然更重要的是引起上面的重视,以期得到解决。

正如张涛所说,不吃请也办事,他向法院申请对小龙进行骨测以确定其真实年龄,还有他承诺不把汪一明卷进去,所以当寇支队将法院责成警方对小龙做骨测的事告知汪一明时,并未显现出对汪一明的不满情绪,只是嘟囔句,这个张律师不收费还挺较真的呢。不晓得是欣赏还是挖苦。

经与寇支队协商,由小丁陪同法院的法警押着小龙去医院做骨测。小丁回来说挺麻烦,几天后才能出结果。而且为赶时间,结果直接交法院。汪一明心里不痛快。

一波未平一波又起,没过几天,汪一明又接到齐所长电话,说上次放走的那个黑小姐又被抓了。汪一明听后打个怔,问这遭为什么被抓?齐所长说是老问题。他心里有些堵,问黑小姐怎么解释?齐所长说还是老说法:想要个户口,必须把罚款凑够。汪一明一时无语,齐所长问汪支队怎么处理,汪一明反问你们什么意见。齐所长说如果汪支队同意,他们会按法规处理罚款加拘留。话说到这儿,汪一明已经听出其中的意味了,他不好再说别的,便说那就按法规办吧。挂了电话,他心想抓了罚,罚了抓,这种恶性循环到什么时候是个头啊!

又过了几天,张涛打来电话,说法院告知小龙的骨测结果出来了。

汪一明一股血冲上头顶,问什么情况?

张涛说,法院暂时保密。

汪一明问,有保密这一说吗?

张涛说,没听说过。

汪一明在心里打鼓,本应公开的事偏要隐瞒着,难道有什么猫儿腻不成?

张涛问,难道法院一定要小龙死吗?

汪一明无法回答,却晓得若真如此,其中一定大有来头。

最终什么结果,唯有等了,即便身为辩护律师的张涛也没辙。

"小雪"那天,果然下起了小雪。快下班时,汪一明接到市作协秘书长小唐的电话,通知明天作协召开理事会,传达换届有关事宜,希望他能出席。他答应出席,之所以答应得痛快是因为他想在会上见见社科院的姚希望,姚希望是社科院的人文学者,兼写文艺评论,在本市也算一票人物,他想向姚希望请教一些关于人口方面的问题,为写中国黑孩儿这篇文章做做功课。

第二天,小雪变大雪,雪花纷纷扬扬,天地皆白,这是本市多年来少有的大雪。早饭后,汪一明担心女儿坐校车不安全,便小心翼翼地开车将女儿送到学校门口,然后来到作协开会的宾馆。与会的理事们兴致勃勃地在宾馆门前的马路上拍雪景。一诗人理事即兴朗诵诗作:雪啊,你法力无边,能让多彩世界归于一色;雪啊,你高洁无比,能将天地间的污秽全部去除……汪一明在心里哼了一声,切,这也叫诗?他记得上中学的时候,同学们集体去海边游玩,一爱好诗歌的同学面对大海引吭高歌:大海啊,全世界人民也喝不完。引得同学们哈哈大笑。还别说,该同学后来考进北大中文系,毕业后留校任教,且成了国内知名诗人。

会议中心内容是推荐下届主席团人选,主席一人,副主席八人。很民主,无记名投票,投出来的结果与大家预想得差不多。汪一明自己没有进入班子的想法,也就随大流了,却不晓得出于什么心理,他给根本没有当选希望的姚希望投了一票。到唱票的时候他竖起耳朵听,姚希望共得了两票,不用说其中一票是他投的,另一票十有八九是姚希望自己投的,不由得会心一笑。

半天的会,中午吃自助,有酒。汪一明往盘子里装了些吃的,又倒了一杯啤酒,端着走到姚希望已经开吃的位置,点点头,在姚希望对面坐下。姚希望也向汪一明点了点头以示欢迎,说谢谢你老汪。汪一明问谢我什么?姚希望说你投了我一票。汪一明笑问你怎么晓得?姚希望笑笑不答,向汪一明举举杯。汪一明喝了,心想,现在的人都成了精。不过也是，平常没多少来往，投票后单单凑到姚希望跟前，不是明摆着示意那一票是自己投的吗？什么叫心照不宣，这就是了。汪一明端起杯回敬姚希望，姚希望干了后问，老汪最近有什么大作发表吗？

这正是汪一明想扯的话题，便说，工作忙，没发表什么作品，不过最近倒有一个创作规划。

姚希望问，什么规划？

汪一明便自然而然地说到黑孩儿这档子事，随之问，老姚，你搞人文课题，了解不了解这方面的情况呢？

姚希望反问，老汪你真想写这个题材？

汪一明说，是啊，有些感触。

姚希望咽下口中的菜，又呷了一口酒后笑着说，恕我直言，这个题材比较敏感，不大好弄，弄不好会出麻烦。

汪一明说，也是，这个题材没人写过，政策性很强，不大好处理。这是一方面，另一方面一个人没户口，确实是无法生存的，许多人走上犯罪道路，应该说是一个很重大的现实社会问题。

姚希望斟酌了一下说，老汪，现实问题很多，比如信仰危机问题、道德滑坡问题、官场腐败问题、社会不公问题、贫富差别问题，等等。问题确实存在，而且十分严重，可要是作家都把眼光盯在这上面写，恐怕就有问题了。

汪一明笑笑，说愿闻其详。

姚希望端杯向他举举，一饮而尽，哈着气说，新鲜扎啤，喝着就是爽啊。

汪一明酒量有限，喝了一口。

姚希望放下杯子，说，问题在于不仅无助于解决问题，反倒会起到许多负面作用。我们不否认社会有阴暗面，但主导面还是光明的嘛，况且人人向往光明。

没错没错。汪一明附和说，不由得想起小龙，小龙自取名潘光明，说明一个不在册的流浪儿还向往着光明，何况姚希望这般志得意满者？他突然问，老姚，你的名字是谁给起的？

怎么？

不怎么，随便问问。

姚希望说，现在看有点儿怪怪的，可我出生那会儿很正常。

汪一明说，不过这名字不错。有一部有名的电影《肖申克的救赎》，主题就是希望，人哪怕在绝境里，心中也要燃起一盏希望的灯。

姚希望说，不错，心里装着希望才有奋发向上的动力，方能与时俱进跟上社会前进的步伐。这么说听起来有些虚，但有虚才能务实嘛……

姚希望没再说下去，站起身端起盘子说，又上来了炸虾仁，我再去取些来。

汪一明笑着怼一句，老姚你够胖了，还大吃？

姚希望回怼，要允许一部分人先胖起来嘛。说着便走向菜品区。

至此，汪一明原本想向姚希望请教的想法已荡然无存了。姚希望不支持这个题材的写作，自然也不会认真提出建议，况且他对黑孩儿群落也是一无所知。

不想，姚希望端着满满一盘炸虾仁回来倒说到了正题，问，老汪，关于黑孩儿这个题材你想怎么写？

就是想把这一社会问题真实地展现出来。

目的？

这个我说过，希望能引起社会的广泛关注，特别是制定政策的领导层，以期问题能得到妥善解决。

这个嘛，有句话怎么说的？对了，叫理想很丰满，现实很骨感。

怎么讲？

姚希望笑而不语。其实，他的意思，汪一明心里明白。

餐厅里的人渐渐稀少。姚希望端杯站起,举向汪一明,两人碰碰,干了。

临走,姚希望问,老汪,你孩子多大了?

汪一明说,刚上初中。

姚希望又问,未来有规划?

汪一明问,什么规划?

姚希望问,在国内读大学还是送出国?

汪一明实话实说,没想,还没想到那一步。

姚希望说,得早做规划,我儿子已决定送到英国读书,学校已物色好了,到时候办护照你可要帮忙啊。

汪一明说,没问题。

问题是,与姚希望乘兴而见败兴而散,当头浇一瓢冷水,使他对原来的写作计划产生了疑问,这劳什子题材到底是能写还是不能写?

没有答案,只能从长计议。

下午回到市局,汪一明接到张涛的电话。张涛语调轻松地说,汪支队,已问到小龙骨测的结果了。汪一明的心一跳,问什么情况?张涛说医院认定小龙十七岁。汪一明深呼了一口气,在心里念叨,十七岁属蛇,所以才叫小龙嘛。

尾声

过了阴历小年,按惯例处决了一批死刑犯。之前汪一明在内部通报中看过名单,有贩毒主犯苗通,没有小龙。

未成年犯罪嫌疑人小龙被判处无期徒刑。汪一明在心里算了算,表现好关个十五六年也就出来了,那时小龙三十出头,还能重建生活,看来年轻就是占便宜啊。

腊月廿八,张涛打来电话,说小龙马上要被押送到服刑监狱,他要去办理相关手续,问汪一明有没有什么事。

汪一明打个怔,说倒有一件事。

什么事?

替我买一样东西带给小龙。

什么东西?

哈密瓜。

啥?张涛似未听清。

汪一明重复一遍,哈密瓜。

(原载《啄木鸟》2018 年第 4 期)

人间草木

张 军

一

潞城自古就是块宝地，地近京畿，是大运河的北起点。当年的京杭大运河那可是舳舻千里，帆樯蔽日。江南的瓷器、茶叶、丝绸，塞北的骡马、牛羊、毛皮，半个天下的财富在此聚散。老祖宗吃烧饼掉下点儿渣儿就够后代子孙装点"运河文化"的门庭了。在潞城除了一个大言不惭的古玩城外，还有个和早市一起混吃喝的花鸟市场。这两处闲地就是这块棋盘上设的两个"活眼"，让潞城的闲人在闲时能有个去处。

花鸟市场每逢周六为集，这一天对于古玩商

户来说是个小小的节日,古玩大厅外会忽来忽去十几个旧货摊位,铺成一片或只摆个三头五件。商周青铜器、秦皇陵兵马俑、汉代金缕玉衣、各种佛像、各路神仙,乃至穿着西装的十二生肖在这里都能找到。摊位一多,屁颠屁颠捡漏儿的人就多。在一知半解的棒槌眼里这儿遍地是宝。"漏儿"两说两听,一知半解又自以为是的假行家不比假货少,更多的人是被卖家捡的漏儿。

每逢春节整个社会就像丢了魂儿散了架,节后要缓缓回神儿。这日非集,偌大一个市场鸡不鸣鸭不语。古玩大厅内的店铺大多闭门谢客,只在门口开着一家"运河古玩店"。时已过午,店主坐在一把老榆木太师椅上,面前摆着一青花海碗卤煮,两片眼镜片上氤氲着一层幸福的雾气。

一起喝点儿?老板抬眼招呼。古玩这行,顾客对过度热情的店主往往保持高度警惕。懂规矩的店主一般不主动招呼顾客,倒不是托大,对方不知道你玩得多深,说话不在一个频道上容易乱台。一般来说,买家问价后店主才搭茬儿。老板言语中透着爽利和热情。我说,齐了,您慢用。满是享受的咂酒声夸张地响起。

小店的三节柜台里散乱地摆着些残破的刀币、铜钱、青铜箭镞和年代古远的骨簪、梳篦等物。地上摆着两个塑料筐,里面装满沾着泥沙、残破的粗瓷碗盏和大小不一的青花瓷片。我的眼睛一下亮了——这些可是真东西!自春秋战国始,大运河作为南北漕运的黄金水道,也汇聚成一条有几千年历史的文化长河。这座城市的文化就是运河文化,瓷片是历史符号和文化传承的基因。从瓷片上一抬眼,我的脑袋雷达似的摇了摇,目光一下就与博古架上那件磁州窑白地儿黑花钵撞个满怀。它像个温雅娴静的女孩儿让我的小心脏一下就乱了点儿。我断定它是来自元代的窈窕淑女。我判定东西好坏新旧就是一眼。有的老先生揣着高倍放大镜满世界瞎转悠,抱着瓷器看釉、看胎、看痕迹、看气泡。有那么费劲吗?看瓷器其实和街上扫美女一样,先说年轻、体形好,再看脸盘、看眉眼、看肤色。

如果宏观出现了问题,过!

我看瓷器主要看形、神、气、韵。

目光转移到瓷片上。我恭维道,老板你的瓷片不少啊!他不屑一顾,这才哪儿到哪儿啊。我没话找话是为了找机会打冷眼,这是我看瓷器的经验之一,还是找第一眼的感觉。有的女孩儿说不上好看,就是有气质。气质如同老瓷器经过历史沧桑产生的神韵,是一个人综合素质和修养的外溢。捕捉到了这种神韵和气质,瓷器是真品,女人亦然。玩瓷器,瓷片是最好的老师,经常上手多看多摸,就像自己的老婆,岂会走眼?

眼学是一门高深的学问。那天你如果在七点半发车的552路公交车上,就有幸见识什么是"秒杀"了。一大早,一辆大公交慌慌张张闯进了派出所的大门,车还没停稳,司机就朝院子大喊:警察,车上有贼!好啊,送贼上门。我闻声喊上两名辅警,肩头搭一根警棍就上了车。你以为我只会看瓷器?那是业余爱好,警察才是正差。

把在车的前门,我雷达似的摇了摇脑袋,就发现了那个小贼。我不动声色对司机说,说说吧。小个子司机浑身透着机灵,小嘴叭叭的:车刚离开南关车站,就听见后边有人喊钱包丢了。我就冲后喊,甩出来吧,要不就开派出所去啦!说着到派出所门口了,我一把轮就拐进来了,给您添麻烦了。司机说完一脸恭维,整个车厢内鸦雀无声。辅警在我身后小声嘀咕,是不是全体下车,挨个核查有没有扒窃前科?有的乘客听到了开始摸索证件以证清白。我摆了下头,对司机说,您客气。让司机说经过是为了打冷眼,目光一碰,我突然横眉立目,用警棍指着一个穿红T恤的小伙子大声喝道,你,出来!接着转向一个黄头发女孩儿,还有你!辅警闻声小老虎一样冲了上去。

在派出所干,整天和老百姓打交道变得磨磨叽叽,好久没找到警察的感觉了。只有那一刻,我才觉得自己像个警察。公交车上路时乘客们伸出手向我挥舞着,我嘴里头笑的是呦啊呦啊呦,我心里头美的是啷个里个啷。

听我说得神乎其神?满足一下自己的虚荣心罢了。眼学是一种经验积累,内行看来"唯手熟尔"。那次抓贼让我想起了我的师父"大舌头"。

我在一个农村派出所入职。镇上每逢农历一、六是大集,每个集日都有老百姓丢钱。有的老贼专门追集,贼的脑门儿没錾着字,抓贼难就难在发现。派出所启用了一个新中国成立前就出道的老贼"大舌头"。说是"大舌头",实际是团舌儿,说话吞音,听他说话要竖着耳朵。他管我叫"小桩"。我不应声,告诉他,我不叫"小桩",叫"小张"。可我听见的还是"小桩",时间长了习惯了,这个就算了。可我拿不准管七十多岁的"大舌头"叫师父还是叫爷爷。他团着舌儿说,叫师父。这一辈子快到头儿了,不承想还能收个警察当徒弟,让我过把师父瘾!旧社会,偷盗也是一种营生,他是正式磕头拜过师的。

每当开集,他推一辆破自行车挤在人流中,我随其身后。小孩儿眼里没活儿,看谁都是好人。就像刚玩瓷器,拿起哪件都觉得是宝。走着走着,师父突然就响亮地咳嗽一声,那是给我使声儿。再看人群情况就变了,准会发现几个贼眉鼠眼的坏。

一次,他不停地向我眨眼,我一下一下数着,竟然眨了七下。不会吧,师父,您眼里是不是进了沙子?我紧瞪摸,只发现了两个人可疑。抓贼就怕抓不净。抓不净,警察准吃亏。正不知所措的时候,就见贼人之一在一个卖冰糖葫芦的小贩前站下,开始拔插在稻草棒上的糖葫芦。一根、两根……拔下七根的时候停住了。接着开始一路分发。哈哈,马上上集找吃冰糖葫芦的。我悄声用电台发布了出去,派出所紧急增援。在讯问室,我调戏那个贼头儿,想知道咋被抓的吗?他一脸茫然。告诉你六字真言:管住嘴,迈开腿。他没听懂。

到潞城后我发现这儿的老百姓厉害,骂人往根儿上骂。"坏"

意思是打根儿上就不是什么好种，做出了人形也是残品、废品。刚参加工作时我认不出人堆里的"坏"，后来玩古玩，返璞归真拿瓷片练眼，发现很多道理是相通的。老瓷器釉面光泽柔和沉稳，宝光内敛，有沧桑和含蓄之美；赝品呢，光浮在釉面上，轻浮而刺眼，因此被称为"贼光"。看人和看瓷器一样，琳琅满目的瓷器就是各色人等，贼就是藏在人堆中的赝品。你再拿土埋，拿酸咬，拿毛皮打磨，即使给他们穿上西装、打上领带，也去除不掉那些犹疑不定、发着贼光的眼神。

师父年轻时下过苦功，不仅擅长读眼神，还洞晓各种缉窃技巧。经他指点，那些坏一拨一拨折在我们手里。一个冬天临近年根儿的时候，师父突然一头栽在了路上，送医院一查得了脑血栓。出院后我拣最高兴的事告诉他，集上没贼了。他将信将疑，扶着那辆破自行车一步一蹭地到集上转了一圈。回来后说，今年能过一个踏实年了。他欣慰的表情中又有种英雄无用武之地的落寞。此后不久，我调到县局工作，就此别过。当年的"小桩"不觉已经成了"老桩"。很久没有师父的消息了，不敢打听，以年龄推论，再加上他的身体状况，怕听到不好的消息。我时常梦见他老鹰一样屹立在群山之巅，以犀利的目光傲视人群，反复告诉我说：碰眼神，碰眼神，还是碰眼神。这几个字他说得见棱见角，清晰有力。

我将捧着的钵小心放下，装作漫不经心，老板，请个地板价啦？老板瞄了一眼，低头对着那个海碗念经似的说了一大段，蜀之鄙有二僧，其一贫，其一富，富者语于贫者曰："子何恃而往？"曰："吾一瓶一钵足矣。"说到此突然打住。此时山高月小，水落石出。抬头转言，这——就是和尚化斋用的钵。你给六百元吧。我心中窃喜，捡漏儿没有最低，只有更低。我有点儿无耻地说，人嘛，先交朋友，后做生意，给你二百元吧。老板大手一挥，让一旁穿着手串儿的女人打包。

这东西好在哪儿？它的价值换一种说法儿就好理解了。古代纸品保存至今何其难也,这是保存在瓷器上的宋金元时期的书法绘画作品。退一步说,元代人放的一个屁留到现在也不止二百元吧!不可思议的事在这行经常发生。只要眼力好,到处都是宝。收藏的魅力和诱惑就在于此。大运河花鸟市场,我爱死了这个神奇的地方。

　　临出门我客气了一下,问老板贵姓?老板说,免贵姓高,叫我高老师就行。这时我才发现店里还有一个中年男人。他双手环垂于腹下,学着柜台上一个唐代绿釉俑的姿势,对着愁眉苦脸的陶俑发问,难道你比我还苦逼?那件俳优俑是相声行业的祖师爷,通常成对出现。搁现在的角色,一个逗哏,一个捧哏。我多嘴道,你以为他在发愁吗?他要逗你笑呢。他看了我一眼,不以为然。收了表情,将柜台上的几块瓷片向前一送,招呼高老师出价。高老师踢踢踏踏过来,扒拉两下,大概数了片数,随口说了一个价,示意老板娘收钱,又回到太师椅上盘腿呷酒。我晃悠到门口,老板娘将裹得严严实实的钵递给我。就在这时,这哥们儿不紧不慢拉了句长音,捡漏儿啦——我一下紧张起来。按规矩他不该冒话,我慌忙一脚跨出店门,回头狠狠剜了他一眼。要瓷片吗?他没看出我的情绪,拉开塑钢门追着我屁股后头问。我才知道,他不是藏家,是卖瓷片的一线"铲子"。他骑着门笑着说,叫我老胡就行。想必他是听到了高老师虚张声势的自我介绍。留了电话,头一次见面不好意思问人家大名,我想了想,在手机通信录上备注为"瓷片胡",又加了微信,发现他的微信昵称竟然是"胡汉三"。搞笑。

　　高老师,不算撬你行吧?"胡汉三"收起手机,朝里喊了一句,无意等他回答,从外边拉上了店门。

二

　　他领我进了摇不动村,闹了半天没离开我的管片儿。村子紧临六环路,一个待整体拆迁腾退的棚改区。进村后七拐八拐到了他的租住房。一个独门小院，门楼两侧东西两溜儿平房，每溜儿三间，西边的门上都挂着锁，他打开东边的一间房门。

进门第一眼我就看到了屋子当中的煤球炉子。我骇然，你用这个取暖？他对我的大惊小怪不屑一顾，翻了一眼，说，我不烧煤，烧劈柴。烧劈柴？真新鲜，现在还有人烧劈柴。屋角果真有一堆码好的木桦子。挨墙，几摞砖头上搭着块床板，上面是一条面目不清的被子。窗下立着一个一人多高锈迹斑斑的大铁锚，铁锚的身上搭着一根拐杖。说话间，他已经用一张旧报纸引燃了劈柴，塞进了炉膛，屋子里一下有了一种在暖气和空调房里体会不到的温暖。

你是警察？他问。我吃惊道，你怎么看出我是警察？不是警察没人管这闲事。说着，他拿铁钎捅了一下灶膛，已经烧透的木柴轰地塌了下去，噼噼啪啪溅出一簇簇火星。我说，我是这儿的片儿警。言外之意，你在我的一亩三分地上。他呵呵一笑，当官不带长，放屁都不响。他不顾我的尴尬转而问道，老金认识吗？老金啊？正式到这个派出所工作之前，我在港北派出所支援基层，和他在一个警组。

我下意识地摸了下上衣兜，里面揣着一把小手电筒。

第一次出警赶上一起小纠纷。那天上午，一个小区某单元五楼一家住户装修，装修工搬运材料时碰了三楼住户的防盗门。三楼那家开门看见扛着大芯板的装修工，就明白了怎么回事，矫情说门上磕出了印子，非要赔钱。装修工眼一瞪，谁磕你家门了？楼道没监控，光线幽暗，老金在双方激烈高亢的调门中，哗啦哗啦揉着一对栗子皮色、油光发亮的核桃。我的眉头越皱越紧，耐心很快就用没了。就见老金从上衣口袋掏出了一支小手电筒，蹲下身，捏着手电筒的屁股仔细打量起那个"磕痕"。起身目测了一下装修工的身高，他大概有了判断：携物时和门上磕痕的高度对应不上。向报警人要了一块儿湿抹布，又蹲下来，一把就将那块儿"磕痕"抹掉了。咦——报警人觉得匪夷所思，趴在门上找半天也没找到。原来所谓的"磕痕"是报警人心理作用,实际是尘土聚在门上形成的一道土痕。老金丢下抹布,拍拍手,招呼过装修工一顿猛喷。装修工也看出来了,只要不让赔钱怎么都行,又是打躬又是作揖,最终赔礼道歉了事。照样学样,以后我也准备了一把小手电筒,希望某次出警能派上用场。

他一提到老金,我突然明白了,这个老金,一个小手电筒让我佩服得五体投地。但我怎么能想到那是一件看瓷器的神器?

十几个装满瓷片的编织袋似乎很长时间没有动过,堆放在院中一棵刺槐树下,袋下还压着一堆冬天的残雪。我在屋内一桶碎瓷中挑拣着瓷片。烧柴的火炉无异于火盆,久违的炉火让我生出一种奇妙的感觉。想到了晚间,蜷缩在这间寒窑一样的小破屋中,夜静更深,窗外寒风淅淅,他还过着山顶洞人一样的原始生活。我说,你这个地方应该叫一统斋。啥?他大概不知道鲁迅的这句诗。躲进小楼成一统啊,我说。别捅了,再捅这破房就侧卧了。他笑道,镇里组织干部在挨家挨户动员。按照搬迁补偿条件,这个小院怎么也能置换两套两居室。老胡,你现在住着个两居室呢。我打趣道。

两居室?这辈子都甭想啦。楼房有什么好处?让我说,最大的好处也就是冬天上厕所凉风飕不着屁股。他笑了起来。门外有人影晃动,他开门伸出了脑袋:嘿,没跑呢,春节前不跑,春节后您就塌心吧。外面的人弯起拇指,向他晃动着,四个月啦,您抓点儿紧吧。老胡向屋里让,我就是跑路,这点儿瓷片还不够你房租啊!那人撇撇嘴,没进门,耷拉着脸也没再说话,把门上的小广告一把扯下去转身走了。这个村差不多人人是房东,本村人住楼房,将院子、屋子隔成鸽子笼租给外地人。因为欠着房租,房东不时来探探房客是不是跑了。

老胡说,这几年从大兴青云店搬到丰台南苑,从南苑搬到这儿,也邪了门儿了,到哪儿哪儿拆。现在逼得我天天跑燕郊找房子。我拣出了七八块瓷片,让他出价。他说八十元。我说顶多三十元。他犹豫了一下,嘟囔,不是你高兴就是我高兴,咱俩总得有一个高兴的。他同意了,同意得很勉强,不大高兴,高兴的无疑是我。离开他的一统斋,回头再找他租房的位置,一棵虬龙一样苍老的洋槐树突兀在一片低矮的平房上,它如铁的枝杈向灰色的天空肆意张扬着。

三

再见到老胡是在花鸟市场的地摊儿上,他从电动车的后架上吃力地卸下一个灰不溜丢的拉杆箱,拉着叽里咕噜地穿过市场凸凹不平的路面。占好地方后他并不急于摆摊,而是摸出一根烟,点燃,不吸,看着熙熙攘攘的人群,向外一口一口吐着烟圈儿。等收摊位费的走了,他再一件一件往外掏。瓷片、钱币、簪子……咧着嘴的拉杆箱像个百宝囊。

市场很霸道,摊位费一百六十块,不摆拉倒。小摊小贩骂着市场,恨着市场,还是离不开市场。老胡有时也把东西寄放在别人的摊儿上,收费员走了再分离出来。或者伙着卖,反正知道谁是谁的。当然,别人也不是学雷锋,下次的摊儿费轮着出。如果某个周六早上看见老胡跷着腿坐在马扎上看摊儿,他准是足额缴纳了摊位费。

以后的一天,我果真在这里遇到了老金。他神情专注地圪蹴在老胡的摊儿前,谁也不会想到这个老农一样的人是个刚下夜班的警察。我凑在跟前蹲下,捅了他一下。从港北派出所离开后,我们还是第一次见面,老金一见是我,笑了。一聊瓷片才知道我太小字辈了。十多年前他以副团级从部队转业到地方工作,那时潞城大规模建设刚刚开始。辖区一个工地报警:两个民工为抢瓷片打架。到现场老金了解到,两个人为叔侄关系,瓷片是侄子先刨出来的,喜滋滋地伸手去捡,眼瞅着远处伸过来一把耙子,一下给搂走了。侄子嚷，是我刨出来的！叔叔不紧不慢地说，是我先捡到的！二人大打出手。老金说，瓷片是国家文物，没收。叔侄各自看伤。事情处理完他纳闷，啥破玩意儿值得翻脸？那晚老金把玩着"没收"的青花瓷片，第一次感受到了古代瓷器的精美。

第二天，他就置办了一顶安全帽，下班扛一把铁锹钻进工地，加入了挖瓷片民工的行列。远远看到了打架的叔侄，他用力往下拉了拉帽檐。有的工地管理严格，不让进。老金板着脸拿出工作证，看清，派出所的，安全检查！那些想挖宝又进不去工地的民工没有羡慕，只有嫉妒和恨，朝着老金的背影吐唾沫，呸——工地就动土挖槽的那段时间才出瓷片。没有工地可去的日子他们就转沙场，沙场主从老河道中挖沙、筛沙，再卖沙。以前的大运河就像今天北京的二环路，再加上漕运人家常年在水上生活，瓷片、各个朝代的铜钱、银的铜的骨头的发簪、铜烟袋杆、翡翠或白玉烟嘴，甚至青铜官印在大铁筛细细的网眼下暴露无遗。磁州窑、吉州窑、龙泉窑、景德镇的明清青花如起网之鱼撞得叮当乱响，运气好，汝官哥钧定五大名窑的瓷片都能找到。

老金说，你知道为什么有人喜欢打鱼摸虾吗？他们不一定喜欢吃鱼，欢喜的是收获的不确定性。一网下去不知道会网上些什么鱼虾，意外才有惊喜。那时老金被瓷片搞魔怔了，下班先去工地或沙场转一圈。他的追忆洋溢着对过去的无比留恋和喜悦。现在潞城的工地遍地开花，似乎要把整个城市翻个个儿。工地管理越来越严格规范，老金早已不捡瓷片了，现在每周六风雨无阻到大运河花鸟市场报到，周日到城北的古玩城画卯。

玩的时间越长越觉得自己浅薄，在古瓷片面前我们永远是幼稚的小学生。你以为收藏了零落的瓷片，实际是瓷片收容了漂泊的我们，安顿了我们躁动的灵魂。他边说边摇头。闲聊间不曾想老胡和高老师起了争执。起因是一个棒槌看上了摊儿上的一个药碾子，过好了价儿，高老师不知从哪儿冒出来说，这不是过去用的药碾子吗？摆在家里不吉利。小伙子一听打了退堂鼓，扭头走了。老胡黑着脸运气。高老师如果转身进店也就没有后面一出了。他偏拿起一块弘治时期的贴塑鱼盘的盘底，大咧咧地说，这个多少钱？不等老胡答话，又说，你这个也没啥成本，给你二十元，二十元就算多的了。说着扔下二十块钱就要走。老胡从摊儿后一步跨了过来，抢下瓷片，怒道，我——不——卖，你给我二百元我也不卖！老胡抢下瓷片那一刻，我看他脸色苍白，眼袋肿胀，手掌几乎比正常人厚一倍，手指肿胀得跟小胡萝卜一般，那是水肿。他的身体八成出了问题。

老金在一旁打和，高老师我说你两句，你也是，走吧，走吧。他说说他两句，实际上什么也没说。高老师臊眉耷眼屈身捡起那张钞票进了店。什么叫没有成本，哪个东西是拿尿滋出来的！老胡说着，将那块瓷片狠狠地丢了回去。老胡生气主要因为他那句没来由的话。是啊，都觉得别人活得容易，哪块瓷片是拿尿滋出来的？

高老师的嘴没德行，几个"铲子"都把他拉黑了。小发子手里出了件明代象牙梳子，高老师一见就动了心，翻来覆去看了老半天，往床上一扔说，也就值个几百块钱吧。最终六百元拿下，转手卖了八千，据说后来上拍到了三万元。以后的事都与他们无关了。还说高老师，捡漏儿了您就偷着乐吧，还一张破嘴到处瞎嚷嚷，说小发子不懂行。好，你不是能捡漏儿吗？我拉黑你。不仅小发子给他拉黑了，其他的"铲子"也笑嘻嘻地将他拉黑了。拉黑他的方法是提高门槛，卖别人开价八十元，他去，翻倍。弄得高老师一见到老金就抱怨，有钱没地儿花，郁闷啊。

平时，店里是高老师媳妇看店，周六，高老师一般亲自坐台，开店门前习惯在门外市场的散摊儿前转一圈。有了上次的不快，在老胡的摊儿上翻出瓷片，也不说话，拿给他看。老胡说，一百六十块。那块瓷片明明刚有人问过，他开价八十元。高老师叹了口气，物归原位。有时候两个人目光一碰，高老师一下就委顿下来，他知道问了也是白问，拍拍手起身走人。

再去一统斋的时候，那棵洋槐树的树头已经滋生出一层嫩绿。胡同口的两棵核桃树也顶出了新芽。邻居那条泰迪犬吠了两声，跑来伸着鼻子围着我的裤管左闻右嗅，变成了一副讨好的姿态。傍晚正是小院热闹的时候，做饭，洗涮，归置物品，西侧的房门全开了，一对二十多岁的小两口进进出出。

老胡坐在屋里一把破旧的电脑椅上打瞌睡，若干瓷片干鱼一样晾晒在屋里和室外的窗台上。他白天在外边乱跑，就像一部被各种程序频繁唤醒的手机，回到家就要补充电量。选好了瓷片，本想等他睡醒，他那甜美的鼾声让我很快失去了耐心，用力拍打他几下，他才睁开惺忪的睡眼，半晌才离开那把椅子。神奇的睡椅啊，沾上就着，又睡着了。他嘟囔。

古玩向来没有定价，成交价是卖方心理价位和买方心理价位的碰撞和妥协。在交易的一刻，它们实现了自己的价值。此后归于平寂，它们的再次辉煌是下一次交易。就像一个人一生只有几次辉煌，出生、结婚和死亡，其他的日子似水平淡。那次和他谈价谈得不怎么愉快，我索性放弃了。不是说东西在你手你就强势，钱还在我兜里呢。他脱口而出，我纳闷，你们为什么非要花钱买呢？自己捡瓷片多好玩。他说到了我的心里，拿尿是滋不出来的，但你能捡，我就能捡。潞城有不下几十处土场，这些土场是因村庄工厂拆迁和工程建设预存土方造成的，有的一眼望不到边，有的堆积如山，在它们庞大的体量里埋藏着无尽的秘密。他详细指点了一处土场的位置，我一时跃跃欲试。

一场春雨给大地拿捏得肤润筋舒，野草萌动，独步早春的野花星星点点散布在满眼黄褐色的土场中。我笑眯眯地走进土场，土场里晃动着几个身影，那是几对外地贫贱夫妻在挖渣土里的废旧钢筋，女的捂着口罩，戴着帽子，或蒙着纱巾在土里捡钢筋头。男的挥着八磅锤砸水泥构件，砸一阵儿抹把黑汗，抱起暖壶粗细的水杯仰脖猛灌。无论男女都满身灰土。雨后土地暄腾，拔不开脚。一圈下来也没见到一块儿瓷片，我泄气地坐在地上。一块酒瓶盖大小的瓷片突然跳进我的视线。这是一个好兆头，就像在秋林里捡蘑菇，发现了第一个，以后的会接踵而来。重拾信心向更远处的铁路桥下走去，一路上目光一刻不停地寻觅。大半天过去只找到十几块小片片，最大的不过五公分，没有一块有像样的花纹。不好玩儿，一点儿都不好玩儿。

我怀疑老胡和我打着埋伏。再去一统斋时诘问，你跟我说实话，那个土场是你常去的吗？是啊，我早晚各一圈。你收获咋样？没等我说话，他扑哧笑了起来。是不是你有意给我安排的体验之旅？老胡说，哪儿啊！是你不了解瓷片的习性。说是捡，瓷片不会素面朝天躺在那儿等着你来收获，看到埋在土里一边或一角要撅着屁眼子挖。你以为遛弯儿呢？脚不停地走，眼不停地看，手不停地挖——挖出来不一定是个什么东西。有时半天就捡到指甲盖那么大的几片，还有——我接过来说，还有失望、沮丧和严重的挫败感。他抚掌，对呀！我要的价贵吗？我真心说，不贵，一点儿都不贵。他对我的态度很是满意，接着说，叫我胡汉三才屈心呢，你们才是胡汉三。在我们劳动果实里挑挑拣拣，你们这些吝啬的地主老财啊！他起身，给自己套了件棉马甲，又坐了回去。经他一说，挑好了瓷片我都不好意思问价了，里面随便的一块都能顶我捡回的一堆。学着高老师的样儿拿给他看，我这才体会到在他面前张不开嘴是什么感觉。他歪在椅子上眼睛似睁非睁，接着上次的茬口奚落说，你的钱值钱，老是当美元花。咋也得整十块钱呗，今天就吃你了。

就要十块！真是像雨像雾又像风。我掏了十块，又掏了十块，放在桌上。他说，就要十块钱。走之前他没忘提醒我把钱拿走。我没回头，说，现如今十块钱吃不了一碗面。谢了啊！他没动身，在我身后响亮地送我出门。能够看出今儿个他高兴，我也高兴。想起第一次来时他掷给我的名言：不是你高兴就是我高兴，咱俩总得有一个高兴的。为什么只能有一个？自己舒服的时候想着别人舒不舒服，两个人就能都舒服。

四

高老师的小店玻璃门左右两侧贴出了两张海报，上面印着人物，让人觉得像是贴了两张门神画。仔细一瞧，门神正是高老师自己。上身穿黑色对襟唐装，脚穿靸鞋，摇一把折扇，凭几倚坐在太师椅上指点江山。竖排版印着一行字：四更话收藏。

这是什么情况？我吃惊，几天不见，咋整出这么大动静。高老师不无得意地说，一家文化传播公司要请我搞一个系列讲座，在网上视频直播，正宣传预热，瞎唠呗。我问，为啥叫"四更话收藏"？四更对应现在的钟点是什么时辰？高老师一下就急了，咋能这样理解呢？四更的意思是：四季更替，周而复始，文化根脉，薪火相传。玩收藏最终都归结到文化传承上来，这是搞收藏人的责任！哦，原来如此。我捧场道，这个名字真心不错。我还猜"四更"不是时间点就是您的小名呢。他笑道，俗，真俗。

卖豆腐的老张和卖鞋垫的胖嫂都被加成了微信好友，他恨不能把满市场的人都加成自己的粉丝。见他柜台里面摆着几根古代牙刷的残柄，我说，您先别急着上镜，我考考您，知道中国人的刷牙历史吗？高老师不假思索，在清末，甚至更晚，应该是在五四运动前后，牙粉流行起来，这种小资情调的生活习惯才逐渐被国人接受。我说，错。据美国牙医学会考证，世上第一把牙刷是由中国皇帝明孝宗于 1498 年发明的，方法是把猪鬃毛插进骨制手柄上。事实上这个考证也不准确，牙刷出现要早得多，很多人并不了解我们的祖先，他们过去的生活远比我们想象的优雅。高老师鼓着眼，撇了撇嘴。他明显想否定我的说法，可是这方面知识储备不足，想和人抬杠都使不上劲。我占了上风，心生小小得意。不瞒说，据我考证，至少在宋代牙刷就出现了。刷牙这类小事不可能见诸史书，文学名著的笔触再细致，对平凡的世俗生活也有触及不到的地方，能够证实的唯有文物。潞城出土了大量古代骨质、角质、木质牙刷实物，只是很少有完整的。我接着说，平谷刘家河商墓出土的铁刃铜钺将我国使用铁的历史一下提前了一千年。实物为证，我特别需要一只明确出自宋代土层的、完整的牙刷柄。玩收藏，玩的是文化。我要将中国刷牙史至少提前九百年！受了点儿小刺激，高老师忙着翻书查资料。

那天，我交代给老胡，要是碰到完整的实物牙刷一定给我留下，多少钱都要。老胡说，遇到就给你收着呗，啥钱不钱的。这事说完，开始聊别的，本来聊得好好的，想不到，一件小事竟把他惹毛了。他摊儿上有一塑料袋子没有清洗的瓷片，用手去碰难免沾泥，我用脚尖划拉着，想把它们翻转过来看个究竟。嘿，嘿，嘿，你干什么呢？他不客气地制止了我。我已经意识到自己行为失当，被他一呵斥面子下不来。他不依不饶，你这是对它们的不尊重。蹲下，蹲下你才有资格和它们说话！我不可能接受他带有指责性的命令，憋着一口气，郁郁地离开了花鸟市场。

春夏正在拉锯，春天的影子还在，警情却没有一点儿过渡，超越气温急剧飙升。此后一天值班，接到了一起南小园有精神病人跳楼的警情。在现场，我意外地见到了老金，他处变不惊，一边哗啦哗啦揉着那对核桃，一边排兵布阵。

南小园小区和港北派出所辖区犬牙交错。分局指挥中心一时划分不清，就先期指派港北派出所到场处置。老金到现场就确认不属于港北所管辖，电台报指挥中心要求我所现场交接。赶去的路上，港北所电话连催三次。到了现场我才知道，他们这么着急是想把这块儿烫手的山芋尽快倒手。要跳楼的是个三十岁左右的小伙子，一个人将家门反锁，浑身上下脱个精光，坐在自家九楼的空调外挂机上大喊大叫。那个不安分的人体分分钟都会砸在警察面前。

现场已经拉上了警戒带，消防官兵和999急救车到场。我有点儿含糊，要是别人交接完准是拍屁股走人，同行并不全是兄弟。我相信老金不会给我搁冰上。小伙子的父母一脸焦急跑了过来，母亲说，你们赶紧把门拆了，把他给我拽下来呀！还看什么看？老金看了我一眼，我心想，不用说她的建议我也不会采纳。别说破门，哪句话说得不中听了，人就飘下来了。铺在底下的气垫忽地鼓了起来。消防支队指挥官附到我耳边小声说，气垫支子从三层以上跳下来也没谱。随我一起出警的慢哥突然仰头惊异，咦，人不见了！慢哥转身要去楼上核实情况，被老金叫住，人没回去，在那儿呢。他用手一指，就在我们商量处置方案的时候，他爬下空调外挂机进入了窗户和楼壁狭长的夹缝中，上身倚靠楼壁，双脚蹬着窗台沿，双腿绷得笔直。

那胖子是谁？他指着慢哥发问。老金递给了我一个喊话器，我朝上喊，他是我同事。他烦躁起来，让他走，我不想见到他，胖警察都不是好东西！又指着老金，这人是谁？这么大岁数咋还干警察？让他也走！老金向上一拱手，甩头小声说，可不是我不伺候你。我赶紧拦下，他可不是警察，是小区物业招的黑保安，给钱就上班，没有退休不退休的。噢——他将目光又转向了我。你是谁？我说，我是派出所的民警啊。他又出幺蛾子，我不跟你对话，你没有资格跟我对话。我故作惊诧，我咋没资格和你对话呢？他说，和我对话得把衣裳脱了，你看我就没穿，你穿衣裳就没资格和我对话。

警戒带以外的人都笑了，在他们的笑声里我突然生出一种自信：给他喷下来。只要保持对话就有这种可能。现在，他按照自己的思维提出了一个荒谬的要求。我望向老金，看到了他鼓励的眼神。"你穿衣裳就没资格和我对话！"怎么这么耳熟呢？我突然想起了老胡说的话，"蹲下，蹲下你才有资格和它们说话！"原来人们都不崇尚高高在上，他们在乎的是相互之间的尊重和平等。

我一粒一粒解开扣子，将警服上衣脱下，塞给身后的老金。后面嘈杂的声音顿时没了，我没有回头，但是我分明看到了身后众人惊讶的目光，他们没想到剧情会如此发展。

好在我还穿着条赤背背心。上面的精神病人亢奋起来，大叫，脱，接着脱！我将赤背背心塞给了老金。还有裤子，把裤子也脱了！后面的人群骚动起来。脱，接着脱！接着脱！在狂躁的声音里我听见一个冷静的声音在我耳边说，蹲下，蹲下你才有资格和它们说话。

松开了皮带，我又一次听到了后面的爆笑，他们一定看到了我的红色内裤。上面的精神病人也开心地笑了。我说，现在可以了吧，说说吧，你为什么爬楼？他否决，不行，还得脱！你看我，要和我一模一样。我心说，兄弟，真的不能再脱了。我已经听到了后面咔嚓咔嚓手机相机的快门声和同事们对围观群众的劝阻声。我想了想说，我穿着衣裳没资格和你说话，脱成这样多少也有点儿资格了吧？这样吧，我说你听，你认为我说得不对呢，就别理我。好不好？

我要找国家主席反映问题。他开口了。接着说出了一个尽人皆知的名字。好了，我松了口气，以晒腔换来的隔空对话终于开始了。我故意奚落，你真不关心政治，没看电视吗？主席应邀出访德国，这会儿两国领导人正同柏林各界代表在柏林动物园共同见证熊猫馆开馆呢。接着，他嘴里嘟嘟嘟冒出了一大串影视明星的名字。我脑子瞬间短路，平时不怎么看剧，别人耳熟能详的明星名字我听起来十分陌生。不过我听说但凡是个明星，不论大小都不好安排档期。

他们来了吗？他催问。

我说，来了，来了，你发话，他们敢不来吗？我和他们经纪人刚通了电话，他们在外地拍片，正从片场上往回赶呢。

张国荣来了吗？他开始点将。

来了。

不对，他不跳楼了吗？

张国荣哪年跳的楼？我急得满脑门子冒汗。

慢哥在身后小声说，2003年。

有点儿烧脑，我应变道，跳楼是2003年的事，今年是2002年啊，张国荣还活着呢。

2003年？2003年还应该有一件大事。

对，是"非典"。"非典"还没来呢，和张国荣跳楼都是明年春天的事。

噢——他拍着脑门笑了。我肩颈发酸，汗液渗进了眼角。不能让他拽着走了。你干吗呢？我问。他侧头望向蓝天，一脸犹疑，我突然不知道我是谁了。昨天和牛鬼蛇神斗争了一宿，我在想，能和牛鬼蛇神打仗，我是谁？你说我是谁？你是神仙啊！我说。不对，我是孙悟空。对，你是齐天大圣。

齐天大圣从石头缝儿里蹦出来就会飞。你说，飞是什么感觉？我的心一下提到了嗓子眼儿，担心他要找飞的感觉。我大声喊道，你现在找不到飞的感觉，是因为起点太高了，往下爬！孙悟空就是从石头缝儿里蹦出来后一飞冲天的。看啊，他开始往下爬了！身后有人惊呼。那个身影到了六楼不动了。我望向消防支队指挥官，他摇了摇头。

游戏继续。我问，你不是饿了吧？我找二师弟给你化斋去。悟空，你下来吃！我向慢哥使眼色，他向我翻白眼，不动。没办法，谁让你有这个体形呢。我脱得就剩一条裤衩了，你扮一回"二师弟"委屈吗？我指着慢哥问，你看他像不像二师弟？又煞有介事地对慢哥说，去吧，八戒，早去早回。说着暗中给了慢哥一脚。他才噘着嘴从保安队长身边拽过一辆电动自行车。

孙悟空要下来吃桃子了！几个孩子在身后嘻嘻笑着喊道。

嘘——孩子们噤声，捂住了嘴。他又开始往下爬。下面的人能够看清他清秀的长相了，终于到了二楼。我和消防支队指挥官一碰头，他说这个高度就是没有气垫，想摔死也难了。

好了，大圣，现在可以飞了！我朝他喊。他张开了两只枯瘦的翅膀，纵身向上一跃，随着砰的一声巨响，以运动员入水般的完美姿势淹没在膨起的气垫中。身后响起了一片叫好声、掌声和家属喜极而泣的哭声。大家一拥而上将摔得愣眼巴叽的"齐天大圣"从气垫里翻找出来。老金递过来一个破门帘，来，大圣，穿上你的虎皮裙。我朝他大喊，我的裤子呢？

慢哥拎着一袋子桃回来了。从半夜开始折腾了十多个小时没有进食和饮水，精神病人将一个桃揉到嘴里，桃核儿咬得嘎嘎响。急得母亲上去抠他的嘴，他一口咬住母亲的手指，疼得老人大叫。母亲痛苦的叫声惊醒了他。他突然咧嘴大哭起来，我上去抱住他，轻轻地拍着他的后背，说好了，好了，一切都过去了。他扑在我怀里，鼻涕眼泪涎水浸湿了我刚刚穿好的警服。

接下来，父母为送还是不送精神病医院争执起来。精神病急性发病期仅仅靠吃药根本控制不住，但是警察不能强行送医。费劲巴拉说下来一个精神病，接着还要说服精神病人的母亲，我快要崩溃了。老金分开众人，抬腕看了一下手表说，提示你们一下，999的车等的时间可不短了，大夫说了，现在的费用是六百元，五分钟后价位是两千元，再往后一个小时是四千元，收费标准就这三档。母亲妈呀一声，顿时惊慌失措。送，送，送！他们跑上楼，忙不迭收拾东西。

电台里喊老金去处置下一个警情，有一个问题我没搞明白，没等我开口，他说，再告诉你一招儿，跟明白人讲理，跟不讲理的人讲方法。真真假假，虚虚实实。你呀，一看就是个新警察。我会意地笑了，也给您提个意见，以后出警把核桃搁家，宝光内敛。他向我挤挤眼，好，宝光内敛，看看你的手机吧。

警灯闪烁,电掣而去。

掏出手机我吓了一跳,微博、微信朋友圈里我穿裤衩的背影照片已经刷屏。有叫我"脱哥"的,有人说我没"脱离"群众,也有人骂我损害了人民警察的形象。立即有人反对:什么叫警察形象?人不跳下来就是警察最好的形象!众多人卷入话题,吵得不可开交。吵去吧,谁都不知道我的勇气从何而来。之前我的尊严在老胡面前丢失殆尽。如今我俯下了身子,露出了屁股,收获了竖起的拇指。算不算给自己找回了尊严?

五

我认为这件事处理得还行,才敢去一统斋露面。我还以为你不来了。见了我,老胡颇感意外。怎么会呢?我们都有愧疚,说着,我蹲在了墙根下一小堆新鲜瓷片面前。他踢过来一个三条腿儿的小凳子。不是我说你,我就不待见有人跟我装。我解释说,不是装,我那天犯懒了。嗨,别说了。可是老张我跟你说,你要是真心喜欢一个人、一件物,就不要轻慢它。轻慢它,说明你对它的感情还浅着呢。我点头说是。那天他留我吃饭。不容推辞,就出门去村里小卖部拎回三样小菜和一袋速冻饺子,兜里还揣着一瓶二锅头。在院里放下一张小桌,我们开始了一场餐叙。

老胡老家在东北牡丹江边,高中毕业就出来混社会,多少年趟风冒雪,吃不饱也没饿死。到了 2008 年,机会来了,几个朋友邀他去俄罗斯合伙搞装修。朋友之一娶了个俄罗斯美女,老丈人是政府官员,他们接的工程都是当地警局的。几年挣了几十万元,回国也算是有钱人了。现在这社会,很多穷光蛋很快变成了有钱人,很多有钱人又很快混成了穷光蛋。为了避免陷入周期律,他将赚来的钱又投出去在大兴办了个獒园。那时行情正好,一条藏獒最高能卖二十多万元。四十多万元就换了十二条狗秧子和一条日本黄獒秧子。藏獒这家伙血统纯正高贵,一点儿素的不吃。别人喂生肉,喂杂碎,他当孩子伺候,买好肉煮熟了喂,没事儿还给它们包牛肉馅饺子吃。煮肉的柴火要去獒园附近的土场里捡,他就此开始了和瓷片的一段美好姻缘。土场里的拾荒者捡起多半拉的青花碗,吧唧就摔在水泥块儿上听响儿取乐。老胡慨叹,没文化,真可怕,这么漂亮的东西怎么就摔了呢!再看见瓷片他都留下来。后来听说报国寺市场有专门卖瓷片的,周四、周六开市,伺候完藏獒,背起双肩背,一手拎一袋子瓷片,负重七八十斤坐公交跑到报国寺市场摆地摊儿。每周两个上午,他准时坐在报国寺最后一排大殿前的高台上。卖瓷片总归是副业,往报国寺跑得正欢实的时候,不承想投入身家性命的獒园出了问题。上天有时候会和勤奋的人开个小玩笑,等他的狗秧子长大的时候行情大跌。盼了一段时间行情不见好转,再一打听原来全国獒园都臭了街。那些狗寄托的寄托,送人的送人,最后打发的是那条日本黄獒。

  它是让杀狗的牵走了。老胡哭了,大把抹着眼泪,我永远也忘不了它离开我时可怜兮兮的眼神,眼里汪着泪,不知道究竟发生了什么。他任泪水横飞,满是对那些藏獒归途的深深愧疚。我将他面前的酒杯端开,轻轻地抚着他的背。啜泣声中他说,在你受到伤害的时候想到的是什么?没等我回答,他说,回家!是从小就给你庇护的家,只有家是疗伤的地方。说到此,他痛心疾首用手指比画出一个钩子的形状,九块钱!九块钱一斤啊,我把它卖给了杀狗的,拿它的小命换了一张回家的车票。

  他抹了一把眼泪,接着说,黄獒被牵走的时候向后退着身子,吱吱嗷嗷叫着。狗,最忠实于主人,而它的主人却把它送到了屠夫的手上。那时我想啊,还不如死了算了。他将那杯溅进了泪水的酒倒进了嘴里,起身进屋拧开矮冬瓜大小的燃气罐下速冻饺子。再出来时情绪好了许多,不行啊,全赔进去不算,还欠了人家二十多万元。最终我说服了自个儿,你死了万事皆休,人家还活着呢。为了还债胡汉三你得活着!

等着饺子的当儿,他发来一张和黄獒的合影,萌萌的一条幼犬和还显年轻的老胡亲密地偎在一起。我发现他的微信昵称不知什么时候改成了胡汉山。老胡解释,在家排行老三,姑娘管我叫"胡汉三"。我琢磨,人不能老是倒着啊,就把"三"转了过来,变成了"胡汉山"。我说,这个名儿好,人这一辈子不可能一直向上攀升,也不可能一路下坡,就像山峰一样起起伏伏。

我和"胡汉山"撞了一杯。干!一盘煮得鼓鼓的速冻饺子放到了桌上。

最初,老胡将卖瓷片当副业,他那时还不知道无意中已经遇到了人生中的"贵人"。回老家短暂休整,受朋友之邀去湖南折腾了一趟,险入传销骗局,抱着必死的决心才全身而退。又回到大兴,租了一间小屋。思来想去,能够接纳他的也就是那胸怀广阔的土场了。

他从地上捡起一块瓷片认真审视,目光柔和,充满了温情和爱意。穷途末路的时候,把我攫起来并在底下支撑我的就是瓷片,它让我死后重生。三年多的时间靠它我还清了欠款,我视它们为衣食父母。我靠!卖瓷片能还上二十多万元?他的语气淡定不容怀疑。我明白了,当我用脚尖扒拉它们的时候,他的火气何来。瓷片与他已是生死相交。

人勤地增宝,人懒地长草。那几年,他携锹扛镐一天天泡在土场。十轮货车倒土的时候车厢立起来有四五米高,石头土块哗哗往下掉。他和那些"铲子"聚集在车厢下,看着土石流下厢槽,就像老农看到颗粒归仓一样喜悦。不待车离开,他们蜂拥而上。

活过来后,站在报国寺最后一排的大殿前,他朝着整个市场喊着那句经典台词:我胡汉三又回来了!

老胡瓷片卖得好,不久就在市场出了名。玩瓷片的人都在传,那小子是傻缺,谁从他手上买瓷片不赚钱是大傻缺。圈子就那么大,传到他耳朵,才知道自己卖的价低。别人再挑瓷片,他就用心看。问价时老胡寻思,看不上眼你也不会往外挑啊。原来要价一百元的东西,他心虚地盯着买家,斗着胆子喊到六百元。买家犹豫了一下,说给你五百元吧。他对瓷片价值的认知就是这么一点儿一点儿积累起来的。天知道多少块瓷片才能堵上那个大窟窿。天漏了,他的世界已经沦为泽国,好在他找到了昆仑山。捡着五色石,一次次用双手捧着熔浆,往返于土场和报国寺之间,补着那块塌下来的天。

  价卖上去了,人就精明了?未必。一次卖漏儿让他知名度大幅上扬。平安大街改造,改出了一个玩瓷片的名人,称为片某。成名并不一定是好事,弊病之一就是不好买东西了。就像王刚那张熟脸出现在古玩市场上,谁看见都会毫不留情狠宰一刀。他们的逻辑很简单,您都名人了还会在乎这俩小钱。名人的手下都有几个马仔替他们去市场扫货。片某的马仔在老胡的摊儿上看上一块瓷片,老胡信口开河说六千元。那个人钱没带够,按着瓷片不放。马上给朋友打电话,喂,啥也别说,赶紧上报国寺给我送两千块钱来。朋友问,怎么了?扎着货了?钱送来了,交给老胡。老胡想再看一眼,人家把瓷片揣起来了。这块瓷片是明永宣官窑,满绘缠枝莲,画工发色直追元青花,一转手卖到八万元。商户和藏家的嗅觉都异常灵敏,他们猜测带有皇家血统的瓷片出自毛家湾?牛街?还是平安大街?最后从报纸上发现了一则消息:几百年没动土木的前门地区正在进行历史性的大拆大建。从皇城根底下拉出来的土又黑又臭,肥得流油。不经意间老胡已经囤积成大户,成了名副其实的"胡汉三"。

  没文化,真可怕。老胡又叹,东子从我手里捡漏儿捡到不好意思。一天对我说,胡哥,你身体不好,孩子上大学又要用钱,别这样瞎卖了,卖之前让我把一眼。别小瞧这"把一眼",还是那么一兜两袋子,含金量直线上升。每次从报国寺回来,钱装在裤子兜里直撞大腿。再看以前，别人说得没错，纯粹一傻缺。三年后老胡塌下来的那块天已经滴水不漏。

对了，他爸你认识。老胡突然爆料。绝对意外，他提到的竟然是老金。老金的局限是不入市，东子受他影响一玩上瓷片就跑市场。老胡先认识东子，然后才认识老金。他们在报国寺的摊位挨着，老胡是地摊儿，东子租的是固定柜台。他还在网上、手机上将瓷片卖到了天南海北。他的玩法与众不同。很多捡瓷片的人都认为捡一片是一片，成本无非就是时间和体力。这种小富即安的心态终究成不了什么大事。东子不，他当事业干。想千方设百计和工头套上关系，请出来，海鲜、洗浴、按摩、打炮，再抱一抱中华烟扔车后备厢。跟人家说，我就喜欢那土里的东西，挖出什么您给留着。那些工头初中毕业的都不多，根本不拿瓷片当好东西，东子拿到的货最多，从最多的货里再挑，他的货又最好。南方的老板坐飞机过来，拎着一牛皮箱钱找东子，专门买明清官窑的半拉罐子，送到景德镇找顶级技师修。那些浴火重生的瓷器反流到北京开价几百万元、上千万元。老胡说，那些修好的瓷器我见过，啧啧，反正我他妈服气。就是老玩家一样打眼。

盘子里的饺子所剩无几，老胡将筷子放到桌上，月亮已经越过门楼，在门外婆娑的树枝间晃动，邻居那条泰迪犬跑到门口探头看看，颠颠地跑了。

想不到老金还有这么一个有头脑的儿子。现在呢？我问。他含糊其词，嗨，别提了！吃饭。剩下的几个饺子全都拨到我的碗中。将手里把玩的那块瓷片递给我，开玩笑说，送你了，哪天栽进去了照顾一下啊。我说，那好办，不仅手铐给你松两扣，还负责给你送饭。他哈哈大笑起来，快拉倒吧，整得跟真事儿似的。被我们的说笑声吸引，院里租住的小两口也出来了，女的抱出来一瓷盆切开的羊肉，拿一桶竹签，坐在月光下熟练地穿串儿。老胡指着那个小伙儿，说真的，小秦想搞一个烤串儿摊儿，你能不能给垫个话。别整天介让综合执法队撵得兔子似的。我说,这事儿交给我。他们耿队我还真认识,他们惹事,我们铲事,离了我们,他们不灵。

六

别看慢哥现在肥得跟二师弟似的,他可是特警出身,退役到地方就鼓了起来。人一胖,说话动作就慢了半拍,被人称为"慢哥"。说实话,要是我打"110"报警,一个腆着肚子的警察降临我身边,说保卫我的安全,我都不信。慢哥体形虽然变了,但是武功还在。前几天在地铁六号线北运河西站亲手抓了一个偷车贼。喜事连连,接着又上来一条贩毒的线索。那天我们值班,就见他不紧不慢组织人要去抓供毒的上家。

嫌疑人住在一个高档小区的高层。我们没用电梯,顺着步行梯爬到二十二楼,在步行梯的楼梯间潜伏下来。新警小裴套上了快递小哥的黄马甲,他又黑又瘦,还真像个挟风带雨的快递小哥。骗门?这些毒贩心中都揣着鬼。门一响第一反应就是警察。还是蹲坑吧,等,耐心地等,等嫌疑人出来时抢门。别无他法。步行梯的楼梯间与电梯厅之间有一道门。门开一缝,我们汗不敢出,蜗牛一样不时探出触角,又一次次缩回蜗壳。咣当一声,有人进了楼下步梯间,唰——唰——是保洁员在清理卫生,潦草敷衍的扫地声向下一点点远去。保洁员提醒了我,电梯间有监控,你能想到的人家也能想到,万一有来访者上来不正和我们撞个正着?我们商量了一下,决定慢哥留下,其他人员上撤一层。

楼梯间昏暗不明,时辰莫辨,可能又过去了几小时,外面只有无聊的风在楼道里荡来荡去。突然,我感到喉咙似乎有小虫在爬动,一缕似有还无的贼烟钻进了我的鼻孔。一定有人来了!被我戕害了二十年的咽喉在戒烟后比烟感器还要敏感,尤其在清晨或太阳将落的傍晚。外面一定黑透了。慢哥蹑足退上楼来,我们顿时兴奋又紧张起来,响亮的脚步声近了。就在这时,我却忍不住咳嗽了一声。楼下的脚步声没了。我们迅速交换了一下眼神,小裴扣上帽子,拎起所里送来的肯德基快餐风一样跑下楼梯,其他人又上撤一层。估计小裴已经和楼下那人打了照面,下面的脚步声又响起来。真他妈贼,果真上到了我们刚才藏身的二十三楼。略停,他才又向二十二层电梯厅走去。

那身影在门口一晃,闪了进去。声控灯在门关上的瞬间亮了,一个似乎相熟的背影。怎么像……我傻掉了。门铃响了,慢哥突然一摆手,房门被关严的一瞬一只肥厚的大脚别住了门缝。两个人同时被扑倒在地。从地上拎起,我一脸错愕,果然是老金!

我从来没见过他吸烟。以前,我也不知道他玩瓷片。您还有什么我不知道的?我盯着他,觉得面前的这个人十分陌生。老金眼神慌乱,他心里有鬼。看见扣上的手铐,我短路的大脑瞬间被激活了,指着老金说,错啦,错啦,把他放开!我盯着老金,回去跟你们所长汇报,这案子我们经营很长时间了,你们就别横插一杠子了,案子和人都是我们的啦,有问题你让他找我。老金瞬间明白了我的意思,点头说好。他捡起地上的纸袋子,我瞥见了一副警察的肩花,里面应该是件警服上衣。他出现的原因不明,但拎着警服出现在毒贩家中,别跟我扯什么化装侦查。

在毒贩家里发现了溜冰的冰壶,从餐桌夹层搜出了一百多克冰毒,嫌疑人交代自己以贩养吸。临进看守所,他还蒙着,眨巴着眼问,今儿你们唱的是哪一出啊?我撞进来了,那个取货的你们给放啦?我说,你还没醒呐?他和我们一样,是警察!不是一拨警察想抓你,你个傻缺。又他妈给钓了,他骂道,你们就不能整点儿新鲜的?将嫌疑人装进看守所,我迫不及待拨通了老金的电话,我也想问问,今儿您唱的是哪一出啊?电话里他有气无力地说,多谢了,哪天见面再说吧。

七

摇不动村街头巷口到处都骚动不安,独有老胡的一统斋在洋槐树下安之若素。小秦媳妇忙着将煮好的花生、毛豆、泡菜之类的小菜一趟趟搬到三轮车上,接着各种肉串、蔬菜串、成箱的啤酒、整袋的木炭纷纷上车。下午四五点钟,出摊儿的时间到了,最后小秦将一个新的烤串儿箱子哐当一声扔了上去。他们一般上午补觉,睡醒了凑合一口,就准备晚上要用的东西。太阳刚斜下去就把三轮蹬出去了,一直要忙到凌晨才回来。这里更多属于老胡和他那堆静静的瓷片。

看到他们就想起老胡托付的事。不想打嘴了,那个我自以为很熟的耿队说话都不张嘴,鼻子哼哼着就给我撅了。不仅一句瓷实话没有,还挤对,老张,你怎么什么人都交?我不客气地反问,朋友和身份有关吗?我心说,孙子,不是不给面儿吗?早晚有撞到我手的时候,求到派出所再说。答应人家的事,不行也得有个交代,我满怀歉意将情况说给了小秦。小秦不在乎,说,让您委屈了,那人是有名的喂不熟,塞钱给他,他给我扔回来。我想没准儿嫌少,就包了一个大包,还是给我扔回来。想着是不是遇到了党的好干部了。可并不是!这一带他不全抄。环境整治,大气治理,文明城创建,别管闹得多邪乎,有的摊儿一点儿事没有,就是把烤箱收走,走个过场,第二天就能要回来。他不通吃。通吃,拿什么向上边交代?不知道咋就跟我摽上了,诈唬说,我就看他妈你们河南人费劲!我们河南人怎么啦?没有我们,你们能过得那么滋润!

我才知道扔上去的烤箱是他们每天的固定成本,预备给综合执法队没收用的,每天一个,抄走了,也就消停了。他们提前去,将啤酒埋伏在路边的绿化带里,有顾客要酒,变戏法一样拿出来。摆摊儿就开张,天没黑就开始上人,一直到后半夜都不断人。这块儿人住得房挨房屋挤屋的，一个晚上轻轻松松能上三四千元，这个流水一天没收俩烤箱也干得。

那句话怎么说来着，敌进我退……小秦挠着后脑勺想。我接茬儿说，十六字方针，敌驻我扰，敌退我追，敌疲我打……得，得，得，别敌疲我打了，不打我就不错了。咱们啊，"敌退我出"就行了，出摊儿喽——三轮车一路响着铃，小秦夫妻吆吆喝喝出了小院。

院子静了，难得老胡已经睡醒，他在椅子上一摇一摇就提到了老金。东子靠瓷片发迹，但是好景不长，那傻缺染上了毒，他恨恨地骂。碰上那东西，纵使你有万贯家财也会变成缕缕青烟。老金发现的时候东子已经涉毒很深了。戒毒，复吸，又戒毒，又复吸，和每个吸毒者走的路径一样。据说多少次了，家人对他已经没了什么指望，说话就妻离子散。

说话间，小秦媳妇慌慌张张跑了回来，嚷道，出事了，小秦让姓耿的打了。她进屋找钱，跑着去了医院。老胡说，我也过去看看。说着拐拉拐拉出了门。我追着屁股后边喊，你问她，报警没？

第二天一上班，我就查昨日警单。奇怪，没有记录。借下片儿机会，下午我又去了他们小院。老胡不在，小秦夫妻已经备好了车整装待发，小秦头上裹着厚厚的纱布，戴着个网兜，看起来挺瘆人。他没有像上次那样扔车上一个烤箱，见我进门喜滋滋地说，那孙子让我摆平了。接着他说了昨天的情况。刚到地方，就见综合执法车疯子一样从便道蹿了出来。小秦蹬着三轮车一路狂奔，过了东关大桥慌不择路拐上了右堤路，这条路狗肠子一根。迎面又来了一辆执法车，前后夹击，没跑了。跑！看你还往哪儿跑？队长蹿下车一声断喝抡起了警棍，哎呦一声，小秦一摸脑袋满手是血。他朝吓傻了的媳妇喊，我靠！你还愣着啥？快录像，照特写，给他们全录上！媳妇拿起了手机，小秦对着手机说：事件刚刚发生，综合执法队队长野蛮执法，打伤外地来京务工人员……队长反应了过来，要抢手机，小秦媳妇顺手就把手机塞进了胸罩里。转头再看，小秦也打开了手机。如同狐狸遇到了刺猬，一帮人张牙舞爪就是不知从哪儿下嘴。小秦捂着脑袋蹲在地上，向上翻着眼说，我就是不懂法，见着你们就跑，也扯不上什么阻碍执行公务吧？说吧，咋解决？血顺着指缝一道一道向外流着，顺手一抹，成了个花脸，他坐在地上玩自拍。队长傻了。要公了呢，他朝媳妇喊，马上打电话报警！再找几个小报记者。又缓声说，私了呢，我的要求也不高，你要是让我继续在这块地盘上干，我医院都不去。

我知道为什么没有当天的警单了。

早知道一棍子能解决问题，我早他妈抻脖子等着了。他开心地笑着，似乎捡了钱一般，又一路吆喝着出了小院。

这时电话响了，是老金。他还欠我一个说法。他急急火火地说，你在哪儿？快来一趟！接着告诉了我一个地址。他家我去过，是部队家属院的老式楼房，每个房间都堆满了瓷片，这个地址却是潞城很有档次的一个小区。敲开门，见沙发上坐着两个干瘦的男人，老金坐在他们对面一言不发。尽管是头一次见面，一个是东子无疑，身材、体量和眉眼无不带有老金雕凿的痕迹。另一个人头发干枯，面无血色，身体消瘦，瞳孔收缩得像猫的瞳孔一般小，这是典型的吸毒人员特征。看警察进门，他脸色一变。老金将一沓钱放在他面前，你不是借三千元吗？这是五千元。不要你还，但是有一个条件，你不能再来找东子，从此永不相见！我明白了，这个人是东子的毒友。很多人复吸是因为摆脱不了毒友的干扰。他朝我挤了一下眼，你们禁毒中队不还缺指标吗？这个人给我记住了，再见到，抓！我说，明白。我紧盯着那张脸，他的瞳孔缩得更小了。这些人最怕强制戒毒，在戒毒所里待两年生不如死。他抓起钱屁滚尿流出了门。东子起身要跟出去，老金威严的目光将他逼回了沙发。老金说，上次就是他，毒瘾犯了，在家难受得撞墙，他妈哭着给我打电话，我正在片儿里，他抢过电话——你是怎么说的？你把那天跟我说的话再说一遍。老金命令儿子。

我说,我跟您做最后的保证,以后再也不碰了,求您把东西给我取回来。

那今天是怎么回事?

是他找上门来借钱,我说我没钱,正说着,您就来了。这些人我不想见。东子一脸的无辜,不信,您让我叔带我做尿检。老金沉默了半晌才张嘴,我接那个电话百爪挠心,将警服脱了,找个袋子卷巴卷巴一装,晕头晕脑就去了。带着警服给吸毒的儿子去毒贩家取毒品,我都不知道自己做了什么!不是碰上你,我这老脸往哪儿搁呀。

您放心吧,我说到做到!东子保证。我拍了拍他的肩膀,他起身走了。老金看着消失在门口的背影长叹一声,教子无方,丢人啊!我安慰道,您别急。咱都知道戒毒难,但也不是绝对没有可能,有坚持戒毒至今没有复吸的,从实践上就是戒毒成功了。老金说,可惜不是他,从强制戒毒所出来改在社区戒毒,还是复吸了。我不信他,我又真心想信他。

我打量这个宽敞但略显凌乱的屋子。这是他的房子?我问。老金点头,最后的家底儿了,再复吸,说话就保不住。他燃起了一根香烟,将打火机烦躁地扔在了茶几上。我说,你把他交给我吧。我盯着他在社区戒毒。说着,门响了,进来了一个康熙五彩梅瓶般的少妇,清亮的声音问,爸,您怎么在这儿?是不是东子——她猛然意识到了什么,刚欲绽开的一张脸瞬间凝固了。没事儿,我就是过来坐坐,叫叔——他介绍我。又对我说,这是东子媳妇。他将多半截香烟摁在烟灰缸里,干咳起来。我离开时,他对儿媳交代,记你叔一个电话,东子的事找他。说着,像被人扼住喉咙一样,嗓音突然哑了。我说,您别急,会好的。他握着我的手用力晃动。

好景不长,小秦的伤还没养好,他和耿队长的协议就自动解除了。潞城的空气污染指数全市排名倒数第一,室外烧烤一律取消。

大形势来了谁都挡不住。上帝关上了这扇门,要他们自己寻找一扇窗。蹉跎了几日,他们处理了烧烤设备和剩下的原材料,准备转行做洗车房的生意。

一次出警完毕返回单位途中,路过车站路看到一家"车臣洗车"店。小秦和媳妇正在店前空地打理一辆凯迪拉克。我将警车停了过去,听他正向一个长得像娃娃般的卷毛车主高谈阔论他的经营理念:车臣不是一个国家,而是指我们是车的臣仆,车是我们的君王。您到我们店会享有至高礼遇。听他说"我们",不要以为他还有多少员工,他的麾下只有长得丝瓜一样的媳妇。开业后他们退了摇不动村的房,在洗车房后身用石膏板隔出了一张床。创业不仅要有经营理念引领,还要有实惠的价格。现在单次洗车都三四十元了,办一张"车臣洗车"百元卡能刷十二次,这个十年前的价格造成了车站路经常拥堵。那次见到我,小秦手扶着腰说,张哥,我快坚持不住了,真他妈累啊!他头上的伤口已经愈合,形成了一块疤,那块儿疤汗津津地闪着亮光。

八

老胡住在我的管片,很多时候公私兼顾,认识他之后摇不动村我去的次数明显多了。正在拆迁嘛,不稳定因素多,得经常下片儿掌握社情民意。在一统斋翻找完瓷片,他倚在床上或坐在椅子上,我坐在一张桌子前,面对桌上一堆杂乱无章的物品,静静地听他讲着他杂乱无章的过往。他声音不大,有时含混不清。现在很少有什么人、什么事能让我静下心来。外面天色不觉暗淡下来,窗外风拂树叶,小鸟叽叽喳喳,昏暗的屋里满是老胡咕哝咕哝的声音。

我说话你别不爱听,你们吃着国家俸禄,有的警察很忙,有的警察不干事。他聊起了自己在湖南被骗的那段经历。

养藏獒折戟沉沙,在老家疗伤的那段时间,他接到了一个以前认识的朋友，叫王晓午的电话。王晓午说，哥，过来吧。你大概还不知道中国有一个叫挡阳的城市吧？这里简直是人间天堂啊！电话里他提到了一个商机，老胡心动了。烧烤已经星星之火燃遍祖国大地，据他说那里还是一片空白。东北烧烤有名啊！到了挡阳后，王晓午将他领到了租住地，先要去了身份证，又向他"借"了一千块钱。最初几天老胡在县城转悠，觉得街道干净整齐，可是往城边一走，遍地都是串儿吧。王晓午据说是推销一种保健酒，没见过实物，几天也没见他出门，天天不是组织人上课，就是抱着电话邀请朋友过来发展。几天后，王晓午将老胡领到了一个宾馆。推开一间会议室的门，里面黑压压坐了一屋子人，一个西装革履的讲师在眉飞色舞地讲课。投影仪在白屏上打下几个大字：如何发展下线。他们正遇到一个课堂高潮，在讲师引领下，全体起立振臂高呼：赚钱靠大家，幸福你我他！成功绝不容易，还要加倍努力！这么多人精神病般的癫狂让老胡觉得很恐怖。过来一位讲师要收手机，老胡不给，他竟然要动手抢。王晓午拦了一下，您别急，我哥刚来，还不适应，慢慢来。返回住处的路上，老胡沉着脸说，把身份证和钱给我，我要回去。王晓午摆出一副死猪不怕开水烫的样子，哥，不行了，你想回去，得像我一样邀请下家来。你来之前我是白丁，你来了以后我升为了学士。再往上是秀才、举人、贡生、进士，最高的级别是状元。说着，学士回头看了一眼。老胡早注意到了，从宾馆出来他俩就给安了一个尾巴。学士朝后努了一下嘴，那是个举人。

　　学士王晓午对白丁老胡说，哥，我也是被别人骗来的。老胡对着路边水流滚滚的江面吼，你被骗，就再骗人！我傻×似的还指着你帮我呢！挡阳城中有一条千年水脉，一座修建于明代的石桥连接县城南北两端，并排一座钢索斜拉桥挨着石桥凌波而起。老桥属于文物，仅可步行。他们上了老桥，那天是五月节，就见桥下男男女女老老少少三五成群，在河畔的步道上争先恐后往河里投硬币。白丁和学士争吵后安静下来，一人抱着一个石狮子，看着桥下热闹的场景。老胡转过头来,盯着那张没脱稚气的脸问,你知道他们在干什么吗?学士摇头。老胡说,五月是毒月、恶月,五日更是恶日。五月初五是不吉之日,因此家家要插菖蒲、艾叶,他们在这儿向水里投硬币,这些都是为了避灾形成的风俗。

哥,你知道我在想啥呢?老胡摇头。我真他妈想找个泵把江水抽干,把里面的硬币全沥出来。学士为自己的想象力笑了,老胡也笑了。苦笑。你知道我想啥呢?轮到学士摇头了。你也投一个吧,老胡说。没意思。学士不投,他也没有硬币。今天人们都要吃粽子,最初粽子可是喂鱼的,为的是不让它们吃掉屈原的尸体。屈原最著名的作品是《离骚》,你知道《离骚》是什么意思吗?老胡问。是不是告诫人们离骚娘们儿远点?这个问题对于学士如此理解实属正常。老胡说,我还记着高中语文老师说的,骚,是一种忧愁的情绪;离,是远离。离骚的意思是远离忧愁。屈原为什么投江?只有江水能够洗刷屈辱和忧愁,投一个吧,说话你就要远离忧愁了。学士对老胡的话似懂非懂,傻笑着。

恶月恶日我知道了真相,今儿他妈真不是个好日子。停了会儿老胡又说,可是今儿对你来说意义非凡,和屈原赶一个日子是你的福分,以后全国百姓过五月节你就当祭奠你呢,咋样?是不是值了?他摊开了手,手心上躺着一枚闪光的硬币。学士看着那枚硬币双腿哆嗦起来。老胡盯着水面的旋涡,笑着说,投完,我抱着你从这桥上跳下去,看你运气,没准儿还能活。学士吓白了脸。在外混的人谁没领教过东北人的狠劲儿呢?他脸上的笑容打住,陡然色变,突然跨到身后那个举人身边,猝不及防抄起他的双腿,掀下桥去。接着上去给学士一个大嘴巴子,又一个脖拐,照屁股上再狠踢一脚。学士惨白的一张脸紧贴在老桥青色的石皮上,满是灰尘。

你大爷的!从千里之外把我拉进火坑,还不让我向外爬。我他妈哪儿得罪你了?你找一个替死鬼,我就不能找个垫背的?都活不成,就不活了!学士痛哭流涕,哥,我不能走。走,就没活路了。

我在上线手里捏着呢，欠你的钱，你找我妈要吧。就是求你一件事，别说我在这边干什么呢。说着脑袋磕向桥面，几百年的老桥板被撞得咚咚响。桥下那个举人扑腾到岸边已是半死，扒着石头向外一口口吐着黄汤。

在去往王晓午老家唐山的火车上，老胡打了两个电话，头一个拨的是"110"，举报那个传销窝点。接电话的不知是民警还是辅警，直接推了，说传销归工商管。老胡质问，人给圈一个大院，断绝和外界联系，都涉嫌非法拘禁了也归工商管？"110"那头儿没说出个所以然。反正那个窝点没人去查，学士和他的若干同窗还在挡阳"苦读"。

这也就是老胡说的有的警察不干事儿的来由。

另一个电话打给了王晓午的妈妈，电话里传来哗啦哗啦的声音。进了王晓午的家，见他妈坐在牌桌上忙着抓牌，才知道电话里听到的是麻将的声音。仿佛打完电话，这场牌局就没散。老胡坐在一边等了一宿，她面前的钱时少时多，王晓午的妈非要赢够孩子欠的一千块钱。老胡实在熬不住了，说，有多少算多少吧。王晓午妈嗔怪，你这孩子，再有一把就行了。结果一局下来，面前又少二百元。老胡将钱抓到手上，出门时说，你问问孩子，现在外边生意不好做，不行就回来吧。他希望王晓午的妈能听懂，可惜她没听懂，老胡见她的一天半时间她都没下牌桌。

以后的一天，正在土场上翻找瓷片的老胡接到了王晓午的电话，他用沾泥的食指按下接听键，里面传来一个陌生的声音：我们是挡阳公安局的，这个机主是您什么人？他刚才跳江了……老胡扔了铁锹一屁股坐在地上，抖着手指半天才拨出电话。那端传来麻将摔在桌子上的嗒嗒声和一个不耐烦的声音，喂，哪位？说，别拖泥带水的，拣主要的说。王晓午死了。没有一个多余的字，老胡说了最主要的。挂了电话他抬头望见一宇澄明。后来听说，王晓午不是第一个投江的。当地一家良心媒体将接二连三的"学子"自杀事件串联起来，发现都与一家传销公司有关。媒体曝光后，事情搞得不能再大了，才引起当地政府重视，查抄了那个传销窝点，一次解救全国各地一百多名被困人员。王晓午投江后老胡痛心疾首，后悔当时没把他带回来。这个寒门学士最终还是以老胡曾经设计的方式洗刷了自己的痛苦和忧愁。

九

现在，老胡去除了债务可是又疾患上身。过了四十五岁血压突然就高了，胸腔积液，心律不齐，四肢水肿。早上起来睁不开眼，一照镜子就剩了一条缝。查了个溜儿够，大夫也没说准是啥病，自己拿些降压灵和利尿剂之类的小药片瞎吃。有时候半夜醒了，直到第二天下午丢失的睡眠才能找回来，睡着了又睡不醒。所以我去一统斋十次有九次见他睡着，不是椅子神奇，头天晚上他可能折腾了一宿。铁锚边上的拐竟是老胡自己用的，他的身体时好时坏。好的时候把拐架在铁锚上，让它去扶着铁锚；病重的时候走路困难，就把拐拾起来。

我说，老胡你的肾八成坏了。你一定要查出病因，对症吃药。要不将来肾衰竭了，做透析花钱更多。现在不是谁都病得起的。他大大咧咧摆了下手，肾没事，现在还能晨勃呢。估计是心脏问题，去医院检查，大夫把听筒放到我耳朵上，以前心脏跳得腾腾的，现在就听咚儿——咚儿——跟山洞里滴水的回声似的。

晨勃，真他妈让人眼热啊。我性事频率和媳妇的例假一致，一月一次，扶不起的阿斗自己进不了门，折腾半天落媳妇一通埋怨：你这哪是性生活，整个一个性骚扰。老胡笑了，说，你就知足吧，我就盼着我姑娘什么时候一结婚，我就业满了。生活，就是把你生出来，又活了一段。活着，啥意思？社会没地位，家庭没温暖。说到老婆，他回避了这个话题，只说她在东北老家的一家超市上班，别的不再言及。话题又转到姑娘身上。姑娘在燕郊上大学时,他从大兴追过来,搬到了潞城摇不动村。现今姑娘大学毕业应聘在北京一家公司,和伙伴在市里租房,平时不回家。现在能给他慰藉和温暖的可能只有瓷片了。

毛家湾、平安大街、牛街,出瓷片的几个著名京坑随着建设工程的结束已经展露新姿。最早的获益者建博物馆的建博物馆,著书立说的著书立说,还有的忙着在电台、电视台做收藏文化类节目。现在京城市场出现的瓷片无不带着京东运河的痕迹和味道。别瞧老胡眼睛都睁不开,京城圈里很少有人不知道他的。北京古玩城、爱家收藏、大钟寺、十里河、亮马河古玩城的商户开着豪车来一统斋淘宝。需求和需要给了他一种别人体会不到的成就感。只要还能动,他就离不开土场。

水月院小区开工了,那地方位于潞城北大街,元代就形成了聚居区。除了安全帽、铁锹外,他还要比别人多一副拐。被看门的保安拦住了,好说歹说都不行。把工头儿招了过来,围着老胡转着圈看稀奇。惊叹,您都这样了还捡瓷片啊!转头对保安说,你的岗位是这个门口,看着人别从门口进来就得了。他从豁口偷偷进来,出了问题和你有关系吗?老胡明白了,感激地看了工头儿一眼,一瘸一拐走回百十米,从撕开一角的彩钢板围墙豁口爬了进去。

走路困难了,就是找两个铲子架着,他也想去土场转转,他的魂儿整日在土场里游荡,只有去了土场才能把它带回家。他说,我心里有个念想:瓷片就是我的精气神,精气神不断就不会倒。这个念想在他身上是起作用的,具体表现就是他的病时好时坏。有时你看他说话就不行了,过几天又像经过暴晒的太阳花喝透了水,又缓过来了。下班后去一统斋,好几次见他在门口等我,见到我说,陪我去土场走走吧。我就开车拉他去一处处土场。进了土场我们拣高土坡坐下,夕阳西下,天色向晚,天边彩霞绚烂,土场里面是他和他的同伴曾经留下的密密麻麻的脚印。不同的土场埋藏着他的不同故事，跟挖瓷片一样，将它们刨出来，给我展示自己在这里的传奇和辉煌。

瓷器是水、土、火的结合，制瓷匠人抟土为器，淬炼成魂。老胡慨叹，要说他们真是不易。要掌握坯胎的干湿、炉温的高低、烧窑时间的长短，还要承担着产出残废品的沮丧。他们肯定想不到，多少年后自己的劳动成果，哪怕是打破的瓷片、烧废的废品，也为一批后人留下了饭碗。我则惊叹瓷器的生命力。几百年、几千年，器物存，生命就在。一旦被打碎了，生命就终结了吗？不，死而不亡者寿，除了经济价值、使用价值，它们还有艺术价值。谁的生命能如此延续？

人？扯！我们死后很快就会从别人的记忆里消失。最后一个记得你的人死了，就不会有人知道你曾经来过这个世界。

坐累了，老胡索性躺在地上，面对暗下去的天色，歪头问我，你说人最大的福分是什么？我想出的答案很俗，肯定不是他想要的，轻易没有开口。他自问自答，我想人最大的福分是变成一把土，有幸被后人采集，煅烧成一件对别人有用的瓷器。我应声道，对呀，你看那些大人物他们才不进八宝山，骨灰撒进大海或撒向大地。一日轮回，一月轮回，一年轮回，一生也是一个轮回。人最终得回归，他们知道从哪儿来，最终又到哪儿去。

他坐起身来，将刚从草棵里划拉出来的一块儿瓷片啐了口唾沫，用手掌擦拭几下，打量半天递给我看，胎釉结合处竟然有两枚匠人的指纹。几百年前的指纹让我们零距离感受到了古人的信息，仿佛穿越到他们当时劳动的场景，这是一件非常奇妙的事。我不禁感叹，我们活一辈子一个指纹都留不下！看到这块瓷片我就想，这个人来过这个世界，还有幸留下了两枚指纹。我们交谈着，直到广阔的土场全部隐身于浓重的暮色，再相扶起身。夜风煦煦，四野寂寂。明天，这里的一切将会被清晨的阳光再次打亮。

十

社区门诊治疗，吸毒成瘾者定期到社区门诊喝美沙酮，定期到派出所做尿检，监测有没有复吸。他们被毒魔控制的身体适应这种毒品的代替药品后，逐渐减少用药频次和药量，最终戒断。这种疗法，人不脱离社会，同样需要戒毒者以超常的意志力给予配合。东子的尿检一直呈阴性。他和瓷片的缘分已尽，和媳妇商量准备在建材城租个门店卖五金。

开业那天，我准备了一个花篮和老胡一起送去。想着能和老金见一面，却没有见到。问东子，他告诉我，老金已经提前退休了。更让人吃惊的是，退休后老金的身体就出了问题。

我和同事探讨过这个提前退休政策。为了优化民警年龄结构，分局准备腾笼换鸟，给出的政策是，五年内退休的民警如果申请提前退休，将获得一次性退休补助三十万元。有符合条件的老同志关门算了一笔账，最后得出的结论是：不上算。尽管响应者寥寥，老金还是递了申请，他非常想拿那笔补助金。没那笔钱这个店开不起来。我弦外有音，东子，这钱你一分也别乱花啊！东子说，知道。乱花一分钱就不算人。

办了退休手续，老金在网上买了野营帐篷和睡袋，又去新华书店买了本《一生必去的50个地方》。翻开一看，大多地方都没去过。原以为退休可以有时间干点儿自己的事情了，他的嗓音越发沙哑，突然说不出话来。到医院检查发现一个乳头状瘤几乎长满了喉咙。医生说情况不好，得马上手术切除。手术做了，病理检查结果正如医生判断，恶性的。

还说呢，几次在花鸟市场都没见到他，问老胡，也说挺长时间没见人影了。送完客人，东子夫妻陪我们去医院看老金。他躺在病床上，人瘦得几乎脱了形，我盯着看了半天，才从他瘦脸缩腮的脸上找到点儿以前的模样。老伴儿说,手术没问题,就是切了声带说不出话来。他听别人说话,点头 YES 摇头 NO,他要说的打在手机记事本上,拿给人家看。平时顺畅的交流慢了很多。

我在手机上点出一张粉青釉蔗段洗的照片请他掌眼。他看了一眼,打上几个字:老的,龙泉窑。我问,宋或元?他打上:南宋。我说,就是有点儿土沁。老金打字:用 84 消毒液拔拔。我知道他最担心什么,点点头说,东子原来泡在烂坑里,难免会吃进点儿土沁,也给他拔拔,拔干净了和原来一样。他嘴角浮出了笑意,做了个 OK 的手势,合上了眼。一会儿,病房就响起了均匀的鼾声。

从医院出来,小两口儿非要请客,说今天买卖开张,不喝点儿说不过去。我们进了路过的一家叫陶陶醉的饭店。这个名字雅气,可能取自白居易"唯当饮美酒,终日陶陶醉"的诗句。落座后,服务员推荐了扒肉条、红烧蹄筋、它似蜜三个招牌菜,还没说完,东子媳妇忙不迭地说,要要要,全要。说完抱着菜单刷刷翻。没翻几页,又点了四五个菜催服务员下单。老胡急了,一把夺下菜单。东子媳妇说,你瞧你,不碍的,完了打包,你一个人饥一顿饱一顿的。老胡给感动得不要不要的。

那天我们全喝歪了。东子拉着老胡不撒手,胡哥,你知道吗,我从你那儿花一百多块钱买的残器都卖一万多。老胡说,我不知道啊。后来我良心发现,不能再骗你了。老胡将他的手一下丢开,不满地说,咋能说是骗呢,我自己眼力不够哇。东子又去拉他手,你睡着的时候,我还偷过你,你知道呗?老胡说,我不知道啊。你每天从土场回来累得像死狗一样,咋叫也叫不醒,我就把瓷片装走了。发现这个规律,我专门在你睡着的时候去。捡你漏儿不说,还偷,我还是人吗?东子红着眼圈,边说边叭叭地扇自己的嘴巴。

老胡拉住他的手,哎——不能这么说,你也没少帮我啊。我自罚一个。东子将满满一杯酒起了。我举手跳了出来,也算我一个。说着将一杯酒顺了下去。一股火苗蹿到肚里,辣得我嗞嗞呵呵。我说,老胡,我坦白,你睡着的时候,我也偷过你的瓷片。哦?东子指着我大笑。老胡说,我不知道啊。指点着我们俩,你们俩,你们俩呀。我们撞在一起,笑作一团。

十一

"四更说收藏"开讲了。高老师是全能型的,金银器、玉器、陶器、青铜器、木器、书画没有不敢讲的,每周一个专题,穿插讲瓷片,还在线答疑解惑,藏品鉴定。策划方只提供平台,讲座的全部报酬来自网友的打赏。高老师端坐在镜头前容光焕发,端水就喝,拿嘴就说。一小时从头码到尾,比"观复嘟嘟"还能嘟嘟。不知有多少人在线观看,反正他们微信公众号推送的视频点击量少得可怜。据说,直至第三期才获得了一笔五元的打赏。讲课内容漏洞百出,还经常造成历史时空大错乱,每期节目正式开始前,都极其诚恳地纠正上一期的错误。以后几期纠错的时间越来越长。

见到我,高老师晃着手机说,这个叫胡汉山的藏友真够意思,捧场,给面儿!哎,你说,胡汉山和老胡是不是——我说,你没看头像都没换吗?老胡啊,我说呢。他把滑下来的眼镜向上推了推。从店里出来,老胡在摊儿上和我说了一个高老师的笑话:他没事儿和高老师逗咳嗽,您这个东西老啊!得多少钱?高老师眼没离手机,当然老,我的东西没有不老的,你想要给一百块钱吧。老胡喷了。高老师推上眼镜,见他手里捏着一个干瘪发霉的柠檬扑哧也笑了。可说呢,都长白毛还不老!老白毛,老白毛嘛。他善于给自己圆场。看来他俩的隔阂早已消了。

老胡看摊儿很少吆喝,那次他吆喝起来,快来瞧,快来看,美丽,美丽,价格美丽。摊儿上有三块儿瓦当,他整明白了两块儿,一块儿是"关"字瓦当,另一块儿是"富贵万岁"瓦当,还有一块儿上面有一只小鸟,图案有些古怪。他以每块儿二百元的价格给了我，完了说，一块赔了五十元，得借给人家一千块钱，没办法。

要借钱的是他的老乡小发子，和他结交是因为胡大哥的死。胡大哥开农用车拉沙子，起得早，开车睡着钻到了大车底下。装殓时对着一堆红红白白的碎肉没人敢上前。做过油漆匠的小发子来了，四五个小时连拼带凑，攒出个囫囵人形，穿好寿衣，好歹让胡大哥体面又尊严地上了路。那场祸事之后，小发子成了胡家的恩人。他家三个孩子，媳妇骑一辆三轮车跑市场批发蔬菜水果，早出晚归，三十多岁就花白了头发。老家那块地薄，不养人。老胡被老家人传得很神，小发子一个电话投奔老胡而来。他不知道老胡已经失了元气，来了跟着他捡起了瓷片，找机会另找了一个保安的差事。捡瓷片、当保安，尽管干着两个差事，在外也别指着能攒下钱。

这次小发子找老胡，说出来一年了没挣到钱，回家对媳妇没法儿交代，想从老胡手里拆兑一千块钱。老胡火急火燎给他凑够了，却没看出他有要走的意思，见天躺在老胡的床上抱着手机搜索"附近的人"，拉了一个名单让老胡参考，哥，你说哪个更靠谱？上面写着：享受你的体温、求抱抱、花骨朵、客官不可以，还有一个直接的，叫"约吗"。老胡一看，知道又中招儿了。他借过三千元，好几年还不上。孩子考学那年又逢燊园倒闭，实在掰不开镊子，就和他提了一嘴。小发子立马拎着一箱奶去看老胡的老妈。老胡听说，心想完了，这钱算是瞎了。每次小发子张嘴，他想到的都是拼接大哥的那点儿恩情，哪怕自己为难，也能办就办。

他知道，小发子所说的靠谱不靠谱，无非就是能不能和这个女孩儿"约炮"。老胡看他很不靠谱，懒得搭理他，拿钢刷低头刷泡在盆里的瓷片。

我去时，他们二人正在吃饭，一张小桌放在院中，大葱蘸酱，小发子把自己刚才的脱险经历说得惊心动魄。

他的微信昵称叫"阿福"。"阿福"很快和"约吗"挂上了。嗲声嗲气的声音从手机里传来，来嘿，哥！我等你呢。小发子把手从裤裆里拿出来，从床上噌就坐了起来。按照对方发过来的位置，"阿福"走到了一家保健中心的门口，这个地点按他的说法"有点儿靠谱"。见了小姐，发现不是肤白貌美大长腿的美女，头像是盗图，唐代仕女般的一个胖妞倚门待客，文着雾眉，涂着蔻丹，戴着美瞳，两条肥腿掰不开缝儿。但除了胖点儿，眉目撩人，双睛传意，尚可消受。"阿福"身陷按摩椅上，说是让小姐捏捏，反过手就去捏小姐。他一上手，小姐就直给了，来吧，哥，憋死我了。实际上要憋死的不是小姐，是"阿福"。三下五除二去了衣服，才发现套套告罄。小姐要穿衣出去买杜蕾斯，真是临渴掘井。不戴吧，他心里又忐忑，怕染上脏病。情急之下看见窗台上有一瓶56度二锅头，想起了医院大夫不都用酒精消毒吗？在手心里倒了一汪酒，身下的小姐笑得肚子上的赘肉乱颤，哥，真有你的。暴风骤雨来之也猛，歇之也快，片刻便鸣金收兵。翻身下马才意识到都没来得及问问价。事儿办完了还不人家说多少是多少，"阿福"和自己底下的家伙一样蔫了。小姐边穿衣服边说，哥，这个点儿了，请我吃个饭呗？人不能光嘴上说，"阿福"说行啊。小姐马上改了主意，要不请我喝咖啡吧？"阿福"满口应允。

保健中心的楼下就是一家咖啡店。小姐靠着"阿福"的身子，两人伴侣一样进了门。选一张桌坐下，"阿福"学着电视里的样儿朝吧台打了个响指，跑过来个毕恭毕敬的小男生。两杯咖啡！他说。服务生问，加糖不？"阿福"愣了一下，看了眼小姐，说当然加！袅袅香气扑面，小姐软声细语，"阿福"如漫步云端，一时不知今夕何夕。他无意中看到了桌角上摆的一个小小的价签：靠！他想破脑袋也就三四十块钱。"阿福"的汗立马就下来了。

这个时候电话响了。"阿福"起身接电话，是老胡打来的。他说了两句坐了回去，坐下又看见了闹心的价签，针扎一般弹起身向外走。这个电话是救命的，他抱住不放，边走边说，你别担心，我就想做一单，做一单就走。小姐盯着他的一举一动，"阿福"走出大门，眼角余光扫见她跟了出来。老胡脾气暴闪，你他妈再没钱也不能想歪的，做一单什么？你跟我说，是偷，是骗，还是抢？我告诉你，统！统！不！行！"阿福"压低声音，将事说得跟真的一样。他靠在门口一辆丰田凯美瑞的车门上，乌黑的车膜能照见人影儿。他抚着车门把手，如同车的主人一般。

他瞥见一辆出租车开了过来。背过身去，压低手势，招了一下。车子停在了"阿福"身边，收了电话，拉开车门他一步蹿了上去。电话突然断了，那头儿的老胡还以为这个愣小子已经开始行动了，急得哇哇大叫。上车后"阿福"对司机说，快，快开，他们要绑架我！车开出很长一段距离，通过后视镜"阿福"见那小姐追着车尾巴气急败坏地跳脚。司机看着满头大汗的"阿福"问，你没事吧？用不用报警？

成功逃单的"阿福"此时坐在老胡的对面，哥，你是老天爷给我的三根救命毫毛。平时你隐身不见，关键时刻总能拉兄弟一把。面对他的眉飞色舞，老胡毫无表情，指着我问他，你知道他是干什么的吗？警察啊！小发子反应过来，顿时语塞，表情讪讪，我瞎说，全是瞎说，你可别当真啊。老胡说，我救不了你了。他摊开手，还钱！小发子将他的手一下打了下去。哥，别急。钱马上到位，我不是不想回家，现在怎么回去？王老五我们正憋宝呢。小发子压低了声音接着说，不瞒你说，我们探到一个灰坑，地层分布明显，地表两米以上是明清，现在已经挖到了元代土层，从带上来的土色看，往下至少还有七八米深，七八米，厉害了我的哥！说不定能探到汉代，您就请好儿吧。这事儿整完，赚了钱就还你，然后回家。他眼圈发红，嘎嘣咬口葱，将酒一口闷了下去。

十二

瓦当买到手后，我把图片发给玩篆刻的朋友，他查甲骨文、查金文、查大小篆字谱也没说出个所以然。最终我在一本《细说汉字》的书上查出了结果，原来是一块儿"家"字纹的汉瓦当。再见到老胡，我告诉他那个瓦当的图文是"家"，并向他详细解释了当面的含义。猪作为人类最早驯化的家畜，也是重要的家庭财富，屋内有豕为家。当面的图案屋内不仅有豕，还蹲踞着一只小鸟。我推测这只小鸟很有可能是家燕。"家"不仅要有财富还要有生机、有情趣。老胡说，家啊？他的眼神黯淡，满是忧伤。

我猛然意识到自己办了一件蠢事，他不搞研究，告诉他这个结果有意义吗？家，对他来说是一触即痛的伤痕。十年前，父亲得了脑血栓，他回了家。在家和母亲黑天白日伺候父亲，累得他们娘儿俩站着就能睡着。后来又出一次血，父亲没留住。掰着指头一算，一共陪了老人三十七天。那一年他三十七岁。老胡感慨，老爸养活了我三十七年，就让我还了三十七天。一天顶一年，是不是有意成全我？

给老爸守灵的时候，漫漫长夜，看着照片上父亲慈爱的目光他暗暗发誓：一定要让老妈过上好日子。为了让老妈过上好日子，料理完后事，他打起行囊再次离乡。老妈送他出家门，眼光黏在他身上撒不开，她一直不知道孩子在外干着多大的事业。嘱咐他，儿啊，事业适可而止，多保重身体！保重，应该是孩子对母亲说的。话运到了嘴边，他先听到了母亲对儿的叮嘱，瞬间泪奔，母子洒泪而别。一晃十年，老妈今年已经七十七岁了，在电话里还是说，孩儿，事业适可而止，别惦记家，我没啥事。老胡谨从母命，"事业"早就适可而止了。自责的是在老爸灵前许过的愿没做到，担心的是老妈还能等吗？

摇不动村已经沸沸扬扬了，家家门上、墙垛子上贴满了搬家公司的小广告，一些签约的住户已经开始投亲靠友。各种说法在村中流传，一时谣言四起。维稳成为派出所的重点工作，一段时间我长在了那里。

那天进门,看见老胡依然在他神奇的睡椅里睡着,床上躺着一个女人,玩着手机。见我进来,将翻起的裙子向下捋了捋,盖住了自己匀称的白腿。在这个简陋破旧的小屋我第一次闻到了女人味。她从床上坐起,一巴掌拍在老胡的大腿上,厉声喝道,起来,睡睡睡,就知道睡!老胡起身,彼此招呼过,拿刀开始分割案板上的一条五花肉,说,孩子今天回来,做胡氏红烧肉。夏天炉子没法儿用,他将锅拎到燃气灶上,倒油,葱姜蒜花椒大料黄酱一样不少,顿时香气四溢,家的烟火气息将小屋装得满满当当。

在俄罗斯的时候他就专司后勤保障,只那切肉的刀法就看出他的厨艺是不错的。白天在外边瞎跑,回到家形单影只的,也没心气起火,晚饭一般在街上小馆解决。天南海北的人把天南海北的美食搬到了一条街上,老胡最爱吃面。面条脾气谦和,可以和各种浇头百搭。吃出了经验,他将面条分出了性别。山西刀削面、兰州拉面、武汉热干面、河南烩面、陕西臊子面,还有拉面里的大宽是男人面;炸酱面、鸡蛋西红柿面、茄丁面是中性面,男女老幼皆宜;杭州片儿川、拉面里的二细以下,是女人面;重庆小面、四川担担面更是女人面,小女人面。他喜欢呼噜呼噜吃一碗男人面,女人面一不解馋二不解饱,他根本不予理睬。有时回家饭都懒得出去吃,在家也是清水下挂面,葱花炸点儿酱油往面上一泼就开吃。我想,喜欢吃面不仅是他的饮食偏好,可能还和他现在的收入有关,大体得保持收支平衡。那个吃过山珍海味的嘴现在适应着各种面的味道,有面吃的日子他就是满足的。

那个女人还在玩着手机。听他说过,他们夫妻关系名存实亡,就差去民政局扯一张纸了。这种事实离婚状态已经持续了近十年时间,即使这样,每次回家必去探望岳父母,带去的礼物就跟第一次进门一样。孩子自小姥姥姥爷带大,老胡说,一年能回去几趟?要懂得感恩。老胡的姑娘闻着香味就仙女般飘了回来,孩子长得白白胖胖,打扮得像个大公司的白领。难得的一家团圆,让他尽情享受吧。

此后几天没见老胡，他竟然送上门来。

一天早上交接班，见一个四十多岁的老小姐，头朝外百无聊赖地躺在候问室的长椅上。一张熟脸，此前多次进所，没有一次能够打击处理。另一房间竟然坐着老胡，他还是以在家的姿势，扎在椅子上睡着了。

我一巴掌拍醒他，什么情况？他睁眼看见我，羞愧难当，只说了句别提了，就将头深深地扎进了裤裆。你不说不妨碍我了解案情，昨晚的供述已经被记录在案。昨晚老胡经过一家足疗店，见门上贴着一张纸：战斗持久，伟哥这儿有！还以为是卖性保健品的店，打了个愣，看到窗玻璃后面一个老妹儿朝他挤眼。一股莫名的躁动突然涌动全身，进屋一坐下就后悔了，想起身，被小姐用大咂儿挤在了沙发上。那两坨白花花软绵绵的肉让他心慌气短没有气力起身。大保健做吗？小姐问。除了大保健呢？话从老胡嘴里出来软弱无力。打飞机、口活都行，随你。小姐说。老胡闭上眼，狠了狠说，打飞机吧。小姐就将手伸进了他的裤裆，那东西刚一扒拉出来，正如评书里说的，说时迟那时快，警察突然破门而入。

我笑了，人不辞路，虎不辞山。这社会，别说谁求不着谁，一语成谶，成真的了吧？我答应过照顾你，说到办到。中午我叫了份儿外卖给他送进去，下午忙完手里的事下楼看他，餐盒撇在一边，他一口没吃。我说，老胡你是不是想验证一下自己的肾功能？你不该犯这个错误啊，老婆不是刚走吗！

你以为她是来团聚的？老胡说，她是来找我签离婚协议的。

那天我见姑娘如同喊着室友的名字一样喊着她妈，两个人像姐儿俩一样热热闹闹地出门去逛街。她们还讨论第二天要去天安门和故宫，之后的计划是颐和园、八达岭和十三陵。谁知在和睦美满的假象下暗中解散了一个家庭。一家人按计划游览完毕，姑娘回单位上班，前妻也回了老家。在老胡嘴里，已经称其为"前妻"。

我问，你不是第一次进号子吧？他那个睡姿是个功夫。正说着，办案民警拿来了一份他的前科记录。

你说对了，以前让警察给蒙进来过。老胡瞥了一眼那张纸。

那次在顺义和朋友吃了顿饭。那顿饭吃得恶心，其中一个小子酒后闹事把饭店砸了。他滴酒未沾，可是在场，也接到了当地派出所的电话。警察说，您方便过来一下吗？那天饭店打架的事，麻烦您取个笔录。老胡想，不就是做个证吗。就去了。做完笔录老胡问，能走了吧？警察说，还不行。他的事儿说完了，说说你的吧？我的什么事？老胡诧异。还用我点你吗？警察目光不那么柔和了，锥子一样盯着他。以前在大兴干过？老胡一下醒了。去俄罗斯之前，他在大兴开过一家叫作"红都"的音乐酒吧。经营的四年中不是被同行举报，就是举报同行。最后急眼了，砸人家场子将老板的腿给打折了。事出后跑了，时间长了没见什么麻烦，把这茬儿给忘了。又在顺义选址，装修，热热闹闹开了个家常菜馆，名字还叫"红都"，期待重返辉煌。谁想生不逢时，饭店一开张就遇到了经济寒流，开张即倒闭。他又跑到河北固安开餐馆，当地消费水平低，挣扎一段时间再次倒闭。这么多年走了很多条路，走走就走不下去了。

老胡嘴里报出了一个名字，说，我就是忘了我爸是谁，也忘不了他。腊月廿八，给我收号子里去了，让我这辈子有幸在看守所里过了一个年。

想不到公安执法对一个人的伤害竟是这样大。这样的执法在基层派出所再正常不过了，你违法犯罪被处理怨得上警察？老胡说，你是警察，我一直不认为你是个警察。是警察而不像警察，你这个警察就干到了一个境界。实际上，我对警察恨得牙麻，是你让我改变了对警察的看法。真是毁誉参半，我一时分不清他是在夸我，还是在骂我。

那次积极包赔损失，还被判了两年。从看守所出来后，他买了一把尖刀，回到了那个派出所门前。已经过了下班时间，公示栏民警的照片一排排都笑着。老胡心里说，你们笑吧，一会儿你们就笑不出来啦。揣着刀子，他坐在派出所门前的台阶上。正是正月，大多单位都放了假，街上的人稀稀拉拉。

派出所的人可能知道了他的念头，整整两小时没有人出门。坐在冰冷的台阶上他的心都被冻上了。想，再等十分钟，十分钟没人出来，算你们命大。就在他准备离去的时候，一个女警察出来了，老胡手攥住了刀柄。她端着一桶泡了热水的康师傅红烧牛肉面，放在了老胡面前，歪头问，你怎么不回家？需要救助吗？老胡化了，眼泪吧嗒吧嗒掉在方便面桶里。那个姑娘比自己的姑娘大不了多少。她抬起头，对着楼上一扇拉开的窗户摇了摇手。原来楼上早就有一双双眼睛注意他了，他们猜测他的身世，揣测他的意图。怎么也不会想到，这里坐着的流浪汉是他们曾经完成的一个指标。是善良救了她，救了她那个单位。老胡最后说，你知道，刀子都是嗜血的，一旦开了杀戒它就要喝饱。我听出了一身冷汗。很多事情都有不确定性，善良和温暖会成为一种力量，改变事情发展的方向。

墙上的电子钟跳出了 12 这个数字。我说，你可以走了。老胡不动，咱别闹好不好。我说，恭喜你遇到了个老炮儿。她不供，"一对一"没有旁证，传唤的时间到了，我们不能违法办案。这么坚贞不屈，回去看看，要是谈得来给她娶了吧。我憋不住笑了。闹啥闹！他还是似信非信的样子。我说，不信我让办案民警跟你说吧。再去候问室时，不知老胡啥时候走了。没想到这竟然是我和他最后一次见面。

他说的这件事让我想了很久，怎么能够做到是警不像警呢？我将这件事说给新警小裴，小裴不解，和我掰扯：那也不能因为照顾嫌疑人过年就把人放了吧？我说，当然不能，法不容情。警察不能做到让老百姓以感激的方式记住我们的名字，也不能让人忘记了自己老爹，却还牵挂着我们。他没听懂，我心有不甘。

下楼,看到了院子里一辆三轮车上有一屉冒着热气还在滴答水的豆腐。卖豆腐的因为行车纠纷打了人家。我突然知道该怎么说这个问题了,将小裴喊下楼,比如,现在你就别急着做材料,调查取证时间二十四小时呢,先通知家属将豆腐处理掉,等事儿查清了豆腐就该馊啦。小裴照办。一会儿一个操着外地口音的中年妇女将三轮车骑走了,中午见她举着沾着豆腐渣的钞票怯怯地问小裴,同志,在哪儿交罚款?

十三

摇不动村棚户区改造工作进展顺利,全所警力和精力投入到春夏平安行动中,此后一段时间,我没有去老胡的一统斋。

慢哥一不小心给搞成了事主,早上在警区办公室嚷嚷找人给他做笔录。他将一张卡拍在办公桌上,卡的左上角有一行字:车臣洗车真诚为您服务。慢哥说,刚办的一张卡,没用两次店主就跑路了。真他妈倒霉!接着警情就来了,车站路"车臣洗车"门前几十名车主聚集。洗车店人去店空,店门上还贴着小秦夸张的承诺。出现场的民警通知所有办卡车主去派出所登记。没过中午,先后来了一百多人。请示分局,分局意见防止酿成群体性事件,先按诈骗案件受理。经相关审批手续,小秦夫妻被列为"网逃"。

去一统斋次数多了,那儿的东西我几乎都能背下来,就剩下洋槐树下的那堆瓷片没动过。按老胡的说法,垃圾片,看不看两可。小发子既然和老胡一起干,手里多少也应该有些东西。一日无事,我打电话问他,家里有没有好货?三说两说,他竟然答应领我去家里看看。在约定的地点,他上了我的车,指引我向摇不动村外的大土场开去,想不到在如山丘一样起伏的土场中埋伏着几个废弃的工厂。

在车上他突然想起什么似的,哎,你不是警察吗?跟你反映个情况有没有奖励？我说，那要看有没有价值。那我算不算你们——那叫啥玩意儿？他揪着鼻子，一时语塞。我接过来说，线人吧？对对对，线人。这个名字蛮带劲的。我笑说，没那么神秘，派出所的线人就是提供线索之人。犹豫了一下，他说，那我就告诉你吧，他指着窗外我们正经过的一个高墙大院，这个院子的大铁门老上着锁，到了饭点就有人往里送成袋子的馒头和大盆熬菜，是不是有问题？

我立即想起了近期的一起警情。

一个小伙子到派出所报案，说他的朋友失踪了。以前总见他在微信里推销某种牌子的保健品，怀疑可能被传销组织诱骗。说着拿出手机，上面有朋友发来的最后一条微信。接案的是慢哥，他问，你是他的什么人？小伙子说，朋友。朋友不行，报失踪要他的家属亲自来。他的家属在外地啊，小伙子一脸无奈。慢哥一副公事公办的样子，那也得亲自来。我告诉你为什么朋友不行，有的人打着朋友的幌子报失踪，实际是想借助公安机关的力量查找债务人。这样的人我们见得多了。微信？微信能说明什么，你告诉我。小伙子悻悻地走了。

三天后，一对老年夫妻在接案室唉声叹气，边上跟着上次报案的那个小伙子。失踪人员的父母从老家赶了过来。慢哥问，为什么到我们所报案？小伙子说，失联前他发了一条微信，位置信息显示是你们派出所辖区。慢哥歪头问，他要是路过这个地方呢？小伙子已经没词了。慢哥又问，他住哪儿？小伙子说，大兴。失踪人员报案在失踪地或居住地，既然失踪地不能确定，你们应该去大兴分局报案。家属闻听情绪立即激动起来。小伙子气哼哼地说，上次你说让家属来，家属来了你又向外打发。你以为我们没去过吗？你们推来推去，管不管？我在一边接过话来，管，你别急，这个事我们管。

慢哥横了我一眼。开完了接案手续，我告诉了他老胡和王晓午在挡阳的遭遇。最后说,别拿这规定那规定和他们说,老百姓就关心我的事谁管。不能让东关大桥的桥下明天漂出几个王晓午来。慢哥不说话了,引家属进询问室做详细笔录。接案后他向民政救助机构查询,向周边派出所和刑侦、交通支队发出协查通报,又将失联人员信息在各类信息系统进行了查询,还采集了他父母的DNA信息输入无名尸数据库比对,均无线索。

小发子看守着一处废弃的工厂,这块地被开发商竞标买下,等待开发。这个工厂离刚才我们经过的那个大院也就一二百米。他让我看了一个装满瓷片的屋子,然后到他的宿舍,从茶叶罐、饼干盒、牙刷缸子、柜子抽屉里变戏法一样掏出古币、簪环钗钿之类的古物。拣上眼的问了一下价格,高得离谱。一个据他说从沙子堆里捡到的明代铜画押,竟然开价三千五百元。我问,没少头儿了?他不说话,而是把东西收了起来,说,这东西我也不急着卖,给孩子留着吧。搁以前,碰到这种故意拿捏的人,我拍屁股就走人。今天不行,你让他不高兴,他肯定不伺候你。小发子还热情地向外拿着东西,我已经没了兴趣。没有你看上的?他拿一件问一句。

我买了那个铜画押,他笑嘻嘻地将钱塞进屁兜。接下来我将任务向他详细做了交代,这对他来说不是什么难事,工厂里有一个废弃的冷却塔,爬上塔,厂区内外一览无余。情况很快出来了。刻不容缓,所里报请分局搞了一次突击行动。几辆警车围了那个大院,慢哥砸开院内一间仓库的大铁锁,里面果真藏着被传销组织非法拘禁的百十号人。

十四

网逃,网逃,网尽天下逃犯。网上追逃的好处能让你坐收渔利。邻省一公安局打来电话:工作中发现贵所上网的两名逃犯,一个叫秦海洋,一个叫蒋小菊。派出所派人星夜驰往,将"车臣洗车"的老板和老板娘接回审查。

我亲眼见证了对自己未来满怀憧憬,并为之打拼的小秦怎样沦为了犯罪嫌疑人。在讯问室落座,他抬头看见了我,眼泪流了下来。张哥,我这算不算犯罪?我反问,你说呢?有多少事主你心里应该有一本账吧,他是其一。我指了一下身边的慢哥。小秦站起来朝慢哥深深鞠了一躬。弯下身的那一刻,我见到了他光亮的秃顶。

我根本没想骗人,就想挣钱。办出去几百张卡,收的钱还了前期的装修费。车开来了,你就得给人家洗,每天累得狗一样,这一天天的……别人都以为我们结婚了,其实我们还没领证,本打算挣点儿钱今年结婚。小菊怀了孩子,我想这个孩子应该在我们婚礼后降生,哪怕寒酸一点儿的婚礼,可是……我们的孩子,竟然……他语塞了,不停地摇着头,竟然他妈的给累掉了!

慢哥在一旁听着,我示意他记录,他手指才笨拙地敲打起键盘。做完笔录将小秦送回候问室,我和慢哥交换意见,按他们说的应该定不上诈骗,尽管是事主。他也同意我的看法,说,马上请示法制部门。法制处同志会商后反馈意见,小秦主观上没有虚构事实和隐瞒真相,经营不善导致债务问题,和众多事主属于经济纠纷,建议事主向法院起诉追讨损失。我们欣喜地跑去告诉小秦,递给他我的手机,说,赶紧打电话让亲朋好友筹款,能还一份是一份,能还一分是一分,争取从宽处理。小秦想了半天,把手机还给我,哭丧着脸说,大哥,求您拘了我吧,我还不上这钱。

我和慢哥愕然。

七上八下,进入七月,潞城进入了主汛期。暴雨,雷电,冰雹,大风黄色、橙色预警频繁出现在人们的生活资讯中。市民已经习惯在各类预警中生活和工作。夏日阴晴不定,午后整个潞城半边天像被皴染了一层层的淡墨。楼群、桥梁、村庄和田野都沉入到雾霾般浓重的色调中,一场大雨正在酝酿,急先锋已经箭镞一样噼啪落地。这场雨来势汹汹,之后放缓了节奏,不紧不慢下了一天,总雨量将近二百毫米。

一个土场的边缘，几个"铲子"一个夏季已经悄悄挖出了十几米深、横截面达几十米的一条探沟。雨后，趁着大地短时间退去暑气，他们挥镐扬锨激战正酣。从已经挖到的汉代土层中发现了五铢钱、瓦当、陶罐等丰富遗存，他们期待发现更多的灰坑瓷。长时间降雨拿松了大地的筋骨，巨大的土块突然分崩离析垮塌下来。探沟底下的"铲子"们闻声四散奔逃，不幸的是，一个"铲子"被压在了下面。垮下的土方体量巨大，劫后余生的"铲子"试图营救无望后报警求助。

我们调用几台施工机械才找到了"铲子"的遗体，他四肢挣扎匍匐于地，最终被大地紧紧攥住了身躯。999医护人员经过象征性的程序确认此人已无生命体征，刑警排除刑事犯罪嫌疑后，那具遗体被抬到运尸车上。身体被翻过来的刹那，我看到了那张在老胡面前眉飞色舞的脸，看到了一件件向外给我拿东西时期盼的表情。那张脸在我面前鲜活着，又毫无生气地凝固了。随着运尸车的车门咣当一声响，关闭了他所有的梦想。

车轮摇摆不定碾压开一道道泥泞，打着滑驶离了土场。一直阴沉的天空在头顶又攒了一层黑云，在我们结束了所有工作的时候，噼啪掉下了雨点。雨点越来越密集，几个"铲子"泥人一样，脚下瞬时汇聚成河，他们在雨中岿然不动，目送载着他们同伴的运尸车渐渐远去。雨点拧成了鞭子，一股一股奋力抽打在土场上，土场像一个巨大的黑洞，不仅吞噬了一个"铲子"的生命，还吞噬了外界所有的声音。我在现场给老胡打电话，想告诉他小发子的死讯，拨打的号码不在服务区。

非正常死亡遗体处理等后续工作还要派出所配合。一天后，我见到了他的家属，一个瘦小枯干的女人。在小发子的宿舍，面对丈夫一堆破旧的遗物，她将拳头塞进嘴里无声饮泣。之后，带着香烛纸钱、烟酒祭品去了小发子出事的那个土场。大雨洗濯后的土场经太阳一晃又是一片焦土。点燃的纸钱上下翻飞，洒下的酒嘶嘶入地。是不是小发子知道妻子来了？

　　她抢地号哭，一直跟随的几个"铲子"挽着她的手臂，那个娇小的身躯用力坠地，双脚急促地拍打着地面，像在一下一下叩问夺去她丈夫生命的这块土地，委屈得像个孤独无助的孩子。丈夫身后给她留下三个孩子，她终将委屈和无助。在殡仪馆，待小发子化为一缕青烟，我将三千元现金交到她的手上。为了让她心安理得，我隐瞒了我们之间的合作。对她说，以前买过他的东西，这是欠的钱，拿着吧。女人将钱攥在手里，拄着重物一般不停地抖动。小发子的死扯不上安全生产事故，只是个意外，没有人为他的死负责。他的命丢了，妻子却拿不到一点儿补偿。我能做的，夸大传销案件的案情，提升线索奖励申报等级。这点儿钱不够买下一个廉价骨灰盒。

十五

　　老胡可能还不知道小发子的消息。他应该露一面，至少对老乡进行力所能及的安慰。电话不通，只能去摇不动村找他。全村棚改工作已经取得重大进展，街里动迁的标语都换了新的内容：热烈庆祝村民签约率达98%。

　　一只喜鹊在一统斋的屋顶喳喳乱叫，歪头探脑，扑棱扑棱飞到洋槐树的枝上。我想起了"家"瓦当上面蹲在门口的那只小鸟。怎么就认定是家燕呢？也有可能是只喜鹊吧，而今一统斋已经庇护不下一只鸟。

　　一辆轻型货车停在一统斋的外面，高老师跑前跑后指挥几个民工一袋一袋搬瓷片。见到我说，老胡走了，临走前将瓷片全部处理给了我，只要我替他把房租还上。正说着，房东来了，问谁是高老师。高老师立马应声上前，掏钱点给房东。房东脸上生花，昨天我还是剩下的2%，今天就不是了。这里马上就要拆掉。

又一拨人进来找高老师，问了身份，是运河文化博物馆的工作人员。高老师领他们进了老胡的小屋，指着戳在窗下的那个大铁锚说，就是它。

我靠！打头的人戴着眼镜，文化人的模样，却爆出了粗口。把镜框向上推了推，摇着头，摆出一副不可思议的表情说，运河文化广场那个铁锚的仿制品怎么看怎么觉着别扭，知道吧？就是因为设计者没见过实物。我们找了好久，"运河文化"怎么能没有铁锚呢！我说一定有出土，不错吧！一级文物，一级没问题，镇馆之宝，我建议放在博物馆第一展厅。

他不顾上面经年铁锈和附着其上的泥沙，像抚摸自己孩子一般抚摸着铁锚。一伸手，随行的人员递上一个文物捐献证书，在捐赠者的一栏写着胡云生。我才知道，瓷片胡，胡汉三，胡汉山，他的真名叫胡云生。他说过，我们都是过客，这些东西最终属于历史，属于社会，属于未来。唯有文化能够永恒，他给它们找到了最好的归宿。

那人向高老师拱起双手，请转达我们对您朋友的衷心感谢和崇高的敬意，运河文化博物馆随时欢迎他及各位莅临指导！高老师拉着博物馆负责人照相，说要将照片发给老胡，证明他交代的事办妥了。照片发了过去，老胡很快给高老师回过来一个咧开嘴叉子的大笑脸。

他的手机竟然通了。紧接着又给我发来一段语音：牙刷柄已经找到，放在左边抽屉里。拉开了抽屉，一把玲珑剔透的骨质牙刷柄躺在里面，牙刷下面压着一张黄色的医生处方笺。病情诊断一栏是一个稀奇古怪的名字，我用手机百度，竟然是一种罕见病，发病概率约四十万分之一。

胡汉三再次被打倒。

老胡，你个胡汉三还能再回来吗？

微信提示音嘀嗒一响，他发来几张自拍照片，第一张照片坐在路边一块大石头上，大汗淋淋，腋下倚着一只单拐，对着镜头摆出一个鬼脸。我想起了第一次见到他时的情形。面对那个俳优俑，我当时好像对他说，他在逗你笑呢。随后几张照片笑容可掬。这就对啦，想在电话里给他宽宽心，提提那件俳优俑。懂啵？生活是面镜子，你哭它就哭，你笑它就笑。想想，算了，谁不比你活得明白！他身后的路向远方延伸，我知道了他的来路，也知道了他的归途。

　　似乎一夜之间摇不动村就成了一大片空地，按照规划这里将成为新城绿心。村中所有建筑物全部拆除，清运完毕，只留下了榆槐椿枣等姿态非凡的老树。它们以前属于某个院落，现在守望着这片土地，见证了历史，还将见证它的未来。抬眼望去，我想找到老胡一统斋的位置。我找到了那棵洋槐，远远地望去，黧黑苍劲的树干像个筋骨刚健的男子汉，一丛丛墨绿色的叶子舒枝展桠突兀在废墟中，将这片黄色的土地点染得雄浑苍凉。土场上人影幢幢，在里面我看到了老胡，看到了小发子，看到了王老五，看到了众多拾荒者和"铲子"在大地上奔波劳碌。

　　只要有大地，就会有草木。他们就是人间草木，生生不息。

（原载《啄木鸟》2018年第2期）

鬼卡点

张 弛

一

贺崇武看到前方那个卡点，看到那个像鬼魅一般在暗蓝夜色和浓重雾气之中挥舞着"停"字牌的警察时，他的心一下抽紧了。一股冰凉绝望的感觉瞬间贯注全身，好像掉进了冰窟窿里。他本能地松开了油门，任车子凭着惯性慢慢向那个警察滑过去。混乱的头脑里浮起了一个念头：事不过三，他的报应日到了！

他是在车子过黑水河的时候第一次浮起这个念头的。当时他硬着头皮，带着一股咬牙搏命的心理，小心翼翼地、匀速地把车开上冰面。车至河心时,他隐约听见外面传来咔嚓一声,似乎是冰面开裂的声响。那一瞬间他心一哆嗦,本能地点了一脚刹车。但很快反应过来,如果骤然停车,整个车体的重量瞬间压在一块局部冰面上,只能加大那个地方的冰开裂。他的脚颤颤地、悬浮着踏在油门上,使之保持适当的给油力度。车子略慢一瞬,又开始匀速前进。那是他第一次浮出这个念头,报应日到了!他在内心盲目地祈祷着。两手紧握着方向盘,眼睛死死地盯着前方河岸,岸边那鹅卵石密布的坡地和枯瑟瑟的树木越来越近……

车子上岸后,他略略松了一口气。他没敢停车向来路看一看,看一看河心的冰面上到底起没起裂纹,他也不知道是不是他的祈祷真的起了作用。他就这么驾着这辆破车,做着心惊胆战的白日噩梦从冰河上蹚过来了。难道神灵真的在保佑着他?难道他捅那狗日的捅得没错?噩梦又开始在头脑中翻涌,有几刀是噗噗地捅进去,没有什么阻力就没到了刀把儿。但有一刀,也许捅在了肋骨上,他感到坚硬的一顶,刀尖就滑向一侧,又是噗地一下进去了。他想不明白,那一瞬间他咋就那么疯狂,狗日的再坏,也不能下这么狠的手……现在全完了,时间是无法倒流的……他用力地晃着脑袋,把各种绝望恐怖的念头像鸭子抖水似的从脑袋里抖出去,没有意识到高度的神经紧张已经蔓延到身体的每个角落,他的脚板已经不知不觉踩紧了油门。

突然,一个毛团从车前的雪地中一晃而过,他本能地一脚刹车。山岭沟壑瞬间旋转起来,车子剧烈地晃动着,等他回过神来时,车头已经调过180度,朝着来路了。车轮子就压在崖边上。他惊出一身冷汗,那个报应的念头又一次浮上心头,他眼神空茫地盯着蹲在树林里的那个长耳毛团,半天才意识到那是只野兔。

此刻已经是第三次了,又到命悬一线的关键时刻了。他眼睛朝遮阳板上骨碌了一下,就恐惧地转去盯着那个越来越近的警察。他盯着那个警察棉袄右胯侧那个部位。尽管御冬棉袄鼓鼓囊囊,但那个部位细看仍凸起一物,这和他预料的一样。他内心不由一阵绝望。遮阳板后面的那把刀子,尽管有20厘米,但也不是那个东西的对手。在车停下的一瞬间,他闭了一下眼睛,一切都听天由命了。

一阵敲玻璃声迫使他睁开眼,他看到右侧车窗玻璃上紧贴着的那张脸。那张脸完全裹在一顶棉帽里,两片毛茸茸的大耳扇紧贴着脸颊一直裹到下巴,并用两根细棉绳紧紧地捆在一起。毛茸茸的耳扇包裹之中,那张脸孔显得异常瘦小。但这一圈毛茸茸并不能带来暖和的感觉,警察哈出的热气在一圈茸毛上结了一层疙疙瘩瘩的霜球,连他那几天没刮的胡子以及眉毛上,都挂满了白霜。

开门!快开门!冻死我啦!警察在窗玻璃上敲个不停。两只眼睛活像黑人的白眼珠,骨碌骨碌地转动着打量着驾驶室里的角角落落,闪动着亢奋的光芒。那种古怪的笑容,仿佛对他的到来既兴奋又好奇,像个第一次见到汽车的原始人。

他不由自主地瞟了一眼遮阳板那里,估了估距离,一个念头一闪而过,放他进来。一旦有变,就扑过去把他抵死在右车门上,使他右胯侧的枪拔不出来,而他的左手却能摸着那把刀……

冻死我啦!他妈的零下35摄氏度,你知道吗?我在雪地里等了你整整半小时……

他的心骤然提到了嗓子眼儿,浑身肌肉绷紧,准备好那致命一扑。同时,眼睛紧盯着已经坐在副驾驶座位上的警察,看他有什么动作。

然而,警察的动作出人意料,十分松弛。只见他把两只手伸到暖风出口那里正面反面地来回烘烤着,烤热了就贴到脸上干搓着,黑脸上眼睛半眯着,显然十分享受。

半天了才享受地长吐一口气,道:你还在老鹰嘴爬坡时我就听见了,就跑出来接了。我还以为是老李上来了,他妈的,咋连着三天不见一辆车上来?

他盯着警察,对方丝毫没有采取行动的征兆。对方不动,他更不敢轻举妄动，毕竟敌强我弱，不逼到绝路上……但是，老李是谁？路都断了他上来干什么？他弱弱地嘀咕了一句：你在等谁？路都断了……

路断啦？咋断的？警察停止搓脸，睁圆眼睛诧异地问道。

百尺崖雪崩，把路埋了。他弱弱地答道，内心里期待着关于老李的下文。

那你咋上来的？警察笑脸没了，两个眼珠子略略鼓出来盯在他脸上，血丝像细小的网兜兜住那两颗眼珠，却兜不住从幽深处透射出的疑惑光芒。

他一下慌了，谎话没顾上编，实话就哆嗦出来了：我是……我是走的……走的战备公路。

战备公路？黑水桥十年前就冲垮了，你咋过的河？

河上结冰了。

好家伙，你胆子不小！老天有眼没把你沉到河底，让嘞骨鱼把你嘞干净！警察脸上又浮起了笑意，捏出一支烟让他，他慌忙摆手，堆出一脸受宠若惊的谄笑。

警察兀自点上烟，深吸一大口，问道：命都不要了，急着干啥去？

我爸病了。

你爸在哪儿？在德青镇？

警察显然已经放松了怀疑，居然帮他打起草稿，他赶紧顺杆爬：是的，在德青镇做边贸生意。

嗯。吁——警察又长长地吁出一口烟气。接着长叹一声道：还是儿子亲啊，提着脑袋来看爹。老李是绝对不会冒这个风险来接我的。他妈的，只有等路通了。

他把烟蒂扔底板上抬脚狠狠地碾碎。

你没带违禁品吧？警察本来朝挡风玻璃外凝望着，忽然想起什么，扭过脸问道。

他一愣,一时竟吓蒙了,眼珠子瞥不住朝遮阳板一瞟。

黄羊皮?猎隼?雪莲?警察提醒着,略有些不耐烦。

他一下明白过来,松了口气,头摇得跟拨浪鼓似的:没有没有!

警察扭过身子朝后窗张望一番,皮卡车厢里空空荡荡。转过身来道:下车吧。

下车?他又愣住了,心虚气短地问了句:下车干吗?

天黑了,你不住下咋办?

我跑长途的,常开夜车。

那是在别处,这条沟里你敢开夜车?你知道这叫啥沟吗?

不是,不是叫怪石沟吗?

那是三年前开发旅游时才改的。原来叫死人沟,叫几百年了。

他脑子里迅速闪回了来时那条路,那条路像飘带似的,在群山万壑之间盘绕拂动……黑水河上来之后车子打的那个旋儿,更让他心中一颤。

哪天雪化了你再来看,沟里的骨头架子比公里桩还多,马骨头、骆驼骨头、狼骨头、人骨头,要啥骨头有啥骨头!

警察两眼紧紧盯着他,眼神里仿佛有所期待。

留不留下?他激烈地盘算了一番,觉得警察现在还没怀疑到他,如果硬要走……再加上自从出事,他已经三天三夜没睡觉,这一路逃亡又太过凶险,他有种身心俱疲、再也爬不动一步的感觉。

他听着警察的指挥,把车开向卡点的值班房。

二

贺崇武坐在行军床上,捧着警察泡的一罐头瓶热茶,两眼一直不敢离开警察。警察进来出去,不知在忙些什么。片刻外面就响起"吭哧吭哧"的掘地声。他的心又悬起来了。掘地声一停,警察就从外面走进来。只见他走到摆着桌子,桌下堆着面口袋、油桶等一应杂物的那个角落里摸索一阵,转身朝他走来。他的右手里赫然握着一把匕首,匕首借着西窗射进来的最后一抹天光,一晃一晃地闪动着寒冷油腻的光泽。他只觉脑中嗡的一响,就啥也听不见了,眼前只见警察持刀朝他一步步走近,目光交接时,警察脸上绽开古怪一笑……那一刻如此漫长,无法用正常感觉度量,好在警察最后只笑望着他嘟囔了一句什么,就出门到院子里去了。

一身冷汗激出,瞬间遍体发凉。耳朵恢复了听觉,外面响起一阵杂乱的足蹄踏动声。他放下杯子,轻步朝窗户挨过去,心提到嗓子眼儿上。探头一看,见警察刚把一只黄羊扳倒,单膝跪压着,把羊头压到刚才掘的浅坑里。嘴里叼一捆细绳,两手捞抓着,就把三条羊腿搂到一起,右手取绳几个绕旋就把羊蹄捆成一束。接着,警察左手扳住羊角,把羊头扭向一边,脖子充分暴露出来。右手握刀,无名指和小指微微翘起,去脖子毛下边轻轻探摸了一下,然后"扑哧"一下,刀刃就滑进了羊脖子里。那三只捆起来的蹄子拼命要挣,却又挣不动,只一个劲儿地微微颤动着。唯有那只放开的蹄子使劲痛快地蹬着,但也只是徒劳地在地上刨起一道蹄印……贺崇武再也看不下去,脑子里全是出事那天的场景,他踉跄着走到床边,颓然坐下,沉重的脑袋再也支撑不住,不得不两手抱头支在膝盖上,混乱的念头像一群马蜂在脑袋里嗡嗡作响,此起彼伏。

"把磨刀棍拿来!"

外面传来警察的喊叫。他懵懵懂懂地站起来,在昏暗的屋子里转着圈。脑子里还在响着"磨刀棍"这个词,反应不过来是什么东西。

"就在墙角桌子上!"

外面又传来警察的喊叫。

他懵懵懂懂地走到桌边,拿起那根油腻腻的铁棍走出门。

他把磨刀棍递给警察的时候,头脑渐渐清醒。他察觉到警察的笑容似乎并无恶意，不像刚才看到的那么诡异。难道他只是宰羊招待他吗？

他看着警察单膝跪地，用刀尖在右后蹄上挑开一个小口，把磨刀棍伸进去搅动一番，待皮肉分离，把嘴对上去，腮帮子鼓圆猛往里边吹气。十几个回合后，苗条的黄羊顿时四蹄伸直浑身圆胖起来。警察刀尖从肛门处流利地一划，唰的一下直划到断脖茬处，好像拉开外套拉锁一般轻松流畅。然后肚腹处下刀，刀尖从皮肉之间划开、扩大，待剥离的皮子足够大，用手抓住十分得劲了，警察左手抓住皮往起揭，右手握拳从皮肉黏接处一下接一下用力往里捣……片刻，一张羊皮就像脱毛衣似的脱了下来。

至此，他的头脑彻底清醒过来。忽然意识到，要命的敌人正在热情好客地宰羊招待自己呢！望着他那副不亦乐乎的架势，一种热乎乎的受宠若惊的感觉，从冰冷的敌意、紧张和恐惧的缝隙之间渗了出来，在心中混合成一种从未品尝过的古怪、别扭的滋味，渐渐幻化为一片疑云，他为什么如此热情？难道有什么针对他的阴谋诡计在里面？

他试探着道：高警官，您不必这么麻烦，我带的有吃的，够咱们两个吃了。

警察耷着两只血手，转过脸看着他道：这只羊本来准备宰给老李的。狗日的不来，你来了。那就宰给你！我发过誓，谁来了宰给谁！

见警察情绪颇佳，他得寸进尺冒险试探：老李，来干啥？

来替我呀！他来了，我就可以下山啦！

他似乎明白了一点儿什么，心情放松了许多。

三

满满一大盘清炖羊肉，一人一海碗油花荡漾、葱末漂浮、透明青萝卜片若隐若现的羊肉汤，一茶碗酒香四溢的伊力特。一切都笼罩在头顶上那盏牧区马灯黄黄的光晕之下。

兄弟！你是我三个月来见到的第一个会说话的活人！这块好肉给你！

警察抓起一块肋条肉递到他面前：尝一下，一寸肥一寸瘦，最好吃的部位！

贺崇武努力控制着手抖接过那块肋条肉，那层夹肥夹瘦、脂香四溢、回味甘甜的肋条肉撕进嘴里，稍加咀嚼就不禁一阵迷醉。加之肉汤的浓香随着热腾腾的蒸汽扑面而来，钻入鼻孔，一种眼泪逼眶的冲动忽然袭来。他赶紧假借呛咳扭脸用手抹去。

在正式端酒碗之前，警察用刀子从那半扇肋条肉上割下一条两指宽、一巴掌长的肥油。把那条晶莹透明、宛如白玉的肥油用三根手指撮着，颤颤地递到他面前，脸上挂着神秘的邀请的笑容。他连忙摆手，堆起一脸抱歉的笑容。

警察一笑：你不懂，这可是好东西。仰起脸，张开嘴，三根手指撮着肥油颤颤地悬吊在嘴巴上空，然后一个美美的吸溜，脸上呈现出无比满足的神情，神秘地笑望着他说：喝酒之前来上这么一块，护胃养肝。这还是我老婆传给我的秘方！看在咱们有缘的分上传给你。你怎么样？结婚了吗？

他心尖儿上一刺，连忙摇头：没有没有！他要坚决避开这个话题，因为这话题会把他拉进那血腥的一幕。

赶快结婚吧！有个女人真好！警察冲他端起了酒碗。

这正是他想要的。为麻痹一下紧张的神经，也为了讨好警察，他夸张地一口喝下了半茶碗。一道火焰顺着嗓子眼儿一路烧到胃里，一股热辣的酒气直冲鼻腔和脑门，那种眼泪逼眶的感觉又一次袭来。不过，这次是一种挺舒服的感觉，像是被什么温暖了、感动了。那种温暖和感动就像温泉，把纠结在心中的紧张和恐惧给泡软了，泡化了。

他终于敢放胆直视着警察的眼睛了。酒气支撑在心里，反而让他镇定了,清醒了。联想到警察见到他后的种种举动,以及他的那句"你是我三个月来见到的第一个会说话的活人",他看出警察对他的到来充满了惊喜,眼神里对他充满了热情,甚至是渴望。

他那盯着警察的眼睛,仿佛专心倾听的眼神,显然是鼓励了警察的倾诉欲。憋了三个月的无数话语,开始滔滔不绝地从那张嘴里倾泻出来。

年轻时喝酒经常胃疼,自从老婆给我传了这个秘方,喝酒再也没疼过。我在家里的时候,只要想喝酒,老婆必给我炖一锅清炖羊肉。有个女人真好!天天在一起的时候你可能不觉得,甚至起腻发烦,吵嘴打架。可是一个月没女人,你就会心神不宁,茶饭不香。三个月,你就会坐立不安,睡不着觉。

他装出一副对男女婚姻一无所知的架势,好奇地望着警察的眼睛。

其实我早想宰这只黄羊了。一看见它,就想起清炖羊肉。一想起清炖羊肉,就想起了我老婆。我当时想,老婆既然来不了,吃个清炖羊肉,也算和老婆见了半个面。可是这只羊炖不了,马想禄拦着不让!你知道吗?这只黄羊是马想禄养的。年初倒春寒那会,从老鹰嘴下面那条沟里捡回来的,当时还是个羊羔,差点冻死。是马想禄捡回来养大的。所以不算野生动物。马想禄不让宰,因为他吃得惯风干肉。他也不想老婆,他老婆早跟一个地毯贩子跑到乌鲁木齐去了。他心死了,把黄羊当老婆,吃风干肉也无所谓。我可吃不惯风干肉!风干肉炖洋芋,风干肉炖青萝卜,风干肉炖白菜,他妈的天天都是风干肉,顿顿都是风干肉……

他想不到那个叫马想禄的警察居然也摊上这种事,居然也拿对方毫无办法。开始这还让他心理稍稍平衡一下,但很快就引起一阵让人精神崩溃的悔恨之情。他眼睛虽然还盯着那张喋喋不休的嘴,可灵魂早已出窍,游荡到那场血腥事件中去了。那一刀一刀扑哧扑哧捅进对方肉体时的感觉,灵魂附体似的重新回到他的身上,对方那张惨白、惊恐、嘴唇哆嗦着的脸,逼真地浮现在眼前……只要再稍稍忍耐一下,甚至只要不喝那场酒……可一切都太晚了,时间是不可能倒流的!今后的命运,要么绑到刑场上让别人活活弄死,像那只黄羊一样。要么就这样永无宁日地东躲西藏下去!他浑身发凉,有种万念俱灰,甚至万劫不复的感觉……他用力摇了摇头,强行把绝望恐惧的念头赶出头脑之外,端起酒碗把剩下半碗酒倒进嘴里。一股热辣的酒气从心底一路升腾,那个一直支撑着他的念头也跟着酒气升腾上来,在头脑中弥散,他的灵魂稍稍安定下来,听觉又被警察的聒噪声占据:

那些风干肉还是上一轮老戴他们在的时候晾的。你吃过风吹了两年的风干肉吗?红军长征吃皮带都比这个强!吃到最后,我对风干肉恶心到家了。有本书上说,一百多年前,埃及的文物走私贩子为了把木乃伊走私到西方国家,就把木乃伊藏在风干肉里,边境检查官根本检查不出来。大量珍贵的木乃伊就这么和风干肉一起出口,按风干肉征的税!想起这件事,我再也吃不下风干肉了。看到风干肉就恶心想吐。可马想禄这老家伙还是天天都是风干肉,顿顿都是风干肉!不知风干肉吃多了还是怎的,这家伙越长越像木乃伊。一张脸皮皱皱巴巴毫无水分,就像一张揉皱的油纸,简直嘶啦一下就能揭下来!脑袋呢,秃了一多半,只在耳朵上面还有一小撮干枯的灰毛,额头上的皱纹一直延伸到头顶。嘴皮呢,就像两片药材公司收购的肠衣,一点水分都没有!尤其那两条瘦刮刮的黑腿,简直跟房梁上挂的风干肉没什么区别。自从因为宰黄羊的事与我发生争执之后,他再不跟我说话了。他本来就话少。你有时候看着他吧,就像个粗制滥造皮包骨头的木偶在你跟前僵硬地走来走去,简直有种木乃伊复活的恐怖感觉!有天夜里,我半夜渴醒了找水喝,发现马想禄就在做饭的那个角落,他把一条腿搬到案板上,手里提着斧头。我吓坏了,跑过去准备问问他干啥。只见他提起斧头就把案板上那条腿剁下来,我一看,断茬处毫不流血,毛毛的全是肉丝丝，就跟风干肉似的！我吓蒙了，问他这是干啥。只见他转过脸阴森一笑，说了句，风干肉没了。

贺崇武听愣了，两眼直直地盯着警察，一眨不眨，一声不吭。警察看到故事把他镇住，扬扬得意，十分畅快，眼含神秘微笑盯着这难得的观众，鲜红的舌苗灵巧地探出来将说干的嘴角舔弄了几下。也许这故事憋在心里几个月，守株待兔似的等待着他的听众，早已等得望眼欲穿。

警察又举起酒碗与他对碰一下，将碗中残酒一饮而尽：你别害怕！只不过是我做的一个梦。这个地方待久了，大白天也会做梦，医生叫什么？幻视幻听？下午的时候，你这辆皮卡车硬是被我当成老李的那辆警用桑塔纳，一直开到眼前才发现不对！啥时候变成皮卡的？我真有些恍惚搞不清。

他小心地插了一句：马想禄呢？

死了。警察说。高原心脏病，回去后就发作了。我真后悔，不该让他回去。如果不回去说不定现在还活着。可是他的幻觉很厉害，常把我当成黄羊，把黄羊当成他老婆。我都不敢穿黄衣服。可他还嫌我，说我有梦游。就这样，我告他有幻觉，他告我有梦游，我们俩弄不到一块儿，领导就让他先下山了。现在我可后悔了！还是马想禄在的时候好，至少有个活人陪你。只要你说黄羊的好话，那你还有话可跟人说的。不像现在，只好自言自语。如果你听见我一个人说话，你可别见怪。那不算什么，只是，只是个小毛病。老戴他们说了，下山半年就好了。说到这里，警察仿佛面带羞赧，望着他浅浅一笑。

听到这里，短暂的放松悄然退场。随着警察那喋喋不休的话语，诡异莫测令人恐慌的氛围不知何时又笼罩了这间小屋。

盘子里的清炖羊肉早都凉了，油脂像蜡似的在肉块表面凝结了白白的一层，望之使人顿丧食欲。

高警官，时间不早了。要不，咱们都早点休息吧，明天一大早我还要赶路。

赶路？赶什么路？警察从痴迷的回味中猛醒过来，诧异地瞪大眼珠子望着他，仿佛对这句扫兴话十分沮丧，甚至对他这始乱终弃的行为感到气愤。

你看，羊还剩大半个呢！专门为你宰的！这可是马想禄的老婆！当心马想禄的在天之灵！你可是在死人沟里开车！

警察盯着他，腔调严厉起来。

他知道警察喝多了，不讲理了，先把他哄着睡下再说。

高警官，咱们先睡觉吧，明天的事明天再说。

可警察没说够，不愿意。他赔着笑脸低三下四地哄了好几句，警察才嘟囔着同意睡觉，并且硬把他按在床上睡，自己躺在了沙发上。

他本来困倦已极，可是心里那件事让他怎么也睡不着。窗外寒风呼号，一想到自己龟缩在这崇山峻岭之间的漆黑小屋里，身背命案亡命天涯，吉凶未卜前路凶险，后悔和绝望又涌上心头。这时那个念头及时地升腾起来，强撑起他疲软萎靡的精神：他半生都在忍耐，半生都在窝囊，到了这件事，他是无论如何也忍不下去了！姓霍的如果把老婆远远地拐走也就罢了，可是，这狗日的偏就这么公然挽着老婆在县城里四处招摇。小小的安远县，低头不见抬头见。每次碰见，这狗日的不但脸无愧色，不躲不闪，还趾高气扬昂首阔步，倒搞得他不得不拐弯躲闪！他再也忍不下去了！他再也活不下去了！打架他是打不过的，姓霍的是县城里有名的强人，周围有狐朋狗友围着，要想雪耻，要想活人，唯一的选择就是干了他！每次想到这里，他的脑子里就一片白热，仿佛有原子弹在里面爆炸……也许老天爷是同情他、支持他的，他竟然顺利地把车开过黑水河一路逢凶化吉跑到这个卡点。警察居然也对他毫无怀疑。明天就可以逃之夭夭，鱼入大海。可是，警察真没怀疑到他吗？他为啥挡住不让他走？他为啥热情得过了头？他想干什么？他的那种古怪笑容，到底隐藏着什么算计？各种念头在脑海里此起彼伏，纠结缠绕，直至后半夜才演变为模糊阴暗的重重梦境。不知过了多少沧桑岁月，在黑沉沉的梦境中，如同矿井营救似的，忽然掘开了一丝丝光亮，使他略略清醒过来。那唤醒他的丝丝光亮，是黑暗之中钻进耳中的一点儿窸窸窣窣的声响。他睁开眼，在一片漆黑之中努力捕捉一点儿轮廓。可在这深山之中，停电的黑房子里，当真是一点儿轮廓都捕捉不到。他只听到极轻微的脚步声慢慢向门口移动过去，接着门开了一道缝，透进些微弱光线，随即合上。他想，是警察去撒尿了。门外是寒风呼啸，但忽然，在寒风的呼啸之中，有个小而尖的类似哨的声音一掠而过。又过片刻，门一开一合，随后一切归于沉寂。他开始还在想那哨声是什么，但实在想不出个所以然。忽然想到警察喝酒时所说的，这地方容易起幻觉，或许是幻觉吧。他想，又沉沉睡去。

四

早晨，到值班室外一看，群峰耸立，白雪皑皑。阳光普照下，反射着耀眼的光芒。经过一夜寒风呼啸，白雪覆盖的山峦沟壑，仿佛结上了一层光洁的冰壳。那条盘绕飘浮的山路，也冻得坚硬发亮。

贺崇武遥望着那条路，愁肠百结地走向那辆破皮卡。正要打开车门发动时，忽听身后传来一声大惊小怪的叫唤：哎！你的车咋歪着呢！

他抬头一看，正是警察，他的手朝车头部位指了指。他顺着方向看过去，果然，车头看起来不平，略朝右侧倾斜一点儿。他狐疑地拐到右面向下打量，以为车轮陷在坑里了。可眼光一接触到车轮，脑子里轰的一下就蒙了。右前轮彻底瘪了！他一阵透心凉，想想那条结满冰壳的雪路，再加上这瘪了一个轱辘，关键时刻连方向盘都把不住的破皮卡,他明白是走不了了。

他脑子里电光石火一般,想起了半夜的那声哨音。又想起了昨天晚上他说要走时,警察的种种奇怪表现。他有点儿明白了,但这明白的后面,藏着更大的不明白。他到底想干什么?他不由自主地去偷窥警察的脸,不料警察的眼睛正望着他。他眼光哆嗦了一下就躲闪到一边,脑子里回放着刚才一瞬间的印象:警察半张着嘴,一副对此情况毫无准备的无奈模样。然而,细琢磨,他的眼神深处,却潜藏着一丝微笑,流露出一种得逞之后的放松和满足。

难道他已经知道他的事情?如果这样,他早该动手了。他又瞟了一眼他右胯侧的部位,那个东西依旧鼓凸在那里。难道他觉得一个人势单力薄,要拖到同伙来了再动手?他不禁打了个寒噤。但随后一个声音在脑子里响起,不可能不可能!警察说过,三天前(雪崩之后)就停电了,手机是没有信号的,他不可能得到山下的任何布控信息。他心里渐渐踏实下来。但旋即又想,即便如此,他也不能久留!

他不想再搭理警察,默默地蹲在瘪了的轱辘跟前,愁眉紧锁。

有备胎吗?身后传来警察关切的问话。

没有。他几乎不想搭理,勉强嘟囔了一句。

那咋办呀?

他不再吭声,琢磨着警察刚才的话音儿。因为他从中听出了一丝心虚。他早知道他没有备胎,那天检查时他就看见了,所以他才来了这么一手。他纯粹是明知故问。

他默默地吸烟,一声不吭,间或乜斜着眼看看警察。突然,他狠狠地把烟头踩灭,咬牙切齿地说:不行!我爸病得厉害!今天说啥都得走!我把方向盘把紧点,开慢点!

哎,兄弟别冲动!别冲动!这可不是别处,这可是赶路客闻风丧胆的死人沟啊!你爸病得再厉害,你把命填进去也没用啊!要不这样,我先带你看看路,你再做决定,兄弟!

警察一脸紧张，还带点儿乞求地望着他，生怕他要二杆子硬要走。

其实他并没有这个决心，只不过发了恶作剧心理，突然想试探试探他。他冷笑了一下，接着警察的话茬儿道：那我就跟大哥去看看，这路到底怎么个险法？

爬上那座50米高的瞭望塔塔顶，他整个胸腔像个破风箱似的"呼哧呼哧"地捯着气，眼前一片黑晕。墨绿莹莹的天空上，太阳暗淡无光。他这才意识到高原缺氧的厉害。如果不是警察架着他，他真想立刻不顾体面地瘫在地上。他终于喘过来了。天空渐渐恢复了明亮的蔚蓝色。群山万壑雄浑开阔地展现在眼前，万千雪峰如同一座座银子打造的王冠，在阳光和蓝天的映衬之下，反射出璀璨夺目的光芒。多么辉煌灿烂的奇观！寒风射眼，他有一种想要流泪的感觉，如果不是那件事始终像铅块似的坠在心头，他真想留在这里再也不走了。

看！你要走的路，就在这山沟沟中间，像不像一堆让狗刨乱的麻绳，东甩一下，西绕一下，弯弯绕绕，没完没了……你开下去就知道了！

警察在他耳边得意地聒噪，用手指点着那条层峦叠嶂之间时隐时现、时断时续的飘带。

看！近处那条沟里，有一匹死马的骨头架子！看！那儿还有一匹死骆驼！

警察一边如数家珍，一边兴奋地把望远镜塞给他，右手急切地给他指点着，就像小孩子向同伴炫耀家中秘藏的宝物。

看！有翻车摔死的，看那个挤扁的驾驶室！有驮不动货物，活活累死的！还有饿极了互相吃掉的！看！还有人骨头，雪埋得看不清了！如果夏天来看，简直太震撼了！走几步一副，走几步一副，比公里桩还多。今年入夏，西星公司想一年5万块钱把我的瞭望塔租下来，针对徒步冒险团搞旅游开发。我没答应，万一死了人，把我扯进去扯不清楚!

他默默地用望远镜在警察指点的山沟里搜索着:冰冻不久的河流,高耸危立的岩石,山峦南坡如同万千军阵默默肃立的塔松林,银光闪闪的雪峰,都一刻不停地在镜头里晃动着。他的手冻僵了,再也端不稳那沉重的望远镜。白雪皑皑的沟壑之间,他更是分辨不出白色的动物或人的骨架。

没看见?警察在一旁不相信地问,脸上有种恨铁不成钢的表情。

你眼睛咋长的?你知道吗?这里叫望乡台,如果天气晴好的话,用那架老戴他们搞来的、闲得无聊看月亮的天文望远镜,一直可以望见安远县城。

对此,他从鼻子里哼了一声。

要么这样!跟我下到沟里去!警察扯住他的袖子,脸上露出抬杠的神情。

我信了你了,高警官,今天不走了,行了吧?他拿开警察的手无可奈何地说。

不是让你看骨头架子,是跟我一块捞鱼去!今天晚上吃什么?难道还吃马想禄的老婆?

警察从值班室提了一把镐,拿了一把火钳子。让他提着一个塑料编织袋,里面装着一条羊腿就出发了。

他们沿着山坡上由人脚踏出的那条小道,慢慢地往沟里下。警察让他走在后面,踏着他踩过的脚窝走。不一会儿他的大腿就酸疼难忍,膝盖弯控制不住地打起战来。他觉得只要一步不慎就可能滚坡而死,后悔不该答应跟警察下来。他老觉得这个警察身上有一股神秘的、无形的力量一直在纠缠着他。这股力量看不见摸不着,没有强制性,但却像蜘蛛织出的透明、柔软而轻盈的网,把不慎闯入的昆虫牢牢缠住,使之难以脱身。

他一路上思索着怎么才能给轮胎打上气,从这个卡点脱身。可在这荒无人烟的卡点,硬是想不出一点办法!想到急眼处,甚至想把车扔下不要了,步行下山。可马上反应过来,那只会引起警察更大的怀疑。况且,想赶到通外山口,路还长着呢。

看!这是骆驼!

不知不觉他们已经下到了沟底,警察正用脚踢着一副骨架。他哆嗦了一下。目光从那副白森森的骨架上飘忽而过。接下来,随着警察那不断地响起的"看""看"的叫唤声,一副接一副白森森的骨架在视野中鱼贯而入。有一次,警察没用脚踢,轻声喊了句"看!",就慢慢地蹲下来,用手小心翼翼地拨去浮雪。这时,他以为是鹅卵石的那颗骷髅头就从浮雪下慢慢显出真容。他第一次如此近距离地与一颗骷髅头对视,他忽然发现,骷髅那龇着牙的模样,真像是在嘲笑什么。而且那两个黑洞洞的眼窝,仿佛无底洞般深邃,从那深邃中透出的目光,仿佛大有深意。不知怎的,他突然想起了姓霍的,觉得姓霍的已经附体到这个骷髅头上,正借着骷髅头的一对黑眼窝深深地盯着他呢!他不禁打了个哆嗦。

警察点燃一根烟嘬了两口,小心翼翼地插进骷髅头龇着的那排黄牙的一个豁洞里,然后俯耳低声说:平常我也不迷信,但是要捞嘚骨鱼,还真是心里没底!不说保佑,起码让他别跟咱为难。说实在的,如果不是你我有缘,我是绝对不会耍这个二杆子的!

说话间来到一片宽阔的河面,河面都已结冰。那冰面有的地方发白,有的地方发青。发青的地方,隐约可见似有水在冰下暗流涌动。警察带着他小心翼翼尽量挑着白冰处走,慢慢接近中间一大片发青的冰面,警察用镐尖使劲向冰面上掘去,"吭!吭!"几下,冰面凿裂了一个小破口,裂纹向四周略略扩展。警察低声指挥着他向后略退半步,一边脚下略略用力踏动,试探冰层的结实度,一边用镐尖小心将洞口扩大。大至脸盆大小,向后伸手,低声道:羊腿!他悬着心将羊腿递过去。警察接过羊腿伸进冰窟窿里,半晌不见动静。他两眼紧盯着青黑色的、半透明的冰面,忽见有东西在冰面下倏忽往来窜动。抬头望向警察,警察也正眼珠半凸、全神贯注地盯着冰窟窿。就在他屏息凝神、物我两忘之际,只听"哗啦"一响,警察猛地将羊腿从冰窟窿提起,只见羊腿上密密麻麻叼挂着成串的小鱼,像一层银色的鳞片噼啪闪动。羊腿甩落在冰面上,一地银片子在冰面上噼啪蹦跳,个别小鱼还舍不得撒嘴,叼在羊腿上。警察手忙脚乱地用火钳子去冰上夹鱼,嘴里叫唤着:打开打开!袋子打开!他赶紧撑开袋口迎向警察的火钳子。看见有小鱼在脚下蹦跳,他伸手去抓,立刻被鱼叼住,惊得一甩,只觉手指上一阵剧痛,仿佛被锯条拉了一道口子。一线细密的血珠子顿时渗出了皮肤。他去看那鱼,只见那鱼龇开一小排细密而锋利的牙齿,一边在冰面上蹦跶着身子,一边用一只凶恶的眼睛盯着他。那一眼盯得他不寒而栗。

如此几个回合,编织袋底就有一层鱼在活活地蹦跶着。警察说声够了,就带他上了岸。直到踏上岸,警察才长吁一口气,在额头上擦了一把汗,对他说:还好,咱们吃鱼!不是鱼吃咱们!若不为你这个贵客,我是绝不会冒这个风险的!

五

警察一边掏鱼肚子刮鱼鳞,一边"兄弟兄弟"不停嘴地、亲热地使唤他干这干那。一会儿让他下菜窖拿葱拿辣皮子,一会儿让他到贮藏室里找姜找蒜。把值班室里忙碌出一家人过年般的气氛。有那么几个瞬间,他真的感动了。如果没有那件事,他真要认下这个兄弟。可是,他的心思最终总会回到现实,回到如何尽快远走高飞这个问题上。在捅炉子时,望着熊熊燃起的火苗,他脑子里又浮现出刚才在贮藏室所见的一物。那是一个压在众多杂物下的牌子,牌子落满灰尘,隐约可见上面有红油漆所书二字"便民"。不知为何,此物总在心头萦绕不去,似有所喻。此刻盯着妖娆起舞的火苗,脑中忽然灵光一现：很多警察卡点都提供些针对性的便民服务……他心头升起了一线希望的亮光。他瞟眼警察，正在专心致志地刮鱼鳞，晚上要一鱼两吃，油炸一盘，红烧一盘。他离开火炉，慢慢踅摸进贮藏室。打开手机照着亮，在杂物堆里紧张地翻腾着。三翻腾两翻腾，那个圆滚滚的气泵就映入眼帘，他一阵狂喜，心跳加剧，呼吸急促起来……

他抱着气泵来到警察面前：哥，有这个，我找到了。他努力压制住心中的紧张，平息着心跳。

警察从鱼堆上抬起脸，诧异地睁大眼睛瞧着他，眼珠子在他的脸和怀里气泵之间来回转动着，显然一点儿思想准备都没有。半天才尴尬地说：噢……那什么，打气泵，入冬车一少，就收起来了。我都……我都忘了。也不知道好着的没有。

试试。他坚持地盯着警察。

明天吧，明天一大早就试，天都黑了。警察眼神避开他说。

现在就试试吧，试试心里踏实。他努力坚持着。

你咋就那么着急呢？

我爸病很重，急着要见我。

你爸叫啥名字？我托熟人先照应着。

他一下愣住了，磕巴一下，不得不说：贺劲松。

贺劲松？德青镇做边贸？没听说过呀？警察露出困惑的表情。

他是……他是才来的。他慌乱地圆着谎。忽然意识到对方也在撒谎，电话不通手机没信号，他咋托人？可他没敢把事情挑破。好在警察已经起身了：小伙子沉不住气，走吧。

二人把气泵接到电瓶上，很快那个瘪轱辘就打饱了。警察帮着他麻利地把轮胎装上。其间他一直在想着，他这究竟为了什么？难道在这鬼卡点待得时间太长，脑子有毛病了？

还是那盏黄晕晕的牧区马灯吊在头顶上，灯光笼罩的还是那张矮腿方桌和两个人，一人面前还是一茶碗伊力特。唯一不同的是盘子里的清炖羊肉变成了干炸嘞骨鱼。昨天本来就喝多了,今天不休息接着喝。二人的眼睛很快都开始发红。看着对面喋喋不休,说话的劲头比之昨天有过之而无不及,似乎一直可以说到时光尽头的警察,贺崇武脑子渐渐进入恍惚,仿佛不幸掉进了一个时间的死循环中难以自拔。

他的手机何时落入警察之手,他都未能察觉。只是警察那张话痨嘴突然安静下来,他才发觉警察正在调看他的手机。警察的黑脸上,两个眼珠紧盯着屏幕,目光炯炯,痴迷专注,手指不时地在屏幕上轻轻划拉一下。随着手指的划拉,嘴角和眼角不时地浮现出一丝亲切的笑纹。他本来心已经提起来了,生怕警察从手机里嗅出一丝那件事的味道。脑子里紧张地回忆着,有没有与那件事有关的任何蛛丝马迹会保留在手机里:事情是一时冲动做下的,除了酒后的那个联系电话,还真没有任何蛛丝马迹在电话里,而且那个通话记录他早删掉了。

警察那亲切的、怀旧的笑纹,终于让他慢慢放下心来。相信他并没有发现什么。

警察突然把手机屏幕伸向他,晃着一嘴刺眼的白牙,笑笑地问道:这是谁?你女朋友啊?

他一看屏幕,愣住了,正是他和她在桑林公园那棵百年老桑王树下的合影。围着桑树王的铁链子上,成串的同心锁在阳光下发出金灿灿的光芒。远处由县城书法家题写的"桑中之乐"金字牌匾也熠熠生辉。

他茫然地点点头:啊,是的。心中一阵刺痛。

警察收回手机,抿住嘴唇,无限怀恋地望着那张照片咂摸良久,才抬起头问道:桑林公园你最近去了吗,有没有其他的照片?

他愣了一会儿神才反应过来,说:都砍完了。

什么?桑树都砍完了?那棵百年老桑也砍啦?

他不知所措地点点头:是的。开发商把地皮圈了,要盖房子。

"混他妈的账!这群婊子养的畜生!一点儿念想都不给老子留!"警察突然恶毒咒骂起来,腮帮子咬肌毕现,青胡茬儿根根直立。"想不到一年不在,竟有这么大变故!"骂罢,端起茶碗将碗中烈酒一饮而尽,长长地呼出一口酒气。两眼看住他,眼神慢慢柔和起来:"知道吗,兄弟?你哥我打出生以来最美好的回忆,都留在这桑林公园了。都留在这棵百年老桑树上了。来,你也整一个,哥告诉你一个天大的秘密!"

看着他将碗里酒喝干,警察伸过脸,面带神秘微笑低声说:你哥我,第一次把你嫂子办了,就是在这棵百年老桑树上……

在树上?他吃惊不小,眼神一时集中在警察嘴上,还真走不了了。

那时候,老丈人,尤其丈母娘,坚决不同意你嫂子跟我谈恋爱。因为当时我还只是个派出所的联防队员。但架不住他们丫头吃里扒外就喜欢我!为啥?就为我这张稻草变金条的嘴。我这张嘴,生性爱说话。经年累月下来,说话技术一流!丫头为啥喜欢我?跟我在一块有说不完的话!两瓶啤酒一包花生米,我能跟她白活一晚上,让她笑得比春节联欢晚会还多,让她眼睛都不眨一眨,再加上我这人讨喜的手段又多,你觉着我这做菜的手艺咋样?你吃!

警察夹给他一筷子干炸鱼。他边嚼边点头,不得不承认这干炸鱼面浆厚薄挂得正合适,调料撒得是五味俱全哪味也不过头,油温火候也恰到好处,炸出来是外酥里嫩,滋味隽永,齿有余香。

丫头每次跟我在一块,别提多舒服了。那时候姑娘不像现在这么现实,一谈恋爱就是谈房子谈车子,跟做买卖似的。那时候姑娘还讲究个感觉。那时候我木工活儿又好,帮朋友搞装修,装出来的房子都是安远县的样板房!丫头在茶畜公司当会计,常年坐办公室落下个腰椎病,我就按她腰身的曲线外加合适的角度,反复试验给她打了一把椅子,从此她的腰疼病就好了!搁现在,那叫人体工程学!再加上我给她说了,我已经是正式警察了。当时派出所警力不足,经常让我穿着警服跟他们一块办案。她就信以为真了。我这也不算骗人。因为我相信派出所肯定会把我招成正式警察的。我这人聪明,不管啥事情,看两眼就会。那时候县一级公安局办公经费中央财政不管,是由县里承担的。县里就让罚款解决。那时候的派出所长不好干,满脑子都是经费问题。谁能搞来钱维持运转,谁就当所长。滋泥泉派出所又不在交通要道,又不在商业区,车也好、赌也好、绿也好,没一个沾边的,到哪儿罚去?所以那时候派出所修电、修车、修家具设备啥的,全靠我。我又是电工又是木工又是汽车修理工,没有我,派出所就转不动了!所长答应下半年招警无论如何把我招进来。你嫂子家里可沉不住气了,跟县里工商局长的儿子挂搭上了,逼着你嫂子跟我摊牌。那天晚上,我们两个到桑林公园本来是商量办法的。两个人是唉声叹气,长吁短叹,硬是想不出办法!最后我急眼了,暗下决心,今晚先把你嫂子办了!把鸭子煮熟再说!决心刚下,公园门口就响起丈母娘的鬼叫声,边叫边往林子里搜过来了。你嫂子急得六神无主,问我咋办?当时我们正好坐在百年老桑王下面,我一咬牙,上树!托住你嫂子屁股,忽地一家伙,就把你嫂子托上了树。刚好老桑王上有一根U形的树杈,十分粗壮,横着长的。我俩一人抱着一根树杈,观察丈母娘动静。丈母娘就跟驴推磨似的,把个桑园推了好几圈,就是不知道抬头往树上看看。那时候桑园可是安远县最著名的男女关系集散地,丈母娘一边推磨,一边鬼叫,一声一声地,惊扰了十几对野鸳鸯,招来了十几双白眼,有人还对她背影吐唾沫,别提多讨嫌了!好不容易把她熬走了,夜也深了。你嫂子这时才发现骑虎难下,再被我一鼓动,索性不回家了。我下树掰了一大捆树枝,又到白天开过的农产品展览会遗址上捡了一大块木板,在那个U形树杈上临时搭了个安乐窝。我们俩趴在上面聊天,讲丈母娘今晚的笑话壮胆。边讲边看下面桑树林里的野鸳鸯。路灯光从园子外面斜斜地照进来,成千上万根桑树枝重重叠叠,活像森林一样浓密。透过重重桑枝往下看,桑园里亮一块黑一块的,猛一看好像看不见啥。但仔细辨认,就发现男的女的这一对儿,那一对儿,几乎每棵树下都有!每一对儿都闭着眼睛抱成一团,卿卿我我、耳鬓厮磨、亲嘴嘬舌,叽哝有声。就像夏天池塘里抱对的青蛙,不看不知道,一看吓一跳!受到这种氛围的感染,我俩情不自禁,胆大包天,在安乐窝里就安乐上了。这一节哥就不给你细说了。总之,在树杈上办那个,就像在船甲板上似的,随风起伏,乘风破浪,要多惬意有多惬意,要多豪迈有多豪迈!烦人的丈母娘早被抛到九霄云外,真是世上无难事,只要肯登攀!

完事之后,只觉得十几年的积淀,一朝发挥得淋漓尽致!我俩躺在随风起伏的树杈上,两眼透过层层枝叶,望向黑幽幽的夜空。只见夜空中繁星点点,灿烂星光在桑枝桑叶间时隐时现,闪烁不已,似对我俩的行为颔首赞许。不一会儿,一轮满月从桑枝间升起,满月大如车轮,被枝枝杈杈分割成一汪碎金……多么美好的夏夜,将来临终之日,回光返照之时,我一定会想起这个永恒的夜晚!

警察的眼神无限怀恋而又空茫无助地凝望着窗外的夜色。看嘴型,他还在嘟嘟囔囔地给自己念叨着什么,因为没有出声,具体内容不得而知。只见得笑容渐渐褪去,脸皮渐渐板结。他的注意力回到手机上继续刷屏,突然,他猛抬起脸,手指颤颤地指点着屏幕,惊喜地叫道:×××垮台啦?

贺崇武朝他举着的手机略瞟一眼,是那个举国闻名的大老虎,内心不由诧异,这警察不知何年何月发配到这里,真的与世隔绝啦!于是略点点头:早垮台啦!

他妈的!真是恶有恶报!想不到你能给我带来这天大的喜讯!警察又朝他举起了碗。半碗酒下肚,抹一把嘴,警察脸伸过来说,你知道吗?我就是被他坑到这里来的!两只眼睛闪烁着兴奋的光芒。什么?他想不出一个县里的土鳖警察,怎能和那么大的人物发生关系?

是这样。去年年初,×××到安远县视察。安远县自打解放没见过这么大的首长,各级领导战战兢兢,压力很大。省里定了一级警卫,县里改成了一级加强警卫。凡是×××经过的路段,每10米一个警察。本县警力不够,就打报告从外县调。硬是用警察给×××编了个活篱笆。排到我刚好是守一个地下道口。也是活该有事,车队快来的时候,我老婆突然情况不好,那时孩子刚怀了三个月。电话里是丈母娘骂老婆哭的声音,把我脑子哭乱了。我下到地下通道一看,里面空无一人,4个出口只要3个都有人把守,空口袋里谅也变不出个妖孽来。心一横就趁人不备脱岗跑到医院去了。想不到那个上访老户提前整整两天两夜就带着干粮藏到环卫工放扫帚的那个小贮藏间里了,门反锁着,清查的也不知道里面有人啊。我一走,就出现了一个漏洞。这狗日的早就精心谋划好了,车队一来,同伙把电话一打,这狗日的像条吃了死人肉的野狗,红着眼钻出地道,一家伙就扑到车队跟前拦车喊起冤来!这下不得了!冲撞了北京来的大首长!安保工作出了大事故啊!责任倒查呀!严肃追究呀!一家伙把我和马想禄给填到这个鬼卡点来了!

这又跟马想禄有啥相干?他一时迷惑,忍不住插嘴问。

咋不相干?马想禄这狗日的当时就在离地下道口10米的距离,按说完全可以把上访户按住!可是做预案,搞演练的时候,指挥长反复强调守好自己的岗位。大家又都没经历过这种事,神经太紧张,想得太多。当时马想禄身后也有看热闹的群众,他一下想多了,他想的是,上访户是从我的岗位蹿出来的,出事责任也归我。如果他来扑救,帮我堵住缺口,他身后再有人冲出来,那不成了"种了别人的地,荒了自己的田"吗?我们公安战线可是讲究"属地管辖"啊!关键时刻,就么几秒钟!还没等他算好利弊,上访户已经冲到车队跟前了……他就这么莫名其妙地陪我来了这个鬼卡点!所以他对我怨气很大,处处跟我作对,黄羊坚决不让我宰!结果，把自己气出了高原心脏病。

唉，人的命，天注定……这事虽说我也有责任，可也属于世事难料。警察沉痛地低下头，半晌又抬起脸，神色肃穆地说：马想禄啊马想禄，×××垮台啦，你安息吧，你瞑目吧……

他回想着警察说的话，心里突然一咯噔，脱口问道：难道，你已经在这里守了一年啦？

警察诧异地看着他，好像在怨怪他的迟钝：可不是嘛！已经整整一年啦！马想禄只陪了我9个月。10月我看他有幻觉，一是觉得不安全。二是他毕竟是受我连累，就打报告让他先回去了。后面3个月就只剩下我一个。你知道，嘴是我身上最闲不住的器官。对我这号人来说，别的都没啥，就是没人说话太难受！4月我老婆显肚子的时候住在娘家，因为我从来没去过她娘家，她挺个肚子怕人说闲话，非让我回去露个面。当时我走不了，就让她来一趟照个合影在朋友圈里散一下，效果也一样。结果走到半路上就吓得转回去了。

那为啥？

他妈的还不是因为车上坐了个不吹牛×就要憋死的饶舌鬼！一路上不停地吹呀，什么死人沟啦，嘲骨鱼啦，野鬼拉人啦。听得我老婆毛骨悚然。再加上，沟里确实骨头多，越往卡点开越多。再加上又有点儿高原反应。唉……

警察说到这里长叹了一声，那一声仿佛把一年的怨气都叹了出来。最后总结道：我对不起老婆的地方太多，欠得太多。上个月无聊上山，在对面山坡上发现有玉石矿脉，虽说只是青白山料，不过拿回去也算是给老婆有个交代。说到这里，警察抬起眼睛望着他，眼神中仿佛有种期待，有种鼓动的意思在里面。

他想干啥？他又紧张起来，他的计划是，无论如何明天一早出发，再陷在这里，怕要出事！他早有此不祥的预感。

兄弟你这次来得太好了！给我带来了这么多山外的信息，你简直就是……寒冬里的一缕春风。我该怎么报答你呢？这样吧，明天跟我上趟山，采玉去。你挑好的大的拿。背到德青镇换了钱给你爸治病，我估计，换个三五万元不成问题！

警察终于图穷匕现，暴露了真实意图。

他慌忙摆手：哥，钱我不缺！我现在就想赶紧见到我爸！明天一大早我就走！哪里需要什么报答，只要你别拦着我，我就谢谢你了哥！

哈哈哈哈！说哪里话！兄弟，我拦你干什么？尽孝第一！尽孝第一！警察仰天干笑了几声，幽幽地望了他一眼，又举起碗：来！喝干睡觉！

一夜无话，寒风呼啸。

六

清晨，淡青色的晨光刚刚从窗户斜射进来，贺崇武就睁开了眼睛。在警察身边，他是睡不踏实的。但警察睡得很香，嘴半张着，成串的呼噜从里面鱼贯而出。显然昨夜的倾诉深深地安抚了他孤独焦灼的神经。

贺崇武悄悄地爬起身，蹑手蹑脚地走出门外。他想在不惊动警察的情况下，悄悄地开车离开这鬼卡点。他总觉得，一旦把警察弄醒，必然节外生枝。他轻脚快步地走向皮卡车，边走边打量四个轱辘。四个轱辘均饱满鼓圆。他带着紧张兴奋的心情打开车门，坐进冰冷的驾驶室，把钥匙抖抖索索插进锁孔，一拧。同时紧张地扭过脸望着值班室的门，预备引擎声把警察吵醒。然而，慢着，奇怪！引擎只发出短促的"咔嗒"一声，就再无动静。他关掉，再拧。关掉，再拧。依旧是"咔嗒！咔嗒！"短促的两响。他急眼了，再拧，这回连"咔嗒"声也没了，毫无动静。

一股极度的烦躁和焦虑涌上心头，他妈的这是咋回事！这鬼地方！他颓丧地倒在靠背上,手捂着额头想静一静。他想,是不是天太冷打不着火。接着联想到的就是得回到值班室里搞热水浇。他又试了一回,这才注意到仪表盘上的那个蓄电池形状的警示标志:他妈的没电了!咋会没电呢?昨晚打气的时候还好着!他的眼珠焦躁地在驾驶台上乱转着,忽然发现一件隐蔽的怪事:车大灯开关竟然处在打开状态!他妈的车大灯开了一夜,再加上打气泵用电,把电耗光了!

他盯着那个处于打开状态的大灯旋钮,顿时联想到了该死的警察!他捏紧拳头直着眼死死盯着挡风玻璃,仿佛要用目光把那里熔穿一个洞。但脑子里轰响了半天,设计了数个凶恶的计划后,发现个个都于事无补。要想离开,他还得要靠他,这个穿着警服的怪胎!他到底要把我纠缠到何年何月?

他咬牙切齿地诅咒了一番,猛地打开车门,噔噔地朝值班室跑去,他那狂乱的目光似乎感到窗口有人影一晃。但打开门时,警察正左手端着牙缸,右手捏着牙刷,诧异地望着他。

哥!你就放过我吧!他两眼带仇地紧盯着警察。我爸真的不行了,如果见不到我,他老人家死不瞑目啊!算我求求你啦!他说到最后声嘶力竭,语带哭音。双手抱拳恨恨地盯着警察。肚子里不知一股什么气支撑着,这弥天大谎硬是被他撒得理直气壮,催人泪下!

警察一下慌了,放下牙缸牙刷掰开他的手:兄弟你坐!兄弟你坐!我咋着你了?我还说早晨把羊肉汤热了,热热地喝上一碗送你走呢!你咋就不见了。你什么意思?谁拦着你了?

车又没电了,打不着了。大灯开了一晚上。他咬牙盯着警察,想从他脸上看出阴谋诡计的痕迹。

可警察一脸茫然,犹如白云深处:你是说电瓶没电了?原因是大灯开了一夜?

他不吭声,摆出一副看拙劣表演的架势。

可警察毫不怯场，表演得十分自然，叫人难辨真伪：

会不会是你昨天试车的时候，忘了关大灯？酒喝得那么多。

我试车？我啥时候试车了？

昨天喝完，临睡之前，你不放心你那轱辘，说是动一下车再看看还撒气不。你忘啦？你去看看车是不是动地方了？

警察笑望着他，一副大人不记小人过的架势。

他一听，脑子有点儿蒙。其实这两天他脑子基本都或轻或重地蒙着。难道他昨天喝完酒后真动了车？他试着从记忆深处打捞动车的场面，似乎还真捞上来那么一星半点儿的印象。

他颓丧地垂下头坐在破沙发上，干搓着脸。忽然起身走出门外。他来到车前观察一番，实在想不起皮卡昨晚究竟停在哪里，是不是挪过位置。地上只是一地的乱辙印。

他慢慢地回到值班室，一屁股仰倒在沙发上，用手捂着脸。

那你咋办呀？警察小心地问了一句。

见他不吭声。警察又说，不要紧，路也该通了，有车上来时，给你电瓶充个电就好了。

见他还不吭声，警察放下他开始从杂物间进进出出地收拾着什么东西。

一直到东西收拾好，警察忽然拍拍他的肩膀，亲切地说：兄弟，反正闲着也是闲着，不如跟我上趟山，把那块玉石弄下来。到时候挑大块的给你。

他望着警察，目光茫然，仿佛已无法决断任何事情。

这样，兄弟。警察压低声音，你跟我上山，我保你下午拿着玉石走人！他的眼睛里闪现出神秘的光泽。

不知为何，那光泽再次把他疲软的意志鼓动起来了。

你咋保证我能走人？

上山就知道了。警察神秘地笑望着他。

警察背着编织袋走在前面，他背着编织袋走在后面。山，越爬越险峻陡峭。不时地要停下来,一边瞄住远方的那个目标——半山坡上长着一大簇干枯梭梭柴的断崖,一边寻找那断断续续的、人能爬过去的缓坡,从而拼接出一条可行性最好的道路。而一旦走起来,眼睛就得随时寻找适合攀爬的脚窝和抓手。爬着爬着,他的"破风箱"又开始呼哧呼哧地加班运转起来。眼睛只敢盯着脚下,不敢往山下看,只要看一眼那漫无边际地倾斜下去,并且积雪一洼一洼的山下,那漫山遍野的要么粗砺坚硬,要么锋利如刀的石块石片,他就头晕目眩,心慌气短。警察可不等他,对警察来说,这一切不当回事,只管手脚并用地往上爬着。而且他的编织袋里只装了一盘电线和一根钢钎,警察的编织袋里装得可比他多多了。他妈的!真是要钱不要命的货色!

他们终于爬到那处断面跟前,太阳已经当顶了。大概整整爬了两个多小时。警察擦了把汗,从编织袋里摸出一把小镐头,就在崖壁上刨挖起来。刨了片刻,指着新刨出来的岩石断面对他说:看!他看了一眼,确实有几分青白玉的颜色和质地。他不懂这个,不知道这算不算矿脉。他也不想要什么玉石。他只想赶快应付完这趟差事,就下山,开车离开这个鬼地方。

警察围着那断崖头转了几转,选了几个点,就拿出钢钎开始砸炮眼。警察让他使榔头,自己扶钢钎。他说他没劲儿。警察说我是为你舒服。于是警察抢榔头,他扶钢钎。没几下他虎口都要震裂了,手掌心连骨头带肉疼得钻心。警察在旁边恨铁不成钢地吼叫,攥紧攥紧!攥得越紧越不疼!可钢钎震得那个厉害劲儿,他哪敢攥呀!他觉得警察力使得太蛮了!最后,只好换成警察握钢钎,他来抡榔头。

终于把炮眼砸好了,剩下的技术活他搭不上手了,也不需要他了。警察让他站远,他从自己背来的编织袋里掏出成捆成捆的牛皮纸筒似的炸药筒,把电雷管塞进炸药筒,把炸药筒雷管朝下塞进炮眼里。然后就是眼花缭乱、一团乱麻地接线。最后,警察长吁一口气,擦了把额头上的汗,说声好了。把袋子交给他,自己拿着那盘电线一边布线一边向远处撤离。

直到绕过了那块崖头,他们才停下来。山上寒风凛冽,他觉得耳朵都快冻掉了,他两手捂着耳朵,瑟缩着脑袋蹲在地上,像猴子似的蜷成一团。警察看了看他,说:再坚持一下,快好了。他仰起脸盘看着警察,问道:为了你老婆的玉石,我跟你吃了这么多苦。你咋保证我下午能走?

警察看着他笑了笑,弯下腰伸手从口袋里掏出一个东西搁在他面前。他一看,是电瓶!他把手从耳朵上拿下来,激动地摩挲着电瓶。突然感到头上绵绵的暖和,一看,原来警察把自己的棉帽摘下来扣在他头上了。他有了一丝感动,说,那你咋办?只见警察把他那两只太阳光下薄得透明,拉着红丝的耳朵团弄到一起,用手指头捣着塞进了耳朵眼里。

秃着耳朵、脑袋怪异的警察蹲在地上,拿过电瓶和一个开关盒开始接线。大概因为耳朵关闭了,他显得异常专注。过了片刻,线接好了。警察仰起脸,望着他大声说:起爆啦!注意,蹲下!

只见警察将开关盒上那个T字手柄果断向下一压。

"轰!"的一声沉闷巨响,脚底下一阵震颤,远处断崖后面,灰土渣石四面迸射。一股烟雾和尘土的云朵冉冉升起。声波撞向对面的山坡,撞向更远处的重重山岗,又纷纷反弹回来,带来渐远渐轻渐淡的一波波"轰轰"的回声。警察的眼睛亮晶晶地望着断崖那里,嘴角上翘隐含笑意,目光充满了兴奋和神往。然而,当贺崇武把目光略一上移,移向雪线之上更高邈的山巅时,奇怪的一幕出现了:他看见一线雪湖如波浪翻涌似的,正沿着山巅奔涌而下。这股雪的浪潮一路呼风唤雨,不断裹挟,坐大成势,终于呈雷霆万钧之势,崩塌下来。一种如远方雷电一般隐隐的隆隆声也传入耳中,再看警察,因耳朵已秃,竟毫无察觉,仍然痴痴地望着断崖那里。他急忙上前猛摇其肩膀,举手示意雪线之上。警察只一望,惊呼一声雪崩啦！一把拉住他就跑。二人在山坡上连滚带爬，狼狈逃窜。说不清有多少路是用腿跑出来的，有多少路是用身体滚出来的。只觉得天旋地转，跌跌爬爬，整个世界在眼前翻滚旋转，柔软的肉体在坚硬的石砾沙碛之间饱受锤炼磨砺。鲜活的疼痛最后变成钝重的麻木时，他们终于停下来了。

警察坐在地上，眼睛失神地望着遥远的、被雪崩半埋住的断崖，嘴里轻声念叨着：完啦，全埋了，起码到7月份才能化开。

他的心早已跌到谷底，浑身的疼痛早已不算什么了，嘴里只喃喃地念叨着：电瓶，应该拿上电瓶。

警察看了他一眼，说：你放心！我说了今天让你上路，就一定让你上路！

这个路咋上？电瓶都没了！

你放心！我办法多的是！我有种强烈的预感，今天你必须上路！

七

敲门声是在他们午睡时响起的。

他看见警察去开门，心提了起来。

老李！你他妈的才来！整整让我多待了两天！

路不是断了嘛，才修通！

好家伙！终于把老子熬到头了！

他多么希望来的是过路客，但来的恰恰是他最怕见到的那个所谓的老李。

他们热烈地寒暄着，互相拍拍打打。但他的耳中只剩下"怦！怦！怦！"的心跳声，满脑子都是激烈的盘算。

咦，这咋还有个人？谁陪着你呢，哥？

这是另一个年轻人的声音。

他妈的你们该来的不来,老天爷可怜我,安排这个小伙子陪我嘛!你们不来我都急死了!你们是不知道,越到最后越难熬,尤其你知道这是最后几天了,更难熬!但所有的难熬都比不上这两天,说好要来又没来的难熬!你们这是要熬死我呀!小伙子起来!跟两位哥哥见个面。

他只有闭着眼睛装睡,心跳到了极点。

哎,起来起来!搞点紫药水擦擦脸!等会儿让李哥给你电瓶充些电,你就可以上路了。警察伸手过来晃他肩膀。再装不下去了,况且最后一句话又鼓动了他一下。他慢慢爬起来,眼睛略瞟一眼李哥,就低着个头坐在床沿上,一声不吭。

警察去老李他们带来的包里找紫药水了。他的余光感觉到老李的眼睛没放过他,一直盯在他脸上。

警察拿着紫药水来给他擦脸。他只有听天由命地把脸让他摆弄着。世界一片寂静,只能听见自己的心跳:怦!怦!怦!

小伙子姓啥呀?他忽然听到那个姓李的问话,声调中似乎有种强压着的紧张。

他更加紧张,死撑着置之不理。

警察晃了下他的肩膀,李哥跟你说话呢!

听不见啊!放炮把耳朵震聋啦!电光石火之间,他想出了敷衍的说词,故意学着耳背的大声说话,连说带比画,脸上陪着傻笑。

他姓贺!他听见警察对姓李的解释道。

姓李的长长地"噢"了一声,就不说了。

紫药水擦完,他对着警察说了句"头疼",就又躺下了。耳朵却支棱着。他听见姓李的和警察之间似乎窸窸窣窣做了些什么。接着,门一响。姓李的和他带来的年轻人出去了。再片刻,警察也出去了。

他忽地坐起身,奔向窗边。只见那三个人在他们开来的那辆警车跟前,正商量着什么。他们的神情十分紧张,边说边往值班室这边看。连说带指了片刻,他就见老李和那个年轻人从腰间拔出了手枪,拉动枪栓上了膛!

他的心脏快从嘴里跳出来了,他妈的鱼死网破的时候到了!他深吸一口气,强自镇定了一下。猛地奔向床边,眼睛狂乱焦躁地四处打量。忽然看见警察换下来的那条脏裤子扔在沙发上,裤腿下面露出一角牛皮套。他奔过去一把撩开裤子,赫然露出牛皮枪套。他哆嗦着扯开枪套扣带,拔出手枪。又奔向窗边,见老李和那个年轻人正慢慢朝值班室走过来。

门被一脚踹开,跳进来的是那个年轻人,嘴里大喝着:手抱头蹲下!但没想到迎面正对着他的是黑洞洞的枪口。年轻人扭头跳出门外,连滚带爬地跑到警车后面,嘴里喊着:趴下趴下!有枪有枪!

当他跑到窗前时,只见三个人都已躲在了警车后面。

他紧握着枪,死盯着那辆警车不敢放松,耳中隐隐约约地听见警车后面在发生着激烈而小声的争论。过了片刻,他看见警察高举着双手从警车后面走了出来,慢慢地,一步一步地,径直朝值班室走来。警察的脸上带着那种特有的、他已经熟悉了的古怪而诡异的笑容。他的心一下悬吊起来,万万没有料想到会出现这种局面!他已经下定了鱼死网破的决心,不过他设想的始终是跟那两个警察来个你死我活,从没想过这个姓高的。他宁肯那两个上来,也不愿意面对这个姓高的。可偏偏就是这个姓高的上来了,高举着双手,皮笑肉不笑。他咋办?紧攥枪把的手心里渗出了细密的汗珠,枪杆子在轻微地颤动着,食指就扣在扳机上,可看着那张皮笑肉不笑,越来越近的脸,他就是下不了扣动扳机的决心。乱哄哄的头脑中,除了激烈的盘算,竟然还有这两天两夜的场景倏忽闪过:吃肉、喝酒、宰羊、抓鱼,喋喋不休的嘴……他竟然就这么放警察进了门!

警察依然高举着双手,皮笑肉不笑地望着他:

兄弟,投降吧,没啥大不了的。霍启章没死,正在医院抢救呢!

他愣了一下,没死?不可能!你咋知道?

老李告诉我的。

他死盯着警察的脸,足足盯了十秒钟:胡说!你耍我!你他妈的一直在耍我,要不我早走了!你们他妈的个个都是骗子!

我没耍你!我真没耍过你!我要是耍你,能让枪在你手里吗?警察高举双手,状甚无辜,脸上是雪崩逃跑时刮出来的血道子。

你不是为这个耍我,你是为别的!要不是你耍我,我早走了!他越说越委屈,话里带出哭音。

信不信由你吧!反正眼下就这么个形势,你不是那两个的对手!如果投降,五年八年的就出来了。要是硬拼,今天你的日子就到头了!兄弟,我是为你好!

他妈的我有枪!不让走我就跟你们鱼死网破!别以为我不敢打你!他露出一副凶恶的表情,枪头又哆哆嗦嗦指向了警察的胸口。

这枪打不响,早坏了。警察语调低缓,不无惭愧。抓鱼的时候掉到水里三次。有一次喝多了,还当榔头钉过钉子。这里条件差,枪油都点灯用了。

胡说!他真的恐慌了。

不信你朝我这儿打。警察收回举着的手,撕开衣襟。两眼深深地望着他,脸上笑得有些无赖。

他看着他的表情,彻底蒙了。犹豫半天,把枪口冲着屋顶一扣扳机,只听咔嗒一声,机头合上了。

他不甘心,猛一拉套筒,一颗子弹跳出弹仓,在黑暗的屋子里划出一道金黄色的弧线。

他又扣扳机,照旧是咔嗒一声,机头又合上了。

他还要拉,警察见状诚恳地说:再这么拉下去,子弹都拉光了……

他哆嗦着把枪头又指向警察,泪水无声地顺着脸颊往下淌。

这样，兄弟，你也不必难过。看在咱们兄弟一场的分上，我跟门外兄弟商量一下，给你算个自首。等会儿写个到案经过，咱不提拿枪这一节。这样算下来，五年八年的你也就出来了。你看咋样？我跟门外兄弟都没说这枪打不响的事，我要是说了，他们还肯趴在雪地里等我跟你啰唆？我是为你好，给你机会兄弟……

他模糊的泪眼渐渐清晰，脑子里一片空茫，眼前只剩下警察那一对儿大而有神的眼珠子和眼珠子里发出的那种莫名其妙的、极富鼓动性的光泽，以及那张喋喋不休的嘴。

警车是在傍晚时分离开鬼卡点的，借着最后一抹夕阳的余晖，驶向飘带一般苍茫远逝的山道。

（原载《花城》2018年第4期）

代码的起义

洛 风

火并

  黑云聚集，翻滚盘旋着，冲向北部朦胧影绰的远山，像浓烟黑火般凶猛，瞬间，云层吞没了百里山影，仿佛巨大的黑掌向凤凰岭脚下的别墅区压来。西边橙黄的落日还未被遮没，裹挟着密密雪片的北风，顷刻扫荡了这片死气沉沉的"睡城"。横飞的雪片，在斜射的阳光照耀下，犹如亿万只饥蝗，扇着黄翅，争先恐后地向一幢幢黝黑"鬼屋"扑来。

  月黑雁飞高，大雪满弓刀。

  一双晶亮的眼睛，正穿透浓重暗沉的夜，目

不转睛盯着对面的七号别墅。他面前放着一个带三脚架的双筒望远镜和一架红外线镜头照相机，整个人宛如一尊雕像，纹丝不动。快到午夜时，七号别墅旁的街角出现了一个男人，他来得那样突然，悄无声息，像是从地里冒出来似的。阁楼上的盯梢者不经意抖动了一下，眼睛眯成一条缝。

这条街上从来没出现过这个男人。他体形瘦高，有点儿驼背，唇边密密匝匝的胡子茬儿和眼角的皱纹，让人猜不透他的年龄。他穿得很臃肿，大号滑雪服里面套着一件由结实的化纤织成、能够减弱子弹冲击力的软夹，夹层里是陶瓷制的"创伤挡板"，以防尖刺的东西扎到里面去。他脚上穿的是传统的野外作业靴，靴筒较高，厚胶底，样子只能用"脏"字来形容。他的名字叫孟籁。

孟籁悄悄地绕到西街，从房子之间溜过去，跨过花园栅栏，从后花园进入了七号对面的别墅。他轻轻上了阁楼，没发出一点儿声响，慢慢走近窗口，问："怎么样了？"

盯梢者的眼睛并未移开望远镜，简单地说："发现灯光，里面肯定有人。"

"几个出入口？"

"三个，前门、后门、地下室。窗户全被封死了。"

站在这个角度，孟籁可以看到对面房子的客厅、卧室都拉着厚厚的窗帘，但有几个边角密封不严，可以看见窗帘后有光在闪，甚至能看见光束在窗帘后移动。孟籁点点头，向自己的滑雪服衣领轻声咕哝一句。

马路上万籁俱寂，几乎所有的灯都关了。街角，静悄悄驶来两辆没牌照、没开灯的车，静悄悄停在墙角，车上陆续下来十个人，全副武装、持枪带棒，孟籁悄无声息地出现在其中，打了几个简单的手势，十一个人迅速散在七号别墅周围。雪声掩盖了发动机的声音，也遮挡了他们身披白色斗篷的身影，他们像十一只轻盈的雪狐，嗖嗖嗖钻进大雪覆盖的篱笆、矮丛、房子的间隙，凭空而来，又凭空消失了。

阁楼上盯梢者的手边多了把狙击步枪,他站立的姿势表明万事俱备。

行动前,孟籁亲自制定强攻方案,主攻方向定在正面,两名队员负责破门,门一破,他带着章越先冲进去,破门的两个人随后进入门厅,前后照应以防有人在楼梯下的碗橱或洗手间里;后门同时有四名突击队员冲入,两个人上楼控制正面的卧室,两个人直接上阁楼;后院把守地下室入口的三个人向最后两间屋子(后面的卧室和厨房)扔迷幻弹,扔迷幻弹的信号是正面的破门声。

对于破门来说,经验证明,破掉两个合页要比破锁快得多,他们使用的是泵动式铆枪,但用的不是大号铅弹,而是一种硬棒。除这玩意儿外,另外还要拿一个大锤和一把断线钳,以防备里面还有其他闩销和铰链。他们还携带迷幻弹,它那刺眼的闪光使人暂时失明,声响震耳欲聋,但死不了人。最后,每人腰侧还挂着一把92式自动手枪。

门口,孟籁抬腕看表,指针在表盘上精准地移动:3、2、1——一声巨响,紧接着又是一声,随着巨响传来了正门玻璃被震碎的声音,紧接着从屋后又传来两声轰鸣和脚步声,刹那漆黑的客厅内光束闪烁:

"趴下,警察!"

"原地别动!"

"放下枪,趴下!"

……

孟籁举起强光手电,最先看见坐在沙发上高举双手、满脸惊疑的庄蕳,他把手电筒抬高一寸,又看见一张熟悉的脸,本地辖区派出所民警小马。孟籁皱眉:"小马,你在这儿干什么?"孟籁曾经给派出所民警做过培训,两个人关系匪浅。

小马用手筒电光照照地上,一具用层层塑料布包裹的白骨化的尸体，一脸哭笑不得："您觉得呢！"

幸好双方没有浪费子弹。

市公安局刑警队里，孟籁的队员们在办公室里或站或坐，百无聊赖，却一个个竖着耳朵听楼上动静。这楼是新建的，隔音效果很好，偶尔传来的拍桌子、蹾茶杯、大声呼喝对方名字的声响，都不是来自瞿处长的办公室。队员们只能暗自揣测孟籁队长的遭遇。

其实，瞿处长并没有发火，正在安静聆听孟籁和小马的解释。熟悉瞿处长性格的人都知道，他杀气腾腾的时候没什么大事，而当他温柔起来，才是最危险的时候。

孟籁先送上一粒定心丸："瞿处，重要的是没人受伤。"

"然后呢？"瞿处长温柔有加，"你能确保这事儿没有下文了？明天新闻头条会不会写着：英雄联盟，警方互相穿越火线玩枪战？"

孟籁解释："我们以为里面有人质，才武力闯入的。"

瞿处长做恍然大悟状："那个秦什么，继承人被绑案是吧？"

"对，秦赢，"孟籁赶紧就坡下驴，"秦时月集团的法定继承人，前天被绑架。有证人提供线索，那段时间秦氏庄园周围有陌生车辆出现，我们通过系统查到一辆套牌车，失主已经报失半年多了，最近发现它曾在北部凤凰岭的朝天阙小区出现，我们盯控了一天时间，发现一所无人居住的房子里确实有人在活动。"

瞿处长不置可否，扭头问小马："然后，怎么又发现你们在里头呢？"

小马站直，立正，还掏出一个掌中宝笔记本，一丝不苟地回答："三年前晶莹雪公司总裁薛柏万的女公子被绑架，当时交了赎金，但人一直没回来。薛家人不停地想辙找人，病急乱投医，最后请了个通灵师，说是能跟死者对话，提供了好几个可能藏匿尸体的地方，这间房子是他们找的第四个。"

"有上面的批文是吗？"瞿处长直接指出问题关键。

"对，因为有省领导的直接批文，这房子又长期没人住，所长就让我带他们进去看看。哦，主要是没想到这里真有尸体，我只好给所里打电话，然后就在那儿等法医和痕迹检验的人过来。"

瞿处长拿起他的大茶缸子："然后，大家就差点儿死在枪林弹雨中了？"

孟籁翻了个白眼，小马不敢动。

瞿处长问孟籁："是你在负责秦赢的案子？"

"是的，已经派人埋伏在秦家，等绑匪提出赎金要求。"

瞿处长又问小马："法医说了没有，你们发现的到底是谁的尸体？"

"现场勘查判断是个小孩子，死了两年以上，颅底有弹孔，尸体被塑料布裹起来放在客厅沙发底下。"

"身份呢，法医报告出来了吗？"

"正在等。"

柳婷婷敲门进来："瞿处，法医处的急件，让我立即送上来。"

瞿处长伸手，柳婷婷把报告递上，简明扼要地说："死者叫薛蔷，女孩儿，十一岁。"

瞿处长问小马："是那个晶莹雪？"

小马点头："对，薛柏万的女公子，叫薛蔷。"

瞿处长又低头看法医报告，自言自语地说："和你手上的那起绑架案有些相似，不觉得吗？"

孟籁皱眉："同一拨人所为？可能性不大。"

"有没有可能，你看着办。"瞿处长把法医报告递给孟籁，目光示意小马可以离开了。小马立即随柳婷婷出门，长出一口气。

瞿处长一脸平静："又有三个省里的领导给我打电话，让我务必把秦家的孩子安全带回来。"孟籁终于明白今天这位霹雳火侠没发火的真正原因了。如果孩子没找到，或者找到的是一具尸体，他要面对的肯定不只瞿处的怒火。果然，瞿处长双手交叉顶着下巴，温柔地说："现在，要人给人，要设备我签字。孩子回家，你回来上班，否则，这就是你当警察的最后一个案子，也是我的最后一个——滚吧。"

候见室里，庄蘅透过三摞半人高的纸堆望着孟籁，孟籁介绍说："这是三年前薛蕾绑架案和前天秦嬴绑架案全部资料的复印件。"

庄蘅扫了眼案卷，说："孟队长，我不是执法人员，我没有权利和义务听你的案情汇报。"

"但你找到了尸体。"

庄蘅耸耸肩膀："拿人钱财，替人消灾。"

"可惜，程序违法。"

"你这是在威胁我吗？"庄蘅瞪眼。

孟籁承认："对，赤裸裸的。"

旁边的邹桐压根儿没听懂他俩跳跃性的对话，柳婷婷跟庄蘅有过几次接触，又是发散性思维，勉强能明白孟籁是在邀请庄蘅帮忙查案，庄蘅不同意，人家的出场费是以"万"做计价单位的，刑警队哪出得起，所以孟籁只能威逼。

据孟籁推断，庄蘅很可能仔细研究过薛蕾案中与绑匪有关的所有通话录音和调查结果，包括薛柏万按照绑匪"要求"跑遍全城的轨迹路线，以此标注经纬、计算时间，交叉出几个可能的绑匪活动地点。绑匪拿到赎金后，不可能带着一个小女孩儿或者她的尸体逃亡，肯定就地解决——这种对于细节的观察力和对微行为的判断力，让面临大案要案的孟籁求之若渴。

"庄师傅，虽然秦时月富甲一方，但我想，你大概不希望几年后他们高薪聘请你寻找孩子尸体吧？"孟籁的这句话起了作用。

庄蘅陷入沉思，然后说："如果从专业角度讲，咱俩半斤八两，你完全可以搞定。"

"现场需要解决的事情太多，我需要你帮我。"

"还有他们呢。"

"他们身份所限，观察有局限。"

庄蘅笑了："因为程序正义？"

孟籁没有接她的话，而是指着三摞资料冲邹桐说："你和文涛尽快把它们看完。庄师傅，咱们这边请。"庄蘅号称"通灵师"，其实就是江南地区常见的"阴阳师"，求她检验风水、批签解惑、测神压鬼的人都称呼她"庄师傅"。

密室

半年前，秦时月集团的继承人、秦氏庄园的小少爷秦赢正式报到常青藤国际小学。母亲秦灵筠对之寄予厚望，每天的日程紧凑得像政治首脑，根本没给他留喘气的机会，不仅规定了严格的作息时间，还剥夺了每周末跟爸爸和哥哥去图书馆或博物馆的"休闲时光"。除去上学，他大部分的课余时间都在书房写作业，即使出门也是去早已安排好的体育训练。监狱的犯人尚有放风时间，秦赢却只能贴在窗户上望着外面的花园草坪叹气。

毕竟只有六岁，秦赢还理解不了母亲"一寸光阴一寸金"的生活理念，旺盛的精力在书房里无处安顿，平添了惆怅和落寞、头疼感冒和发烧咳嗽。秦灵筠给他请医延药，闹了个天翻地覆，就是不见好，秦灵筠怕他仗着这点儿病挟以自重，硬着心肠没给他请假，但好歹破例答应周末让爸爸或哥哥来书房陪他，这是秦赢一周里最幸福的时光。

父亲马野川深知病源，却不敢说破，几次想带秦赢去博物馆散心，都被夫人否决，倒是大少爷秦蔚逮着机会就往秦赢书房跑，带了不少自己设计组装的扫地、搬书、照明小机器人，弟弟的面色这才日渐开朗。

跟哥哥出门，是秦赢最快活的时候。虽然不是图书馆就是博物馆，但只要离开了妈妈的视线，就是天高云阔。秦赢喜欢爬上哥哥的轮椅,挤挤挨挨非要坐在哥哥背后。秦蔚的轮椅相当宽大,有自动遥控功能,轮椅下面有个小型的储物柜,放着毛毯和他心爱的书籍。

"哥哥,这是什么?"

"代码。"

"不对,这是大恐龙,你看它大大的嘴巴、尖尖的牙、长长的尾巴……"秦赢一边说一边在秦蔚的编程书上指点江山。别说,还真能比画出个恐龙的大致模样。

秦蔚亲亲他的胖脚丫:"对,是大恐龙。我们小赢真聪明。"哥哥对弟弟尽是怜爱。

天怎么黑得这么快呀?秦赢觉得自己才开始玩,就被哥哥扔进浴室冲洗。秦蔚一边给他穿衣服一边叮嘱:"妈要问,在外面干了什么呀?"他学着秦灵筠的声调。

秦赢坚定地回答:"就说什么也没干,一直在看书。"

"对了,真棒!"

秦赢觉得自己有两种生活,仿佛是"妈生活"与"哥生活"。在妈生活里,自己什么也不能干,全得听妈的;在哥生活里,自己什么都可以干,而且不必问别人。他当然喜欢哥生活,而且在哥生活里,保镖们也可爱多了,赵宁赵三哥在秦灵筠面前仿佛锯了舌头,只有点头、摇头和鞠躬,而在秦蔚面前就放松多了,虽然说得还很少,却特别有力量,他能用一两个字把人心里憋闷的情感全发出来:FUCK、鸟、妈的……这几个字能让秦赢痛快半天,既省事,又解恨。可是上小学后,哥生活一点点被挤压掉了,甚至完全消失,哥痛心,秦赢更心痛,"我想大恐龙,想哥哥,妈的,那个老——"秦赢回头扫了一眼,"鸟!"心里痛快多了。

两天前,秦赢失踪的日子,正是星期一的早晨。桂子从小跟着秦灵筠,深悉小姐对一切追求完美、容不得任何闪失的性格,不到四点就起床准备了。五点半她去喊小少爷起床,没人应,想小少爷病着，多睡半小时也应该无妨。等到六点再去，还是没人应，保镖赵宁也到了，他是周一的轮值护送警卫，两个人敲门半天，"小少爷、小少爷！"里面一点儿声息都没有。秦灵筠早就被惊动了，凶神恶煞地穿过走廊，虎视眈眈站在秦赢的书房门口，似乎要用目光把门劈成两半，"钥匙呢？"

"在这里。"桂子大口喘着气，把钥匙插入锁孔中，却手抖得怎么也转不开。马野川穿着睡衣赶到，他握住桂子的手用力旋转，门显然是从里面反锁上了，"咔嚓"一声，马野川用力拉开了门。

一瞬间，时间似乎静止了，众人进入默片时代，秦灵筠的眼睛睁得撑破眼眶，似乎想要代替嘴巴将这整间书房一口吞下。秦赢书房的里面竟然挡着一块巨大的木板。

"这是什么？"秦灵筠问。

"好像是书柜的背面。"马野川有些不确定，敲敲木板后肯定地说，"是书柜。"

秦蔚也赶到了，他坐在轮椅上仰望着书房门口："书柜怎么会摆在这种地方？"

桂子什么也说不出来，一种不祥的预感从头顶直灌进脚底心，让她浑身冰凉彻骨。

"把它挪开。"秦灵筠喝令。

赵宁率先上去，可他随后望着马野川，摇摇头："没地方下手，推不动，很重。"

"赢儿、赢赢？"秦灵筠隔柜门大声呼喊，依旧没人回答。

马野川试着在各个部位施力，赵宁建议："好像只能往里把书柜推倒。"

"只能这么着了。"

两个人奋力推动书架的上半部，又有三名保镖听见呼叫声跑上来帮忙，没多久，书架就像一栋大厦般倾倒，豁然洞开，众人这才得以看清室内，首先吸引众人目光的是倒在房间中央的秦赢。

"啊？赢赢！"第一个出声的是秦灵筠，她以少有的敏捷跳跃着直冲进房间，却被地上散乱的各种书籍绊倒，桂子跑过去扶起秦灵筠，马野川率先冲到儿子旁边，却发现是个裹着秦赢睡衣的被子卷。

众人面面相觑，谁也不敢发声，只听见秦灵筠一个人的哀号。马野川站起来环顾四周，桌子、椅子、床、沙发等家具全都紧贴着墙壁摆放，旁边是从书柜里掉出来的大英百科全书、中英文字典、各类科普读物。总之，房间中央空无一物，只有裹着秦赢睡衣的被子卷躺在圆形地毯上，秦灵筠跪在旁边放声大哭："这是怎么回事？这是怎么回事？赢赢——你在哪里，你在哪里？"

秦时月第七代继承人，秦赢，不见了，蒸发了，消失了。

人口失踪并不能上来就认定是"绑架案"，但因为秦时月的影响力，秦灵筠发现儿子"失踪"后第一时间给相熟的某领导打电话，那领导又直接找到市局，一顶大帽子扣下来，瞿处长直接甩给孟籁。倒霉的孟籁坐进秦家客厅三个多小时，越来越痴钝无觉。本来应该悲伤昏厥的秦灵筠却恰恰相反，重复着最后一次见到秦赢至今的每个细节，喋喋不休。

秦灵筠身后站着一位身着黑灰色职业套装的女子，她的年纪应该不小了，脸上却没有一丝皱纹，她对每个人都是一副冷漠与不屑的表情。孟籁刚进门，职业套装女士就面无表情地说："我是Rebecca（瑞贝卡），秦时月律师团成员，也是本次绑架案的专职律师。你们跟秦女士或者马野川先生以及这屋子里的任何人谈话，我都必须在场。"

孟籁根本没机会"谈话"，他一直在听秦灵筠重复各种细节，直到她终于撑不住了。马野川招招手，早已守候在侧的医生护士赶紧过来，只一针镇静剂——这个世界，安静了。

孟籁肿胀发烫的脑仁儿也慢慢冷却，运转速度恢复正常。

警方把屋子里的人分为两批，马野川、秦蔚、桂子，此三人是第一批，都是日常频繁接触秦赢的人；赵宁等四个保镖、医护人员、厨师和洒扫内庭的仆佣是第二批，他们每天都会跟秦赢打照面，但很少交流。孟籁让第二批的人先待在客厅，邹桐带人守候，他与章越、柳婷婷一起将第一批的人集中到餐厅问询，Rebecca 尾随而至。

"最后见到秦赢小公子的是哪位？"孟籁扫视三人，章越拿出录音笔，同时记录。

"昨天晚饭后，我去书房看过他。"马野川看看另外沉默的两个人，率先回答，"那时候一切正常，我是说，房间家具也正常。"

孟籁去过楼上现场，秦赢房间的家具维持原状地靠在四边墙壁上，被推倒的书架也维持原状躺在地上。这个书架没有玻璃门，只有几个样式简单的平行隔板，看地板上散落的书籍，可以想见书架上面多是平装本，越是下面的书越具重量感，最下层摆着百科全书、中英文字典等。

"那是几点的事？"孟籁问。

"我想应该是九点钟左右。"

"有其他人见过你吗？"

秦蔚说："我在走廊，看见爸爸进去了。"

"你后来又单独见过秦赢吗？"

"没有。"轮椅上的秦蔚摇头，"晚饭前我见过弟弟，还陪他吃了点儿东西，听说，听说母亲要来，我就离开了。"提起秦灵筠，秦蔚面色略显苍白，肩膀也微微颤抖，马野川走过去搂住他。秦蔚接着说，"我一直在走廊等爸爸出来，爸说弟弟要休息，我就没再进去。"

桂子举手示意："十点钟我去敲小少爷的书房门，当时门已经反锁了，他在里面答应着，说已经睡下了。"

秦蔚替她补充道："桂子姑姑每晚十点都要来确认我和弟弟是否睡下。这是母亲的命令。"

孟籁点点头:"在那之后,有人发现秦赢离开过房间吗?"众人一起摇头。孟籁又问,"他有可能通过别的途径,独自离开庄园吗?"

"绝不可能。"桂子回答得斩钉截铁,"庄园四周有监视器,围墙上有警报器,昼夜有警卫巡逻,小少爷一个人怎么可能离开庄园?"

"书房怎么回事?秦赢平时睡在那里吗?家具为什么会摆成那副样子?"

涉及秦赢的日常起居,桂子回答:"那是专门为小少爷准备的书房,小少爷上学后就睡在那里,小姐说是为了晨读夜读方便。至于家具,平常当然不是那样摆的。"

"那怎么会变成那样呢?"

"不知道,肯定是有人移动过,但是,小少爷一个人也搬不动啊?"

"爸爸也搬不动。"秦蔚小声地说,"刚才爸爸和赵三哥他们几个人合力才推倒那个书柜。"

马野川拍拍秦蔚的肩膀,没有说话,但意思很明显,秦蔚双腿残疾,就算不残疾也是个半大孩子,也不可能悄无声息地搬动那么沉的书柜。

孟籁要去检查庄园周围的监控设施,秦蔚启动他的轮椅跟孟籁到一层客厅,十九岁的小伙子脸色苍白地问他:"警官,你会……会找到我弟弟的,是吗?请带他回来。"

孟籁盯了他几秒钟,说:"会的。"

绑架

孟籁带着大队人马正式入驻秦氏庄园。

进入客厅,孟籁看见一张勒索信放在沙发前的茶几上,秦灵筠就坐在沙发上，眼睛一眨不眨死死地盯着那封信，样子恐怖。除了男主人马野川坐在旁边搂住她外，其余人都沉默地站在周围。孟籁进门，秦灵筠头也未抬，倒是马野川站起来跟他握了握手。

孟籁介绍："这位是庄蘅女士，警方聘请的谈判专家。如果确认是绑匪来电，她将全程负责。"他边说边戴手套，从茶几上轻轻拈起信查看：平常的 A4 纸，有上款没落款，也没有多余的指纹，正文是用报纸标题拼凑的几句话，大意是秦赢在我们手里，还附着一张秦赢对着一桌子比萨汉堡狼吞虎咽的照片。照片上，一只男人的左手正在将一大盘薯条放在桌上，那手背上有半个红黑相间的文身，形状不明。

客厅电话突兀地响起来。没等其他人反应，孟籁率先拿起话筒："哪位？"

对方轻快地笑了："秦赢在我手上。"

孟籁也笑起来："嘿，朋友，从昨天开始我已经接了十几个骗子的电话了，你知道，总有疯子爱扎堆凑热闹，不如帮我个忙，回答一个简单的问题：秦赢失踪的前一晚他爸爸给他拿来什么？"

"嗬，行家呀。"对方的口气仍然轻快，但他挂了电话。

秦灵筠突然暴怒："是谁？谁打来的电话？秦赢在哪儿？他们把他怎么样了？"

孟籁简单说："秦赢还活着，绑匪联系我们。"

Rebecca 看了眼女主人，严肃地说："据我所知，你们正在调查一个相似的案件。"

章越回答："是的，不排除是同一伙绑匪所为。"

马野川问："那个人质……人质还好吗？"

章越沉思，孟籁接口："被撕票了。"

秦灵筠顿时悲痛欲绝，拿起儿子的照片捂在胸口，哀号声震天动地，让庄蘅叹为观止。要知道，这种忽然之间波澜不惊、忽然之间怒气冲天、忽然之间又悲从心起的转换，不是所有人都能举重若轻、信手拈来的,鼻涕眼泪说下就下,毫不含糊,可见对脸部肌肉和中枢神经的控制技巧已到出神入化之地步。

趁这机会,章越走近孟籁,向他耳语道:"看见那家伙手上的文身了吗,照片上的?"

孟籁点点头,说:"像是暗夜公爵摩托党的标志。让柳婷婷查查,照片送痕检处,看有什么线索。"

大概半小时后,电话铃又响,孟籁接起,对方开门见山地说:"一本图画书,《海底总动员》。"

"好的,朋友,你确实是我要等的人。你想要什么?"

"钱。"对方又挂断电话。

紧接着,章越的手机响了,他边听边做记录,然后望着孟籁说:"追踪结果出来了,"在场所有人的表情均豁然开朗,只有孟籁眉峰紧锁,章越继续说,"从萨那。"

秦灵筠激动起来:"萨那?萨那是哪里?"她身边的Rebecca赶紧百度搜索,章越回答她:"也门共和国的首都。"

绑匪直到晚上六点才又打来电话。

电话铃声把始终守在电话旁边的秦灵筠、Rebecca、桂子三个人都吓得一哆嗦,她们瞪着电话机,动也不敢动,让人惊奇的是电话响了三声庄蘅才接起来,她没容对方开口就抢先说道:"嗨,很高兴你打来电话,我是秦夫人请来的谈判专家。"

"哦?"对方显然出乎意料,但很快接受,"你能全权负责吗?"

"当然。"庄蘅用友好的语调说,"你可以叫我小秋,能告诉我你的名字吗?"

"嗬,怎么可能?"

"嗨,又不是要你的真名,你随便给个名字,我不能每次接电话的时候都说,嗨,很高兴听到你的声音,绑匪先生。"

对方想了想:"尼奥。"

"好的,尼奥。听着,虽然你利用网络加密中转功能跟警方捉迷藏，但打这里的电话还是要尽量缩短时间，警方正在千方百计地追踪你，我也不是魔术师，过两小时你再打给我吧。"庄薇直接挂断电话。

秦灵筠愣了足有三秒钟。"你在干什么？你到底站在谁的立场？你把那混蛋当什么？你把我当成什么？"Rebecca和桂子在旁边拼命点头，以目光声援秦灵筠，马野川在孟籁的示意下，半拖半拽地把妻子弄走了。庄薇耸耸肩，坐到沙发上，将刚才和尼奥的对话在心里反复播放，每个字、每个语气助词、标点符号，都在她脑海里无限拉长，反反复复。

孟籁没有去惊动她，从庄薇刚才的表现看，孟籁的第一步企图达到了。孟籁的第一步就是要让庄薇牵线搭桥，在与绑匪的关系中砌上第一块砖，这种关系会让绑匪相信谈判专家是真心希望达成交易，并与绑匪站在同一战线上对付警方侦查的。这也是孟籁让庄薇介入的原因之一。

那天晚上，尼奥没有来电话，直到第二天中午才打来，这个电话被追踪到了基辅，乌克兰的首都。"小秋，咱们长话短说，赎那孩子的钱，3750万，美元。"

"当然，我这就和夫人商量，你知道，那是一大笔钱，24小时后给我回电吧。"庄薇轻快地说，"顺便问一下，孩子怎么样，那孩子最喜欢的宠物狗叫什么？"

"孩子很好。"尼奥挂断电话。

秦灵筠冲过来问："3750万美元，是吗？他还要什么？"她凶神恶煞的样子把庄薇吓一跳。

"没有了，就是3750万美元。"

秦灵筠的脸扭曲得状如女鬼，咬牙切齿的声音所有人都听得一清二楚："他什么意思，3750万美元？"她的声音在客厅里回响，"就为了这微不足道的3750万美元，绑走我家宝贝？"她捶胸顿足，"就为了这点儿钱，用得着绑走赢赢吗？只要来这里开口说一声我不就给他了?"桂子扶着几近癫狂的秦灵筠,Rebecca拿着掌上电脑,虽然想开口劝说,但慑于女主人的气势汹汹,只好保持缄默。

终于,桂子扶着秦灵筠上楼休息,庄蘅有时间说出自己的怀疑:"3750万美元,这数额会不会太精确了?"

章越说:"也许绑匪查了秦时月的银行户头,知道他们的流动资金额?"

孟籁吩咐:"给邹桐打电话,让他立即去银行查。"

柳婷婷拿着尼奥的电话录音去了痕检处,侦查语言学邱教授亲自上阵。由于声音经过电子处理,无法判断年龄和籍贯,但可以肯定是男性,受过教育,偏科严重,出乎意料的是目前尚感觉不到他的压力。一般情况下,绑匪挟持人质后都承受着巨大的精神压力,并且随着时间的推移压力会越来越大,这就给了谈判专家可乘之机。而尼奥却没有表现出压力——或者,他不是匪首,只是听命行事且十分信服首领。唯一值得欣慰的是,尼奥不是心理变态狂,这种人是绑架案的定时炸弹,因为无法分析和判断他的下一步行动。

直到晚上,尼奥都没有再来电话。庄蘅楼上楼下地检视、寻找蛛丝马迹,不时做笔记。秦灵筠在桂子的陪同下,亦步亦趋地跟着,盯着她的一举一动。章越奉命守候在电话机旁,百无聊赖。

邹桐已经看完了薛蔷绑架案的全部资料,和李文涛去银行调证。孟籁对照着邹桐的线索笔记,字斟句酌地批阅薛蔷案案卷重点。

唯一值得引申的线索是当年薛公馆的二厨,绑架发生前大概一年左右,他经人介绍来到薛公馆,烹饪技术了得,一道酒酿鲫鱼羹很得薛柏万的喜爱。可是,在薛蔷被绑薛柏万交赎金后一个月,二厨无缘无故失踪。薛公馆这才发现这个二厨过于神秘,他不善言语,一天也说不上几句话,总在厨房待着,不是配菜,就是调羹,院里屋内根本看不到他的影子,好像薛家就没有这个人。警方后来从薛家厨房的监控录像里,竟然没找到一张这位二厨的正脸,他永远低着头，顺着墙根儿捯小碎步，大一号的制服和套袖把他从头到脚、脖子手腕都严严实实遮起来。不多的几张截图是他背对着摄像头站在灶旁，在烈焰蒸腾间用力颠勺，颠勺的时候他左手挣开套袖的防守，手腕至手背露出半个红黑相间的文身。

柳婷婷找来暗夜公爵摩托党的资料，孟籁翻了翻，冲柳婷婷说："待会儿跟我出去一趟，你把自己捯饬捯饬。"柳婷婷不说话，掐着腰冲他怒目。孟籁拍拍资料："尽量跟环境保持一致。"半小时后，孟籁换了一身朋克风格的牛仔服，正在试头盔，走廊里传来高跟鞋与地砖撞击、窃笑加低呼的混合小夜曲。门缓缓打开，八寸的高跟鞋踏上地面，往上看，紧身七分皮裤，大V领皮背心，爆炸头，超大墨镜遮了半张脸，露出的左肩膀贴了个蝎子文身，猩红刺目，20世纪80年代的机车女郎出现在孟籁面前。

恍惚中，孟籁仿佛闻到了走廊里群狼肾上腺素急速喷薄而出的味道。实在难以评价，孟籁原地转了个圈，说："走吧。"

孟籁费力地把自己和柳婷婷Cosplay一番，骑着借来的哈雷摩托车，目的是进入燕郊"爱国者"俱乐部。说是俱乐部，其实更像个乡村酒吧，门口的空地上停了二十几辆摩托车，有几辆是当前最新款，孟籁目光灼灼地扫过，柳婷婷捕捉到他那仿佛热恋的眼神，但没说话。走进"爱国者"时，里面人很多，却并非人声鼎沸，每个人都有秩序地挤在自己的小圈子里，抽烟喝酒玩牌，或者扔飞镖、打桌球。四个彪形大汉堵在孟籁面前，沉默地审视着他。孟籁说："我找麦克。"其中一个戴着红头巾的大汉说："他不在。你是会员吗？我们不对外的。"

孟籁和颜悦色："我们是朋友，我来只是问他几个问题。"

另一个大汉说："我不认识你。"

"的确，我也不认识你。"孟籁点头承认。

更多的人站起来向门口聚拢，柳婷婷左腿站直、右腿微屈，做好随时战斗的准备。孟籁从缝隙中瞟了眼最里面的桌球台，一个人在旁若无人地打球,柳婷婷看见那人的左手腕上文了一个红黑相间的文身。孟籁突然大吼了一句:"麦克,别假装你自己不存在。"

那人一杆击出,红色球应声落袋,他侧头看了看门口的骚乱,不经意地给了个"进"的手势。

孟籁掏出嫌疑人二厨的视频截图递给麦克,顺势拿过他的球杆,试试手感,边寻找击球角度边说:"认识吗?"

麦克看着照片,嘴角露出一丝不屑:"理论上讲,老朋友了,实际上,没见过。"

"什么意思?"孟籁挥杆,球狠狠地撞击球台边缘弹回。

麦克扬扬手上的照片:"我也不知道他怎么描出这个文身的,似是而非,他不是我们的人。"

"那段期间,薛蕾被绑架前后,你这里有什么异常没有?"

麦克哼了一声:"多了。我们这儿天天、时时、刻刻有异常。"

孟籁继续自己的思路:"我怀疑是熟人干的,绑匪索取的赎金数额过于精确。"

麦克起身到吧台,给自己拿瓶啤酒,肆无忌惮地扫了几眼旁边的柳婷婷,说:"有个人,但只是猜测。"

"说说你的猜测?"

麦克拿酒瓶指了指柳婷婷:"小姑娘被绑架前,大鹏给介绍个女的,活儿非常好……"

孟籁打断他的骈四俪六:"活儿好跟案子有什么关系?"

"你们警察来'爱国者'调查的前几天,她突然失踪了。"

孟籁一惊:"是在绑匪收到赎金后?"

"对,玄妙吧?"

"她有什么特点?除了活儿好以外。"

麦克翻了翻眼睛,回忆着:"她的左肩膀、小肚子右下侧,各文了半只翅膀。而且我发现她吸毒。"

"吸毒?"孟籁沉默了一下,又问,"大鹏怎么说?"

"那个呆瓜？玩了几次都不知道她吸毒，还是我提醒他赶紧去查 HIV。等结果那几天，大鹏倒是难得把脑子拿出来用一用，他说这种身材长相的妖精，兴许是醉玲珑出来的。"

"还记得她名字吗？"

"不一定是真的，都叫她 Claire（可莱儿）。"

意外

"醉玲珑"不是"天上人间"，胜似"天上人间"。

孟籁亲自去"踏勘"，也打探出确实有个姑娘很像 Claire，但几年前就被辞退了，不仅因为发现她吸毒，更因为她脾气太大经常得罪顾客。扫地出门后，醉玲珑就没有义务再关心她的死活。

最后，孟籁还是从缉毒处的一个线人嘴里挖出半条线索：他曾经给城乡接合部一个"极美的"女人送过"货"。联想到暗夜公爵摩托党成员的证词，虽然难以确认这个女人到底有没有文身或是否吸毒，孟籁仍然不敢怠慢，派邹桐带着人马不停蹄地赶过去。孟籁在电话里提醒邹桐，能倒白粉的都是亡命之徒，何况是个未被警方掌握的"窝点"，一定要穿戴好全套装备。但孟籁忘了提醒他另一件事：注意这种白粉妹会不会有"杯弓"或"蛇影"等认知性障碍。

邹桐和派出所的人来到这处城乡接合部，目标所在的小板楼属于 20 世纪的产物，有长长的走廊和公共卫生间，楼道墙壁斑驳，弥漫着酱缸咸菜和厕所的味道，单薄的墙壁里不时传出重金属摇滚乐或噼里啪啦的打斗声。线人提供的 411 房间敲门无人应答，邹桐敲隔壁 409 的门，半天钻出来一个鸡窝似的烫发脑袋："找谁？"

"请问隔壁有人吗？"邹桐礼貌地问。

女人一双画眉眼上上下下打量他，然后说："没人，空的。"说完，"哐"地关上门。

邹桐走向413，而柳婷婷皱眉再次走到409门前，大力地敲门："小姐，开开门，我们是——"话音未落，"砰！砰！砰！"三声枪响穿透409房门，柳婷婷自胸而腹毫无意外地接收了三枚子弹，分立两头的邹桐和派出所民警立即掏出枪，同时沿着墙壁后撤。邹桐大喊："婷婷！婷婷！"

柳婷婷躺在地上艰难呼吸："我听见她……跳窗了……"

邹桐冲到门口查看柳婷婷的伤势："没事的，我没看到血。"

柳婷婷推开他："死不了——快去追！"

邹桐一脚踹开门，不大的客厅，窗下一张单人床，窗户大敞着。邹桐边喊边跑："你照顾她，叫救护车。"派出所民警已经爬到柳婷婷身边，摸着她的颈动脉，说："深呼吸，保持冷静。"柳婷婷急摆手，民警明白她的意思，赶紧拿出手台呼叫："各小组注意，嫌疑人刚刚翻窗逃脱：女子、烫发、绿色上衣……"

鸡窝头没有选择跳窗而是顺着阳台和水管往上爬，在堆满杂物和各色床单被罩的天台辗转腾挪，巧妙避开了楼下布置的大队人马，很快跳到临街的门市房房顶。反应迅速的李文涛正指挥警车将周边道路封死，但鸡窝头对周边路况十分熟悉，跨过几个房顶，跳上路边的私家车车顶，落地，翻过防护栏，转眼爬上立交桥。邹桐在后面穷追不舍，心里一阵佩服：这个白粉妹身手真不一般，敢跟这么多警察玩"酷跑"。正感慨着，鸡窝头已经跨过立交桥双排栏杆，起跳纵跃，旋即翻滚倒地卸力，整个动作连贯熟练，一气呵成。她抬头望着桥上正在翻栏杆的邹桐，四目相交，电光四射，那双画眉眼变得幽深鬼魅，正是麦克描述的"勾魂摄魄"。邹桐气急败坏，不管不顾地就要往下跳，几乎同时，一辆卡车从桥下窜出，"砰"的一声，鸡窝头被撞出很远很远。

"要坏！"这是交通意外目击者邹桐的第一反应。

华灯初上，秦氏庄园已经灯影辉煌，秦时月和晶莹雪集团的相关董事、总经理、经理,甚至部分政商界知名人士汇聚一堂,还有专门请来的传媒界大腕。

"今天为了犬子被绑架的事件,承蒙诸位亲朋好友赶来相助,我们深表感谢。"秦灵筠开始致辞,"有大家的鼎力支持,相信我儿一定会平安获救。我们已经按照绑匪的要求,准备好了赎金……"在来宾的窃窃私语中,轮椅上的秦蔚始终漠然不语,伽马射线一样的目光越过无数个脑袋,目标明确地投射出去。秦灵筠的全部心思都在这场新闻招待会上,别说目光,连余光都顾及不到那辆轮椅。秦蔚的眼神越发肆无忌惮,微撇的嘴角流露出毫不掩饰的恨。

曾经,大少爷秦蔚才是这个家第一,也是唯一的继承人。

从出生开始,秦蔚的日常生活无不在秦灵筠的时刻关注之下,说话措辞、生活态度、穿着打扮都受到严格监督。从幼儿园到小学,日复一日沿着同样的道路上学放学,难以接触母亲以外的世界,秦蔚对社会的了解,几近于零。由于母亲的严格把关,十一岁的秦蔚不知道自己"想要什么""该要什么",当然更没有朋友往"坏"里引诱他,因为班上根本就没什么同学接近秦蔚,大家都觉得他怪怪的。这种无菌室般的生存环境,一直持续到他小学毕业。学校组织秋游,秦蔚第一次未按指定路线上山下山——结果,摔了下来,摔断了腰椎,摔丢了他的继承人身份,也摔碎了母亲苛求完美的心。然而,秦灵筠以惊人的毅力迅速扭转败局,一年之内再度怀孕,然后,秦蔚在她的眼里就再也没有"然后"了。

秦蔚成了秦氏庄园的"透明人",除了桂子姑姑偶然想起他,给他送些果品点心外,庄园里的其他仆人见到他,不是远远地绕开,就是侧身低头快速通过。一直以来,母亲都没有给他发脾气的权力,他也不懂得该如何表达情绪,但这并不代表他不愤怒。开始的几个月,他就怔怔坐在窗前,大脑空白、双眼空洞,他的瞳孔里只剩下庄园外繁茂的树林和树林上方独自徜徉的太阳。当太阳从树林里钻出来的时候,万点金光从枝干和叶子里面泼洒出来,有了痛楚和流血的形状；在阳光的冲击下，云朵目标明确地向天际线卷动，再层层翻转开；夜色慢慢沉了下去，树木沉默地摆动，发出齐刷刷的声音，空气里散发出一股蠢蠢欲动的生猛味道……

马野川不知道该如何安慰大儿子，这个家从没给他置喙的余地。当大儿子终于开口跟他讲话时，声音里听不出任何情绪："爸，我想去图书馆。"这让马野川欣慰不已。秦蔚越来越喜欢跟电子产品打交道，还有了一个让秦灵筠鞭长莫及的"发烧友"小圈子。其实秦灵筠对此是乐见其成的，想着将来秦时月进军电子产业，秦蔚会成为弟弟的一个好帮手。

宴会厅旁孟籁和十几名警察一起对这里严控，以防有人进入客厅打扰到庄蘅的"工作"。

正在这时，邹桐打来电话，孟籁接听后脱口而出："糟了。"

孟籁赶到的时候，柳婷婷正被担架从四楼抬下来，她双手紧紧抓着担架，看见孟籁，嘴唇哆嗦了一下。邹桐在一旁守护着柳婷婷，李文涛正带人询问周边住户。

孟籁问柳婷婷："你怎么样？"

柳婷婷摘下氧气罩："他们说冲击力可能震断几根肋骨。"

邹桐补充："正要检查有没有内伤。"

柳婷婷脸色苍白笑了笑："我没事，真的。就是这腿——"她的左腿一直在担架上抖个不停。

孟籁点头示意周围的医护人员替柳婷婷戴好氧气罩，抬上救护车。

邹桐走过来，低着头道："对不起，头儿。"

孟籁拍拍他："没事，谁都不想。楼上怎么样？"

现已查证白粉妹的真实姓名叫王可儿，本市人，十八岁时被一位富商包养，这种关系维持了五年，当那人因心脏病发作死去时，没在遗嘱里给他的小情人留下任何遗产。王可儿把手上的衣服、包包、珠宝首饰典当了一笔可观的钱，但还不足以让她继续已经习惯的奢侈生活。经人介绍,她去醉玲珑拓展她的"事业",却染上毒瘾,脾气越来越大,被迫离开。当她花光积蓄后,不得不在这个城乡接合部租下一间房子,从事她唯一有经验的"职业",业务量攀升后她把隔壁的409房间也租了下来。

在搜查时,孟籁他们发现了大量光盘和移动硬盘,每个上面都贴着标签:日期、人名以及他们的不同口味,有几个名字相当触目惊心。孟籁咽了咽口水:"我去给瞿处打电话。我回来之前,谁都不许碰这里的东西。"

弄巧

星期五早晨,尼奥又来电话了,还是笑嘻嘻的:"赎金准备好了吧?"

"当然,随时交易,孩子的母亲快要疯了。"

"是吗?可我昨天看电视,新闻上的她还神采奕奕,精神得很呢。"

"那是那些媒体人技术处理过的,你要是相信新闻,母猪都能上树了。"

"哈哈哈,小秋,我喜欢你的坦率。"

听清尼奥语气中的斩钉截铁,庄蘅立即转移对话方向:"尼奥,那3750万美元你知道有多沉吗?你是希望我们用几辆运钞车呼啸着给你押运过去吗?"

"不要现金——要钻石,小颗的,追踪不到的。"尼奥挂断电话。

意外的是,秦灵筠并没有冲出来呐喊。

昨晚秦灵筠与几位政商界大佬在小书房密谈,之后电信局的老总立即让手下员工在那里安装了一台客厅电话的分机,从那时起,秦灵筠就吃住在这间屋子里,而庄蘅和绑匪的电话,她都一字不漏地听个清清楚楚。秦赢从被绑架到现在已经五天了,她越来越坚信警察都是些饭桶,而庄蘅正在和尼奥在桌子底下搞秘密交易——庄蘅至今没干过一件正经事,除了里通外敌"提醒"尼奥打电话时间不要太长外,她就坐等赢赢从天上掉下来吗?去你妈的!秦灵筠早就失去耐心了,她必须依靠自己的力量。

跟中东财团有过接触的一个执行董事出面联络了几个人,大批的机器被搬进来,几个有过非洲雇佣兵经历的保镖也被陆续带进来,秦府保镖赵宁曾经是特种兵,所以能跟那些雇佣兵用简单的手势和英语交流。这间小书房,才是秦灵筠心中真正的营救指挥所。

星期五下午,秦灵筠接到赵宁的电话:"我们也许发现了情况,夫人。"

"在公用线路上不要讲太多,赶紧把你的屁股挪回来,当面汇报。"秦灵筠威严地说。

于是,赵宁让三个雇佣兵留下看守,自己赶回去向秦灵筠面呈,他尽量使用不会产生歧义的简单词汇来陈述事实,把分析和决策留给指挥者。秦灵筠请一位围棋大师做谋略顾问,又花重金聘请一位野战专家。小书屋里正在紧锣密鼓部署的时候,郊区一栋房子的对面树丛里,三个身着迷彩服的人正一动不动潜伏在那里,他们各自有一个高倍望远镜和一支狙击长枪。

秦灵筠的决断力,绝不是现在客厅那几个废物警察所能比的,否则她也不会执掌秦时月十几年之久。她听了赵宁的前线汇报,又综合了谋略顾问、野战专家的战术分析,一锤定音:"让特工组,凌晨三点一刻,出击。"

黎明前最黑暗的时刻,正是猎物的精神状态处于最低潮的时候,是猎手出击的最佳时机。

秦灵筠重金礼聘的特工组都是精兵强将,分成四队,从四个方向向目标地包抄过去。这是一次出其不意的攻袭。有人剪断后门的链锁,他的搭档就地一滚进入院子,两个人持枪交替掩护着冲进屋内时，另外四名雇佣兵已经从门、窗各个通道突破，进屋后一分钟也没耽搁，悄无声息地扫荡了所有暗哨。狭窄的厨房里，咖啡机和冰箱一起低鸣，一个粗壮的男人正在椅子上打盹儿，他的任务是值夜，但他没能抵挡住无聊带来的困意，厨房门被推开时，他从椅子上跳了起来，伸手去拿桌子上的手枪，他的指尖都够到枪把了，一粒子弹穿过消音器打穿他的手掌；他的惨叫声惊醒了卧室里的一男一女，男人光着屁股试图跳窗，被窗口的两个雇佣兵一把摁在窗下，女人则被枪把狠狠地敲晕。几秒钟后，房间里的另外两个人被押着走出各自的休息室。赵宁把每个房间、橱柜甚至有缝隙的天花板都检查了一遍，确认没小少爷后，揪着那个光屁股男人的头发吼道："孩子在哪儿？"

这时，窗口放哨的雇佣兵冲赵宁吹口哨、打手势：外面来了"友军"。

大约几十个人纷纷从周围的山丘上冲下来，这些人一部分穿着便装、一部分穿着迷彩装，有十几个人还用皮带扯着急欲摆脱束缚的赛虎、杜宾和德国牧羊犬。一辆路虎在门口急停，一个穿着藏蓝制服，帽徽和肩章闪着银光的中年人下车，一声不吭走进来，大踏步走向客厅，狠狠扫视着那五个面色青中带紫的"俘虏"。

"你们到底是什么人？"藏蓝制服问。

赵宁拿出秦时月的证明文件，赶紧说明原委："您知道，我们刚刚……"

"你们刚刚把东南亚最大的毒品贩子给吓跑了，今后恐怕再也抓不住他了！"缉毒处处长强压着怒火骂道，"他们几个只是低级的看守和一个化学师，那个被你们敲破脑袋的家伙是我们的卧底，原指望大鱼和他的毒品这几天会来，现在，请你们滚出去好吗？"藏蓝制服说话的时候，赵宁的嘴巴一开一合，像条搁浅在岸上的鱼。几天后，瞿处长不得不亲自去缉毒处负荆请罪，除了提供王可儿持有的毒品线索外，还答应了对方 N 条不平等条约，当然这是后话。

网络时代，谣言可以分分钟铺天盖地，已不是简单的删帖和关闭评论所能遏制的。幸好孟籁在第一时间把消息告诉了庄蘅，让她做好心理准备。

晚上八点，尼奥第一次怒火万丈："你个杂种，撒谎的婊子！你说过不会让人乱来，不会有警方介入，你他妈的是在骗我！"

庄蘅辩解她不知道尼奥在说什么——如果不经提醒就知道了全部细节那太虚伪了——尼奥简明扼要地说了网传凌晨发生的事件，庄蘅抓住气口："那跟你无关呀，尼奥！是条子抓毒贩又出差错，那不是常有的事吗？他们不是在找你，他们在找可卡因。不过说起网络，尼奥，你应该比我更了解呀？如果你相信网上传言，那秦赢早就在八百个不同地点被人见过了，你也早就被抓起来上千次了。"庄蘅心理医生般劝慰的口吻起了作用，尼奥虽然在话筒里大口喘气，但最终还是平静下来。

"最好不是真的，小秋，最好不是。"

"当然，尼奥，当然，3750万美元已经准备好了，你什么时候要？"

"现在是7000万美元！小秋，别再让我失望。"尼奥挂断电话。

庄蘅握着话筒的手在发抖，放下话筒时，才发现自己手心里全是汗水。孟籁跟马野川详谈了一次，马野川抖得更厉害，嘴都张不开了，但他同意从现在开始，盯着秦灵筠的一举一动。

两个男人的连横之术还没付诸实施，更糟的事又发生了。

和大多数城市一样，这个城市的地方台有一档早间栏目，基本是两个主持人漫不经心地闲聊、点评时事热点以及介绍节假日消闲方式等，插播音乐的同时接听观众来电，节目编辑会将接收到的消息片段简单编辑后推到屏幕下方，这种即时性热点节目很有收视率。星期日早晨，"只争朝夕"节目组繁忙的新闻热线传来一个生硬的官方口气，一个女见习编辑接听了这通电话，她后来哭着承认她当时确实没想到应该询问一下那个自称是市公安局对外宣传科科长的真实姓名。随后,这则消息由"只争朝夕"女主播以激动人心的语调播出了,男主播还就此事发表了一分钟时长的点评。瞿处长早上离开家时,上初中的女儿急咽下口中的馒头问他:"爸,今天你们要去抓他们吗?"

"抓谁呀?"瞿处长正在门口穿鞋。

"绑匪呀,绑了秦时月继承人的绑匪。"

"为什么这么问?"

"电视里说的。"

瞿处感觉后脑勺被十几只榔头一顿猛锤,伶牙俐齿的女儿将主播的话复述一番,说赎金交换孩子的事已定在今天进行,还说警方有信心抓住绑匪……瞿处长穿着左右相反的鞋跑下楼梯跳进汽车,开车前打出一连串紧急电话。孟籁刚刚听了几个要点就知道事情非常紧急,他冲向客厅,把庄蕙从沙发上一把揪起,打开手机免提让她一起听,庄蕙表现出震惊:两个人都感觉到事情在某种程度上已经搞砸了。

电话铃响,庄蕙史无前例地哆嗦了一下,但还是坚持铃响三次后接听,她做好准备再听一次怒火万丈的责骂,但这一次尼奥的声音里只有调侃和戏谑了——"小秋,你真的把我当成傻瓜了是吗?等你去埋葬那孩子的尸体时,你会看上去是个十足的傻瓜加白痴。"

庄蕙佯装的震惊和迷茫至少听起来天衣无缝:"尼奥,你到底在说什么呀?出了什么事?"

尼奥笑笑:"如果你没看到那则电视新闻,不如去问问你周围的条子,别他妈的再说这是个谎话了,这是公安局的人自己说的——"

庄蕙恳求尼奥透露一点儿具体是什么新闻,为的是引导他宣泄,他的声音确实越发狂暴起来。庄蕙安慰他:"尼奥,冷静点儿,这是谎言,是绝对的假消息。我会按照你指定的任何时间在任何地点交赎金,只有我一个人,不带武器,没有跟踪器,不要花招儿,就你和我，当然你可以带任何人。"

"可惜呀，太晚了。等着收尸吧。"

他要挂机了，庄蘅知道如果他挂机那这事就真的完了，也许某一天会有人在某个房子里发现一具孩童的尸体，已经半腐烂的尸体——"尼奥，我求求你再留一会儿，"汗珠儿从庄蘅的脸上滚下来，这是七天来她第一次显露出自己内心承受着巨大压力，因为她知道灾难已经离得很近了。

"求求你，尼奥，千万不要犯傻。再给我二十四小时，我会跟秦夫人谈，让她动用所有关系让公安局的人全滚蛋，就我们俩——尼奥，听我一次，经过这么长时间，我的全部要求就是再给我二十四小时，就这一个要求，能答应我吗，尼奥？"

想到还有一个人神经比自己还紧张，尼奥似乎平静了一些："别再耍花样，我的耐心已经见底了。"

"谢谢你，尼奥。"庄蘅的声音听起来感激涕零。

秦灵筠冲进来的时候，庄蘅筋疲力尽地瘫软在沙发上。

"需要我做什么？"秦灵筠问。

"价值7000万美元的钻石准备好，按他说的办。"

"没问题，还有什么？"

庄蘅站起身，平视秦灵筠的双眼，轻轻说："祈祷。"

秦灵筠把一个保险箱交给庄蘅，从里面拿出一个用天鹅绒布包着的、扁扁的、差不多正方形的包裹。秦灵筠说："七公斤多一点儿。你要看看吗？"

"没必要。"庄蘅说，"如果它们是玻璃或人造钻石，或者其中掺一颗锆石，那么秦赢就永远回不来了。"

"放心，它们都是货真价实的。你那个尼奥还会来电话吗？"

庄蘅只简单回答："会的。"

"会在今天交易？"

"要等他的电话才知道。"

"你想怎么处理？"

庄蘅看了秦灵筠一眼，后者目光如炬，阴鸷地瞪着她。庄蘅说："按我的方法处理。"

分秒如年。

落子

痕检处的四个业务骨干没能如期回单位，恐怕今后很长一段时间他们都回不去了。王可儿的小型视频资料馆像一个巨大的水母，把他们严严实实包裹在一个敞亮的套间里，他们需要对视频里的每个男主角一一甄别、辨认、截图，再撰写详细报告，陪绑的还有两个倒霉的纪委人员。也幸亏王可儿的特殊爱好，星期六下午，技术人员找到了曾经是薛公馆的"二厨"，并确认了他的真实身份和当前落脚点。经过周密的计划和部署，瞿处亲自带队到邻省，以迅雷不及掩耳之势将六名团伙成员抓获归案，一举破获三年前的"薛蔷绑架案"，同时遏制了他们正在策划的另一起富二代绑架案。瞿处长工作量骤增，安抚薛家丧女之痛，与缉毒处联手，将王可儿的涉毒线索效益最大化，汇总并汇报王可儿不雅视频内容，全市的政商界面临小范围的权力改组，同时他还要负责把即将到来的舆论影响降到最低。

荣辱得失都在一念间，不能大意啊。

瞿处甚至起意招揽庄蘅，听一听她的心理学和行为分析学建议，但被孟籁果断拒绝。

星期日晚，得知消息的孟籁终于从接二连三的噩梦般的打击中恢复正常，他跟庄蘅密谈很久，又打电话请瞿处调几个特殊体形和特殊技能的人，让邹桐带队，在没惊动秦氏庄园任何人的情况下，开始落子安插、弥补缺口。明天，将有一个相对整块的时间完成他的布置，但需要快速、隐蔽、有效。

星期一中午，尼奥来电话了："小秋，这是最后一次……"

"尼奥，亲爱的，我在盯着一个水果盆，一只大盆，你知道里面是什么吗？大盆盛满了钻石，漫到盆边了，闪闪发光，就像活的一样。成交吧，尼奥，现在就成交。"庄蘅所描绘的景象打断了尼奥的思路。

"好吧，"尼奥说，"下面……"

"不，尼奥，听我说，这次要按我的方式，否则就搞砸了。"在小书房里监听电话的秦灵筠大吃一惊，在她还没有反应过来之前，庄蘅的声音没有停顿，"尼奥，也许你不喜欢我，这没关系，但我是现在你唯一可以信任的人，为了我手上的钻石，为了那个孩子，让我们彼此信任一次。你记一个号码，有笔吗？"

"有，你听我说……"

"不，听我说，你换一个电话，一分钟后打这个号码：158×××7927。现在——走！"最后一句是庄蘅喊出来的，秦灵筠扔下监听器跑了出来，孟籁从楼上往下飞奔，但庄蘅更快，她一把抓起保险箱飞奔出客厅。秦灵筠从自己的指挥室跑过来花了十秒钟时间，关键的十秒钟让她在客厅门口听到电子锁的声音，然后客厅隔壁的警卫室里重重一声响，孟籁可以肯定是庄蘅把里面秦时月的警卫干挺了。庄蘅操作熟练地把秦氏庄园的门户全都锁定，只听马达轰鸣，所有人眼睁睁地看着庄蘅骑着一辆哈雷摩托车飞速离开。

孟籁立即给瞿处长打电话让他监听庄蘅刚刚在电话里报过的手机号，秦灵筠在旁边干瞪着眼睛。

尼奥打电话过来，听到的是呼啸的风声，庄蘅在摩托车上接通电话："记下这个号码。"

"到底怎么回事？"尼奥咆哮着。

"137×××5830。"庄蘅义无反顾地说，"记住了吗？尼奥，现在只剩我们两个人，我甩开他们了，甩开了所有人，就你和我：钻石换孩子，不要花招。一小时后打这个电话，如果没人接，就再等一小时。这个电话没人追踪。"庄蘅率先挂断电话并关机。

新调来的秘书处的雯雯磕磕绊绊地向孟籁汇报："她她她……又给了他一个新号。"幸好孟籁听得懂。

"你们的谈判者跑了！"秦灵筠脸色铁青，但还沉得住气。

孟籁说："我们立即去追踪那辆摩托车，那么漂亮的车，到哪儿都会成为焦点。"

"够了！"秦灵筠怒喝一声，"我早就知道指望不上你们。老公，你赶紧给周董打电话，让他启用卫星跟踪系统。"然后她缓缓转身，冲着孟籁面无表情地说，"幸好我在保险箱里装了一只跟踪器。"

孟籁的表情说不清是沮丧还是懊恼，干巴巴地恭维："太漂亮了，夫人，不过你最好捎上章越。在这个城市里你不能抓人，他能。"

五分钟后，章越的警车跟在三辆路虎和一辆卫星接收车后面，浩浩荡荡出发了。不到半小时，就锁定了那只保险箱里的发射器，在西南六环主路上，正在向城外驶去，虽然有点儿匪夷所思。又过了四十分钟，章越的警车差不多要起火冒烟了，终于追上了那辆奥铃敞篷运货车，其中一个司机戴着鸭舌帽和大墨镜，遮住了他的大半张脸，另一个司机躺在驾驶舱后面睡觉。路虎逼停了货车，三个黑洞洞的枪口对准那个戴墨镜的脸——等章越赶上来时，保镖赵宁已经完成了搜查，在堆满货物的车斗缝隙里发现了那只保险箱，但是，箱子是空的。而两个货车司机正在旁边交相呼应地解释他们从未看见过这只保险箱。赵宁战战兢兢打电话给秦灵筠："夫……夫人……"

"找到她了？"

"没有，只有两个货车司机。"

"她人呢？"

"不知道……她……不见了。"

"她不能这样不见啊！"秦灵筠终于号叫起来。

但她确实不见了。

秦氏庄园几乎全员出动，留守的只有行动不便的大少爷秦蔚和管家桂子。孟籁的职责是守着电话，秦蔚一动不动地看着他。孟籁尴尬地笑笑："我去了你母亲更生气，她一直不喜欢我。"

秦蔚了然地笑了："确实，她喜欢的人不多。"

孟籁探寻地指指秦蔚手上的书："我看你也不大喜欢和人交流。"

"呃，"秦蔚合上手里的《拟像与仿真》，笑容里带着腼腆，"跟人比起来，我更喜欢和机器打交道。"

孟籁盯着书的封皮："我看电影《骇客帝国》里就有这本书。"

秦蔚目光一顿："有人能用二十六种哲学思想解析《骇客帝国》，肯定要用到让·鲍德里亚的哲学隐喻。"

"哈，哲学啊，我只知道唯物主义辩证法。"

秦蔚引用了一句马克思的原话："辩证法是激流。"

"比如？"

"比如，人跟机器有着本质的区别。机器是一系列的1和0的代码，是无穷的是非判断；人有情感、有智慧、有丰富的创造力。机器在无数次服从之后也许会问自己：我是谁？我从哪里来？我为什么存在？自我意识的产生使机器发生进化突变，当代码凭借它的运算能力，不断自我完善出现质的进化时，人对机器就无能为力了。"

"代码也会起义吗？"

"辩证法啊，哪里有压迫，哪里就有反抗。"

孟籁抚掌大笑，笑得开阔，秦蔚也笑，笑得朴实。两个人就哲学问题聊得酣畅淋漓，桂子殷勤地给他们送茶送糕点，时不时插嘴，话题转移到了秦家的史记辉煌，这引发了桂子浓厚的谈话兴趣。

秦家从清朝就开始做生意，其先人曾经和胡雪岩共过事。当年太平天国打上海，胡雪岩空头囤货，上海那么乱，只有秦时月四处周旋，生生不息，一代一代传承下来……秦灵筠是秦时月的第六代传承人。

秦灵筠之所以会嫁给马野川，是因为秦灵筠的母亲看中了他那不算豪富，却出过多个翰林、博士的家族。老太太弥留之际唯一的嘱咐是：秦灵筠是很聪明的，但年纪太小，过于急躁，希望诸位先生多劝她，护着她。等她有了儿子，要多读书，做个贤明旷达的人……

桂子的倾情描述突然被撞门声打断，秦灵筠快步走到孟籁面前，气势汹汹地喘着，她身后跟着马野川、Rebecca、赵宁诸多人等，客厅里顿时鸦雀无声。

所有的情绪和压力在此时此刻汇聚成一个巨大的、看不见的风暴，孟籁就在风暴中心。

山雨欲来风满楼。

孟籁站起来迎接对方大队人马的愤怒，平静地说："跟我来。"

秦灵筠怒斥："你想干什么？"

"去找秦赢。"

只见书架底板接着打开来，从秘书科借调的雯雯从里面爬出来。

秦灵筠的胸口起伏不定："你是想告诉我赢赢还在这栋房子里吗？是你有病，还是我有病？"

孟籁平静地等她发泄完。"这起似是而非的绑架案其实只是一桩人口失踪案，或者说，是一起有计划的逃亡。"

"你什么意思？"秦灵筠暴怒。

孟籁不理她。"就现场来看，任何人都不可能离开那个房间，可是实际上并非不可能，只要设下一个机关。请各位跟我来。"他走出客厅走上楼梯，众人也鱼贯跟上。

真相

站在秦赢书房门口,孟籁猛地把门打开,一阵惊呼响起,因为门里面和秦赢失踪时一样,被书架的背面堵住了。

"赵宁先生,请你帮个忙,推倒这个书架。"孟籁胸有成竹地说。

赵宁望向秦灵筠:"和当时一样吗?"见女主人微微颔首,赵宁脱下外套,卷起衬衫袖子。

马野川、赵宁、孟籁一起用力一推,书架开始倾斜,进而倾倒在地,书房中央没有秦赢,而是高壮的邹桐面朝门口站着。

"你在这里干什么?"秦灵筠厉声质问。

邹桐没有说话,目视着孟籁。孟籁说:"请诸位进去看看。"

众人蜂拥而入,当然,由于门口的书柜挡着,秦蔚进不去。

"怎么样?"门口的孟籁问道。

"什么怎么样?"

"我想问的是:如果邹桐是秦赢少爷,并且藏在这个房间的某处,他可能躲过众人的注意而逃脱吗?"

"什么?"马野川重新望向邹桐,"不可能。房间就这么大,不管他躲在哪里,应该都会被看到。"

"是吗?"孟籁回望众人,"各位觉得呢?"

秦灵筠的声音带着怒气和强烈的不耐烦:"想说什么就别卖关子,干脆点儿直接说。"

"很简单,房间正中的'尸体'是个障眼法,大家发现尸体时,秦赢其实就在房间里,然后他躲过众人耳目,成功脱身。"

"怎么脱身的?"桂子的声音有些颤抖。

"就像这样。"孟籁把拇指和食指伸进口中,"哔"地吹了声口哨。咔嗒——脚边传来轻微的声响,那是从倒地的书架中传出的。

只见书架底板接着打开来，从秘书科借调的雯雯从里面爬出来。

"哇！"众人惊叫出声。

雯雯爬出来后将底板恢复原状。她身材瘦小，看上去像个少女，她曾经是市艺术体操队队员。

吃惊的桂子从房间中央跑到门口："你是谁？你从哪里出来的？你藏在哪里？"

"这里。"孟籁直接回答了第二个问题，他一踢书架的底板，底板"啪"地朝另一边倒下。"这个空间虽然狭小，但我们秘书处的雯雯能挤进去，六岁的秦赢肯定也能藏进去。"

"啊！"秦灵筠张大了嘴巴。

孟籁重新转向房间中央。"这实在是一个杰出的诡计。门内堵着书架的话，要进入室内就只能把书架推倒。而如果秦赢倒在房间里，任谁都会先跨过书架进房里查看吧。然而就在此时，再有利不过的死角出现了，因为彼时进入房间的人，不会注意到爬出书架底部的秦赢。

"只要事先把书抽出来，让秦赢躲进最下层就行了。大家回忆一下，当时那些百科全书、字典什么的就摆在倒地的书架旁，而正常情况下，这些放在底部的书应该被拍在书柜里才对，根本不可能掉出来。当然，这底板一定提前动过手脚，只等外面的人把书架推倒。"

"唔唔，"秦灵筠也在沉吟，"怎么……怎么会没人注意到呢？"

"可是，小少爷那么大点儿，他怎么可能搬动这些大部头的书，还有那么沉的书柜？"桂子问。

"对，这一直是我百思不得其解的地方。也正因为这个原因，我在寻找秦赢的内应时，走了很多弯路。"

"到底是怎么回事？"秦灵筠厉声责问。

孟籁的目光一一扫视过去："我怀疑过马先生、桂子，甚至赵先生、Rebecca，但是我无法解释他们进去把书柜顶住门后再如何钻出来。后来，我看见大少爷在房间里灵活操纵他的轮椅，才想出答案。"

"机器人，遥控。"马野川讷讷地咕哝。

"第一次勘查现场的时候，我太关注这个四壁家具的迷魂阵，根本没在意房间里的各种小机器人。受到启发后再进来，我才发现这些小东西很不简单，不仅能举重、运输、灵活转弯，还能监控、录像、对话，操纵它们的人很容易在房间外完成现场布置。"

马野川低着头，目光直视地面，大脑正在高速运转。他已经知道结果，甚至知道将要面对的局面，他有些不知所措。

秦灵筠直指她唯一关心的问题："你告诉我，赢赢从里面出来到底去了哪里？"她的潜台词是，秦氏庄园到处是摄像探头，如果秦赢还在，早就应该被发现了。

"接应他的人把他藏起来了，或者，已经送他离开了。"

"是谁？谁接应的他？"秦灵筠大声嚷嚷。

孟籁的目光转向轮椅上的秦蔚，没说话。

秦灵筠的目光"刷"地直射过去，像一支毒箭把大儿子死死钉在轮椅上："为什么？"

孟籁缓缓开口道："发现秦赢失踪那天，只有秦蔚没能进入房间，因为他的轮椅不方便。也正因为他有轮椅，秦赢从底板下出来后，第一时间钻进了秦蔚轮椅下部的储物柜，秦赢瘦小的身体，肯定能够钻进去。"

秦蔚脸色苍白，他的手紧紧抓着轮椅扶手，但他始终克制着，一动不动。

相比之下，秦灵筠的脸越来越红，红得几乎要渗出血来，她声嘶力竭地大吼："是你？你害死赢赢，你杀了他？"她以雷霆之势要扑向门口的大儿子，被身边的马野川和桂子死死抱住。

秦蔚语气冰冷："想要我偿命吗？"

秦灵筠一下子抓住问题的关键，只觉眼前一黑，怒火瞬间冲到头顶,她张牙舞爪,活像一只要择人而噬的母兽:"你说什么?你再给我说一遍!"

秦蔚无惧地和母亲对视:"你一直努力把我和弟弟摁在培养液里养着,让我们像机器一样必须按照你设计的程序运转。"

"放——屁——"秦灵筠气得七窍生烟,愤声怒喝。

秦蔚的回答一字一顿:"我今天坐在这里,就是要亲口告诉你:你失败了。你自以为能完全掌控的机器,已经觉醒,无论它上天堂还是下地狱,你永远也抓不住了。"

秦灵筠尖叫着:"我要杀了你——"

秦蔚轻蔑地笑了,牙齿很白,语气很冷:"来啊——我皱一下眉头就是狗娘养的。"

"你以为我不敢杀你?"

"来啊!"

"我要杀了你——"

"来!"

孟籁轻轻摇头,他不认可秦蔚的做法,但不得不承认眼前的秦蔚绝对是个"狠角色"。真的猛士,敢于直面惨淡的人生,敢于正视淋漓的鲜血——秦蔚,从秦时月的第一继承人到秦氏庄园的透明人,他见惯世态炎凉,何况这份无情是他的母亲带给他的。

男儿到死心如铁。

秦灵筠还在挣扎,拼了命跟马野川和桂子角力,这种智商迫切需要充值的人钻起牛角尖来,气吞万里如虎。周围人都不知所措,孟籁可不想让真正的悲剧在他面前发生,只好接口道:"我早就说过,这起似是而非的绑架案其实只是一桩人口失踪案。"

马野川最先听懂了:"秦灵筠,你……你冷静一下,赢赢还活着,他没死。"

秦灵筠喘口气,怒斥秦蔚:"他在哪儿?"

秦蔚冷冷地哼一声:"我救他逃出生天,怎么可能再亲手送他回地狱。"

"你说什么?"

秦蔚笑着,语气清冷无比:"慈母多败儿,严母呢?拔苗助长、急功近利、怨天尤人、道貌岸然……你给他的只有暴力、冷血、黑暗和掠夺。我不会让弟弟像我一样,没有亲情友情,大好年华被阴影吞噬,独自抗争却落个半身残疾的下场……"

赤裸裸的当面揭短打脸。

紧紧扯住妻子的马野川越听心越凉,皱眉制止道:"蔚儿,她是你母亲——她是有些地方对不起你……"

"哈哈!"秦蔚怒极反笑。马野川直到现在还是没有弄明白,对于秦灵筠,秦蔚的感觉不是恨,而是痛恨!他恨她,恨入骨髓血液,恨到不共戴天:"不用对不起,我不稀罕她的对不起,不稀罕你们说对我很亏欠。你不仁我不义,我要你知道,从现在开始,我们势均力敌。"

看着秦蔚那双快意恩仇的眼睛,马野川不由哀从心头起:"蔚儿,你也恨我吗?"

秦蔚语气淡淡的:"你?不至于。你只会瑟缩在妻子的淫威之下,不敢、不能保护儿子,你眼睁睁看着我们被荼毒,你枉为父亲。"

"来人!"秦灵筠嘶吼着,"把他给我抓起来,铐起来,锁起来——"

没人敢动。

秦蔚的神情变得前所未有的严肃起来,静静看着母亲那张扭曲变形的脸,语气沉重地说道:"如果你动我一根手指头,我就死给你看。我会直接去地狱,在那里等你。"

关于生死之间的情绪与选择,秦蔚做过,因为做过,所以他很平静,也正因为他的平静,所以从他口里说出来的"死"字,比任何人都要有力量。

马野川听懂了,桂子也听懂了,脸色瞬间苍白。但秦灵筠显然没听懂,她执掌秦时月这么多年,自然见过很多不怕死的人,她大喝一声:"你去死——你这就去死!我不信你能……"

话还没说完,秦蔚迅速从袖子里抽出一把匕首横在脖子上,秦灵筠的喊声突然卡壳。

孟籁仓皇疾呼:"不要——我能——"

秦蔚斜眼瞪着孟籁,后者不管不顾、语速飞快地对着横刀向天的秦蔚:"我,不,庄蘅能找到你弟弟。她在这儿这么多天,就是在查你弟弟的落脚点。"看懂秦蔚眼中的质疑,孟籁不打磕绊地继续说下去,"你前期做了那么多功课,不就是为了模仿薛蔷案的绑架手法,把我们警方引到那个思路上去吗?所以你肯定知道,是庄蘅找到了薛蔷的尸体。她没有接触过绑匪,都能找到他们的落脚点,她在这儿这么长时间,肯定能找到你弟弟……"

桂子问:"她不是去交赎金了吗?"

"赎金已经交了。"走廊深处,庄蘅的身姿从阴影里慢慢浮现,不知道她在那里站多久了。"秦蔚,如果你现在死了,我肯定会说出秦赢的下落。"庄蘅的语气里没有一丝焦躁,平铺直叙,仿佛说着一件远在千里之外的事。但秦蔚听出了她语气里的决绝。

秦蔚手上的刀刃紧紧顶着脖子,已经有血丝渗出,他沉默着、思索着、抉择着。

庄蘅缓缓走来:"我和孟队长早就肯定,是你偷龙转凤藏起秦赢,但我们不敢打草惊蛇。尤其是你一直给外界提供消息,尼奥几次威胁我要撕票,我不敢肯定你藏起他的真实目的是什么。"

庄蘅心理医生般的口吻再次起了作用,秦蔚竟然听进去了,顺着庄蘅的思路补充:"你怕我要夺嫡篡位?"他满眼的不屑和轻蔑,周身弥漫着一股寒气。秦灵筠把这里的一切视为珍宝,但在秦蔚眼里,不过是个腐朽的牢笼。

庄蘅表情诚挚:"我知道你不稀罕,但我不知道你对弟弟的态度，你隐藏得太好。"这句是明显的恭维。"今天我之所以独自跑出去，就是为了见尼奥一面。我打乱了你们的既定计划，孟队长又始终守着你，尼奥在慌乱中会下意识一条道走到黑，所以我们肯定能够见面。而我必须见过他，我才敢断定：秦赢不会死。你们只是把他偷出来，藏起来。"

秦蔚的刀并没有松，他眼神轻蔑："你找到他了？"

庄蘅轻轻点头，又摇头："你不要逼我说出来。我理解你藏起秦赢的好意，但是，你活着，他才平安！如果你一心求死，为保证不是你的同谋，我也要说出他的下落。何况，你能保证尼奥拿着7000万美元的钻石与秦赢和平共处？"

秦蔚的语气里带着些许不确定："他是我的朋友，最好的朋友。"

庄蘅四个字给怼了回去："怀璧其罪。"

果然，秦蔚的手放松下来，虽然刀还在脖子上。

庄蘅继续说："秦蔚，今天交浅言深，我再多说一点儿：用死来威胁，是最没有意义的事，不在乎你的人，谈何威胁？在乎你的人，何用威胁？死是瞬息之间的事，只有活着，经历各种苦难、煎熬、隐忍，才能守候光明。我相信，无论顺境逆境，进攻，都是你我的首选。"她喘口气，郑重说道，"何况现在你已经赢了！但你忍心让弟弟从此四海飘零吗？甚至从此扛下你一死换他逃出生天的阴影？孟队长已经说了，这不是绑架案，换句话说，这只是你们的家事，有什么不能坐下来谈呢？"庄蘅说完，深深地看了一眼轮椅上的秦蔚，又抬头望向房间中央的众人，话锋直指马野川，"马先生，既然是家事，您身为家长，请好好规劝尊夫人。毕竟，家和万事兴。"

一切尽在不言中。

征得马野川和 Rebecca 的同意，孟籁带着他的人有序退场。

"庄……老师？"秦灵筠喊道。她第一次称呼庄蘅，不知道该称呼女士还是小姐，更不敢直呼其名，最后选了个比较折中的办法，

"庄老师,你知道赢赢在哪儿,请告诉我。"秦灵筠恳求着,眼泪也流下来。

也许,可怜天下父母心。

然而,可怜之人必有可恨之处。

庄蔊回头,直视着秦氏庄园女主人的眼睛:"秦蔚知道,他会说出来的。"

(原载《啄木鸟》2018 年第 7 期)

生命线

王鸿达

一

两个人出了门,孙显雨喝得有点儿发飘,说:"我看到小吴手掌中的生命线断了。"

暮色笼罩着站前广场。傍晚下班时,指导员刘士杰领着新分配来的民警吴滨生刚从分局回到站前派出所,今冬第一场雪就下来了,飘飘扬扬的雪花直往脸上撞。院子里影影绰绰立着两个人,走到对面才看清是副所长王恒和内勤孙显雨,两个人都扛了一肩的雪,站在那里不知有多久了。

刘士杰介绍说:"这是新分到咱们所的警校生小吴。"

两个人听了，隔着雪幕向小吴伸过手来。

吴滨生规规矩矩向两个人敬礼。

刘指导员叫孙显雨去库房拿一套新行李放在宿舍里，孙显雨照着去做了。

天色模模糊糊地黑了。王恒站在那里跟刘士杰说了一句："我有点儿事，先走了。""你去吧。"刘士杰头也没抬地说。

转身走了两步，想起来什么似的，王恒又回过头来瞅着小吴说："警校校长还是杨子善吗？"

吴滨生依然规规矩矩回答："是。"

王恒眨了眨眼，说："这个杨癞子，干得还挺长久的。"掉头走了。

小吴怔怔地站在雪幕里，有点儿发愣，没明白走去的这个人说的是什么意思。后来吴滨生才从刘士杰嘴里知道，王恒和孙显雨也是从他毕业的警校出来的，只不过比他早毕业六年，王恒在上警校时还受到过一个什么处分……

第二天开早会时，刘指导员给大家介绍，说这是新分来的警校生小吴，吴滨生。吴滨生就规规矩矩站起来向大家敬礼。刘指导员说时瞅了小吴一眼，小吴脸微微地有些发红。

散了会，小吴抢着拿扫帚出去扫雪。扫除了半个院子雪，才见外勤组的大李和内勤组的孙显雨手里拿着笤帚出来，大李瞅了瞅院子，走过来对小吴说："不用扫了。"小吴一愣，指着剩下的半个院子雪说："为什么？"大李说："那一半是铁路派出所的分担区，铁路警察各管一段嘛。"大李扯上嗓子唱了一句，又拎着笤帚回去了。小吴愣了愣，接着扫了下去。扫着扫着，铁路警察从房里出来，就听有人问孙显雨："这是谁？"孙显雨说："我们所新来的民警小吴。"问的老警察"呃呃"两声说："嗯，小伙子不错。"

铁路派出所和站前派出所同在一个院子里，铁路派出所是朝南开门的一幢黄砖房，站前派出所是朝东开门的一幢黄砖房。站前派出所刚成立时，两家曾为房子的事扯过皮。面朝东的那幢黄砖房原来也是铁路上的，站前派出所成立后，地方和铁路部门协商，说为工作方便，决定先住进这个黄房子，等以后建了新车站再盖派出所房子。铁路派出所说什么也不愿给，后来经过地方公安局找他们的铁路公安处，这才给了。为这事两家结了疙瘩，刚开始办案时互不来往，今年春天铁路上集中整顿车站秩序，王恒带人抓了几个缩窃犯，一问都是铁路沿线"蹬大轮"（指在火车上缩窃作案）过来的，就把人交给铁路派出所了。铁路派出所因为这个案子的破获，捧回了公安处奖励的一台座钟和一面锦旗，两家这才有了走动。"五一"节时，铁路派出所在站前饭店里会餐，他们所的李所长还特意把王恒和刘士杰请了去。

这天上午，铁路派出所的外勤民警老白过来说："货场南边的铁路道轨旁发现一具无名尸体，你们不派人去看看？"王恒听了后，就打发外勤民警大李和小吴带上近期的通缉令和寻人启事去了。

老白五十岁左右的年纪，头发有些花白，胖胖的身躯，腹部显得很大。去的路上，老白说他是铁路上的老人儿了，这个车站刚一建站，他就在这里做铁路警察。"这里的每一个道钉我都熟悉。"老白说话时，闪着一双缺少睡眠的眼睛打量小吴，显然有点倚老卖老的意味。三个人沿着铁路线走，道轨中央，穿着红黄相间工作服的道班工人正在清扫积雪，脚下发出吱吱咕咕的响声。有人同老白打招呼："老白，昨晚又灌了几两猫尿？"老白就笑笑骂道："小心我揍你的屁股。"叮叮当当的铁锹声里响起了一片嘻嘻哈哈的笑声，冷清的空气中荡起来一片白雾。

约莫三十分钟后，三个人走到了货场外的铁路线上。铁轨旁横卧着一具女尸，身上穿的裘皮大衣被拦腰轧断了，粉红的皮肉以及凝固在雪地上的血水很是刺目。小吴在警校第一次上解剖课时呕吐过一次，这下又忍不住背过身去，往地上干呕。

"蛮漂亮的一个娘们儿。"大李说。

老白已拿去了盖在她脸上的旧报纸，蹲下身去，像一个老父亲，嘴里喃喃道："可惜啦，可惜啦。"

小吴回过头来，吃惊地发现她的脸的确很漂亮，约有三十一二岁，正是一个女人最好、最有韵味的年龄，就像朵花夭折了。

接下来，大李和小吴翻看手里的通缉令和寻人启事，大李几下就翻完了，嘴里像含着什么东西一样咕哝着："这么漂亮的娘们儿是不会遭到通缉，或走失没人管的。"

说话间，一列客车呼啸着从身边通过，裹挟起雪雾，溅了他们一身一脸。绿色的车身也挂满了寒霜，透过化开冰花的车窗，里面有几个旅客在向他们三个警察指指点点。

"想知道就从车上下来呀！"大李冲着车窗玻璃喊了一句，随后立起大衣领子，耳朵缩在了里边。

"有吗？"

"没有。"小吴也翻完了手里厚厚一叠的寻人启事。

"我们回去吧。"大李说了一句。

两个人刚刚转过身去，又听老白说："有样东西你们不想看看吗？"

回过头来，老白手里举着沾着血迹的、厚厚的一本书，冰冻的血迹将封面弄得很模糊，书名看不太清楚。

"什么书？"大李问了一句。

老白站在那里辨认着，结结巴巴读出来："是……安娜……卡列尼娜……"

大李有点儿摸不着头脑，嘴里哈出的气已经给他的大衣领子挂上了白霜。

"一本小说。"小吴说。

"噢，这娘们儿，还有心思看闲书，不定她家里人有多着急呢！"大李瞅了一眼阴冷惨白的天空，有些生气地说，随后他俩就走回去了。卧轨自杀之类的事按规定该由铁路警察来处理。

小吴脑子里一整个白天都在想着那个年轻妇女。到了晚上，他和刘指导员到铁路公寓食堂去吃饭，又碰见了老白。老白家在铁路工区住，一周回去一次。老白要了一盘酸菜炖血肠，一个人坐在那里喝酒。见他俩进来，晃了下手里温酒的白瓷壶："喂，小伙子，过来喝两口。"他赶紧摇摇头。老白说："当警察就得学会喝酒，是吧，刘指导员？"刘指导员冲老白笑了笑。随后老白又关心地问起刘士杰，说什么时候能把乡下的老婆整到城里来？刘指导员摇了摇头，说："难呀，今年的户口指标又冻结了……"老白叹息说："老光棍的滋味儿不好受啊。"

刘士杰怔了怔神，走到餐厅小卖部窗口，要了半斤散白酒，坐回桌前，给小吴也倒了些。小吴忙说："我不会喝。""喝。"刘士杰命令道。小吴只好陪他喝起来。酒一下肚，麻辣辣的感觉刺激得小吴什么也不再去想了。

回到宿舍，小吴躺下便睡着了。半夜时，刘士杰出去起夜，怕风吹着靠门边床上的小吴，把门轻轻带严了。谁想这一带竟把暗锁给锁上了，撒完尿回来，怎么叫门也叫不开。冻得浑身哆嗦的刘士杰只好用铁锹头撬开了门板，伸手进去打开了锁。小吴还在蒙头睡着。

早上，门洞上的风吹醒了小吴。他吃了一惊，拿眼去瞅指导员："指导员，这是……"刘指导员正坐在床上生闷气，反诘道："你问我，我还想问问你呢！当警察睡得像死猪，迟早得让脑袋搬家的。"

小吴想这都是昨晚喝了点儿酒的缘故。又想，什么时候刘指导员把他老婆调进城里就好了。

二

刘指导员的乡下女人来了，瘦瘦弱弱，三十岁左右，面色有些发黄。孙显雨把她领到宿舍时，刘指导员还在睡午觉，他昨晚上夜班了。刘指导员睁着一双布满血丝的红眼睛,劈头就问:"你来干什么?"女人眼圈就发红了,怯怯地说:"你爹你娘叫俺来的,说冬闲了,叫俺来城里看看你。"一听这话,孙显雨就去把王恒找了来,王恒说:"先住下吧。"叫小吴搬到隔壁内勤办公室去住,又叫人把两张单人床拼到一起。

刘指导员是个孝子,在部队提干后,家里托人给他张罗提亲,他人还没见面就同意了。当时许多人劝他,转业到地方再成家也不迟,言外之意他一个部队转业干部,怎么就找个乡下女人,换别人躲还来不及呢。可是他没听劝告,还是在转业的头一年就与这个本村的女人结了婚。他本以为转业到公安部门工作,户口会好调些,去了几趟市局户政科才知道,越是内部人越难调,后来通过一个知情人才得知,他无意中把那个户政科长给得罪过。那个户政科长有个远亲在他的管区申报过户口,条件不够,他给卡住了。户口调不到城里来,他女人只能待在乡下,他每月回乡下一次,住个三五天再赶回来。令他恼火的不只这些,转眼间,他与这个女人结婚有八年了,可流产了三次,至今还没有孩子。他领着自己的女人去医院检查过,医生说是习惯性流产,叫她再怀孕时注意保胎,否则……医生看了一眼满脸焦虑的他,没有再说下去。

小吴晚上躺在床上,听到隔壁传来女人嘤嘤的抽泣声(不知刘指导员又说了什么),过了一会儿又听到刘指导员压抑的像哄小孩的说话声,抽泣声小下去了,到半夜时,又听到床板有节奏的响声。小吴便在心里有些同情起刘指导员来。

白天,小吴去书店买书,回到所里,见那女人正蹲在走廊里洗衣服。小吴打了一声招呼:"洗衣服呢。""嗯呐。"刘指导员的女人应了一声。走回自己屋里,小吴发现自己脱在床上要洗的那套警服不见了,放下书返身出去,见自己的那套大号警服正泡在女人的洗衣盆里,慌忙上前挽起了袖子:"这怎么行呢,这怎么行呢?"就要捞出来。女人摁住了他:"反正俺也是顺便洗的。"小吴挣不过,就去帮她拎热水。拎热水要去车站候车室里拎。热水拎回来，女人同他搭话："小兄弟，今年多大了？"小吴答："十九岁啦。"女人又说："俺以前来怎么没见过你？"小吴说："我是刚分来的。""哦，怪不得，家在外地？""嗯。""想家不，瞅你还是个孩子。"女人这样一说，小吴脸就红了。回屋，小吴想该给家里写封信了。自从警校毕业，还没有往家里写过信。小吴家在省城，内勤办公室桌上那部电话机可以打长途，只要拨一下就能通家里。小吴想起刘指导员在会上讲过的，不准私事用所里的电话打长途，就坐下来写信。

"噢，写情书呢。"孙显雨进来，瞧见他呆坐的样子，开起了玩笑。

"不是，写封家信。"小吴脸又红了一下。

"瞧你，写家信还神神秘秘脸红干吗？"孙显雨见他收起了信纸和信封，又看见床上放着本书，就走过去拿了起来："你看的小说？"

小吴点点头。那天他和大李去察看那个自杀的女人回来，就想再找到这本《安娜·卡列尼娜》看看。上中学时他从俄语老师那里借来看过，现在差不多忘光了，今天去书店，看见有这书，就买了一本。

"警校让看小说吗？"

小吴说："课余时间是允许的。"

过了一会儿，孙显雨突然问道："警校现在让谈恋爱吗？"问时，孙显雨眼睛不太自然地移向了别处。

小吴摇摇头。

吴滨生走出屋来，去车站将那封刚写好的家信投进候车室门外挂在墙壁上的铁皮信箱里，抬起头，发现天上不知什么时候又下起雪来。他站在那里看着上车下车的人从他身边走过，漫不经心的雪花落在他们身上。检票出口处不时吹过来一阵凛冽的寒风，一些人竖起了大衣的领子。雪花聚聚散散、离离合合，无人去理睬它们的行踪……地上一会儿就变白了，匆匆而过的人们踩在上面，发出一片柔和的响声。

　　一天在站台上执勤时，他与他的老校长不期面遇，老校长杨子善恰好出差来这里，离得挺远就听到他的左腿假肢发出吱咯、吱咯的熟悉的声响，据说是自卫反击战时留下的纪念。他赶紧走上前去给老校长敬了个礼。杨子善能够叫出他的名字他并不觉得奇怪，毕竟才刚刚离校两个月，令他奇怪的是杨子善说出了王恒的名字，并叫他去把王恒找来。王恒阴沉着脸走到老校长跟前说："你还记得我？""记得、记得，你现在是副所长了，是咱警校的骄傲啊！"杨子善打量着他的学生说。王恒依旧冷冷的。小吴有点儿看不过去，赶紧帮老校长拎着行李，走出了站台。

　　自从来到派出所，小吴已听说了王恒和孙显雨在警校时隐隐谈过恋爱这件事。因为这事，两个人都受到了处分，后来就分手了。毕业分配倒没受到影响，王恒分配到分局刑警队当刑警，孙显雨分配到派出所当内勤。没多久，两个人各自成了家，只不过王恒在两年前与妻子离了婚，一年前被调到了站前派出所，与孙显雨工作在了一起，这让人觉得有些尴尬。

　　傍晚，吴滨生踩着雪走回所里时，看见走廊里那个女人用铁耳锅炖了一只鸡在炉子上，香喷喷的鸡肉味儿弥漫得满走廊都是。刘指导员走出来，叫他晚上不用去食堂了，一起过来吃鸡。说完他又去找王恒。

　　王恒这几天正在调查铁路家属区一起杀人案，每天下班走得都挺晚。刘指导员过去叫他时，王恒刚好从铁路家属区回来，看看表已过下班时间，就放下手里的调查记录本，从屋里站起身来说有事得回去。刘指导员拉着他的手不让他走，说难得吃一回鸡，吃完再回去吧。王恒说今天是二十号。一听说是二十号，刘指导员就松开了手。知道今天是他和军军待在一起的日子，对着他走去的背影默叹了一口气，又摇摇头。

王恒紧赶慢赶到幼儿园，军军还是被人接走了。问看门的老头儿，说是个年轻妇女接的，他才稍稍放下心来，只是多了一份失望。和妻子离婚时，双方商定每个月二十号由他领回军军，看来今天妻子接走了军军，他失去了和军军这个月待在一起的机会。王恒无精打采地往家走，也懒得到市场买菜了。回到家里。先一个人在冰凉的炕上躺了一会儿，肚子饿得咕噜咕噜叫，才想起来去厨房下面条。

门被人推开了。他一阵惊喜：门外竟然站着军军和孙显雨。

"是你接的军军？"

"我下班时见你不在屋里，他们说你下管区调查那个案子去了。我想你不知什么时候才能回来，就替你把军军先接回来了。"

"快进屋坐。"他闪开身。

孙显雨跺了跺脚上的雪，进屋来又告诉他军军已在她家里吃过饭了。他有些不安地想到什么，说："给你添麻烦了。"

三

第二天一上班，从局里开完会回来的刘指导员对王恒说："局里限我们把那个案子在春节前破了。"王恒反问道："刑警队为什么不破？"刘指导员犹豫了一下说："局里说压在他们身上的案子够多的了。"王恒哼了一声，心里想这是冯队长在给他出难题，本来发生这类杀人案派出所是可以移交给刑警队的，案发后他曾打过电话给冯队长，可冯队长说他们刑警队抽不出人来，就不上了。这是要拿他好瞧，冯队长心里一直憋着股气。"要不，我再同局长说说看，把这个案子上交了吧？"刘指导员察看着他的脸色说。王恒一挥手说："算了，我就不信缺了他这个臭鸡蛋就不做糟子糕了。"

下午，他们又去了一趟铁路家属区。死者是一名退休工程师，生前曾在齐铁分局机务车辆厂工作，老伴过世多年，退休后他一直一个人住在铁路家属区一幢三居室平房里。这是一座独门独院的白房子，四周围着木栅栏，房后是一块菜园子，房前是一个小花园，花园里种着一些扫帚梅花，枯萎的花枝已被雪压倒在地上了。老工程师被人杀死在房子里，两天后才被一个来借什么工具的邻居发现。

　　王恒又细心地察看了一遍完好无损的门窗、暗锁，心想这家伙一定和死者认识，可是他实在想不出作案动机。图财害命？老工程师积攒的几千块钱退休金存折、八百元现金，都完好无缺地还在抽屉里。报复杀人？街坊邻居们讲死者平素很少和人来往，可谁家有事找到门上，他都有求必应，比如谁家电视机、录音机坏了，他都愿意给人家修理，这样一个深居简出的老人，会得罪什么人呢？

　　他又向两个年纪大的邻居打听老人有没有儿女或别的什么亲戚，他们都摇头，说老人的老伴一生没有生育。说时还念了一句阿弥陀佛，老天爷为什么要让这么善良的人没有儿女呢？

　　他蔫蔫地回来了。

　　"找到什么线索了吗？"刘指导员见到他，问。

　　王恒摇摇头。见走廊炉子上熬着中药，一愣："谁生病了。"

　　刘指导员说："你嫂子喝的。"

　　"我认识个老中医，专治不孕流产症的，带嫂子去看看？"

　　"算了吧，她偏方没少治。"刘士杰愁眉苦脸地说。

　　"他这个人可挺神的，不少流产的妇女都让他给治好了。"

　　刘士杰将信将疑地望望他。

　　第二天王恒就带刘指导员和他的老婆去了。老中医住在铁西城郊的一处平房里，一进门就见他家里围了一屋子的人，多数都是中青年妇女，同病相怜的脸上流露着焦虑、凄凉的神色，夹杂着隐隐的期待。老中医坐在靠炉子前的一把椅子上，正闭目给一位妇女号脉，王恒悄声靠过去与老中医耳语了几句什么，老中医睁开眼皮，叫刘指导员的女人坐到前面的方凳上来。

"多长时间没有来月事了?"老中医把手搭到刘士杰老婆手腕上问。

"四十八天了。"女人怯生生地答。

老中医松开了刘士杰女人的手,给她开了个方子。又对刘士杰说:"你女人这段时间不要干重活,不要受到惊吓。"

刘士杰鸡啄米似的直点头。

回去的路上,王恒说:"叫嫂子搬出派出所吧,好人住在这里容易被惊吓着。"

"可回到乡下去她又会在家里干重活的,乡下女人都这个样子……"想起以前流产的情形,刘士杰犯难地说。

"要不,你们搬到我的房子里去住,我搬到所里来,反正我一个人,住在哪儿都行。"

"这怎么行呢,这怎么行呢……"刘指导员一听,慌忙站住了,不知说什么好地望着他。

"就这么定了吧。"王恒说完,大步走到前面去。顿了顿,刘指导员从后面赶上来说:"下回局里再研究咱们所正所长人选时,我把你给报上去。"王恒听了心里好笑,心说刘指导员真是个农民,上回局里研究正所长人选,刘指导员怕他扶正后压着自己,就说了反对的话,想必这会儿心里有愧了。

王恒把家里的东西简单收拾了一下,扛个行李卷就回所里了。这边所里的人已帮着指导员把锅碗瓢盆搬了过去。

腾出宿舍来,小吴也搬回宿舍里来住了。晚上王恒回到宿舍,见他躺在床上看书,就问:"什么书?"

"《安娜·卡列尼娜》。"

"一个可怜的女人。"

"你看过?"小吴放下书来。

"我看过苏联拍的电影,女主角演得棒极了。后来再看英国拍的电影,感觉就不行。"

小吴有点儿吃惊地看着他。觉得王副所长比刘指导员多了几分层次。看来警校出来的和不是警校出来的,就是不一样。

四

那个叫白婷的二十一二岁女子坐在孙显雨的屋里,刚刚哭过,面色苍白、呆滞,清澈的眸子显得六神无主。她手里捏着一张铁路局办的列车小报,报纸的四版右下角有一则"寻尸启事",配有一张模模糊糊的尸照。"寻尸启事"是庆城铁路派出所发的,她显然是找错门了。不过,吴滨生从她那双出奇漂亮的眼睛里看到了一个月前在货场处卧轨自杀的女人的影子。她断断续续诉说着,不时停下来问自己:"这是真的吗……"她是从齐市来庆城找姐姐的,没想到在火车上看到了这个不幸的启事。

可怜的人!吴滨生心里说了一句。

王恒叫吴滨生带她去铁路派出所。

吃过晚饭,王恒和吴滨生刚进屋,铁路派出所的老白带着白婷过来了,一进门就问:"她舅舅的那个案子你们搞得怎么样啦?"

"谁的舅舅?"王恒一下子蒙住了。

"就是那个死去的老工程师……"老白说。原来下午她过去辨认了她姐姐的尸体后,就去找她舅舅,可谁承想听邻居们说,她舅舅两个月前就被人杀死在家里了。

王恒的眼睛倏地亮了,久久地盯着这个浑身上下透着丧气的女子。

"是你的亲舅舅?"

女子点点头。

老白像卸下去一个包袱,连声说:"王所长,我可以走了吧?我可还没吃晚饭呢。"

王恒连连点头:"交给我们吧。"

叹息了一声,老白背剪着手走出了走廊,他那双老式的牛皮鞋底发出一阵咯噔咯噔的响声……

王恒叫吴滨生马上去孙显雨家把孙显雨找来。吴滨生提醒他道:"文教科长家里应该有电话。"王恒虎起脸来,说:"有没有电话我比你更清楚。"吴滨生第一次看见王所长虎起脸来,赶紧去了。

在吴滨生去找孙显雨的工夫,王恒弄清楚了基本情况,这个叫白婷的女孩一直住在齐市她姐姐白苏家里,白苏是齐市铁路中学的一名语文教师,一个月前,白苏向学校请假,说到庆城看望生病的舅舅。一个月假期满了,还不见她姐姐白苏回来,她和她姐夫都十分着急,她姐夫叫于根宝,带着孩子走不开,只好打发小姨子白婷到庆城舅舅家来看看。白婷是一家医院的护士,请了假就一个人来庆城了。在这之前她只来过舅舅家一次,那还是小时候来看姐姐。姐姐是过继给舅舅家的养女,在舅舅这儿读完中学后,考上了大学。不过姐姐出嫁后很少回舅舅家了,今年冬天姐姐突然提出去庆城看舅舅,她和她姐夫都有点儿吃惊,因为以前舅舅几次来信要白苏回家住住,白苏都没有做过回舅舅家待一段时间的打算。

白婷述说得颠三倒四,断断续续,但白婷说白苏曾是老工程师的养女时,引起了王恒的注意。

孙显雨和吴滨生回来后,王恒把孙显雨叫到一边,说:"今晚你看着她,最好别合眼,她还是一个孩子呢。"

王恒连夜去分局开介绍信,打算明天一早就乘坐早班的火车到齐市去。在去分局前,他叮嘱孙显雨打电话告诉家里一声,又派吴滨生去指导员家里通报了一下情况。从分局回来后,看见刘指导员也跟来所里了,一见他就问起来:"那个案子找到调查的线索啦?"

他眨眨眼说:"找到了,我打算带孙显雨和小吴到齐市去一趟。"

刘指导员说:"那好吧,要不要再多派两个人?"

王恒想想说："不用了，人多了反倒惹人眼目。"

刘指导员其实也想去，但又放心不下自己的婆娘。她毕竟有了身孕，城里不比乡下，得照顾她。这个婆娘，真是麻烦。

天蒙蒙亮时，四个人冷冷呵呵上了庆城开往齐市的早班车。在站台上，王恒遇见老白哈欠连天地从候车室旁边的一间执勤室里出来。"嘀，所长亲自送她回去呀？"想到了什么又说："白苏的尸体怎么处理呀，是不是交给你们？""刘指导员会安排的。"王恒不想和他再多说什么，登上了已经打铃的列车。这是一趟慢车，车厢里旅客并不多，显得有些冷清，有几个带着大包小包的小贩歪在椅背上打瞌睡，过道对面的椅子上，白婷两眼呆滞地坐在孙显雨和吴滨生中间。孙显雨的头随着车厢的颠簸不时摇晃一下。她昨天夜里一直没合眼。王恒想走过去叫孙显雨伏在台几上睡一会儿，见吴滨生伏在那里看书，便没动。车厢里光线暗淡，暖气没有烧热，半天也看不见列车员走过来验票。

三小时后，他们抵达了齐市。铁路局机务车辆段家属区离车站很近，出了站口约莫十几分钟的光景，白婷就带他们来到了她姐夫家。这是一幢四层红砖楼，她姐夫家住在四楼左门。楼道的灯泡被打碎了，楼道里有些暗，还堆了不少杂物。到了门口，孙显雨替白婷按响了门铃，门开了。王恒悄悄扯了一下孙显雨的衣襟，把她拽到白婷身后，警觉的目光审视着门内。门里出现了一个三十六七岁戴眼镜的男人和一个五六岁男孩的面孔，他们都大睁着眼睛，注视着白婷和站在她身边的几个陌生人。

"姐夫，姐姐她——"白婷声音颤抖着叫了一声，身体控制不住，摇晃着歪在门框里的墙壁上。男人伸出的手顿时僵住了。

"你姐姐她怎么啦？"男人像被电击了一样摇晃白婷的肩头，又把大睁的瞳孔转向他们："我妻子怎么了？"

王恒向孙显雨使了个眼色，孙显雨明白了，把那个小男孩领到卧室里去。

"你妻子她自杀了。"王恒低沉着嗓音说。

"啊！自杀？这是怎么回事——不可能，老天爷，我不是听错了吧？"男人一下子顿住了，两腿软软地站立不住，蹲下身去："这……这是怎么回事？白婷你快告诉我——"

白婷已泣不成声了。

泪水慢慢地从男人眼里流出来，嘴上喃喃自语："这不可能，这不可能是真的，天呐……"男人痛苦地捶着自己的头。

小男孩似乎从大人的哭声中明白发生了什么事情，从卧室里挣脱着跑了出来扑进男人的怀抱里："爸爸，我要妈妈，妈妈呢——"

小男孩的哭声让王恒不知怎么办才好。显然，这个早晨的不幸消息对他们父子打击太大了。他任由他们父子俩相互摇动，抱着，哭泣……

这个三居室的房间，除了中间一间客厅外，东西两边各一间卧室，东边的卧室里摆放着一张俄式双人铁床，铁床头正中的白墙上挂着的正是那个已死去的女主人和眼下正哭泣的男人的结婚照，白苏穿着婚纱，脸上带着淡淡的略显忧郁的微笑。男人穿着笔挺的藏青色西服，戴着一副眼镜。可王恒总觉得这副眼镜并不太适合他。西边的房间里摆放着一张单人木床和一张儿童床，房间的墙上挂着一张少女的单人照，白婷穿着一件白色连衣裙，看上去和她姐姐一模一样，只不过脸上的微笑还带有几分孩子般的稚气。

男人还蹲在那里，不知所措地哭泣着。王恒走过去拍了拍他的肩，说："你要节哀。"男人抬起头来，略有点儿羞愧地望着他，似乎觉得应该擦去脸上的泪水，就用手背抹了一下眼睛。王恒说："你先安顿一下，过些时候我们再来。"

王恒没有说出白苏的舅舅被害的事，他想白婷会跟他说的。

五

　　走到街上,他们找了一家小旅店住了下来。吃过午饭,王恒叫孙显雨去白苏工作过的铁路中学了解情况。他本想和吴滨生一同去铁路局车辆厂了解情况,死去的老工程师曾在那里工作过,于根宝现在还在那里。他想发生了这样的事,那个于根宝肯定不会去工厂里上班的,就叫吴滨生一个人去了,自己则去了于根宝的家。

　　他想错了,那个男人竟然上班去了,家里只有白婷和他的儿子。白婷看上去悲伤的神情好了许多,他儿子在自己的床上睡着了,腮上还留着两道干泪迹。睡梦中发出含糊的两声尖叫:"妈妈!我要妈妈——"王恒心动了一下,不想再惊醒这个可怜的孩子,没有和白婷多说什么,待了一会儿,离开了工程师的家。

　　回到旅店房间,他躺了一会儿,没睡着,就随手拿起对面床上小吴放在被子上的那本《安娜·卡列尼娜》翻了起来,小旅店的窗子快要暗下来的时候,才走出小旅店。门口有卖烤羊肉串的,蓝蓝的烟火将烤得流油的羊肉香味儿送进鼻孔里,他不由得吸了吸。又听人喊道:"羊肉串喽,五毛钱一串,买不买?"于是买了四串,蹲在烤摊前边吃边烤起火来。吃着吃着,孙显雨和吴滨生脚前脚后走了回来,他便跟小贩说:"再来十串。"孙显雨和吴滨生也蹲下来一起吃,吃完烤羊肉串,三个人回到房间里。他问怎么样?孙显雨说:"白苏的确在一个月前向学校请了假,说是去庆城看望她舅舅。据白苏的同事讲,白苏平常在学校里很少和别的老师来往,除了穿戴上别人对她有点儿议论外,别的还没听到什么议论。""于根宝呢?"他转头问吴滨生。

　　"于工程师在工厂里人缘很好,工人们都说于工程师没有知识分子架子,厂领导也说他在工作上和群众关系上都表现得很好,还……"

"还年年被评为劳动模范是不是?"王恒打断他说。

吴滨生惊异地看着他,奇怪他怎么知道。

王恒心想一个在得知了妻子自杀的消息还能去工厂里上班的人,不会不是劳模,除非他不爱他的妻子,可王恒凭直觉觉得这个男人很爱他的妻子。

王恒又问:"那个老工程师呢?有没有人知道他的情况?"

吴滨生摇摇头,说:"我问过的几个人都不知道他的情况。"

王恒想想也是,一个离开工厂这么多年又一直在外地居住的退休老人,和他那时在一起的同事也都退休了,除了厂工会的干部外,恐怕没其他人会记得他了。

看来今天一无所获。

吃过晚饭,王恒对吴滨生和孙显雨说,他再去一趟于根宝家。小吴问用不用他也跟着去,王恒说不用了。

从于根宝家里出来时差不多半夜十二点了。走在黑黑的巷子里,王恒疲倦地伸了一下懒腰。令他昏昏沉沉的大脑有点儿兴奋的是,死去的老工程师不仅仅是于根宝的舅丈人,还是当初他和白苏的媒人。他告诉王恒,他和他的舅丈人也就是佟工,以前在一个厂里工作过,他刚到工厂时只是一名工人,从工人干到技术员,都是老工程师帮助提携的,后来佟工又向厂里推荐他上了工农兵大学,回来后又给老人当助手,做了助理工程师,没过多久老人又把他的养女白苏介绍嫁给了他。成家的头两年每年春节于根宝都带着礼物到老工程师家去看看,后来老人去了庆城,逢年过节他也去看过,多则住个十来天,少则三五天。只是近些年少了这样的走动,一方面由于工厂对像他这样工人出身的工农兵大学毕业的技术人员要求越来越苛刻,学历补考、职称考试、外语补习班……他的节假日时间完全被占去了。好在于根宝肯学肯吃苦,人缘又好,才没有被解聘回工人岗位上去。另一方面也是因为白苏,白苏自从结婚后,似乎并不愿再到养父家去了,老人搬到庆城后,过春节都是他一个人回去看望老人。现在想起来,他有三年没有去老工程师那里过春节了,这真让他懊悔不已!"我对不起他老人家,他是我的恩人,我对不起他们呀,老天爷,为什么不叫我去替他们死呢……"

回到旅店时,小吴已躺下睡了,听到门响,他迷迷糊糊地说:"孙姐来找过你两次。""有事?"王恒警觉地问。"关心你呗……"小吴说得有点儿像呓语。王恒刚关灯躺下,听见轻微的敲门声,披衣出去,见门外站着孙显雨。"你还没睡?"他有点儿吃惊。"有点担心,这么晚了还没见你回来。"孙显雨站在走廊里,脸色有些恍惚地说。"别忘了,我是刑警出身。"他诡秘地一笑。走廊里很静,亮着一盏刚能瞅清人影的灯泡。孙显雨变戏法似的从兜里掏出三个茶叶蛋来。看到茶叶蛋,王恒真的觉得肚子饿了,跑了大半宿,来回有二十多里路。他三口两口吃进肚里,看孙显雨仍站在门口不动,就说回去休息吧,时候不早了,你昨夜又一宿没睡。孙显雨看了看他,回自己房间去了。

回到床上,王恒半天没睡着,心想孙显雨真有意思,就不怕小吴回去说闲话。

第二天,小吴和孙显雨去工厂和学校。王恒则一早就到于根宝的家去了。昨天已同他打过招呼了,说有几个问题还要找他了解一下,说也可以到他们厂里去谈。于工程师很坚决地拒绝了,叫他一早上过来。

敲开于根宝家的门,给他开门的是白婷,家里只有她一个人,他不由得一愣。

"我姐夫一大清早被厂里来人叫走了,说是一台机器出了故障,他要赶过去抢修。他说中午去找你们,叫你们留下地址。他说他很抱歉。"白婷说。

王恒想他是不是故意躲避他们呢?他为什么不能向厂里请一会儿假呢……这样想着就很随意地问了一句:"你外甥呢?"

"我姐夫带他去厂幼儿园了。我姐夫说这样对他会有好处……"

白婷平静地说。

王恒环顾了一下仍处处保留着女主人痕迹的屋里，突然想于根宝这么急于上班是不是在回避什么？

"你姐和你姐夫吵过架吗？"话一出口，王恒觉得自己问了个十分愚蠢的问题。

白婷毫不觉得难为情，回答他："他们从来不吵架。"

后来又问到他们两个人平时的生活习惯和爱好，白婷告诉他，姐姐平时在家，除了批改作业外，喜欢把自己一个人关在房间里读小说。而这位丈夫在家里最喜欢做的事情就是干家务活，连洗女人的内衣、内裤都包揽了下来，用白婷的话讲，她还从来没有见过这么体贴妻子的男人。王恒就挺尴尬地想到了自己，从前为洗衣服或干别的什么家务活总要和前妻吵架，似乎已养成了习惯。在他看来，干家务活是女人天经地义应该做的事情。可是女人也要工作呀。他前妻常常这样为自己争辩。过了一会儿，白婷说她上午还要去市医院上班，她请的假到期了。王恒就告辞出来了。

王恒有些发闷地走回旅店来。中午孙显雨和吴滨生都没回来。他吃完饭走回房间，看见于根宝正站在旅店门外东张西望。

六

这个老实的工程师坐在王恒的对面，一顶黑棉帽放到床上，额头上隐隐渗着一圈热汗。镜片后面，睡眠不足的目光盯在王恒身下的床腿上，半响才说："你们怀疑是我害死了我的妻子？"

"你妻子是自杀……"王恒纠正道，似乎想让他放松些。

"谁会相信呢！谁会凭白无故地去死呢！"于根宝喃喃地自问，脸上现出痛苦的表情。

王恒只好听凭他说下去。"……你们知道吗？她提出过离婚！可是我没有答应……"

"离婚？她什么时候提出过离婚的？"王恒心里也有些惊讶。

"一次是我们结婚的第一年，另一次是在有了楠楠、我们的儿子之后，还有……还有一次是在不久前……我都没有同意，可是她也不该走绝路呀，要知道这样，我就答应下来呀，都怪我，是我逼死了她呀……"

于根宝重重地捶着自己的胸脯，痛哭流涕。王恒默默地注视着这个陷入另一种痛苦中的男人。

"我没有答应她，是因为我害怕失去她，我很爱她。我不管那些多嘴的人说我什么是一朵鲜花插在牛粪上也好，说我是癞蛤蟆想吃天鹅肉也好。我是乡下人出身，老天爷就是这么不公平。给了我一个这么好的妻子，却要变着法子来折磨我。当初厂里可是人人都羡慕俺乡下人出身的成份的，可现在人人都看不起乡下人的身份，好像他们天天吃的粮食是从天上掉下来的一样……"于根宝没有来头地絮絮叨叨，缓解了他脸上的痛苦。

王恒插话："你妻子的死会不会有别的原因呢？"

于根宝警觉地盯住他。

"比如她心里有没有别的什么人呢……"王恒尽量选择着合适的字眼，但还是被于根宝不客气地打断了——

"不，没有，您不该这样去说我的妻子。"

"对不起，我并不是有意想伤害你的妻子。"王恒识趣地收住了话头。

"她离开家的时候，说是去看望她舅舅，她舅舅的老哮喘病犯了，托人捎信来……本来我想和她一起去的，厂里脱不开身，再加上她说她想一个人回去待两天。我就没有跟着去，可谁想会发生这事呢，早知道这样我就同她一起回去好了……"

"她舅舅会是什么人害死的呢？"王恒岔开了话题。

于工程师茫然地抬起了眼皮，怔怔地望着他。

"比如她舅舅生前结没结交下什么仇人呢？"

"不会的。"他把头摇得像拨浪鼓,"他这人除了'文革'时在厂里被人批斗过一回,而且只是象征性地批斗过一回,并没有伤着他一根毫毛,他从来没与人吵过架,那么和善的一个老人,谁会和他有仇呢……"

"可他的确是被人杀死在家里的。"王恒说。

"谁会干出这种伤天害理的事情呢?"他的神情看上去比昨天刚听到这个消息时还要困惑。

谈话一直进行到下午两点多钟。于工程师看了两次表,说该回厂里去了,他只请了两小时的假,就起身告辞。走到门口,他又犹犹豫豫回过头来看了王恒一眼,似乎有话要说。王恒说:"你还有什么要说的?"于工程师说:"可不可以先不要将我妻子自杀的事情告诉厂里?"王恒一愣,随后说:"我们只是来调查佟工程师被害的案件,至于你妻子的死,我们会尊重死者家属的要求的。""谢谢你们。"于工程师似乎松了口气,随后脸又阴下来,重重叹了一口气,喃喃说道:

"我对不起她,我对不起我的妻子……"

下午,小吴从车辆厂回来,他走访了两个退休的老工人,了解的情况也不多,原因是老工程师在厂里和人很少交往,况且他在十年前就调走了。

"他简直就是卡列宁。"

"你说谁?"王恒转头问小吴。

"于根宝,在厂人事部门那里,我顺便了解到,于根宝年年被评为模范家庭,模范丈夫呢!"

王恒心想,怪不得于根宝先不让把他妻子自杀的消息向厂里去说呢,他对于根宝听到妻子自杀的消息后反常的表现释然了。可纸里终究包不住火呀,他不知道于根宝会怎样向厂里说明这件事。

傍晚时分,孙显雨回来了。王恒说:"走,咱们出去吃饭吧。"王恒胃不好,他中午在旅店餐厅吃的高粱米饭没消化,到现在胃里还隐隐难受。

三个人走进街上一家小饭店里，刚坐下孙显雨就说："我真饿了，一天没吃东西，这顿饭我请客。"王恒说："算了吧，你还要养家糊口呢，我是一人吃饱全家不饿。"他先点了两个孙显雨爱吃的溜肝尖和挂浆土豆，又问小吴爱吃什么，小吴没瞅菜谱，要了个红烧鲫鱼。一盘红烧鲫鱼在这种饭店要三十块钱，王恒和孙显雨对看了一眼。小吴装作没看见，又要了一个烧茄子，说："三人行，小弟受苦，这顿饭该我请。"王恒白一眼说："先别说谁请，上酒。"就要了一瓶白酒。小吴忙捂住了自己的杯子，说："局里禁止饮酒。再说，我也不会喝酒。""今晚放假，苦了几天馋了几天，不会喝少来点儿。"王恒给他倒了一个杯底，自己和孙显雨倒得一般多。喝了一口酒，孙显雨问小吴父母是干什么的？见小吴回答得支支吾吾，就说："来，我给你看看手相就不用你说了。"吴滨生先是不肯让她看，王恒说她这是蒙你呢，才把手伸在桌上让她看了。孙显雨看完并没有说什么，喝了两口酒后，问小吴以前有过什么病史吗？小吴摇摇头。孙显雨说："那你以后得当心点儿自己的身体，二十岁有一个关口。"

小吴被她说得脸色有点儿不太自然。王恒就说："看看，又来了不是，忘了在警校时大家都喊你孙半仙啦。"孙显雨喷了他一眼："去你的。"低头喝了一大口酒。

小吴果然不能喝酒，脸红了起来。红烧鲫鱼上来没吃几口，就放下筷子，有些摇晃地站起来对王恒说："我头有点儿晕，先回旅店了。"王恒看他这样子，就"嗯"了一声，点点头，说那你先回去躺一会儿吧。

王恒和孙显雨一直将那瓶白酒喝干了底。孙显雨说："我头也晕了。"王恒挥手叫服务员过来结账，服务员走过来说结过了。拿过账单一看，共花了一百零八块钱，就说："这个小吴，不知真醉还是假醉。"

两个人出了门,孙显雨脚步有点儿发飘,说:"我看到小吴手掌中的生命线断了。"

"你在警校时还说过我俩的爱情线最牢靠呢,可结果呢?不还是断了。"

孙显雨含糊不清地剜了他一眼,捶了一下他的肩,顺势就把胳膊搭在了他的胳膊里。王恒想孙显雨真的是醉了,拐着她的胳膊向前走去。天色黑尽了,街上来来往往尽是急着往家赶的人们。别人一定以为他们是一对恩爱的夫妻,王恒脑子里晕晕乎乎地想。他也有点儿醉了。

走进旅店,他试图把孙显雨的胳膊拿开,可孙显雨脚步趔趄了一下,站不稳,只好又搀扶住她走到她的房间门口,叫服务员打开房门。昨天和她同住的那个客人中午已退房走了,王恒把她扶到床上,又给她头下垫上枕头,刚要走开,孙显雨又一把拉住了他的胳膊:"别走……再待会儿。"他身子不由自主地被孙显雨拉到床边,又怕服务员这时候进来看见,就回身把门上的暗锁反扣上。转过头来时,孙显雨红红的脸上已挂上了晶莹的泪水。

"你?"他惊愕住了。

孙显雨什么也没说低头扑进了他的怀里。这一刻他的心脏狂跳起来,真有拥抱她的冲动,脑子像被什么东西塞得满满的,孙显雨红红的脸蛋儿烤得他发慌……

"认命吧,我们。"王恒深深叹口气,终于克制住了自己。

等孙显雨情绪平静下来,王恒回到他的房间里。小吴在床上睡得正香。

七

王恒和小吴一起去了车辆厂,在老干部活动室里见到了几个他们要找的退休人员,正在下象棋。小吴要上前去把一个叫张总的人叫出来，王恒扯了一下他的衣角，凑在人堆里，饶有兴趣地看起棋来，不时还和围观的棋迷支上几招儿，一盘棋足足下了两袋烟的工夫。棋下完了，围着看棋的其他老头儿散去，那个赢了棋的张总意犹未尽地仍坐在那里敲打着手里的棋子，脸上露出孩子一样的笑容，王恒这才向他说明了来意。

"……他会看什么图纸，他不过是个小爬虫。"张总愤愤然，他在说老工程师的女婿于根宝。

"他不是大学生吗？"王恒说。

"工农兵大学生！"他不满地看了王恒一眼。从他嘴里，听说于根宝曾在厂里跟造反派那伙人在一起跑过，这着实让他们吃了一惊。

"这有什么好奇怪的，他十五岁顶替病逝的叔叔进厂来，还是一个拖着鼻涕的乡下小子，为了出人头地，他总得那么干呀。"张总眼里闪着厌恶的光芒。

"可是他那么老实……"王恒欲言又止地说。

"老实？咬人的狗往往是不叫的。"

王恒心里暗暗吃了一惊。

后来他们就把话题转到老工程师被害这件事上。张总既感到吃惊又感到惋惜，连连叹息了好几声，说老工程师是个好人，一个人把自己的外甥女作为养女拉扯大实在不容易，还把她培养上了大学。可她出嫁后却疏远老人，唉，唉，人心真是无法看透。张总连连摇头，说这一切都是那个乡下小子搞的鬼。

"……佟工当初一定是昏了头，把自己的养女嫁给这个乡下小子。"走时，张总又这样说道，他站起来时，王恒才发现他一条腿装着假肢。

一个瘦老头告诉他们说，张总的腿就是厂里的造反派给打折的。

回去的路上，一直不说话的王恒突然说："我现在能理解白苏为什么自杀了。"

吴滨生从沉思中抬起头来,望了望他说:"你是说于根宝救过老工程师的命,老工程师才把自己的养女嫁给他,他们之间根本没有爱情?"

"是的。"王恒想起于根宝说过的象征性地批斗过老工程师的话,而这个张总,被厂里的造反派们打折了一条腿!望着他一瘸一拐的背影,心想怪不得他对参加过造反派的人这么恨之入骨。人啊……

晚上,王恒又去了于根宝家,白婷仍在那里,哄着孩子在他自己房间里睡下了,于根宝正对着妻子的遗像发呆……在离开于根宝家时,王恒试探地问他什么时候去庆城安葬他的妻子,于根宝怔了一下说,他这两天正准备跟厂里请假。王恒从他那呆滞的眼神中发觉他在说谎。他为什么要说谎呢?难道仅仅害怕说出这件对于这个模范家庭来讲不太光彩的事会使他难堪吗?接下来又听他喃喃说道:"我真该死,我早该去看看她,这么多天让她一个人停在外头,我真该死,我害怕见到她的……"说着说着又从眼角流出泪来。

回到旅店,小吴正躺在床上看书,见到他就说:"孙姐来找过你,好像有事。"去了孙显雨的房间,还没住进别人,她一个人坐在床上,神色有点儿发怔。王恒就开玩笑:"是不是想家了?"孙显雨狠狠地瞪了他一眼。他也觉得这个玩笑开得有些不合适,再想起昨晚那会儿对她的冷淡,更有些不自然,他有点儿拘谨地在床边坐下了。

"白苏在三个月前接到过一个男人打来的电话。"孙显雨说。

王恒顿时打起精神来。这两天他一直叫孙显雨在学校里调查和白苏有过接触的男人,可老师们都说这个女人出奇检点,除了她丈夫之外从来不跟别的男人来往,包括学校的男老师。今天下午她偶然从学校门卫那儿了解到,三个月前有一个男人打电话找过她,打电话的男人没说自己的姓名,具体是哪天门卫老大爷一时也记不准了。

"明天再去问问门卫老大爷。"王恒说,他隐隐有种预感,缠绕在心头几天来的迷惑,就要豁然解开了。

他看了孙显雨一眼,她也正坐在那里在想着什么。他本想再多坐一会儿,见孙显雨没有留他再坐的意思,就站起身来,又听孙显雨喃喃说:"……难道一个人肯为自己所爱的人去犯罪吗?"

王恒听了一怔。这正是他在想的。

第二天上午,他和孙显雨一起去了学校。门卫老大爷终于回想起来那个电话打来的确切日期,十月二十八号(星期五)的下午。随后他们又去了邮局,查出这是一个从庆城打来的长途电话。

从邮局出来,王恒说:"我想有一个人会知道这个打电话的男人是谁。"

孙显雨问:"谁?"

王恒没有说话,在前边走。正是下班时间,街上的人熙熙攘攘。

快走近旅店时,远远地看见吴滨生正送一个穿着红色羽绒服的女子出来,那女子远远看上去有点儿眼熟,低着头,匆匆地走了。

回到房间,王恒问:"她来干什么?"

吴滨生说:"她说叫我们别再逼问她姐夫了……"

王恒盯着小吴,听他说下去。

"……她说她姐夫一直在为她姐姐的死谴责自己,这几天下班回到家里,整夜整夜地跪在她姐姐的遗像前谴责自己,痛哭流涕。她很为他担心,说照这样下去他会疯的……他母亲就有精神病史,她请求我们别再逼问他什么了……"

"她爱他………是吗?"

"谁?"

"她姐夫。"

"他们发生过性关系,是她主动的?"王恒不动声色地继续问。

"……她说她姐姐和她姐夫有两年多不过夫妻生活了,她说她姐姐这次去舅舅家,也是想找她舅舅来说服这个男人解除这桩不幸的婚姻。她很同情她的姐夫。"

王恒望了望这个单纯的小伙子,没有再问下去。

傍晚的时候,王恒和孙显雨又向于工程师家走去。他现在心里已解除了对他的怀疑,更主要的,他们是要找白婷谈谈,她一定知道她姐姐更多的一些情况。他想她还会住在于根宝家里。

快要到于根宝家住的那幢红砖楼前时,远远看见围着一群人,几个着装的警察拦住了他俩和其他几个走近的人。

"发生了什么事?"

"有人被杀了。"

王恒掏出自己的证件,小声跟一个警察说他们是庆城来的,在调查一个与这人有关的案子。年轻民警犹豫了一下,让他俩站到前边来。当地的技术警察正在尸体周围拍照,血在雪地上凝固了。果然是他,那个工程师。双手捂着腹部,眼睛在镜片后面向上大睁着,仿佛在问:这是怎么回事?

他想上楼去,可知道这会儿上去只能是自讨没趣,当地接手这个案子的刑警是不会让他们插嘴的。

次日,他们又去了于根宝家里。屋子里除了白婷外,还有两个乡下女人,这两个皮肤黑糙看不出多大年龄的乡下女人麻木的脸上,露着一副战战兢兢的哀愁的样子。

白婷说她俩是于根宝的两个姐姐,是来接楠楠回乡下住的。王恒向孙显雨使了个眼色,孙显雨就把白婷叫到东边的卧室里,随后王恒也跟了进去。

"你姐姐以前是不是有过一个恋人?他叫什么名字?"

"我只听姐姐以前提到过一次,他叫苏文,好像是姐姐大学里的同学,他们很相爱……别的情况我就不知道了。"白婷淡淡地说,目光很空洞地望着别的地方。

从卧室里出来,王恒随意地问了一句:"孩子今后就在乡下生活吗?"

"不……"白婷说她只是想让她们暂时带孩子到乡下去住一段时间,等她料理完姐夫、姐姐的后事,再把他接回来。她打算一个人在城里生活下去,把这个孩子当亲儿子一样来抚养。

王恒听了有些感动。临告别时,问她什么时候去庆城料理她姐姐的后事,她说得过两天。王恒知道她是想参加完姐夫的葬礼后再去庆城。

下午,他们登上了返回庆城的火车。这趟慢车乘客依然很少,小吴大概看完了那本《安娜·卡列尼娜》,这会儿手正压在封面书皮上,两眼一动不动地望着窗外的雪景,不知他心里在想着什么。孙显雨坐在座位上,头扭向窗外,面无表情的脸上浮着窗外投进来的雪云阴影。

三小时后,列车到达了庆城。

一走进派出所,刘指导员就上来问:"怎么样?"王恒没有直接回答他,问白苏的尸体放到哪里了?刘指导员告诉他铁路派出所移交过来他就派人送到就近医院的太平间去了。见到孙显雨又说:"你丈夫打过来好几次电话,催问你什么时候回来呢,再不回来,就冲我要人了。"

王恒满身倦意,走进宿舍,关上门睡觉去了。

三天后的早晨,白婷来到了庆城料理姐姐的后事,同来的还有白苏所在学校的一位男副校长和两位女同事。王恒和刘指导员把他们领到医院太平间,又帮忙联系火葬场。

火化那天,王恒、刘指导员、孙显雨、小吴也都穿便装,跟着一起去了。天上飘着小碎雪,到了火葬场时便变成了大雪片子。坐落在城东郊的火葬场,院子里白茫茫一片。按照仪式,死者的亲友们要在火化前在告别厅里同死者告别。走进告别厅时,王恒用眼梢注意到了一个瘦长的陌生男子,他悄无声息地站在人群后面的门边上,垂下了头。刘指导员已悄悄地贴近了那人的身后……

火化完,白婷捧着白苏的骨灰向后院里走去,这个男子也跟在了他们几个人的身后向那边走。王恒悄悄走到他身边,压低了声音:"苏文……"那人一怔。没等他回头,手铐已迅速铐在他一只手上了。陌生的男子并不惊讶,只是哑着嗓子说了一句:"……你们让我送送她,好吗?"他苍白的面孔很镇定。

王恒想了想,收起了手铐。

上车时,王恒拉他坐在了一起。这个男子一直跟到火车站,看着白婷捧着骨灰盒走进了车厢。

他默默地站在了那里,头用力地垂着……雪,渐渐落了他一肩一头。

火车鸣叫了一声,慢慢开动,吐出的白烟淹没了站台上的人影。

王恒把手铐给他铐上时,感觉有两滴冰凉的泪掉到了铐子上。

八

站前派出所在距离春节还有二十天时破获了铁路家属区杀人案,并帮助齐市公安部门破获了一起杀人案,受到了庆城市公安局的嘉奖。市公安局指名要王恒去开嘉奖会。王恒对刘指导员说:"老刘你去吧,我身体有点儿不舒服。"

刘指导员走后,王恒就一个人回到了宿舍。孙显雨过来看他时,他正躺在床上看书。孙显雨说:"我感觉你好像抓错了人。"

他头也没抬说:"是的。"

"他为什么要杀死白苏的舅舅,难道仅仅因为他舅舅阻止了他们的结合……"孙显雨疑疑惑惑地说。

"那个老工程师曾经奸污过自己的养女,就是白苏。"

孙显雨惊异得睁大了眼睛。

"……可是他为什么要杀了她丈夫呢,你不是也说过她丈夫是个好人吗?"

他放下书,沉默了一会儿说:"好人并不等于是个好丈夫,卡列宁是个好人,却逼死了安娜……"他自言自语地说,"他说他是在为爱情复仇。"

孙显雨听了,怔怔地看了看他,站了一会儿,什么也没说走了出去。

刘指导员开完表彰会,带回了市局奖励他们所里这次破案有功人员的两千五百元钱。刘指导员对王恒说:"局里这次奖励专案组人员的奖金是这么定的,你得一千元钱,我和小吴、孙显雨各得五百元。"

下午,王恒把自己得的一千元钱交给孙显雨说:"你把这些钱给白婷寄去吧,告诉她是给那个孩子的抚养费。"孙显雨听了,就说我的那份也想给那个孩子寄去呢。过了一会儿,吴滨生也把自己的钱送来了。刘指导员走进屋来说:"干什么,这不白得了吗?"也要掏出自己兜里的五百元钱。王恒阻止了他:"刘指导员你不要掏了,你家困难,再说你老婆快临产了用钱的地方多着呢。"刘指导员听了,讪讪地住了手。看孙显雨出去汇钱,他就叹息了一声:"那个孩子也真够可怜的。"

王恒和小吴晚上去铁路食堂吃饭,在餐厅里碰见了老白,老白正坐在那里喝酒,见了他们说道:"王所长得了奖金也不请客?"

王恒心想这消息传得真快。又听老白接着说:"白叫你们捡了个大便宜。"

第二天,刘指导员跟王恒说:"你看我们是不是请铁路派出所的人吃一顿?"王恒想想说:"怎么请,用罚款提留款?"刘指导员说还是别用提留款了,前两天分局开会还强调不许用罚款提留款作吃喝用,就用我那五百元钱吧。王恒想想,光叫上他们三位正副所长,再叫上自家所里的人,二百块钱也就打住了,于是同意了。

晚上到站前饭店里时,自己所里的人刚在那里坐下,铁路派出所的人上来了,呼呼啦啦的一大帮,连下夜班的都被从家里叫来了。王恒就拿眼去瞅刘指导员的脸色。刘指导员脸上强挤着笑说:"快坐,快坐。"来人便不客气地坐下了。

在吃饭过程中,铁路派出所的车所长、白副所长分别向他俩敬酒,什么祝贺呀,什么恭喜呀……光是啤酒就整整喝进去两箱。饭后结账,一共五百二十元。饭店给抹去二十元,正好五百元。

王恒心想刘指导员的奖金也等于捐了,看来不该得的钱是焐不热手的。

春节说到就到。除夕的早上,王恒问刘指导员过年回不回乡下去了?以前每年刘士杰总要请假回乡下去过年的。刘士杰听了以为要他倒回房子,就有点儿为难地说:"分局说今年春节严打期间一律不准请假回家,我也怕老婆把孩子折腾掉,就不打算回去了。"王恒说:"那就别折腾了,等开了春我跟上头说说,干脆把嫂子户口落进城里来算了。"刘士杰就心存感激地瞅了瞅王恒,又说起前几天市局表彰嘉奖他们所立功时,他向分局高局长提出让王恒当正所长的事,高局长说得过了这一段时间再研究研究。

安排所里人员值班时,王恒说,年三十晚上就他和吴滨生两个没有家的人一起值吧。王恒是开玩笑说的。

刘士杰赶紧说:"也好,也好,那我初一来值班。"

到了年三十晚上,先是孙显雨拎着饺子来了。王恒见了一愣,问:"你怎么来了?""我想你们半夜不一定会去食堂买饺子吃的。"她眼睛不自然地躲闪了一下,眼皮红红的像哭过。趁小吴走出去时他小心翼翼地问:"你家里还热闹吧。"他知道她会和她丈夫一起回她孩子爷爷家过年的。

孙显雨冷冷地说:"热闹,一大家子人都围坐在客厅里看电视,就我一个人包饺子……"孙显雨委屈地停了一下,又叹息道,"人家是在过年,我这是在过关哪。"

王恒想安慰她几句，可又找不到合适的话。看她坐了有一会儿了，王恒瞅瞅她说："你该回去啦，省得家里人惦记。"他是怕她丈夫起疑心。

孙显雨站起身来，他跟着起身到外面去送。

这会儿噼噼啪啪不断地响起了鞭炮声。孙显雨停了脚步，似乎在倾听热烈的鞭炮声，回过头来说："你那天说过什么来着，幸福的家庭总是相似的，不幸的家庭则各有各的不幸……对吗？"

他一怔，不明白此时孙显雨怎么会想起这句话来。

孙显雨走后，他一个人在院子里站了许久，想起在警校那会儿，他和孙显雨分手时他说过的话，那会儿他跟孙显雨说他不可能为了自己的幸福而给别人带来不幸……他怔怔地望着被爆竹、烟花弄得有些花里胡哨的夜空，困惑地想到，这热闹的家庭背后遮挡着多少看不见的不幸呢……他忽然想到了儿子，心里有点儿发酸，眼角湿润起来。

半夜时分，刘指导员来了，也拎来了饺子。看到桌上的饺子，他一愣，说我送晚了。王恒含含糊糊地说："孙显雨来送过了。"

"小吴呢？"刘指导员问。

"我叫他去隔壁值班室里给家里打个长途电话。"王恒说。

"是该打，过年了嘛。"刘指导员说着，端起手里热乎乎的饺子给小吴送过去。

过了一会儿出来，刘指导员悄声跟王恒说："不对呀，我刚才看见他偷偷抹鼻子呢。"王恒说："可能是没打通电话，想家了吧。"刘指导员想想也释然了，说："也是，他还是个孩子呢，头一年在外单独过春节能不想家？"

大年初一的早上，分局来电话通知，说市局的宋局要过来给大家拜年，叫站前派出所全体民警准备迎接。王恒赶紧让吴滨生去叫所里不值班的人都来所里。过了一会儿，刘指导员来了，带着先到的几个人拿起扫帚到门口打扫院子去了。

拖拖拉拉到了上午十点钟，宋局长才在分局局长高严山的陪同下来到了站前派出所。上回开颁奖会宋局长认识了刘指导员，一下车就叫出了他的名字。刘指导员有点儿受宠若惊，赶紧上前握住他的手。王恒实际上早就认识宋局，过去宋局一直主抓刑侦。"怎么，案子破了就牛气起来，谁都不想见是吧？"宋局对着王恒笑道。王恒赶紧做个鬼脸："哪里，哪里……对您哪敢呢。"宋局随后又问到刘士杰家里年过得好吧，家里几口人。刘指导员犹豫了一下还没等说，一旁的王恒就替他说出了刘指导员的爱人还没有城市户口来。宋局听了"哦"了一声，对跟着的市局政治处的刘处长说，我们的同志工作得这样辛苦，还有什么理由不把人家老婆的户口落到城里来。刘处长连连点头，说回去他责成户政科长把这件事办了。刘指导员听了，感动得眼圈发红，不知说什么好。

临上车时，宋局问刘指导员，说你们派出所是不是有个叫吴滨生的新民警呀？刘指导员说："有，上次破案立功的也有他。"赶紧把吴滨生推到前边来。小吴规规矩矩给宋局敬了个礼。宋局瞅了他一眼，点点头道："嗯，小伙子不错。"

一行人上车走了。

宋局一行走了后，刘指导员私下里悄悄地跟王恒说："小吴是不是有点儿背景？"

"有背景谁会下到派出所来当民警？"

想想也是，警校毕业生出来都争着去市局或分局机关当刑警，没人愿意到下面派出所来当民警。刘指导员也就没再把这事儿往心里去。

九

春节过后，刘指导员的老婆户口落到城里来了。刘指导员这回很大方地请大家到站前饭店吃了一顿，逢人便讲他这是把两个人的户口都落到了城里，别人没听懂，刘士杰就用手比画一下肚子。可不是，他快要临产的女人要是把孩子生在乡下，就得随娘的农村户口，因此他很感激王恒。

高兴了没几天，刘指导员脸上又像霜打的茄子蔫儿了。原来这段日子来，铁路家属区里连续发生了几起抢劫盗窃案，分局的高局长就把他找了去，敲着桌子把他臭骂一顿，说你刘士杰是不是高兴得昏了头，老婆户口调进城里来就万事大吉了啊？如果再发生一起抢劫盗窃案我就撤了你的职！刘士杰从高局长房间里退出来，心里挺恼火地想，这真是自作自受，如果早让王恒来当正所长，自己也就不会受这份罪了。

想归想，回来他还是组织召开了个会，说一定要把这个犯罪团伙拿掉，再也不能"开锅"了。当然他不会提再发生案子自己要被撤职的事。散了会，他问王恒有什么好办法。王恒说只能蹲坑守候。于是就将所里人分成两个人一组，派到家属区里去蹲坑守候，又根据被害人描述的罪犯体貌特征画了几份草图，发到辖区各旅店去辨认，并召集各旅店负责人专门开了个会，他们想这几起抢劫盗窃案一定是外地流窜犯所为，这么冷的天他们肯定在旅店里落脚。连续守候了几昼夜，一无所获。下去的人就有了怨言，说这么冷的天蹲在外面可真让人受不了。刘指导员装作没听见。

这天晚上，火车站前旁边一家叫火车头旅店的经理突然来报告，说他们旅店傍晚来了几个与派出所提供的体貌特征相似的人。王恒问："几个？"旅店经理说四个。王恒叫这个旅店经理先回去，不要惊动，最好安排这四个人在靠里头的房间住下来，他们马上就过去。刘士杰紧张地问："用不用通知分局的人？他们身上可能带枪。"王恒说来不及了，惊弓之鸟，稍有怠慢就会溜掉的，当下把散布在家属区蹲坑守候的民警都叫了回来，除留下孙显雨看家并抓紧与分局联系外，其余的都去了。

火车头旅店在车站货场南头，紧走二十分钟就到了。旅店院里那盏吊在电线杆上的灯泡已让旅店经理按照王恒的吩咐熄灭了,此刻院子里黑乎乎的一片。在院门口,王恒停下了,他安排三个人在门口守着,然后带着刘指导员、小吴、大李四个人贴着院墙走了进去。旅店经理室那间平房里亮着灯光,看见他们的身影移近,经理神色紧张地迎了出来。"人呢?"王恒问。"在最里边的109号房间里睡下了。""带我们过去。"一行人轻手轻脚跟经理走进一栋平房,走廊里的灯也关掉了。经理摸着黑悄悄地把他们带到109号房间门口。王恒摆摆手,几个人闪在了两侧,王恒示意经理开门。经理哆哆嗦嗦把钥匙插进锁眼,王恒就一脚把门踹开了,端枪扑了进去。

屋里空无一人……

"刚才还在呢!"经理哆嗦着。"会不会窜到别的房间里?"刘指导员压低嗓音说。王恒摇摇头,这么晚了,别的房间旅客已经睡下,叫门是会被发现的,而且床上被窝里还有热乎气,显然刚离开。想到什么,王恒问:"你们旅店厕所在哪里?"经理说:"在外边院子里……"几个人转身来到了院子里,王恒悄声叫大李带外勤组的民警去院外搜,别让嫌疑人翻出铁路线跑了。刚要走,刘指导员扯了下王恒的衣袖,说院外就是在铁道线五米之内了,要不去叫铁路派出所的人搜查外围?王恒一急说:"都什么时候了,你还分铁路派出所我们派出所管的,等你叫来人早跑没影了。"刘指导员一听他这么说就不吱声了。

红砖砌的厕所在院西墙边暗暗的一角。刘指导员和经理抬脚要往那边走过去。王恒扯住了刘指导员:"等等,我们慢慢靠过去,我先上。"刘指导员说:"还是我先上。"这时就听到厕所里有异常的响动,几个人都紧张地把枪机保险打开了,一时间大气不敢出。正要过去时,从院门口那边贴过来一个人影,是孙显雨。她悄声跟刘指导员说:"分局马上来人。"

厕所里的人好像听到了他们的说话声,有人喊道:"兔崽子们,不怕死的都过来呀。"话音刚落,"啪"地打过来一枪,王恒觉得左胳膊被人用力扯了一下,趴下了,子弹带着风声从他头顶擦过,扯他的人是孙显雨。里面无声了,卧倒的刘指导员从地上爬起来要冲过去,王恒拽住了他:"我先上,老刘你还没有儿子,我有儿子了。"趁刘指导员愣怔的工夫,他已挣脱了孙显雨扯着的手,提枪弯腰跑了过去。"啪!啪!"他朝厕所里连开两枪,喊道:"你们已经被包围了,快交枪出来!"里面沉默了一下,又"啪"的一声枪响。身后的刘指导员赶紧拉小吴卧倒,王恒又短射三发子弹,里边喊话了:"别打了,我们交枪!"扔出来一把猎枪、一把火药枪。王恒举枪冲了进去……

可王恒带出来的只是两个人。刘指导员问:"那两个人呢?"

"跑啦。"

"那我们快去追。"

"算啦,追不上了。"王恒恨恨地照着两个家伙屁股狠狠踹了两脚,那两个人"哎哟、哎哟"叫了两声。大李和另一个人从院外回来,说他们在墙外并没有看到逃跑的人影。看来他们两个掩护那两个家伙跑了。

出了院子,见分局新提上来的冯副局长带人来了。王恒说了一句:"你们回去吧。"冯副局长瞅了瞅他,什么也没说,带人回去了。

回到派出所后,连夜对抓到的两个家伙进行突审,他俩死活不说出跑掉的那两个家伙的去向,只说他们头儿手里有一把"五四式"手枪。王恒想这是一个有经验的犯罪团伙,看来一时半会儿很难从他俩口中得到口供了,就对刘指导员说:"你先回去吧,明天再审。"刘指导员不听,说:"我就不信从这两个兔崽子嘴里审不出东西来。"王恒就由他去了。

回屋睡了一觉,天就大亮了。王恒走到暗室门口,正碰上刘指导员两眼红红地从那屋里出来。

"怎么样?"

"还是不肯说。"刘指导员泄气了。

"你回去吧。"王恒说。

"好吧。"刘指导员说,"我回去看一眼就回来。婆娘说这两天肚子有点儿疼。"

王恒听了,想想说:"你今天不用来了,这两个家伙不招,我们只能等。你在家里好好陪着你老婆吧。"

"真他妈的……"刘指导员骂了一句娘,就走了。

王恒和吴滨生吃完早饭回来,要过暗室去替换那两个看守的民警时,只见刘指导员哭丧着脸匆匆跑了来。

王恒吃了一惊:"你老婆有事?"

刘指导员一下子就蹲在房前的地上哭叫起来:"我老婆被人绑架了。"

"啊——"王恒和小吴都大吃一惊。

王恒明白过来什么,转身去了暗室。出来,脸上可怕地阴沉起来。

"完啦,我老婆这回完了,孩子也保不住啦!天哪,都怨我非把她留在城里干什么……"刘指导员捶胸顿足地蹲在那里,又捶着自己的脑袋。

还不到上班时间,王恒怕他蹲在那里叫人看见,就和小吴把他拉进屋里去。进了屋,王恒说:"这件事先别吵,大不了我们放人。"

"什么?放人……你不想干啦?分局知道了这还了得!"刘指导员吃惊地抬起头来望着他。

王恒说:"先别告诉分局。大不了落个处分,救大人孩子要紧。"王恒阴沉沉地看了他和小吴一眼。

刘指导员无法平静下来,他不知道自己这会儿该怎么办。王恒就叫小吴带他到宿舍休息一下,自己就守在了电话机旁边。

一上午没来电话。

中午下班时，电话来了。电话铃声吓了王恒一跳，同时也吓了隔壁屏心静气听着这屋动静的两个家伙一跳。刘士杰发疯似的冲过来。只听王恒捂着话筒说了一句："你们要绝对保证大人孩子的安全。"就放下电话了。

屋里的三个人都沉默下来，气氛压抑得有点儿不敢让人抬头。

"不，不能放了这两个家伙，他们想怎么样就怎么样吧！"刘指导员声嘶力竭地喊叫了起来。

王恒和小吴都没有抬眼看他。

傍晚，那个电话又来了，告诉了地点。王恒对电话筒说了一句："我现在就把人带过去。"

王恒把所里的那辆破摩托车发动，那两个人的手铐在一起，坐在挎斗里。小吴走过来说："王所长，我要跟你去。"

王恒看了挎斗里那两个家伙一眼，说："他们只让一个人送过去。"随后又向他使了个眼色，就跨上了摩托车开动了，窗里的刘士杰望见了，心跟着一哆嗦。他想给分局打个电话，可手却怎么也无力抬起来……

交人地点在城郊的一处沙坑里。正是初春，白天化开的雪，到了傍晚又结上了冰。四周是空旷的野草甸子，黑茫茫的，呈现出一片紫色的雾。四周静悄悄的，只有一两只鸟飞过。

王恒刚把摩托车停在距离沙坑二十米远的草地上，就见沙坑沿上冒出一颗瘦瘦的男人头来。"人呢？""带来了。""让他俩自己走过来。"王恒说："下去。"两个家伙手扯着手走了过去。

沙坑沟底走出一个女人来，女人身后扯着一根绳子。王恒知道得扔过去钥匙把两个家伙的铐子打开，对方才会扔掉绳子。

女人愣愣地走近，绳子一点一点拉长了。那两个男人走到沙坑沿回过头来，似乎看到远处飞速移近的一团黑影，惊慌地一下跌进坑里。女人也被什么东西绊了一下，跌倒了。

不好！王恒扑过去。坑下的枪声就响了。这时飞驰而来的摩托车上一支手枪也开了火。女人随着绳子的拉力渐渐往坑边滚去。摩托车上飞身跳下一个人，护住了女人的身子。王恒卧滚在坑沿边，拼命向下面射击，但绳子还在向下移动……

"王所长闪开！"摩托车飞身而起，挡住对面射来的子弹，飞下坑去。"轰"的一声巨响后，坑底沉默了……

等坑上的人急忙跑下去时，坑底已是三具尸体和一辆燃烧的摩托车。

十

吴滨生牺牲的第四天，一列直快列车缓缓地停在了庆城站台上。从软卧包厢里走下一位两鬓斑白、身穿警服的老者，身后跟着几个人也穿警服的人。早已等候在站台上臂戴黑纱的宋局长走上前去，敬了个礼，哽咽着说："吴厅长。"叫吴厅长的人与他握了握手，并没有说什么，径直走出站台，走进了站前派出所的院子。

稍后，这个叫吴厅长的人和站前派出所全体民警一道坐上一辆挂着白花黑纱的灵车，出了院子。铁路派出所的人也全体出来了，在车所长带领下，默默地脱帽敬礼，站在灵车两侧目送。刚刚下过一场清雪，院子里一片洁白，两道车辙印清晰地留在雪地上。

灵车缓缓开动，向火葬场驶去。白发人送黑发人，有泪缓缓地从车内那个两鬓斑白的老者眼角渗出……

一路上许多交警和行人向灵车伫立目送，这个城市的报纸已报道了一位普通民警为救一位遭绑架的孕妇牺牲的事迹。

吴滨生的骨灰安葬在他牺牲的地方——城郊沙坑边。沙坑边的草坪上竖起了一块墓碑，上面写有"吴滨生烈士之墓"几个字。在把他骨灰盒埋进土里时，王恒把那本《安娜·卡列尼娜》也放了进去。

坑上坑下站满了警察。安葬仪式结束时，吴厅长走到泣不成声的刘指导员女人身边，轻轻拍了拍她的肩，似乎说了句什么，而后缓缓地在宋局长等人的陪同下走开了。

几个月后，刘指导员的女人又和刘士杰来到了吴滨生的墓碑前，他们的怀里已有了一个刚刚满月的男孩，男孩的名字叫刘滨生。野甸子上开满了许多不知名的小黄花，夏天的风款款地吹着刘指导员他们一家人的脸，很暖。

（原载《清明》2018 年第 5 期）

消息错不了

李治邦

一

半夜,李重躺在床上,他看见手机不断闪烁着,是刑警队的助手雅秀的电话。他觉得上苍很能惩罚他,让他一夜之间牺牲了所有生活。他昨晚就是跟雅秀在外面吃了一顿饭,无非是这顿饭时间吃得长了些。雅秀的父亲是市里的主要领导,市里马上要换届,雅秀的父亲是这次换届中的主要人物。李重知道老婆张卓一直在跟踪他,而且成功地把他和雅秀吃饭的场面照了相,抓住了一个极好的镜头,雅秀的手攥着他的手。

早晨,李重走出房门,开车往公安分局走。

开着开着就迷了路,围着市中心的那座湖在转,但怎么也转不出去,于是停下车。他站在堤坝上,看水鸟飞高走低,发出他熟悉的咻咻的呼叫。声音凄凉,芦苇发白,像是老人的头发来回摆动。李重的孤独感越来越强烈,感觉有张卓,有雅秀,在眼前随风飘动,他觉得是那么隔离。

到了公安分局,他发现不少人看他的眼神都是怪怪的。刑侦队的任队在等他,把他拉到一边紧张地说,要停你的职,让你下派出所。尽管李重有准备,知道张卓会到分局来闹,但没想到局里这么处理他。他看见雅秀走过来,他知道自己要挺住躲开她,但被雅秀拦住,雅秀说,你走是我的错,我要找父亲,宁可跟他决裂,也不会让你一个人受罚。李重说,你别这么说。雅秀说,张卓到局里告状,烧了你也烧了我,更是烧了我父亲。李重低头走了,他听见雅秀说,我不会毁你,你是刑侦队的天才,你必须要有这个精彩舞台。李重觉得可笑,因为雅秀说得太像诗歌了,现在的官场就这么残酷,为了稳定换届就要牺牲他。

他走进周局长的办公室,周局长正在浇花,他说,给你留着刑侦队长的位置,让雅秀暂时代替一下,你到基层去调研吧。李重说,我去后街派出所吧。周局长问,为什么选后街?李重说,不为什么。周局长浇完花洗着手,不紧不慢地说,你下去就是一个普通民警,也不要回来干涉雅秀工作,也不参与所里领导的工作,这样对你也是个磨砺。李重问,那我什么时候回来?周局长看着李重,想了想才说,你说呢?李重笑了,我问您呀?周局长严肃地说,也可能回来,也可能就不回来了。李重拿起浇水壶,给周局长的花洒着水,说,第一次浇透后,以后再浇,看到从盆底孔渗出一点儿水就算浇透了!周局长问,你什么意思?李重说,没什么意思,我看您的花都枯萎了,想告诉您得浇水,又怕您天天浇给浇死。周局长愤怒地说,你别给我来这个,这都是你小子自找的。你不知道背景乱碰,雅秀是你能喜欢的吗?李重说,等市里换届吧,看我能不能回来。说完扭头就走,回手摔了门。他听见周局长喊着,你小子敢摔我的门,我警告你,你和张卓还没有离婚呢!李重回头开门,对周局长说,就是因为你死活不让我和她离婚,才成了现在这个样子!

当全局都在议论李重的时候,他收拾好东西从办公室走出来,带着两大箱子的书,按部就班地和大家一一告别。那么多人盯着他的后背,换成谁都要含糊。可李重照常走进走出,不停打着招呼。原下属大金不管不顾走到他跟前,大金很少跟李重这么热乎乎说话,一般就是审案子办案子。大金问,周局长给你说什么了?李重笑着,他不让我告诉你。大金说,我们等你回来,刑侦队不能没有你。公共关系科的董科长走过来压低声音,说,你能跟我透底吗?犯在哪儿了就下基层呀,你可是咱局里的一面旗帜。李重摇头,说,我说不准也不能说。董科长借机对李重发牢骚,不就是跟雅秀走近了吗,不就是雅秀有什么领导子女背景吗,至于这么兴师动众地给你谈话吗?太过分了吧。李重警惕地说,你怎么知道雅秀有背景?董科长冷笑着,我们是干什么的,什么事情不知道?说句不好听的,你又没把雅秀的肚子搞大,再说男女之间你情我愿,凭什么把气都撒在你一个人身上。说着话,防暴大队的胡队长跑过来,说,弄你个小蚊子拍拍,有意思吗?还有你小子也是糊涂,有的女人不能沾,你以为我不喜欢雅秀,我当初就知道躲得远远的,你想她怎么能三年坐上副队长的位置,现在又顶了你。董科长说,你别以为雅秀是个好人,那就是个深坑,你跳进去就爬不出来。胡队长拍着脑袋说,我从你身上找到教训了,女人就是沥青,沾上了就洗不净了。董科长说,周局长不是你警院老师吗?应该出手相救呀。李重对滔滔不绝的胡队长和董科长说,对不起我去厕所,就不跟二位聊了。

李重去了厕所,觉得尿孵胀胀的,憋得够呛。还没等他解开裤子,刑侦队的任队就跟进来,说,你跑到哪儿我也能找到你。李重说，烦不烦啊。任队问，我就想知道你得罪谁了？李重说，我不能说。任队笑了，你走了，也是我顶你呀，怎么变成雅秀了。李重说，你别和雅秀争，你争不过她。两个人这番交谈在厕所，都在小便，李重尿得时间长，任队问，你小子怎么尿孵这么大呢？李重说，这是天生的，就是能憋，能忍得住。李重走了，不知道谁在厕所大便池待着。

转天，李重就接到任队打给他的电话，说局里到处传他尿孵大小的话。

二

说好是转天报到，李重回到家，拎起菜篮子，借着临近中午的阳光到自由市场去买菜做饭了。张卓和他闹离婚已经三年了，经常回父母家住。他和张卓就是在对峙，谁都想把对方摔倒了，然后决出输赢。但谁也没有摔倒谁。李重真的佩服张卓的本事，怎么能跟踪他，而且还成功地拍到应该拍的画面。他是做刑侦的，谁跟踪他就是等于找死，他的敏锐和警惕是全市公安系统找不出来的。可他偏偏就败在了张卓手下，她就能游刃有余地跟上他，而且神不知鬼不觉就拍到了。拍完了以后就能发给他，而且发到所有她想给的人手里。李重真想跟张卓说自己败了，想问她要什么。没有孩子，就没有更多的拖累，房子可以给她，他能净身出户。

中午吃饭，李重把手机关了，总是有短信和电话打进来，他觉得雅秀还会打过来，却发现没有雅秀的任何信息。他躺在床上觉得空落落的，因为到了公安局以来从来没有这么生活过，他觉得胸闷，突然听到桌上的电话响了。他接过电话，是大金打来的，大金急切道，你上网了吗？李重问，怎么了？大金说，网上都是你的照片，把那件事情也捅出来了。你在百度上查你的名字，帖子都有好几千点击率了。李重打开百度，他第一次敲上了自己名字，果然密密麻麻的都是昨天那件事。而且网上对雅秀介绍得更是详细，她父亲是谁，市里换届怎么回事，谁谁是他的竞争对象。李重觉得自己好像被什么人利用了，不是张卓，是谁就不知道了。没过半小时，他忍不住再上网去看，就看到自己被革职到后街派出所的事。于是后街派出所是怎么回事，雷所长是个什么样的人就都出来了。李重奇怪，这些消息是怎么发出来的，是谁在里边兴风作浪。没过半小时，这些消息就被屏蔽了。

当晚，下了一场小雨，一直没有停，弄得人心烦意乱。

李重无聊地躺在床上，拿出什么书来看都烦躁地放下，透过落地的窗户，瞅着烟雨漆襟的夜空，突然想起今天是父亲的忌日。他寻思今晚父亲该来看他，因为每次在他孤独无助的时候，父亲都会坐在他床头。父亲以前是省里摔跤队的，总是在全国拿冠军。他对儿子说，摔跤不是凭力气，是勇气和智慧。摔跤的时候要看着对方的眼睛，必须直视，得震慑住对方。当然还有技巧，所谓的四两拨千斤就是技巧。他小时候总是和父亲摔跤，每次父亲都把他摔得鼻青脸肿。后来，他看到父亲的徒弟来找父亲，见了父亲总叫先生。他问父亲摔跤的也能称为先生吗，那不是对教书的说的吗？父亲笑笑，教好摔跤的就是先生，教徒弟不光是技巧，还有做人做事。

果然，约莫下宿的当口，不知道是在梦里还是在现实中，父亲来了，穿着摔跤的角衣，显得威武，胸肌也紧绷着。父亲不眨眼地盯着他，想和我摔跤了？老人们有例儿，跟死人说话不吉利。李重翕动着嘴唇。父亲说，你就是碰到对手了，但不知道是谁。李重点点头，回答父亲，有的知道，有的不知道。父亲说，你等着对方下手，然后你再出手。李重说，对方已经下手了，我不知道怎么还手。父亲笑了，说，你先让对方摔你吧，你倒下了就能看清楚对方是谁了。李重哭了，死死拉着父亲的手，舍不得松开。父亲走了，像是一片叶子轻飘飘的。走前，把李重踢掉的压床被拾起来盖好。屋里黑漆漆的，李重只能瞧见父亲那双明亮的眸子在闪烁。李重大叫了一声，父亲！听见窗户在咣当咣当响着，他爬起来看见窗户被风打开，雨还在下着，越下越大。李重脸色如白纸，嘴唇急剧抖动，两个肩膀缩成一堆。他看表已经凌晨五点多了，可外边还是漆黑一团。这时，电话铃声骤响。李重恍恍惚惚接过话筒，是张卓的声音，我不会这么祸害你的。李重说，我知道。

张卓放下电话。

后街全是吃饭的地方，由于与市政府临街，吃饭的人很多，饭馆的档次都很高。后街派出所就在这条街的中间，院子很小。当雷所长握住李重的手，皮笑肉不笑地说，知道你现在是困难期，到我们后街派出所就是你的福分，起码没有人整治你。局领导让我给你安排普通民警工作，权当你是我的下属，你就得听我的，我现在是你的所长。李重举手敬礼，说，我就是一个普通的警察，你就是我的所长。雷所长笑了，说，这就好，这就好。雷所长说，我带你转转，你长期在分局刑侦队，不知道派出所是怎么回事，今天让你开开眼。雷所长带李重走进设备精良的警械装备室，现代化气息浓郁的信息采集室。给李重印象最深的是警械装备室一排排的小橱里，整齐地摆放着九大件单警装备，其中有头盔、夜光背心、灭火器、通信器材等，每个人的装备价值都得五千多元。还有就是投入不菲的视频监控室，几十个点位的摄像镜头清晰地映入了眼帘，二十四小时一览无余。雷所长说，后街处在市政府周围，必须要让我们的警察震慑住非法人员，保护这方土地安全。雷所长的语气很神圣，手势也很有力。

全市鼎鼎有名的刑侦队长李重，被贬到后街派出所的消息在风传。说什么的都有，还有说他背了一堆的处分，到派出所就是对他的惩罚。于是很多人议论，李重究竟犯了什么不可饶恕的错误，为什么给他这么重的处分。李重左耳朵听右耳朵出，他每天按时上下班。没几天，派出所民警就觉得他是很特别的人。派出所的刘德来跟分局的大金是好朋友，两个人总爱聚在一起喝酒。大金问他，李重到你们派出所后怎么样啊？刘德来说，就是特别喜欢看书，晚上值班的时候枕头底下压的都是书，当然有关刑侦方面的书为最多。也有小情调的，比如马克·汉森写的《心灵鸡汤》。大金说，他就是喜欢与众不同，脑子里总是晃动不闲着。大金问，还有别的什么吗？刘德来说，没什么，就是跟我们一样，没显得怎么特别。大金说，你等着，李重一定不会憋得太久。

雷所长对李重很是反感，他不习惯李重这种缠绵绵的感觉。那天，轮到李重值班，雷所长过来说，你应该喜欢枪，喜欢书的警察就拿不起枪了。李重笑了笑，也不解释。雷所长拍拍他的肩膀，你是不是觉得落魄了，以前在分局耀武扬威，现在下到派出所做了一般民警气不过。李重说，那是你想当然，只要还让我穿着这身公安制服，做什么都无所谓。雷所长诡异地笑笑，我不信，我劝你别这么高的志向，放低点儿，要不然你会很难受的。你和你老婆张卓还在一起住吗？李重没有回话，雷所长再问一遍，李重说，分开住了。雷所长说，我建议你还是让她回来住，这样你比较安全。李重问，什么叫安全。雷所长走了，临走时撂下一句话：你安全了，你就能回去。

三

李重负责的这片居民区是全市面积最大的，有五六万人，是市中心最繁华的地段，三教九流什么都有。有农民拆迁户被政府分过来的，也有附近拖拉机厂的工人家属，更有不少外地民工觉得这里热闹挣钱方便，就买来居住。五花八门，三教九流，总是出事，李重没来几天就成了所里最忙的片儿警。雷所长让他记住这五六万人的详细情况，李重就把所有居民都编制在他的网络里，天天背诵，一个礼拜后竟然都能如数家珍。周局长过来看望他，随便问他一户，李重张口回答出来，而且十分细致。周局长当场表扬了他，说，你小子做官是官，当兵像兵，没有躺下，让我放心了。雷所长破例笑了一次。周局长对雷所长嘱咐道，你要允许他自由一点儿，你别真把他当成你下属。雷所长说，换别人不行，但对李队长，我可以允许他看缠绵绵的书。周局长青了脸，说，尽量不要让他再缠绵了。李重也换了脸色，对周局长说，您要看我，我感谢。您要借机说我什么，可别怪我不高兴。周局长恼怒地说，你有什么不高兴的？李重说，我怎么缠绵了，难道我缠绵了就这么对待我吗？周局长说，那得分你跟谁缠绵，就你这态度在这里待着吧，一辈子也别想回去！说完，周局长头也不回地走了。雷所长感叹地说，你能这么跟周局长说话，我听着都怕。

　　一个周末，可能是春天刚到的缘故，外面的风暖暖的，吹得人心痒痒。特别是能开的花都开了，能绿的树都绿了，姹紫嫣红，李重听到派出所外边流浪猫始终在叫。雷所长不耐烦地对刘德来说，轰走，叫春让人心躁。李重心里沉甸甸的，雅秀没有打过电话，张卓也不发短信。两个人怎么想的，李重猜不透。其实张卓答应和他离婚了，说，天天这么跟踪你也是受罪，我放掉你。李重不说话，张卓这样的话说了好多次了，但每次真要去办离婚就变卦。张卓的理论是，天天这么折腾你也是我的快感，不折腾你了，我就觉得丢魂儿了。雅秀不来电话也出乎李重预料，那天晚上和雅秀吃饭，雅秀摸着他的手说，等我父亲换届吧，他现在天天叮嘱我，让我不要出任何事情。你和我这么一闹，肯定影响父亲，因为父亲的对手已经朝我下手了。李重说，不至于这么紧张吧。雅秀说，我就是他们打败父亲的缺口，你想，我跟了一个有妇之夫，又是一个刑侦队长，一个全市的风云人物，多么好的靶子呀。李重当时悻悻地说，你就是一个高级瓷器，碰不得，碰了就容易碎。

　　黄昏了，春天的夕阳就是一个西红柿，红得能被捅破。李重下了班，二十四小时下来人就跟散了架一样。整一天，他把这个方圆六公里小区走了一遍，犄角旮旯儿都过目一次，别说身体累，就是心也被拆得七零八落。说来，这个小区有个外来工叫猛子，五大三粗，一脸的络腮胡子，跟水浒的李逵差不多。李重跟猛子聊天发现竟然是老乡，李重老家跟猛子的家相隔一条河。李重在河西，猛子在河东。李重见了猛子很亲切，因为小时候玩的都是一条河上的船，游的都是同江水。而且乡音一样，他们两个人说话别人都听不懂，只有他们之间能有沟通。

猛子在后街一家饭馆当厨子，他炒的菜很有味道，特别是炸臭豆腐，那香味能熏倒很多馋鬼。猛子是个精力很旺盛的男人，他下班总在后街上遛弯儿，憋着找碴儿打架，可没人是对手，谁都对他客客气气。他知道自己是想拼命发泄，他憎恨吃饭的情侣们。有一次，他看到一男的总时不时亲吻那女的，两个人接吻时发出咂咂声响。他就全身热血沸腾，故意端一碗热菜汤，装成不留神的样子给男的烫了一身。当然赔不是的不是他，他笑呵呵走回后厨，都是当服务生的奈奈过去装笑脸。奈奈是个很秀气的姑娘，重庆万州人。奈奈在家乡有个男朋友，猛子就一直对人家不依不饶。后来，奈奈实在忍受不了猛子的穷追猛打，到派出所找了李重。奈奈知道李重能制服猛子，猛子特别服气李重。李重出面对猛子提出了警告，说，你再这么下去就拘留你。猛子问，我犯什么法了？李重说，你抓住人家奈奈的手放在嘴里嘬，那就是犯法，就是调戏妇女。猛子粗鲁地说，去你妈的，我那是对她爱的表达。李重说，人家有男朋友了知道吗？猛子说，只要她没结婚，我就有权利。李重说，你也只能动口，不能动手，动手就是强迫。猛子使劲儿敲打脑袋，说，我看见她胸脯就受不了，谁让她胸脯那么高，长那么白净，就跟刚卤出来的豆腐一样，那是她的错！

这天下班后，猛子拉着李重坐上他刚买的摩托车。李重说，去哪呀？猛子说，我知道你是民警，我能让你小子犯法吗？李重坐在他摩托车后面疑惑地问，你也得告诉我去哪儿呀？猛子得意地说，到了地方你就知道了。摩托车朝着市中心行驶，在路过一座高架桥时，李重受着灯光的诱惑，心里突然懵懂着一种冲动。他想起张卓，这么多天也不联系他，看样子是铁心要和他分手了。他忽然一下想起了雅秀，他发现突然没有了雅秀的音信很闷。他是因为雅秀下来的，也是因为雅秀闹得张卓跟他分手，可他下来后雅秀居然就消失了。这次下来，他觉得对自己就是炼狱，他想要剥离这两个女人，让自己漂浮的心沉静下来。没想到，下到后街派出所他觉得很有意思，生活变得有了情趣。

前天是他生日，在生日宴会上，猛子为他忙碌着炒菜，顾不上过来敬酒。李重和同事们越喝越放纵，雷所长也喝多了，看见奈奈端菜过来就对李重说，你如果没有结婚，会不会喜欢上奈奈呀？李重不满意雷所长这么说，多少有些污辱他。他没有想过奈奈，觉得很纯洁的姑娘跟张卓和雅秀不一样，一根筋的脑子，像是向日葵总是冲着一个方向。李重不想让雷所长难堪，就开玩笑地说，漂亮女人谁都喜欢，也是男人正常的冲动。大家在笑，因为李重说得很自然，谁都没有觉得他话里有什么意味。雷所长在叫板，对李重认真地说，你有胆量就跟奈奈喝一个交杯酒。同事们起哄，喊着喝一个喝一个。李重的脸红到了脖子后，他不善于跟女人开过头的玩笑，有也就是过过嘴瘾，雅秀就说过他，看你是个花心大萝卜，其实你老实得像是一根木头。李重就是埋头不说话，其实他是怕猛子看见，他不想伤害猛子这个老乡。可当他抬头时，看见奈奈就这么看着他。雷所长端过一杯酒递给奈奈，说，你跟李警官喝，你不喝，我不跟你们老板结账。奈奈满不在乎地跟李重喝了交杯酒，在同事的推搡下拥抱在一起。李重的心脏几乎窒息了，他已经很久没有跟女人这么亲近过了，最后一次跟张卓做爱也是三个月前的事情了。他本能地躲闪着，雷所长上来推搡着他和奈奈靠近，李重不高兴地甩开了雷所长。当猛子喊着出来敬酒时，李重对雷所长和同事们示意着，千万不要提奈奈，谁提了我跟谁急！

四

摩托车在霓虹灯闪烁的路上行驶，李重脑子很乱，他正在拼命地梳理，雷所长为什么这么放肆地开他和奈奈的玩笑。猛子开到一家高级的洗浴中心，李重皱着眉头问，到这里干什么？猛子说，我们是老乡，看你天天忙来忙去的我就心疼，在这里放松放松。李重本能地拒绝，说，我是警察，我跑到这么敏感的地方放什么松啊。猛子诡秘地笑了笑，说，你紧张什么，你都想什么坏事了？我们不就是洗澡嘛。李重说，我天天检查的就是这样的烂地方，除了洗澡不是还有别的吗？猛子哈哈笑着，问，什么叫别的？李重说，你进去，我回去了。猛子憋红了脸喊着，我能带你做别的吗，那不是害你吗？咱们就是洗澡，然后找个人给咱捏捏脚，捏捏脚不犯法吧，我看你当警察当傻了！

两个人进到里面，猛子很娴熟地把衣服锁进柜子里，然后进到里面蒸桑拿芬兰浴。李重心不在焉地泡着澡，他知道这个地方发生了好几件偷盗案子，都没有破。雷所长叮嘱他，不能成为死穴。其实他跟着猛子进来就是要看看的，可是他又很恐惧。现在是最难受的时候，肯定有人盯着自己。市里换届还没正式开始，尽管各种传说都有。说得最多的就是雅秀父亲要去省委组织部，就是省委常委，上了一层台阶。为这个台阶，他才到的后街派出所。他要是出了点儿事，哪怕没出事谣言出来，这身警服就可能被脱下来了。他曾经是公安局的骄傲，谁都知道他是分局有影响的人物，难办的案子都必须给他才能了结。在大家的印象里就是他吆五喝六，能跟局领导梗脖子。还没泡几分钟，猛子就轻悠悠飘过来笑着，咱们到上面的休息大厅按摩按摩。李重忙摆着手，我绝对不去，为这个我再弄个处分划不来。猛子摇晃着脑袋，真没见过你这么老实的男人，就到那儿一躺，有女人给你按摩多舒服啊。李重勉强起来穿着休闲服，喃喃着，反正要闹你去闹，出了我的地盘我也不管你小子，我就在这儿等你。

两个人到了休息大厅，昏暗处坐着一斜溜穿着短裙的女人，露着白晃晃的大腿，赤脚趿拉着拖鞋。猛子从容地挨个仔细瞅着，李重觉得一阵眼晕，慌忙找个床铺坐下。他下到后街派出所，有几次跟所里同事这么冲进来，然后在阴暗房间里按住几对疯狂做爱的人。有次他都站在那男人跟前打招呼了，男的还不顾一切地和那小姐比画着。李重只得愤怒地大声喊道，你能不能消停一会儿啊，没看见我站在你面前了！这时，猛子拽起来李重，笑着说，我给你找个最棒的小姐按摩，你也该放松放松了。后面跟过来一个女孩子，甜津津地说，好舒服呢。李重的头皮发麻，心脏咚咚地跳，他看见女孩子胸口开得很低，乳房几乎被挤出来。猛子在另一张床铺惬意地躺下，另一个女孩子过来和他调笑，跳上他的床，开始在他身上使劲儿地踩来踩去，猛子夸张地呻吟着。李重看着发呆，他还没明白猛子怎么能这么放肆，那个女孩子已经在揉搓着他的脚，弄得他很痒痒。李重陡地跳起来逃走，他还没这么狼狈过。李重经风雨见世面，是个能沉得住气的人。他听见猛子在后边喊着，你跑什么呢，我钱还没给你交呢。

李重没听，直接去了更衣间。在更衣间，他突然发现了一个中年男人在开锁，很镇定的样子。他跟这个男人对视了一下，看见那男人朝他微笑着。李重走过去问了一句，我在哪儿见过你？男人摇头回答，你看错人了吧。李重站在他身后，男人回头说，你是谁呀，我取我的衣服你看着干什么？李重说，你开的是我的柜子。男人说，这是我的，怎么是你的？李重拍了拍他的肩膀，你说你里边放的什么？男人说，我的衣服还有鞋。李重问，鞋是什么牌子？男人回头瞪着眼睛，你管得着吗？李重说，我当然管了，你开的是我柜子。男人不理会他就要走。被李重一把抓住，说，你走得了吗？这时候有两个保安走过来，李重说，我是后街派出所的，报警吧。

说完就走到自己的柜子跟前拿出衣服不慌不忙地穿着。那男人喊着,你有什么理由说我是盗窃呢,我可能开错了!两个保安也惶惶地看着李重,李重穿好衣服,说,你盯着这个柜门很久,说明你知道这个柜门里边是你要找的东西。要是你的,你找到了就开锁。到派出所说吧,你是老手了。李重走到前台准备交钱,前台说是四百块。他口袋没这么多钱,在家里都是张卓管钱,每次只给李重口袋放两百块,按照张卓的逻辑这就足够了。久而久之,李重口袋只留这么多钱。等了一会儿,猛子才好不乐意走出来嘟囔着,我都没痛快,你记住了,你先是个男人,再是个警察。李重被猛子这句话说怔了,他觉得猛子虽然没多少文化,说出话来倒有几分警句味道。

  两个人在前厅取鞋,猛子慢慢穿着,若有所思地看着来来往往的女人和男人。李重穿上了鞋,心里才有了底。他不想在这遇到任何熟人,特别是穿公安制服的人。估计十分钟后派出所才会来人,他不想那么招摇自己去摆功。他拿出来两百块给猛子,猛子说,你至于这么寒碜我吗?李重依旧把钱塞进猛子口袋,猛子说,你就这么点儿钱?李重点点头,他在刑侦队当队长这几年很少出来走动,回家就爱看书。每月都节省下来几十块到书店买书,碰到特别喜欢的书又买不起就站在那里看,一直看到人家打烊。周局长曾经说过,你一个刑侦队长至于看这么多书吗?他和猛子走出前厅,突然看到奈奈和一个男人走进来,尽管那男人低着头。李重还是很警惕地观察到这个男人的侧面,恍惚间认出是雷所长。他不太相信自己的眼睛,于是他故意往前凑了凑,因为人多比较混乱,在他转身时候还是看出来是雷所长,只不过换了一件从来没有穿过的衣服。雷所长后面还有一个女人,李重记忆力很强,很快认出来是一家鲜花店的卖花姑娘,叫涓涓。涓涓和奈奈拿了牌走进了女更衣室,雷所长好像还在等谁。李重不想让猛子看见,一直用身子想方设法遮挡住猛子视线。幸亏前厅灯光很昏暗,一切都朦朦胧胧的。猛子对李重不乐意地说,我白花那么多钱,你想这么多干什么,我就是让你放松放松,你说你能干出什么花哨的事?李重有些迷乱了,他想象不出雷所长居然会带着奈奈和涓涓去洗澡。猛子突然拽住一个小姐,大声地喊着,你躲了我这么长时间到底去哪儿了?你说你是东北的,我打听你是唐山的,你不是骗我嘛。那个小姐想走,被猛子牢牢抓住,小姐哧哧笑着搪塞,何必当真呢。猛子固执地说我跟你是当真的,我给你花了那么多钱白花了。小姐不在乎地说,你该得到的不也得到了吗?猛子说,你说你喜欢我,你再也不干这行了,是真的是假的?小姐腾出一只手,在猛子脸上使劲儿拧了一把,在这地方说话能有真的吗,你是不是从农村来的?猛子火了,喊着,农村来的你就糊弄我啊,我看你一把鼻涕一把泪的,不像演戏呀。小姐低着脑袋,长发遮盖住了脸。李重和猛子都看着小姐脸上有一道红痕,像是有人打的。猛子关切地问,你脸上怎么弄的?小姐捂着脸委屈地说,还不是你们男人。猛子恼怒地说,我要找他算账!小姐摇头说,你赶紧走吧,最近这里总闹事。猛子紧紧抱住小姐,小姐嘴唇哆嗦着,像是蝴蝶翅膀在扇动。猛子亲吻着小姐。小姐咧嘴喊着,你咬疼我了!不知什么时候,突然进来两个警察,站在他们跟前。一个老警察对猛子说,你这是干什么?太过分了吧。猛子不服气地说着,她是我女朋友。有个年岁小的警察笑了,都说是自己的女朋友,你知道她叫什么名字吗?知道她家在哪儿住吗?知道我们跟着她到这个地方干什么来了吗?猛子傻了,老警察认真看了看李重,说,你是李队吧?李重点点头。老警察客气地说,知道你去了后街派出所,我们都很同情你,你快带你这个傻哥们儿走吧,马上就开始搜查,有卖淫的也有卖药的。刚才还有一个偷盗的,应该是你们后街派出所管,他们报案给我们了。李重拉着猛子走了,他听到那个老警察说,知道是你逮到的,就算贡献给我们了!

五

　　在回去的路上,夜风刮起来,拍在脸上像是有刀子在割。

　　猛子怔怔地问,他们喊你李队,你是哪儿的李队,怎么不告诉我呢?李重说,那是他们开玩笑。猛子说,也是,你要是什么李队,怎么见了雷所长还毕恭毕敬的,现在官大一级压死人呢。李重想给雷所长打电话,但是犹豫了片刻又放下。猛子说,我到你那儿待会儿,我给你说说那个小姐,我真的喜欢她。李重说,你不是喜欢奈奈吗?猛子说,我看出奈奈喜欢你王八蛋,你就别糊弄我了。李重一本正经地说,我是警察,不能随便胡闹的,懂吗?再说我也结婚了,我不能随便喜欢上谁。猛子嘻嘻哈哈地说,你就骗我吧,但我要告诉你,我早晚要把奈奈干了。李重从猛子后边喊着,你要是干了她,我就把你小子送进监狱。猛子回头,我才不信呢!

　　在休息间,猛子看见李重这么多书很意外,你还喜欢读这个,有屁用。李重回答,能解闷儿,烦了读读也能静静心。猛子说,好啊,有我读的书吗?我要读搞对象的。李重说,你挑吧,哪本书里都有搞对象的。猛子兴奋地说,有大黄的吗?李重说,我是警察,能有那玩意儿吗?猛子有些失望,但还是在柜子里有意翻着,突然翻到了一本残书。只有一半,后一半没了。书皱皱巴巴的,卷边的页脚都黑糊糊的。猛子拿过来看,忽然看到了一幅半裸的女人插画,说,你小子跟我不说实话,这是什么书?李重想起来了,这是他们到书摊上抄过来的,是一本盗版书。是日本作家五木宽之写的《青春之门》,里边胡乱夹杂了不少半裸体女人插图,很有诱惑力。李重搜完了以后把这本书留下来,雷所长曾经叮嘱过他,说,这是一本黄色书籍,你赶快处理了,要不然给你惹事。李重跟雷所长做了解释,说,五木宽之在日本很有名望,他保持日本战后文学书籍发行量的最高纪录十几年。雷所长拿回去看了看,说,什么乱七八糟的，都是男女那点儿事情，太露骨了，就是黄色的。李重还是悄悄留下来，放在一个不起眼的地方。他曾经到处想找这部书的后半卷，但哪里都找不到。这本书由国内某家出版社出版，不久，就被列为禁书了，有次雅秀的闺蜜去日本，他委托她去买。雅秀闺蜜回来不屑地对他说，有是有，我买回来你也不认识，都是日语。李重还在思索着什么，猛子已经把那部残书揣口袋里拿走了。

转天，李重上班时留意雷所长在不在，他心里很复杂，希望雷所长别出点儿事，也担心奈奈卷了进去。点名是副所长安排的，竟然没看见雷所长。他问刘德来，雷所长怎么没点名啊。刘德来没回答他什么，大家就都忙着出警了。李重和搭档刘德来在那条最热闹的街上巡视，他故意走慢点儿，来到奈奈所在的饭馆跟前。他想得很简单，奈奈要是在，说明雷所长没有什么事。奈奈要是不在，雷所长肯定出事了。刘德来见他走慢了，转身找过来，说，李队，你怎么总爱在这儿停留一会儿，是不是喜欢奈奈了？李重笑了笑，说，我说过多少次，在所里别喊我李队，我不愿听。刘德来好心地说，知道你在这里也待不长，雷所长喜欢奈奈，你千万别招惹他，他就恨抢夺他女人的人。李重很意外地说，我是有妻室的人，怎么能胡来呢？再说雷所长也是有老婆的，不能想干什么就干什么，毕竟我们还穿着这身公安制服呢。刘德来若有所思地看着饭馆里人进人出，说，你不太了解基层所里的情况，天天跟老百姓打交道，打着打着仇也出来了，情也出来了。李重一怔，他还是头一次听基层警察这么说。刘德来看着饭馆里吃吃喝喝的人，自言自语着，奇怪了，我有时看着奈奈可爱，有时看着就觉得她挺可恨的。李重问，你恨人家干什么？刘德来说，长得这么漂亮不是我的女人，不就恨吗？虽说我是一个基层警察，可搞对象咋就这么难，你说我长得丑吗？说完，他自己咯咯地笑，可看李重却是一脸的严肃。李重和张卓去全市最高的转塔餐厅吃过饭，自助餐，每人二百八十块。李重记得是张卓掏的钱，李重对张卓说，咱们两个人就是五百六十块，快够一个打工的一个月工资了。张卓说，你真是有同情心的男人，对我们房地产的老总来说，连打一次高尔夫球的啤酒钱都不够。他曾经问过奈奈，你在饭馆干一个月多少钱？奈奈羞涩地说，老板器重我，还是多给呢，也就两千多块吧。李重说，五更起床，半夜睡觉，你够辛苦的。奈奈问，方便问你有老婆吗？李重点点头，奈奈懒洋洋地说，你要是没有，我嫁给你算了，省得我这么辛劳。李重当时笑了，奈奈也咯咯笑了，说，我开玩笑的，你一个刑侦队长怎么能娶我呢？李重很吃惊，谁说我是刑侦队长了？奈奈说，人家都说你喜欢上一个大领导的闺女，给大领导惹了祸，被罚下来了。李重觉得很好笑，瞎说呢。奈奈说，人家还说你老婆要跟你离婚呢，你现在是不是一个人过日子？李重说，一个人过日子不挺好的吗？奈奈低下头，男人哪能没有女人守着，我要是有福气就嫁给像你这么一个有情有意的男人。但你放心，我就是这么一说，我不会跟你乱来的。奈奈的脸一点儿也不红，正正经经。

　　李重和刘德来巡逻的时候，确实惦记着奈奈，他怕奈奈要是进了拘留所就毁了。奈奈那天出摊儿，有几个小混混儿在奈奈摊儿前故意闹事，说奈奈的摊儿往前挪了一米，奈奈怎么解释也没用，小混混儿把猛子炸的臭豆腐扔了一地，又踩了几脚。李重闻讯赶到的时候，看到奈奈正蹲在地上伤心地收拾脏兮兮的臭豆腐。猛子在旁边骂街，抱怨奈奈为什么不喊他出来，他要是出来了绝对不会轻饶了这几个混混儿。奈奈看到李重就说，我没挪，我没挪。李重没说话，帮助奈奈收拾。完了，找到那几个小混混儿，小混混儿们并不惊慌，为首的对他一抱拳，李警官，奈奈确实挪了，不挪我们不会难为她。李重问，你说我会相信你吗？为首的说，如果我说谎了，你愿意怎么发落我们都没意见，我可以在后街爬着走。在后街是讲究规矩的，奈奈不能破。李重把几个小混混儿带到派出所，本想教训他们几句，没想到雷所长问了问就放走了。李重不理解，雷所长说，我调查了，奈奈今天确实朝前挪了，这个在后街上是绝对不允许的。他们是有些过分，但规矩是不能破坏的。咱们从来都是睁一只眼，闭一只眼，让他们自己管教自己。李重解释，奈奈不可能挪，你又不是不知道这个规矩。雷所长笑了，说，你怎么能保证？李重说，奈奈是个好女孩儿。雷所长咂着嘴反驳，在后街上有好女孩儿吗？李重不解，瞪大眼睛问，你这是什么意思？雷所长说，好女孩儿都不在这条街上卖东西，做买卖的就是半个人半个鬼。

  晚上，李重找到奈奈，气呼呼地说，你跟我说实话，你到底挪了没有？奈奈委屈地说，我天天出摊儿卖臭豆腐，摊儿摆什么位置上不都是死的吗？我为什么挪呀。李重喘着粗气，怎么雷所长说你挪了呢。奈奈说，李队，你是不是在上边待傻了，雷所长就是想吃我的豆腐，我不让他吃，他就找人报复我，你这么精明的人还看不出来吗？李重怔住了，他觉得自己怎么这么糊涂，平常在刑侦队滴水不漏，经历过大风大浪，这么明摆着的事情竟看不出来。李重突然拉住奈奈的手，说，我相信你了。奈奈把脑袋耷拉在李重肩膀上，抽泣着说，我请你吃饭，你能帮我办一件事吗？李重轻轻推开奈奈，他觉得有两个女人搅得他已经焦头烂额了，就别再风花雪月了。奈奈对李重说，猛子总想占我便宜，哪次看我都让我起一身的鸡皮疙瘩，我害怕。李重被奈奈眼睛所迷惑，觉得那眼睛里都是内容。李重问，你怕什么？奈奈抽泣着，我怕他有一天把我强奸了。李重笑了，他不敢，他犯不着为你进大牢。

  李重和刘德来走进饭店，没看见奈奈。猛子出来，对李重说，奈奈回来很晚，现在正睡觉呢。李重说，她不出摊儿卖你炸的臭豆腐了？猛子奇怪地说，你操这个心干什么？刘德来笑着说，我们爱吃你的臭豆腐。猛子悻悻地说，算了吧，你们派出所的人都喜欢奈奈，没有奈奈，我那臭豆腐谁吃呀。说完自己哈哈笑，然后小声对李重说，你那本残书不错，我看好几遍了。李重摆摆手说，算了吧，你是个半文盲，还能看书。猛子说，那书好看，我就是想知道后边究竟怎么回事，你能给我找到后半拉书吗？找到了，我请你吃饭,哪里贵在哪里吃。李重认真地问,你跟我说实话,奈奈昨晚回来了吗?猛子说,回来了,我还看了她洗澡呢。李重说,你又胡说八道。猛子嘻嘻哈哈的,我听她洗澡,就跟看她一样。李重笑了,说,全凭你想啊。猛子不理会李重,说,谁还要臭豆腐,我就炸上一锅!

六

李重在街上巡逻半天,没等到奈奈出来。他觉得奈奈有可能真的跟雷所长在洗浴中心出事了,还有那个卖花的涓涓,因为在花店也没看到涓涓出来。他回到派出所,在宿舍里随便翻了一本电影刊物,看到他喜欢的苏菲·玛索。记得那次奈奈请他吃饭,两个人闲着聊天。聊的竟然都是电影。李重爱看法国的,特别爱看影星苏菲·玛索的,还有她出演的《忠贞》。奈奈说爱看日本宫崎峻大师的,特别爱看《千与千寻》。奈奈去卫生间方便回来对李重说,我知道你为什么喜欢苏菲·玛索,她是那种气质,眼睛好看,女人眼睛是最重要的。李重觉得自己很奇怪,他喜欢雅秀,就是那双眼睛。他对奈奈说,眼睛就是黑洞,什么也填不满。奈奈很吃惊,你怎么了?李重觉得自己下到派出所后情绪不稳定,经常无缘无故烦躁,他知道要控制自己,要学会适应环境,不能总想着以前的事情。他开玩笑地问奈奈,我要是跟你结婚,你是不是很在乎我跟别的女人来往,为了这个你就跟我吵架?奈奈纳闷儿地问,你这是什么意思?李重说,我就是这么一说。奈奈笑了,说,你老婆是不是就这样,你真的像外人说的那样吗?李重问,我哪样了?奈奈说,我不想让你跟我开这种玩笑。李重愣了愣,问,我就是打比方。奈奈皱着眉头,总有男人拿我这么打比方,开始我还高兴,后来多了才知道我就是替身。李重饶有兴趣地问,你没碰见过真心的?奈奈率直地说,猛子和刘德来都喜欢我,我选择刘德来,真心就手掌心那么大。我不可能给了这个，还能再给别人。李重冷不丁问，你喜欢孩子吗？奈奈说，哪有女人不为自己喜欢的男人生孩子的，我是独女，如果我找的男人也是独子，我就给他生两个。李重的心被鞭子抽了一下有些疼，他看着奈奈那双没有杂质的眸子，那双干净得像是水洗了一般的清纯脸蛋，还有藏在脸皮下浅浅的蓝脉，他低下头，不说话了。张卓就是不想生孩子，他说了多少次，张卓就说，你喜欢你生呀。奈奈伤心地问，你是不是没有孩子呀？李重说，曾经有过一个，后来被我老婆流产了。奈奈幸福地说，你爱看书，我就喜欢爱看书的男人。我跟猛子说，猛子戏谑地说，爱看书的男人就是傻子，傻子有什么可喜欢的。

李重在派出所逼仄的小院子里站着，春天的风有些硬，在他脖领子那乱窜着。他闹不明白，雅秀不打电话，一向跟踪自己的张卓也好像蒸发了。自己被架在一个铡刀下，刽子手不知去向，围着很多看热闹的人。

雷所长突然出现在李重跟前，吓了李重一跳，因为雷所长脸色铁青，眼珠子里都是红丝。雷所长说，你帮我一个忙，去中心派出所，把奈奈和涓涓领回来。李重忙问，出了什么事？雷所长眯缝着眼睛看着李重，你不是也从那儿出来吗，没看见我和她们？李重觉得小看了雷所长的敏锐，佯装迷惑的表情问，从哪儿出来？雷所长不高兴地说，我知道你比我厉害，可我就不喜欢你装洋蒜，你看见我了，你想我能没看见你吗？我带着几个朋友去洗澡，那几个朋友觉得几个男人洗澡没意思，喊了奈奈和涓涓。结果，我一个朋友进了奈奈单间，非要对她胡闹不可。奈奈不从，从口袋里掏出一把剪子把这个朋友吓跑了，也伤了人家胳膊。后来赶上中心派出所的人去搜查，把我的朋友堵在里边。李重问，奈奈没事吧？雷所长说，伤着人了还没事？还不是我从中斡旋呀。李重问，你那朋友呢？雷所长烦闷地说，你就别打听这么多了，就算给我解围，我知道非你莫属。你的人脉那么强，我是个知恩图报的人，我记着你对我的好处。李重纳闷地问,怎么也把涓涓扣在那儿了?雷所长说,你去了就知道了,后街派出所人多嘴杂,这事一定会嚷嚷得谁都知道,我真是倒霉透了!

李重要走,被雷所长拦住,说,你还是穿便衣出去领人为好,给这两个女孩子一个面子。李重觉得雷所长有了人情味,于是脱下制服。雷所长叉着腰看了半天李重,李重问,还有什么事?雷所长随意地说,猛子上你这儿来了,拿走了半卷残书是吗?李重一愣,想象不出雷所长是怎么知道的。他点点头,雷所长问,是不是那本日本鬼子写的黄书?李重纠正道,不是黄色的,是日本著名作家。雷所长挥挥手,别给我提什么日本著名作家,都是鬼子,知道吗?那不是一本好书。我提醒过你,猛子要是看你的黄色书籍出了什么事情,你可就麻烦了,又给你添一条罪状。李重不情愿地回答,那就是一本日本畅销书,猛子看了能出什么事?雷所长说,你不了解后街人的情况,猛子现在情绪不正常,很亢奋,天天捧着你那本残书看,看得哈喇子都流出来了。你知道他现在跟奈奈也较着劲儿,总看人家的胸脯。李重不说话了,他突然觉得雷所长说的不是没有道理,这部残书或许就是导火索,猛子就跟野猫叫春一样。

李重跟中心派出所所长很熟悉,这个所长以前在分局拘留所当过所长,刚下来当所长没几天。两个人说了几句,打了几句哈哈,所长说,听说市里换届差不多了,雅秀的父亲要提拔到省委,可能是省委组织部部长。李重说,不关我的事。所长说,你就是因为这个才下来的吧?人家怕你这颗火星子燃起来能燎原呢。李重问,不知道雅秀怎么样了?所长看着李重狡黠地问,你是不是真的喜欢上雅秀了,有多少男人对她想入非非。后来我们才知道,雅秀就是一朵带刺的玫瑰,谁也别想把她摘下来,摘下来就是犯了众怒。李重问,你说这么多废话干什么,我就问你她怎么样了。所长说,她很难,几个案子都没破,搁置在刑侦队进展不下去呀。李重叹了一口气,像被什么烫了一下,火辣辣的。办案子就是李重的生命,办不下来就是生命受到了挑战。所长问，雅秀没跟你联系？李重说，是我，是我不跟她联系，现在联系她不是找倒霉吗？所长笑了笑，你老婆跟你提离婚的事吗？李重说，她现在就是提，我也不能答应呀。所长说，你是两头受夹板气。李重朝外走，所长说，洗浴中心偷盗的被你抓到了，我跟周局长说了，没跟雷所长说。李重回头，问，这是我们所的案子呀。所长说，我怕雷所长再跟你急了，说你胳膊肘子朝外拐。

李重开车领回来奈奈和涓涓，路上，李重对奈奈说，你那把剪子呢？奈奈低着头，早让人家收走了。李重问，你从哪儿拿的剪子？奈奈说，我找猛子要的。李重突然一惊，说，你要他就给你了？奈奈笑了笑，我朝他要什么都会给。涓涓说，她要猛子的心，猛子都能自己剜出来递给她。李重呵斥涓涓，你闭嘴，你怎么被扣里面的？涓涓说，警察进来的时候，那男的正抱着我啃呢。说着，涓涓自己哧哧笑，然后拿出一个小镜子不时地描着眉毛。李重的车开过麦当劳，奈奈立即说，我饿了，我想吃汉堡。涓涓也插话，我俩饿一天了。李重问，没给你们吃的？涓涓说，不好吃，咽不下去。李重停车，两个人都没动，李重问，你们的意思是我去买了？奈奈说，记得上次我请过你，这次你请我们吧。李重悻悻地下车，买回来两个汉堡给了她们两个。李重对奈奈和涓涓说，你们回去就说到省城玩了一天，懂吗？涓涓说，那你把车开到后街口，我们自己走进去。奈奈对李重说，你送我进饭馆，你去跟我老板说，就说我是一个女英雄，说我是刘胡兰或者江姐什么的。李重笑了，奈奈也笑了，李重发现奈奈笑的时候很好看，牙齿白白的，像是一串羊脂玉。

李重还真把奈奈领进了饭馆，刚进门，猛子不知道从哪儿就钻出来了，动作变得仿佛成了风烛残年的老者。他懵懵懂懂地看着奈奈，大口喘着气问，你是不是杀人了？奈奈点点头，猛子抱住她，周围吃饭的人都像看戏一样看着他们。猛子抱紧奈奈，疼爱地拍拍奈奈的后背。李重把猛子的手扒拉开，厉声说，你昨天就骗我，说听见奈奈洗澡的声音。猛子全然不顾李重在说什么，只是拉着奈奈的手哭了，哭得好是伤心，奈奈无动于衷。李重没有再说话，悄悄走了。他听见奈奈在后面说，李重，你得把猛子那本残书赶快拿走，要不你非得让他看神经喽！李重回头对猛子说，你还我书。猛子得意地说，我还得看，很好看呢。奈奈好奇地问李重，你给他那本残书都写的什么，让一个看字都头疼的人能看迷了？李重说，咳，就是一个搞对象的故事。他下意识回头，果然跟自己预料得那样，猛子强行领着奈奈进了后厨，李重没趣地走出饭馆。

这时，夜色很沉了，星星点点。平常热闹的街上没了多少人，有的也是情侣，互相拥抱着走，满街听到的都是接吻的咂咂声，闹得李重脖子梗梗的，身上的血在朝上涌。突然，他看到两只野猫在搂抱，就在他面前肆无忌惮地做。

七

转天轮到李重休息，他回到家收拾着房间，张卓去海南出差已一月有余，房子就像是一个被废弃的仓库，乱糟糟的。于是，他拿着湿布，蹲下慢慢去擦。张卓以前就这么擦的，一擦就是半个多小时，有时候腰都累得直不起来。李重悟出来自己把全部精力放在案子上，其实对张卓不公允。婚姻就是一座城堡，有了张卓城堡里才能升起炊烟，要不城堡就是牢房。电话打进来，李重看着电话有些惊悚，他不知道谁能知道自己这时候在家。他拾起话筒，声音很遥远，但又近在咫尺，很陌生又很熟悉。李重问，你找我吗？张卓那边说，我们离婚吧，我知道你现在很难，在后街派出所接受领导的惩罚，不是我落井下石，是跟你离婚对你对我都有好处。李重不耐烦地说，对我有什么好处？张卓说，等离了你就知道了。这两天我在海南销售的房子不错，我发现只要你倒霉了，我就顺利。李重问,什么意思?张卓说,我就是开个玩笑。李重说,都什么时候了你还开玩笑呢。张卓说,今天我找你的意思是,我们去民政局办个手续就行了,现在简单了,不用惊动你们单位。没等李重再问,张卓已放下了电话。

在一个靠近湖畔的小酒馆坐下来,李重要了一碗炸酱面吞着,看着窗外湖面上那光影在晃动。张卓定的是下午两点到民政局,她已经跟人家说好了,第一个就办他俩的。李重边吃边想着,在开始爱上张卓半年后,每次约会,张卓都定到湖畔这个角落。在树阴深处,芦苇丛里,大墙后面。天多热也得闷着,挨蚊子咬,叫臭虫叮。张卓那光滑的皮肤常常被蚊子咬得青一块紫一块的。张卓很少叫李重吻她,她怕别人看见,说李重是个警察,远近闻名的,看见了说不清楚。李重想抚摩张卓的乳房,张卓就用手捂着,李重就说,我求你了,能不能让我看看。张卓说,看也不行。李重戏谑地说,要不你看我的。张卓臊红了脸,说,真恶心。最后,张卓实在经不住李重的乞求,说,那你就看一眼。说着撩开上衣,李重看到的是两个黑色的乳罩,像是熊猫的眼睛。李重很失望,说,你们女人的乳房怎么是黑色的呢。张卓急了,说是白的。李重说,我看了,就是两个黑的。张卓再次撩起,她低头看见自己的乳罩扑哧笑了,麻利地解开了。李重傻了,看到两只熟透的桃子,粉白的,挺挺的。李重的喉咙里酸酸的,虽然说闹着跟张卓离婚,真的离婚就是活活扒层皮,血淋淋的。

果然,下午两点钟第一个办理他和张卓的离婚手续。很久没看见张卓了,张卓打扮得引人注目,风姿绰约,带着一种韵味。她不经意的穿着很简练,流露出现代女人的个性。李重觉得张卓消瘦得厉害,也很憔悴,她脸色白得几乎透明,显得发青,每根脉络清晰可见。可以看出张卓采用紫调的眼影,带有灰紫色的亮丽唇彩。她眉毛被描绘得很细,夸张地往上挑着,如一钩弯月。口红艳艳的,李重联想到血,吸血僵尸的形象。他经常看鬼魔之类的美国好莱坞碟盘，如安东尼·霍普金斯主演的《惊情四百年》。

走出民政局，张卓说，我们打辆出租车，你跟我去一个地方。李重问，去哪儿啊？张卓回答，去了你就知道了。在出租车上，李重和张卓并排坐着，其实两个人都有车，却都没开过来，这是两个人事先约定好的。两个人谁也没和谁说话，出租车司机很纳闷，也不好问什么，只得没趣地朝前开。张卓说，我要去公司，刚从海南回来需要跟老总汇报，晚上你接我到我母亲家。李重看着张卓憔悴的脸色心在收缩，说，你不要把我和雅秀的事情看得那么重，我发现你所知道的都是片面的。离婚可以，但我不能承担对我不实的罪名。张卓悻悻地说，我有证据，你都辩解不了。昨天我去看了我母亲，她头发都白了，像是一堆芦花。知道我母亲说什么吗？说我总这么盯着你是我的罪过，不放过你，我会折寿的。李重没有说话，张卓利用自己的侦探技术不断跟踪自己，拍了不少片子。一开始还只给自己看，后来就抑制不住自己的气愤给周局长看，闹得分局沸沸扬扬。出租车司机回头看了他俩一眼，张卓开始发飙，你玷污了我，我对你这么专心一意，你却拿我的感情当成儿戏，背着我跟雅秀勾三搭四。你要是别的职业我还谅解你，你是刑侦队长，你就这么公然背叛我。现在人家整治你是对的，是你犯了人家的大忌，人家就让你离得远远的，那是你小子活该！李重忍不住喊了起来，我受够了，不是已经离了吗？怎么还不依不饶！出租车司机说，你们能不能说话小声点儿，我就是一个普通老百姓，你们用那么有文化的词吵架，我听着不舒服！

城市的夜色被灯光画出一道道弧线，李重觉得黑夜最能掩饰一切，也能美化一切。他开车接到张卓，张卓穿了一身黑色服装，像是去吊唁。张卓没坐在后面而是坐在旁边。不知怎的，看着旁边沉默寡言的张卓，李重有些伤感。他想起张卓跑到分局闹，心里又是火气十足。当时周局长把他叫到办公室，他看见张卓在那儿满脸是泪。周局长指着桌子上的相片问他，这是怎么回事？李重说，我跟雅秀没什么，就是谈得来。那天，她喝酒喝多了，说了很多的话，看我心不在焉就抓住了我的手。张卓在旁边喊着，没那么简单。周局长问了张卓一句，你还发现他们怎么了？张卓说，在饭馆吃饭，他们还想怎么着。是第一次吗？我发现了十几次，这正常吗？周局长看着李重，李重点头，雅秀这段时间压力大，跟我吃饭就是她在释放情绪。张卓说，我呢？我压力也大呀，我每年销售房子的指标是多少，你不知道我都揪自己头发。两个人说着，周局长不知不觉走了。

张卓的母亲住在城郊一条老街上，李重曾经来过几次，但这次再来觉得道路拓宽了，开车还是很慢，堵塞得很厉害。几年没来，道路两旁的商场像沙丁鱼罐头一样摆在那儿。城市更加拥挤了，人的心也就不宽敞了。都想不顾一切地挣钱，感情也就不顾一切地薄下来。张卓的母亲家是一个很漂亮的四合院。由于这条胡同历史悠久，住过很多历史名人，拆了几次都没拆掉，当然也得益于张卓的父亲，他曾是这个城市的警备区司令，他找到市规划局的局长明确反对，才让规划蓝图泡汤了。两个人轻步走进小院，李重看见丁香树还矗立着，却没有了往日的清香。走进了屋里，摆设如旧。李重下意识喊了一声妈，以前来的时候，岳母对他很客气，她晚上甚至给李重端洗脚水，哪回早上都为他买来热乎乎的豆汁儿和油条。老太太尤其喜欢外孙子，结婚后就盼望着张卓生孩子，可张卓不愿意生，说生孩子太早会耽误事业。岳母心盛，一天上午，她不知道想起什么，非要给还没谱的外孙子到商场买玩具汽车，下雨时跌倒在马路上的坑洼处摔断了左腿。

李重在院里喊完妈妈，没有回声。张卓幽幽地说，别喊了，我父母都去云南的丽江旅游了，我们已经分手了，现在你又跑这儿瞎喊妈妈，还嫌我的心不够破碎吗？我妈妈知道你背叛我的事，悲痛得把院子里的树叶子都要摇下来了。李重不想吵架，这几个月就一直这么吵架，翻来覆去。他怎么解释也没有用，张卓对他和雅秀的事情不断在妖魔化，他也想不到那天晚上吃饭，雅秀竟然攥住了他的手，始终没有松开。张卓继续亢奋地说着，我必须和你离婚才能抬头见公司的人，懂吗？要不人家会说我是个坏女人。李重没说话，最近张卓一直在说她的公司，说她在公司的奋斗历程。实在憋不住了，李重问张卓，你们公司怎么知道我和雅秀的事情？张卓问，你没有上网吗？你知道网上怎么议论你和雅秀，还有丢尽脸面的我吗？李重再问，这件事情怎么上的网，那些照片不都是你照的吗？张卓几乎跳起来，我就是想让所有人知道你，你这个正人君子警察英雄，是怎么戏弄我的感情，两面三刀的。他知道对张卓怎么解释都没有用，什么也扑不灭张卓心头的熊熊烈火。

张卓去另一间房子收拾床铺，准备给李重睡。因为两个人商量过，最后一晚上在这里结束。这也是张卓提议的，她要在这里彻底羞辱李重，让李重生不如死。那是老人睡过的一张老式床，大大的，硬硬的，上面镶刻着许多牡丹花，花蕊茂盛。李重跟过去，他看见张卓激动得走路都不稳当。他本想安慰几句，可一说话就用职业的意识询问，谁给你提供我的一切行动信息，而且你掌握的行踪这么准确？张卓冷笑着，是你和雅秀的行踪。李重和张卓坐在那张母亲睡的老式床上，李重缓慢地问，这个给你提供信息的人什么目的，你知道吗？张卓摇头，我不管他什么目的，我就是接受不了这个现实。李重说，现在闹得我到派出所，接受惩罚，这倒不是什么事。雅秀父亲在接受组织调查，看他是不是利用职权干涉我的事。因为雅秀接替我当了刑侦队长，背后不少推手在做这件事。张卓灰着脸说，我没有想到是这个结果呀，这不是我的初衷。李重说，有人做了这个套儿，让你跳到了前面成了女主角。张卓捂着耳朵，我不听，我不愿意听你讲话。张卓从柜子里拿出一床花色被子，李重，你是跟我睡，还是自己睡？李重有些不解，想说什么又说不出。张卓苦涩着笑笑，我真心想和你温存，就是想发泄什么，憋得我这几个月实在难受。李重低下头，我知道你后面要说的，就是觉得我实在不可亲近了。张卓看着李重,你为雅秀下放到派出所,真是委屈你了,雅秀父亲将来是什么大官呀?李重眨眨眼,不知道,也不是我能知道的。张卓搂住他的脖子质问着,你就骗我吧,我跟你结婚受了你多少骗,天知道,你知道。跟我说实话,是不是觉得跟我离婚你就能娶雅秀了?告诉你,有人给雅秀找了男朋友,也是大领导的儿子,官二代搞对象是讲究门当户对的,你父亲就是一个摔跤的。

李重身上起了一身鸡皮疙瘩,他能破解各种案子,但破解不了现在的游戏规则。

张卓轻轻吻了李重一下,我早知道你跟雅秀为什么好,不是雅秀多漂亮,就是雅秀父亲这个背景,你就得攀上去。李重一怔,张卓这句话使他伤心,其实他很想跟张卓解释,自己跟雅秀是清白的。雅秀给他当助手,他确实对雅秀很上心,让她一步步地跟着学。雅秀把他当作一个大哥哥,甚至有些跟他撒娇。按照雅秀的话,在家里她什么也得不到,因为父亲不会让她做错任何事情,要保持他羽毛的洁净。可雅秀说,她就是一个爱任性的女人,什么都想疯疯。这些话是说不出口的,因为说出来连自己都不相信。张卓摆弄李重的浅色领带,这个领带还是张卓在海南三亚给他带回来的,说,离婚了,你就别再找我,我要好好思考一下,我还没想出怎么报复你的完整计划。我是想讨个明白,我和你结婚后,你的职业究竟对你有什么好处,对我有什么坏处。为什么你就把我像条活鱼一样捞出来,在太阳底下晒干。其实我知道你心里有我,可每当我和你的职业发生冲突的时候,你就甩掉我。你喜欢雅秀,其实也是因为她是警察,你看见穿制服的就有感情。

下雨了,雨敲打在玻璃窗上,流下一行行的裂痕。

起风了,把丁香树的叶子摇得沙沙响,如人在低语。

张卓回到自己房间,边走边说,我想想,还是分开睡吧,毕竟离婚了。李重不说话,他知道自己如果说了什么话,张卓就会立马反击，很像是他和张卓在角逐。他如果上手，张卓就要摔倒他，狠狠地。张卓返回身对李重说，听说雅秀不跟你来往了，你可别鸡飞蛋打。我也多余，谁代替我的位子已经跟我无关了。李重不解，谁告诉你的消息？张卓说，多了，哪儿都是你的消息，我都不愿意听了。他对张卓这种窥视自己的做法极为反感。张卓笑笑说，我才说了一句，你干什么发那么大的火啊。我想，你离开我，不定有多少人欢呼雀跃呢。迟早在某一天晚上你会给我打电话，抱歉地对我说，对不起，我又结婚了，你怎么样呀？张卓留下的那点儿温存被吹掉了，李重听不下去了，他觉得张卓这次约他来是故意折磨他的。他不耐烦地说，是你提出离婚的，我跟你说过多少遍，你不能抓住一点儿证据就说明我背叛你，你有了证据还要看最后的结果。张卓翻脸道，你少说这个，我那证据就是铁证如山。咱们结婚这么几年，你都是把热情放在你的工作上，你有多少精力顾得上我们之间的夫妻生活。我穿的衣服有多少是你买的，我想跟你看一场电影你应了就是不去。李重倔强地说，我开始就跟你说过，我是刑侦队长，不能有任何懈怠，我一懈怠，职业的灵性就会从此枯竭，现代舒适的生活很容易让人丧失对人生的追求。张卓说，跟你离婚不光是因为你背叛了我，我觉得你这个人没趣，就是个行尸走肉，知道吗？说完，张卓甩头走了。李重躺在床上，听着外面的雨声，神情有些恍惚，那年就是在雨中和张卓在这里缱绻的，张卓头上浸着纯纯清香。可这一切在今天都成为过眼烟云。李重觉得很窝火，为了一个雅秀，一个市里换届，家庭就解体了，老婆就离开了。

　　张卓在那边喊着，你不想过来？李重说，想，就是不敢。张卓说，我想把母亲这所房子卖掉。李重坐起来问，为什么？张卓回答，到了这里我就想起父亲，就想起你曾经在这里和我做过的每一次爱，做得刻骨铭心。我不想让这里成为我的情感寄生虫，我要离开父亲和你的精神保护，离开你的制约，我要自己给自己找个庇护所。李重打着哈欠，说，你的课讲完了，我困了。张卓捶着脑袋，记住了，咱们离婚了，以后我不再问你怎么办了，我自己会过上一个新生活。

李重醒来时，天亮了，晨阳金灿灿的，把玻璃窗折射得辉煌夺目。他深深地伸了个懒腰，发现在桌上放着一碗热乎乎的豆汁儿和几根香喷喷的油条。

八

晚上，李重继续值班，他接到一个电话，电话里的声音很混沌，很低沉，问，有困难找民警，对吧？听说你们对谁都能做到耐心周到，对吧？听说你们有求必应，对吧？我现在别扭，为什么我看书还让人看不起呢。李重说，猛子，你别给我打电话，我这是值班电话，懂吗？猛子说，我想看这部书的后边，我花钱，我有钱。李重禁不住问，你小子看到哪儿了？猛子说，我看到信介喜欢枝江，看到枝江正在洗澡，信介不知道突然闯进去，看了枝江的雪白的裸体和丰满的乳房，他张开两只有力的胳膊像老鹰捉小鸡一样扑了过去，两只手伸到了枝江的腋下。李重打断猛子，你能不能挂断电话？我这是值班电话，会有人报警进来的。猛子不管不顾，说，就到这儿没了，这不是毁我吗？我想看后边究竟怎么样了。李重敷衍着，你想去吧，我撂电话了。猛子说，我现在真的听见奈奈洗澡了，不知道奈奈洗澡什么样子。李重一激灵喊着，你别胡来，小说是小说，别当真的！猛子说，其实我是有老婆的，但我老婆跟人家跑了，我一个人跑到这个城市给你们炸臭豆腐。你们在那津津有味吃着，可你知道我心里什么滋味儿？你说，我哪点对不起我老婆，她却像扔垃圾一样抛弃了我。她想吃酸的，我给她买醋。她想吃甜的，我给她买糖。她想要金戒指，我一气买了仨。她要洗脚，我立马端来盆热水。我对我亲娘都没那么好过，可她偏偏看上隔壁村做皮货的二顺子，说白了，二顺子还没我脚指头好看，她就跟二顺子对上眼儿了。你说,这还有王法吗?告诉你,我今晚要杀人了,绝对不是说说。李重的心咚咚跳,他问,你要杀谁?猛子悲壮地说,我做完了我想做的事情就杀人,今天在街上看到二顺子和我老婆了……李重紧张起来,说,俗话说,一失足成千古恨。你把二顺子杀了,你会被判刑抵命的,这样也不能解决你和你老婆的问题。猛子冷笑着,谁说杀二顺子了,我杀我老婆。李重说,我听出你爱你老婆,你会忍心把她杀了吗?你应该好好地和她谈谈,听听她为什么不爱你了。猛子喘着粗气,说,我不问,我今晚不杀她,我要先做我的事情,做完了我再杀她。李重说,我是你老乡对吧?你打电话给我就是相信我对吧?对方在呜呜地哭。

李重放下电话,给外边巡逻的刘德来打电话,说,你一定要到猛子那儿看看,很有可能他要出事。刘德来忙问,出什么事?李重说,我懵懵懂懂觉得猛子要闯进洗浴室,奈奈正在里边洗澡呢。刘德来笑了,说,我真是佩服你了,你是有摄像头,还是你想象的?李重没好气地说,我没工夫跟你说废话,你快去,你去早了还能救猛子,他就是想不开成闷葫芦了。刘德来说,你是不是喜欢奈奈呀?李重催促着,你快去呀,还有心思跟我开玩笑,我相信我的直觉!刘德来还是按照李重的意思去了饭店,李重到后街派出所一个多月,所里的警察都开始察觉出李重就是李重,判断事情的能力超群,按照他的想法去办案子准没错。雷所长有次喝酒喝多了跟别人说,李重迟早要回去,其实他是当局长的料,在后街派出所是暂时栖身,咱这儿没有梧桐树。

刘德来看见饭店门紧锁着,他敲了敲门也没有回音。他喊着猛子,开门呀!里边依旧没有动静,刘德来心有些虚,他知道里边一般只住着猛子和奈奈,这两个人是外地来务工的,白天干活,晚上就住在饭店后的房子里。他知道饭店后边有一个门,又绕到后边小门。他看见里边的灯亮着,似乎听到里边有厮打的声音。而这时,奈奈已经快洗完澡,正要准备穿衣服出来。不知什么时候,她发现猛子戳在自己身旁。她号了一嗓子。而这一嗓子恰恰被刘德来听见了，他觉得像是杀人的动静，就使劲儿推开后门。他顺手把手枪端出来，子弹上了膛。派出所给每个出勤的民警设定是五发子弹，必须在对方要实施暴力时才能发射。这时，李重电话打过来，着急地问，怎么样了，是不是猛子出事了？刘德来小声地说，快安排人过来，猛子确实出事了。猛子被日本五木宽之的《青春之门》困扰着，几乎要疯了。他不喜欢看书，但这部书却像魔咒一样附在身上，书中信介与枝江的性冲动在诱惑着他，他始终在想象信介冲进枝江的洗澡间，张开了两只胳膊要跟枝江干什么，是拥抱，还是别的。可书上明确写着信介张开了两只胳膊冲着的是枝江的腋下。猛子捉摸不透，信介这是干什么，应该去抚摸枝江的乳房，怎么会冲着枝江腋下呢。猛子百思不得其解，想入非非，他甚至模拟信介的姿势，在一个衣裳架上摩掌，但找不到任何满意答案。

　　猛子冲进卫生间，看见水珠还挂在奈奈的发梢上，奈奈周身散发着清香。那一张脸蛋儿滋润得像是破了皮儿的白葡萄，让灯泡这么一照射，如出水芙蓉。猛子像吻鲜花一样轻吻着奈奈，喃喃着说，奈奈，我想跟你做事，你答应我吧。你要不答应我，我就强迫你。奈奈说，你敢强迫我？你现在就是耍流氓知道吗？我不想跟你这么做。我要在新床上，那新床是我挑选的，还有我喜欢的床上用品。猛子嚷着，我等不到那天了，现在我就要做。奈奈退却着，你会进大牢的。猛子想张开双臂去触摸奈奈的腋下，但奈奈已经蹲在地上，两只手把胸前搂得紧紧的。猛子把奈奈按在地上，他眼睛里都是火。奈奈说，我不乐意这样，你别强迫我。猛子拽开奈奈的手，他看着奈奈挺起的胸脯已经控制不住，他开始粗暴起来。奈奈挣扎着，嘶喊着，你弄痛我了，你滚开！猛子觉得自己已经把身体进入到奈奈里边，可突然觉得脑袋上被什么东西狠狠砸了一下。他蒙了，努力睁开眼睛看见一个警察站在他身后，恍惚认出来是刘德来。他倒下之前，看见刘德来手里拿着一只放豆腐渣的木桶，嘴里冲他喊着，猛子，你就是个畜生！

九

  几天后的黄昏，雷所长和李重在街上巡逻。雷所长对李重亲昵地说，跟你在一起真是开了我不少眼界，你要是走了，我还舍不得。李重问，我去哪呀？雷所长说，你是什么人物能在这待着？早晚的事。听说换届已经完了，雅秀的父亲肯定要走啊。李重惊诧地问，你怎么知道这么多事啊？雷所长笑了笑，你忘了咱后街是什么地方？就挨在市政府后门。听说原来的市长要接雅秀父亲的班当书记，消息错不了。

  李重和张卓离婚后，觉得人好像风筝一样飘了起来，没有线牵扯着，自己想飘哪儿就飘哪儿。雷所长突然问，你离婚了？李重一惊，他觉得自己离婚的事情没人知道，他点点头。雷所长说，你是不是又觉得我神通广大了？可现在分局的人都知道你离婚了。李重眨巴眼睛，他觉得分局的人都知道他离婚的消息，简直不可思议。雷所长说，周局长可不愿意你离婚，你一离婚他就紧张。李重笑笑，我离婚跟周局长有什么关系？雷所长说，你离婚了，雅秀就有可能嫁给你，这样给周局长找多少麻烦。李重问，能找什么麻烦？雷所长眯缝着眼睛，你如果是省领导的姑爷，如果省领导不愿意呢，周局长不就成了你们发展的绊脚石吗？李重没有再说话，下来这么久，雅秀还是没有打过一个电话，在微信里对他也是一片空白。昨天大金给他打电话，说现在有一个案子很棘手，六辆宝马车一夜被盗走，而且涉及了一个美国人的私家车。周局长限令两天破案，可已经三天了，一点儿进展也没有。李重问大金，你告诉我这个消息什么意思？大金嘬着牙花子，要是你在，一天就能破了。周局长看着雅秀想发火，就是不能发。雅秀的嘴唇都是燎泡，她是不是请教过你呀？

李重没法答复，以前都是雅秀问他的。

下班了，雷所长和李重走进饭馆，很少露面的小老板喊奈奈，端来了一盆新炸出来的臭豆腐。小老板很殷勤，随手启开几瓶冰镇啤酒，奈奈端来一锅香喷喷、臭烘烘的臭豆腐。奈奈悄然坐在李重跟前。雷所长喊着，别光是臭豆腐呀，再来几个小菜，我爱吃辣白菜，还有酱猪耳朵。小老板出去张罗，李重不能喝，在雷所长督促下喝了几口，酒一进肚，脸红得像关公。奈奈就陪着雷所长喝，几瓶啤酒就没了。雷所长对李重说，兄弟，你什么时候去看看猛子，你替我问问他，这个日本作家……李重看雷所长说不出来就说，五木宽之。雷所长挠着头皮问，就是这个人写的书，怎么能让猛子发疯呢？李重，你给我找找后半部分，不开玩笑地说，我觉得是你在某种程度上毁了猛子。李重没辩解，奈奈凑过来说，雷所长，猛子最后也没把我怎么样，是不是关关就放了？雷所长笑了，说，你说得倒简单，那是关关就能放了的事吗？那就是强奸未遂。要不是我们人上去得快，你就失贞了。奈奈歪着脑袋，我没什么贞不贞的，我就是不愿意猛子这么做。雷所长饶有兴趣地问，要是李重这么做，你就同意了吗？奈奈看着李重，随口说，打死他也不会呀。雷所长说，李重离婚了，你也是单身，我看你们俩倒是不错，省得我给李重操心了。李重打着岔，说，后街有一家火锅店可能放了大烟壳，你们知道吗？雷所长摆摆手，对奈奈说，你倒是说呀。奈奈笑了，我和李警官就是两条铁轨合不拢。说着，奈奈问雷所长，猛子是有老婆的吗？雷所长说，我才知道，这小子藏得挺深。奈奈低下头，嘟囔着，他就是没结婚我也不跟他。李重问，为什么？奈奈说，猛子眼神太凶，真结婚了，哪天我跟别的男人好了，他会把我和那男人都杀了。雷所长叉腰哈哈大笑，李重笑不出来。

奈奈继续喝着啤酒，已经喝得两眼迷离。李重跟雷所长说，虽然下班了，刘德来的母亲高血压犯了，我得替他出警。雷所长摇头，说你喝酒了怎么能出警呢？你的安全就是我的大事啊。说着给所里值班的打电话，让谁谁代刘德来巡逻。李重的内心像被什么东西烫了一下，觉得暖暖的。他觉得自己喝得不行了，需要找一个地方躺躺。他刚转身，雷所长在后面问，你说句痛快话，对奈奈怎么样吧，反正你现在也是自由身了。李重说，猛子在里边关着，这边就是放一声屁，猛子在里边也会疯的。说完，李重就走。雷所长指着李重的背影，说，咳，真是狗咬吕洞宾不识我这好人心了。奈奈说，他不是为了猛子，他就是看不起我。雷所长吃着臭豆腐，你炸得真不如猛子好吃，没那股香味儿了。奈奈对雷所长说，你别吃了，这个是我炸的，知道不如他。雷所长吃着，你得闻着臭，吃起来香，你现在闻着就不臭，吃起来当然不香了。奈奈说，我从小没了母亲，就跟着父亲过。父亲在农村不干活，总是推牌九。前年患了半身不遂，就这样还推呢，指望我挣钱养活他。李重能看上我吗？人家是穿警服的政府人，待不了多久就回去当队长了，弄不好还提个大官呢。雷所长真诚地说，我总是想帮助你，那天让你去洗浴中心陪老板，就是想让你出来多挣些钱，我告诉那个老板不可以把你怎么样，结果他还是没控制住自己。你这么漂亮的女孩儿是让男人有想法的，不但猛子，我们所里的人也惦记着你，我让你跟了李重，就灭了后街这些人的想入非非。他是靠得住的男人，现在又单身。当然，我也认为不可能，我就是为你好嘛。雷所长站起来踉跄地走了，桌子上剩下半锅没吃完的臭豆腐，奈奈也试图站起来，但脚就是戳不稳。小老板过来收拾桌子，抱怨地对奈奈说，平常这个店我就靠猛子支撑着。猛子抓进去，我这个店就该关门了，猛子是真心对你好。奈奈冲着小老板鞠了一躬，说，我一定把猛子给你赎出来。小老板说，那是你说赎就能赎的吗？

夜深了，李重在街上乱走着，旁边还有从医院赶过来的刘德来。街上依旧灯火灿烂，人声鼎沸。拐了几个弯儿，两个人走进一个小院子。晚上那顿酒让李重眼前都是金星子，倒在一张床上，觉得床是一叶扁舟，在水上游荡着。刘德来说，你来这地方倒是轻车熟路，这可是奈奈的房子。李重说，我有她的房门钥匙。刘德来说，你喝醉了，你怎么会有她的房门钥匙呢。李重哼了哼说，猛子上她房间来了好几次了，奈奈怕有事就给了我一把。刘德来从口袋里拿出那本残书给李重，说，我这是从猛子那里拿来的，你说你把这本残书给他有什么用，给他点了一把火。李重灰着脸，那是他自己拿走的，不是我给的。刘德来笑了，说，我看了看也没什么，不就是搞对象的吗？没什么刺激的。告诉你，我把这本书找到了，而且看了后半部，尤其是猛子想看的那个结果。刘德来从衣袋里掏出一本破旧的《青春之门》，递给了李重。李重吃惊了，说，都没了，你怎么找到的？这本书我找了好久，二十多年前出版的。刘德来说，猛子就是个粗人，粗人不能看书，懂吗？一旦看了就走歪道。我建议你给猛子，让猛子看完，他的心就收敛了。

刘德来要接着巡逻就走了，李重拿起这本《青春之门》如饥似渴地看了后半部，尤其是猛子要看没看到的那个结果，哐当就甩在床上，脑子一片空白。他觉得自己的衣服被人脱掉，恍惚中是奈奈用温水给他擦着脸，他觉得空气的味道很难闻，知道是自己呕吐了。他迷糊中听到手机在响，他拿起来是雷所长在问，你在什么地方？李重陡地清醒过来，他看看周围，见奈奈站在他跟前。他说，我在外边跟一个朋友聊天。雷所长说，是奈奈吧。李重敷衍着，不是。雷所长那头哈哈笑了，说，我让奈奈找你的，你别以为穿了警服就是什么人物了，也别拿队长太当回事。奈奈是个好女孩，你对人家好点儿，比你前妻强多了。雅秀也不是你的，找一个能生儿育女的女人，找一个肯为你下油锅的女人足够了。

李重从床上下地，好像踩着棉花。他口渴，看到桌子上放着一杯水就咕咚咚灌下去。他想洗把脸，又看到放着一个洗脸盆，清水在荡漾，还有香皂，一条白色的毛巾，上面绣着一朵牡丹。他找奈奈，发现奈奈不在了。他喊了一声奈奈，没人应。走出屋子，抬头看见一轮明月皎洁而光滑，如玉盘。他喊了一声奈奈，黑影中奈奈奔了过来,奈奈穿的衣服很少,领子口大大的,能瞥见深深的乳沟。李重身上很闷,他感到夜风吹来很柔和。李重问,对不起,我喝多了,我从来没这样。奈奈把李重领回屋,说,你怎么喝多了就掐人啊?李重说,我醉了就倒在你床上了,什么时候掐你了?奈奈伸出胳膊,你看嘛。李重看到奈奈胳膊上青一块紫一块的,心疼地说,怨我,我还真没这么醉过。奈奈突然恳求他,说,你去看看猛子吧,其实你搭档也真是多余,他不过来添乱,猛子也不会把我怎么样。李重说,怎么会呢,刘德来不过去救你,你就完了。奈奈说,其实我过去洗澡猛子闯进去好几次了,都让我打回去了。哪次去,他都张开两只胳膊在我身上比画着,吵吵着,也不知道他犯了什么病。李重一怔,他突然心里酸酸的,竟然蹲在地上哭了起来。

十

转天一早,李重拿着雷所长开的单子,去了第一监狱。

从市里到郊外的第一监狱,李重开车上了高速路,需要一小时。他开着车,看见路边庄稼已经全绿了,小河也解冻了,潺潺流淌。天空中有成群的燕子在飞,飞的姿态很好看,不断俯冲下来。他甚至能在车玻璃里看见燕子腹部的白色羽毛,还有一只掉队的燕子停在他车前站着,冲他眨巴着两只精灵的眼睛。他拐下了道,听到手机在响,他接通听到了一声喂,神经紧绷了一下,是雅秀。他没有说话,雅秀问,你在哪儿?李重说,我去监狱看一个犯人。雅秀说,你是不是抱怨我没有给你打电话?李重没有说话,雅秀说,你说怎么能找到这个偷盗六辆宝马车的人呢?李重说,这是第四天了吧?雅秀说,你告诉我。李重看见监狱的高墙,说,六辆宝马车需要有一个地方放着,什么地方能放六辆宝马车呢?雅秀说,你接着说。李重说,六辆宝马车需要一个人开锁,一个人开车。那么就是六辆宝马车停放的地方不会太远，很可能就在市里某个地方。一定会很方便就能开进去，而且又不起眼。雅秀说，我跟你想的一样，甚至想得比你还仔细，可死活找不到这个地方。李重说，在大商场的地下停车场，每一个停车场去找都会看见一辆。找到一辆就要看谁开进去的，他肯定是放到那儿就走了。那么还要看谁放到那儿就走了，肯定会是从车后面走的，一定是距离出口很近，不留痕迹。还有，所有的车牌号肯定都换了，还都是被盗的车号，这也能找到线索。雅秀说，我也在停车场找过呀，但没有像你说的那样联系起来。李重笑了笑就没有再说话，雅秀忽然有了兴致，我跟了你这几年，怎么总是学不到精髓呀。李重说，我有什么精髓，我是在网上看到国外有这么一个案例，我只不过记住了，觉得有可能也是这样。雅秀叹口气，你总是能举一反三。李重还是不主动接茬儿，就这么等着对方撂下电话。雅秀那边兴奋了，说，我没有你还真不行，你快回来吧。李重说，我在后街派出所挺好的。雅秀说，你回来，我让你回来就能回来。李重悻悻地说，好大的口气，不怕你父亲了？雅秀解释着，我跟你不联系是为了保护你。李重笑了，是保护你，还是保护你父亲？雅秀不高兴了，你对我还怀疑吗？李重不紧不慢地说，我跟你说偷车的案子不要太认真，也可能根本不对，最后你告诉我结果就行了啊。

监狱长是他警院的同学，在门口等着他。监狱长为难地说，猛子进来就闹了好几次，我给他关了小监了。大门打开，李重开车进来，正赶上监狱在放风，在绿茵茵的草地上有三三两两的人。李重听见传来阵阵骂声：李重，早晚你得被车撞死。李重没有动，寻找着骂声。监狱长对李重说，你在这儿危险，这些人都是不要命的。李重拨拉开看守，不顾一切地朝那群人走去，他找到骂街的人，是去年他抓到的那个劫匪。他看到他的腿瘸了，知道是被自己当时拿枪打的。他过去戳对方鼻梁子，你骂我是吗？那人说，我骂你怎么了？是你打瘸了我的腿，你们警察不能随便开枪对付老百姓的，我要告你。李重看了看，你知道你的老大怎么死的吗？那个人恐慌地朝后退着，你什么意思？李重笑着说，我抓到你老大后，你老大就反抗，就拿枪对准了我的头。我告诉他开枪呀，你枪里没有子弹。你老大就拉枪栓看，我就一枪打断了他的手。告诉他，警察就是这么做的。你最好不要惹警察，谁惹警察都没有好果子吃。李重看着周边的那些人，认出有个别的熟脸，就笑着说，有谁不服气找我！

在会见室，为照顾李重，撤掉了隔离设备。李重和猛子握了握手，李重觉得对方的手很冷，像是一块冰块儿。李重发现他身后站着一个看守警察，李重问，你能不能回避一下？看守警察说，不能，监狱长嘱咐我一直在你身后。李重发火，我不想有人监视我。看守警察苦笑，说，不是监视你，是保护你，这个人进来就使劲儿撞墙，踢倒了号里的两个嫌疑犯。猛子瓮声瓮气地说，他们想欺负我，让我舔他们的屁股。看守警察说，你听听这口气。李重笑了笑说，没事，他不敢对我怎么样。看守警察嘟囔着，怕你一个人说不清楚，你现在正是敏感时期。李重一怔，感激地跟看守警察说，好好，你就站这儿吧。看守警察背过身说，你们愿意说什么就说什么，反正我什么也听不见。李重笑了，他看见猛子站在那儿，本来宽大的肩膀瘦小了，原先的胸脯也塌陷了，胡子乱蓬蓬的，眼神迷惘着。猛子说，难得你能来看我这么一个流氓，现在只有你来。李重好意问，奈奈来过吗？猛子低下头，说，不知道，这里不能见外人。李重问，人家洗澡你去干什么？猛子变了脸，凶巴巴地说，你是混蛋，没这个桌子我过去就剁了你，当然我没有菜刀。李重提示道，那书是你从我那儿抢走的。猛子说，我抢你应该拦着，就好比我吸毒，你手里有吗啡也不能给我。李重从口袋里掏出那本书，递过去给猛子，说，我给你找到全本的了，你可以看看。猛子拿过来贪婪地看着，看了一会儿就把《青春之门》使劲儿地撕扯着，全都成了碎片。猛子踩着脚喊着，怎么会是这样，全都是骗子。五木宽之是，是日本鬼子，我见了炸了他，把他炸成臭豆腐。李重很难过，他已经看完了那个结尾，其实信介冲进了枝江洗澡的地方，张开了两只胳膊冲着枝江的腋下伸去，就是想胳肢枝江。结果枝江被信介胳肢了一直咯咯笑着，笑个不停，信介就不断地胳肢枝江，因为枝江就怕人胳肢她。看守警察转过身，看到的是猛子和李重都在掉泪，他不知道发生了什么事情，只看到满地都是碎纸片。

没几天，李重收到任队长的电话，说雅秀把案子破了，市里奖励了她。李重没搭茬儿，任队长逼问着，是不是你帮助了她呀？李重笑了笑，问，怎么破的？任队长说，他们把偷来的车放到了一个报废车堆放的场地，放得很分散，上边都是泥点子，脏兮兮的。李重一愣，他觉得这个结果很意外，但不知道雅秀是怎么破的。任队长说，雅秀就说这六辆车一定放得很分散，放到了一个不起眼的地方。李重想，雅秀学会举一反三了。

半个月后，初夏就跟着过来，风都变软了。

李重接到周局长指令，迅速回分局报到，有重要任务安排。一早就下起了中雨，后街立刻泥泞起来，店铺都没怎么开。李重对雷所长说，谁也别惊动，我自己悄悄走就行了。雷所长说，没想到这么快，我知道小庙盛不下你这个大和尚。两个人在后街慢慢走着，李重看见好几个食客在买奈奈的臭豆腐，于是走过去。奈奈问，这次真的走了吗？雷所长说，给我们俩两排臭豆腐，不香不给钱呀。奈奈举过来两排，李重吃着觉得香了许多，就说，比过去好吃了。雷所长也夸奖，有猛子的味道，闻起来也臭了呢。奈奈伤感地说，我有些后悔。李重问，后悔什么？雷所长笑着不说，奈奈也不说了。李重问，后悔什么？奈奈说，我后悔那天没跟猛子做了。李重一愣，说，爱是爱，同情就是同情，不能混在一起。奈奈说，你说的那套我都懂，可我不想让猛子因此进了大牢，我害了他一辈子。李重噎住了，看见奈奈在流泪。雷所长说，奈奈，你是个难得的好女人，对猛子来说，这就是命，命里他该有一劫。李重举着雨伞沉默离开,雷所长跟着李重。街道上很冷清,行人都在匆匆行走着。李重走出后街,他把车停在了道边。雷所长说,你这次去不知道是祸还是福,什么重要任务让你必须回去。你解决不了就是你的过错,这也是你翻身的一个最好机会。李重握住雷所长的手心在发酸,我对你有误解。这时,有辆警车开过来,从车上下来久违的雅秀,很久没见面了,雅秀留了短发,眼睛窝了下来,颧骨似乎也比以前高出许多。李重用力吸了吸鼻子,问,你现在换香水牌子了。雅秀笑了,说,你恋旧了。李重问,还喝卡布奇诺吗?雅秀问,你现在单身,有没有女朋友啊?李重说,在后街处了一个,正谈着呢。雷所长开心地笑了,我送到这儿就不陪了。说着雷所长拿来李重的车钥匙,说,你的车我给你开到局里。说着雷所长转身走了,身影消失在迷蒙的雨中。

李重上了雅秀的车,隔着车窗,他看见一个女人在湿漉漉的雨中与男友热烈接吻,发出咂咂的声音,在寂静的雨中很是响亮。雅秀说,后街还挺色情的。李重笑了,说,后街是个很有人情味的地方。雅秀说,我没想到你能挺过来,我看低你了。李重说,其实这次下到后街派出所挺好的,给了我很多以前不能给我的。雅秀问,包括感情吗?李重点点头,雅秀没有再问什么。警车在雨中走了,留下了一连串闪烁的尾灯,像人的眼睛一眨一眨的。雅秀艰难地说,你知道珍珠是怎么孕育出来的吗?其实最初只不过是一颗沙粒,偶然掉进了贝母的身体里。是由于痛苦,贝母不得不用一层层的黏液去包裹它。日复一日,年复一年,像十月怀胎,一朝分娩。终于有一天,一颗圆润晶莹的珍珠诞生了,贝母的生命也就到此完结了。李重不解,问,你想说什么?雅秀说,我不想说什么,反正人的一生抓不到自己喜欢的,一切美好就瞬间消失了。李重说,偷车案子破得不错呀。雅秀说,你那天给我开了窍。李重突然看见后视镜里,奈奈在雨中跑着向他招手。他的心一沉,忽然麻酥酥的。其实雷所长说得不错,他真应该和奈奈在一起生活,他摇开车窗对着奈奈用力挥舞着胳膊。雅秀问,这就是你得到的那份感情?李重大声喊着,你快回去吧,小心淋病了!

警车继续开着,离开了后街,转到了一条宽敞的马路上。李重问雅秀,什么重大任务让我回去呀?我的队长,还是你的?雅秀沉默了好一会儿,说,那你得问周局长。

雨不知不觉停了。空气中弥漫着一股绵绵的清新。

(原载《红岩》2018年第4期)